U0109525

古典詩歌研究彙刊

第二六輯

龔鵬程 主編

第 6 冊

明代宋詩接受研究

李 程 著

國家圖書館出版品預行編目資料

明代宋詩接受研究／李程 著 — 初版 — 新北市：花木蘭文化
事業有限公司，2019〔民 108〕
目 4+270 面；17×24 公分
（古典詩歌研究彙刊 第二六輯；第 6 冊）
ISBN 978-986-485-841-5（精裝）
1. 宋詩 2. 詩評 3. 明代
820.91　　　　　　　　　　　　　　　　108011615

ISBN-978-986-485-841-5

9 789864 858415

古典詩歌研究彙刊
第二六輯　第 六 冊　　　　ISBN：978-986-485-841-5

明代宋詩接受研究

作　　者　李　程
主　　編　龔鵬程
總 編 輯　杜潔祥
副總編輯　楊嘉樂
編　　輯　許郁翎、王筑、張雅淋　美術編輯　陳逸婷
出　　版　花木蘭文化事業有限公司
發 行 人　高小娟
聯絡地址　235 新北市中和區中安街七二號十三樓
　　　　　電話：02-2923-1455／傳眞：02-2923-1452
網　　址　http://www.huamulan.tw 信箱 hml810518@gmail.com
印　　刷　普羅文化出版廣告事業
初　　版　2019 年 9 月
全書字數　188862 字
定　　價　第二六輯共 8 冊（精裝）新台幣 13,500 元　　版權所有・請勿翻印

明代宋詩接受研究

李程 著

作者簡介

李程，男，1986 年生，安徽碭山人。華中師範大學文學博士。南京大學文學院中國語言文學博士後流動站（《全清詞》編纂研究室）出站，南京大學優秀博士後。現爲華中師範大學文學院中國古代文學教研室副教授，研究方向爲明清文學與文獻，研究興趣包括明清詩學批評、中國古代小說、清詞文獻整理與研究。在《文藝研究》《書目季刊》等刊物發表學術論文三十餘篇。主持國家社科基金青年項目《清代明詩總集與明詩批評研究》等科研項目多項。

提　　要

宋詩作爲繼唐詩之後的又一個詩歌創作高峰，開拓了唐詩未及開拓的詩歌世界，形成與唐詩並峙的另一種詩歌美學典範，在中國詩歌發展史上佔有重要地位。儘管宋詩取得了非常高的藝術成就，但在其經典化的歷史中卻經歷了曲折的接受歷程。宋詩在明代的接受是一個值得注意的階段。以往的古典詩學批評研究，對於明代詩學多有「舉世宗唐」「崇唐抑宋」等概略式表達，著眼點也往往聚焦於「復古」「格調」「性靈」等主要理論思潮，未能深入描述宋詩在明代詩學中的豐富性和複雜性。本項研究的旨趣即在於以明人詩話、明人詩文別集、明代公私目錄、明代書籍刊刻資料等爲文獻基礎，全面細緻考察明代的詩話、書信、序跋、創作、選本、刊刻、評注等對於宋詩的接受。本文採取文獻學與文藝學相結合的研究方法，既注重文獻的搜集和整理，又強調理論的應用和闡發，同時注意文學批評與文學創作的關聯。在寫作方式上，以明代宋詩接受活動最爲突出的幾種主要表現方式爲依據展開論述：詩話與明代宋詩接受、書信序跋與明代宋詩接受、詩歌創作與明代宋詩接受、詩歌選本與明代宋詩接受、宋詩在明代的刊刻與評注。附錄部分，根據中華書局「古典文學資料彙編」叢書編纂體例，編成《明代宋詩評論資料彙編》。

目

次

引　言

　　宋詩作爲繼唐詩之後的又一個詩歌創作高峰，開拓了唐詩未及開拓的詩歌世界，形成與唐詩並峙的另一種詩歌典範，在中國詩歌發展史上佔有重要地位。儘管宋詩取得了非常高的藝術成就，但在其經典化的歷史中卻經歷了曲折的接受歷程。南宋張戒、嚴羽等人對本朝詩歌的批評，開啓了古典詩學之中唐宋詩之爭的序幕。宋詩在元明兩代地位不高，期間雖然也有推尊宋詩者，然而在崇唐的主流理論基調中，宋詩受到了諸多批判和貶斥，與唐詩的備受推崇形成了鮮明的對比。自明末清初，詩風漸入宋調，有清一代，宋詩的影響逐漸增強，至清末宋詩派佔據詩壇主導地位。在這一歷程中，宋詩在明代的接受是一個非常值得注意的階段，其中的諸多方面又對清代的詩歌創作和詩學理論都產生了極爲重要的影響。以往的詩學史研究，對於明代詩學多有「舉世宗唐」「崇唐抑宋」等概略式表達，著眼點也往往聚焦於「復古」「格調」「性靈」等主要理論思潮，未能深入描述宋詩在明代詩學中的豐富性和複雜性，本項研究的旨趣即在於以明人詩話、明人詩文別集、明代公私目錄、明代書籍刊刻資料爲文獻基礎，全面細緻考察明代的詩話、書信、序跋、創作、選本、刊刻、評注等對於宋詩的接受。

一、明代宋詩接受的研究現狀

　　學術界對宋詩的已有研究，涉及的研究層面主要有宋詩體派研究、宋詩風格特徵研究、宋詩文獻整理等。有關宋詩在歷代的接受情況，雖然有對於蘇軾、黃庭堅等宋代著名詩人在後代接受情況的個案分析以及關於唐宋詩之爭的探討，然而卻鮮有將宋詩作爲一個整體概念上的詩歌典範考察其在歷代的接受情況。與此形成鮮明對比的是唐詩接受研究的繁盛，學術界關於唐詩接受的探討，不僅有關於李白、杜甫等唐代詩人在後代接受歷史的個體考察以及關於中唐元和詩歌傳播接受史的文化學考察〔註1〕，而且對整體意義上的唐詩的接受歷程作了多方面的研究工作。僅以專著而論，唐詩學的宏觀研究有陳伯海《唐詩學引論》（知識出版社 1988 年版）、黃炳輝《唐詩學史述稿》（鷺江出版社 1996 年版）、蔡瑜《唐詩學探索》（臺北里仁書局 1997 年版）、朱易安《唐詩學史論稿》（廣西師範大學出版社 2000 年版）、陳伯海主編《唐詩學史稿》（河北人民出版社 2004 年版）、黃炳輝《唐詩學史述論》（上海古籍出版社 2008 年版）等，陳伯海教授領銜的「唐詩學建設工程」著眼於「唐詩學」學科的整體性建構，唐詩學建設工程從目錄學、史料學和理論總結三方面進行，作爲這項工程的重要成果，《唐詩書目總錄》（陳伯海、朱易安，上海古籍出版社 2015 年版）與《唐詩總集纂要》（陳伯海、李定廣，上海古籍出版社 2016 年版）屬唐詩目錄學建設，《唐詩論評類編（增訂本）》（陳伯海、張寅彭、黃剛，上海古籍出版社 2015 年版）、《唐詩學文獻集粹》（陳伯海、查清華、胡光波，上海古籍出版社 2016 年版）及《唐詩彙評（增訂本）》（陳伯海、孫菊園、劉初棠，上海古籍出版社 2015 年版）屬史料學工程，而《唐詩學引論（增訂本）》（陳伯海，上海古籍出版社 2015 年版）、《意象藝術與唐詩》（陳伯海，上海古籍出版社 2015 年版）、《唐詩學史稿（增訂本）》（陳伯海，上海古籍出版社 2016 年版）則從不

〔註1〕尚永亮等：《中唐元和詩歌接受史的文化學考察》，武漢大學出版社 2010 年版。

同角度就唐詩學原理及其學科發展史進行理論性概括；斷代唐詩學的
研究更多，傅明善《宋代唐詩學》（研究出版社 2001 年版）、張紅《元
代唐詩學研究》（嶽麓書社 2006 年版）、孫春青《明代唐詩學》（上海
古籍出版社 2006 年版）、查清華《明代唐詩接受史》（上海古籍出版
社 2006 年版）、陳斐《南宋唐詩選本與詩學考論》（大象出版社 2013
年版）等都是這方面研究的代表成果。同時，中古詩歌的整體接受研
究也出現了陳斌《明代中古詩歌接受與批評研究》等研究專著。宋詞
傳播與接受的研究，也有譚新紅《宋詞傳播方式研究》、陳水雲等《唐
宋詞在明末清初的傳播與接受》等成果。宋詩接受的宏觀考察和斷代
研究，至今未見專門撰述，這與宋代詩歌的地位是不相符的。

　　學術界對於明代詩學理論的研究，往往以「復古」與「尊唐」作
為兩條主要的線索。文學批評史對明代詩學的書寫，呈現給我們的最
為突出的關鍵詞就是「崇唐抑宋」。這一關鍵詞的形成，有明代詩學
理論自身的歷史語境，同時，歷代研究者的承襲式書寫也使「崇唐抑
宋」成為明代詩學的一個最為顯眼的標籤。然而，翻閱明代極為豐富
的文獻資料，細緻考察明代人對於宋詩的態度，就會發現這一關鍵詞
遮蔽了很多主流話語背後接受活動的多樣性。明代人對於宋詩的態
度，絕不僅僅是「抑宋」所能概括。明人對於宋詩的接受情況，應當
成為明代詩學理論研究的課題之一。

　　作為個體研究的宋代詩人在明代的接受，主要集中在蘇軾、黃庭
堅、梅堯臣等，涉及其他詩人的研究為數不多。在國家社會科學基金
青年項目《蘇軾研究的歷史進程》的支持下，王友勝細緻而深入地研
究了蘇軾在宋以後的接受情況，其中有很多文章涉及到蘇軾詩歌在明
代的接受情況，如《明人對蘇詩的接受歷程及其文化背景》（《南昌大
學學報》2000 年第 3 期）、《簡論明代的蘇詩選評》（《惠州學院學報》
2002 年第 1 期）、《永遠的東坡——蘇軾研究歷史進程描述》（《中國
蘇軾研究》2018 年第 1 輯）等。曾棗莊《「操觚之士鮮不習蘇公文」
——論明代的蘇軾詩文選評本》（《中國文學研究（輯刊）》2001 年第

2 輯）一文對明代蘇軾詩文選評本有細緻評述。邱美瓊在一系列論文中梳理了黃庭堅詩歌在明代的接受情況，如《論黃庭堅詩歌在明代的接受》（《集美大學學報》2006 年第 3 期）、《黃庭堅詩歌在明代的傳播》（《贛南師範學院學報》2007 年第 1 期）、《胡應麟對黃庭堅詩歌的接受與明末宗宋詩風》（《南昌大學學報》2007 年第 3 期）等。孫盼盼《明代詩話對梅堯臣詩歌的批評》（陝西師範大學 2016 年碩士學位論文）主要考察了明代詩話對梅堯臣詩歌的批評情況。上述成果主要以蘇軾、黃庭堅、梅堯臣等宋代詩人的個體接受研究爲主要方向。

唐宋詩之爭關係到唐宋詩接受的很多理論層面，是唐詩接受史和宋詩接受史都非常關注的一個問題。齊治平《唐宋詩之爭概述》（嶽麓書社 1984 年版）一書對這個問題進行了歷史梳理，其中有關明代唐宋詩之爭的論述已經提出了明代宋詩接受的很多問題，尚學鋒、過常寶、郭英德合著的《中國古典文學接受史》（山東教育出版社 2000 年版）在《元明的文學接受》一章中論及了唐宋詩之爭在元明兩代文學接受中的地位。查清華的《明代唐詩接受史》描述了唐詩在明代的接受歷程，其中對明代詩壇的宗宋詩論以及推崇宋詩者也有論及。肖珂《明詩話宋詩破體論爭研究》（青島大學 2010 年碩士學位論文）集中關注了明代「宋詩破體」的相關論爭。鄭婷《宋詩與明代詩壇》（復旦大學 2012 年博士學位論文）從文學史脈絡層面描述明代宋詩影響的演進。王騫《宋詩經典及其經典化研究》（武漢大學 2012 年博士學位論文）以定量分析的方法論述宋詩經典化的過程，涉及宋詩在明代經典化的討論。還有一些論文對明代唐宋詩之爭進行了概略式評述和再思考，如查清華《明代詩壇宗宋說》（《江西社會科學》2004 年第10 期）、馮小祿《明代的唐宋元三朝詩合論》（《雲南民族大學學報（哲學社會科學版）》2006 年第 4 期）、朱建光《明代詩壇唐宋之爭的演進》（《聊城大學學報（社會科學版）》2007 年第 2 期）、沙先一、葉平《明代唐宋詩高下之爭的重新考察》（《徐州師範大學學報（哲學社會科學版）》2012 年第 5 期）等。

　　明代宋詩文獻的整理工作，是明代宋詩接受研究的基礎，這個領域的成果也不多。明代宋詩選本研究方面，申屠青松《明代宋詩選本論略》（《北京科技大學學報（社會科學版）》2007 年第 3 期）對明代宋詩選本作了簡略的介紹。高岩《明代宋詩選本研究》（河南師範大學 2015 年碩士學位論文）較爲全面地梳理了現今可考的 15 家明代宋詩選本。對於宋詩在明代的典藏與編集刊刻情況，鞏本棟在《論明人整理宋集的成績》（《江西師範大學學報（哲學社會科學版）》2007 年第 4 期）一文中進行了初步的考察。陸湘懷《從宋詩出版看明代和清初詩風》（《古籍整理研究學刊》，1997 年第 5 期）初步探討了明代宋詩刊刻出版的基本情況。

　　通過以上研究現狀的分析，我們可以看到，將宋詩作爲一個整體，在文獻基礎上全面細緻考察其在明代的接受情況，這方面的研究尚未展開。對於蘇軾、黃庭堅、梅堯臣等較有代表性的宋代詩人在明代的接受情況，已有相關研究。唐宋詩之爭問題，是中國文學批評史中一直爭論不休的一個問題，這個問題在明代詩歌理論中是一個較爲突出的問題，涉及到宋詩在明代的接受情況，已有學者對此問題進行了一定程度的探討。對於明代宋詩文獻進行的整理與研究，成果還較爲有限。

二、明代宋詩接受研究的理論依據

　　接受美學作爲文學研究的一種經典範式，誕生於 20 世紀 60 年代德國南部的康斯坦茨大學。這一理論在世界範圍內引起了巨大的反響，美國學者霍拉勃指出：「從馬克思主義者到傳統批評家，從古典學者、中世紀學者到現代專家，每一種方法論，每一個文學領域，無不響應了接受理論提出的挑戰」。〔註 2〕接受美學的代表人物姚斯認爲，文學史是一個審美接受和審美生產的過程，他提出把讀者的接受

〔註 2〕霍拉勃著，周寧、金元浦譯：《接受理論》，此論文集收入李澤厚主編《接受美學與接受理論》，遼寧人民出版社 1987 年版，第 282 頁。

引入文學史研究，並作為中心環節來連接作家、作品、讀者三個環節之間的歷史性交流，提出文學史應當成為「接受史」的全新命題。

接受美學傳入中國以後，對中國文學研究產生了重要影響，開啓了文學史研究的接受領域，作家作品的接受研究由此展開。朱立元在《接受美學》（上海人民出版社 1989 年版）一書中提出按照接受美學理論重新撰寫中國文學史的主張，他認為總體文學史應當由文學史、接受史、批評史三大塊組成，總體文學史不應只是按照歷史順序羅列一些已有定評的作家、作品，而是通過讀者接受反應材料的整理，描述出一定歷史時期我們民族文化心理結構的發展過程。國家社會科學「九五」規劃項目《中國古典文學接受史》可以說是對這一理論構想的具體實踐，也是接受史研究進入古代文學研究領域的一個重要標誌。項目成果最後形成專著《中國古典文學接受史》，此書對中國歷代的文學接受情況進行了史的描述，確立了很多具有典型意義研究範式。

對於一種文體在一定歷史時期接受情況的考察，成果最為豐碩且建立了理論體系的是陳伯海進行的「唐詩學史」研究。這項研究工作自《唐詩匯評》、《歷代唐詩論評選》等資料整理開始，由《唐詩學引論》提出研究框架，在六十多萬字的《唐詩學史稿》中建立了唐詩接受研究的理論體系。在《唐詩學史稿》的導言中，陳伯海提出了唐詩學史的理論建構：「唐詩研究的形態是多種多樣的。這眾多的形態又可大體上歸結為閱讀（包括欣賞）、批評和寫作三個方面：選、編、注、考皆關乎讀，圈點兼有讀和評的功能，評與論屬廣義的批評範圍，而論述中涉及體派、做法、宗主等問題，則已通向了寫作領域。從閱讀到批評到寫作，正好構成詩歌接受活動的三個基本環節，總合起來便是一個完整的接受過程（同時也是由舊文本向新文本嬗遞和轉化的過程）。從這個意義上講，研究活動本身就是接受活動（當然不同於公眾的接受，而是專指專家學人的接受），因而唐詩學無非是有關唐詩接受的學問，而一部唐詩學史實質上便可歸結為歷代詩家對唐詩傳

統的接受史」。〔註3〕在具體研究的邏輯構架上，他也提出了初步的設想：「一部唐詩學史當以在歷史上起過較大影響並具有一定代表性的唐詩觀爲其樞紐，在橫向和縱向兩個方面展開。橫向上，應探究作爲接受範式的唐詩觀與接受主體、接受對象之間的互動關係，以及這種互動作用在閱讀、批評、寫作各個環節（選、編、注、考、點、評、論、作諸種形態）上的顯現；縱向上，則應著重考察唐詩觀自身的流衍變化，包括不同觀念、範式間的對立、交滲、轉換和興替的過程。這樣一縱一橫、一經一緯，便可交織出一副生動活潑而又脈理分明的圖景來」。〔註4〕「唐詩學建設工程」的一系列文獻編纂和理論闡釋成果即是這一學術領域的具體實踐。「唐詩學史」已有的理論建構和研究成果，對宋詩接受研究具有最直接的借鑒意義。

三、明代宋詩接受研究的文獻基礎

考察明代的宋詩接受活動，必然要在一定的文獻基礎上展開。依據接受美學的研究範式與中國古代文學接受活動的具體情況，本文的研究對象主要包括明代詩話、明人書信序跋、明代詩歌創作、明代宋詩選本、明人對宋詩的刊刻與評注，立足於明代的詩話專著、明人詩文別集、明代公私目錄、明代書籍刊刻資料等文獻。

詩話是一種直接而又極具理論特色的批評形式，集中反映了評論者的理論觀點。明代詩話卷帙浩繁，總量巨大。《四庫全書總目・詩文評類》正目收錄明詩話 5 種，存目收錄明詩話 32 種。清人何文煥《歷代詩話》收錄明代詩話 4 種。近人丁福保《歷代詩話續編》收錄明代詩話 9 種。劉德重、張寅彭《詩話概說》書後所附的《歷代詩話書目》收錄明代詩話 177 種。朱易安《中國詩學史（明代卷）》專列「明代詩學文獻」一章，爲明代 136 種詩格詩話文獻做了書目提要。

〔註 3〕陳伯海主編：《唐詩學史稿》，河北人民出版社 2004 年版，第 10 頁
　　　　～第 11 頁。
〔註 4〕陳伯海主編：《唐詩學史稿》，河北人民出版社 2004 年版，第 15 頁。

孫小力的《明代詩學書目彙考》一文，考證明代詩話專著 163 種。在明代詩話的文獻整理方面，吳文治主編的《明詩話全編》和周維德集校的《全明詩話》成就最爲突出。《明詩話全編》編纂明代詩話 722家，其中收錄原已單獨成書的詩話專著一百二十多種，新輯錄的明人散見詩話六百多萬字。《全明詩話》共 6 冊，彙集明代詩話專著 91 種，其中很多都是孤本、珍本，十餘種詩話首次被整理點校。在此基礎上，陳廣宏啓動《全明詩話新編》項目，意在重新彙集整理有明一代的詩話文獻，已經編纂完成《明人詩話要籍彙編》，擇取明人詩話之精要者 50 種，彙爲一編，依據詩話之原有體類，細分爲「詩話」、「詩法」和「詩評」卷。《明詩話全編》《全明詩話》以及《全明詩話新編》所做的基礎文獻整理工作，給明代宋詩接受研究提供了詩評詩論等方面的資料基礎。

明人書信和序跋數量眾多，在明人的別集中，書信和序跋往往佔有很大的比例，其中有很多關於宋詩的批評和討論，這些資料對於考察明代的宋詩接受是非常有價值的。明人詩歌創作中對於宋詩的接受，也是明代宋詩接受研究的一個方面，對於明人詩歌的考察，同樣主要立足於明人的別集。在力圖收集完備的斷代詩文總集的編纂上，唐代詩文總集已有《全唐詩》、《全唐文》；宋代詩文總集《全宋詩》、《全宋文》也已出版；由於明代詩文總量巨大，《全明文》迄今未能成編，《全明詩》的編纂工作雖然已經開始，但也僅出版了 3 冊。在這樣的情況下，考察明人的書信、序跋以及詩歌創作只能依據原始的明人詩文別集，從中勾稽出明人宋詩接受活動的資料。本文對明人詩文別集的文獻閱讀與資料收集，主要依據《四庫全書》、《四庫存目叢書》以及《續修四庫全書》等四庫系列叢書，較爲常見的明人詩文別集基本都已被收入這幾種大型叢書中。

明人對宋詩的編選刊刻以及評注，也是明代宋詩接受活動的重要組成部分。這方面的資料主要保存在明代公私目錄以及明代出版刊刻資料中。明代主要的官方目錄和私家目錄，涉及宋詩著錄者，主要包

括《文淵閣書目》、《國史經籍志》、《晁氏寶文堂書目》、《世善堂書目》、《澹生堂藏書目》、《百川書志》、《徐氏家藏書目》等，這些目錄書見於《四庫全書》和《續修四庫全書》，書目文獻出版社 1994 年影印出版的《明代書目題跋叢刊》收錄明代公私目錄 30 種，上述幾種目錄皆被收入。明代出版刊刻資料，主要的文獻資料見諸於今人的研究成果，繆詠禾《明代出版史稿》與《中國出版通史（明代卷）》彙集了大量明代書籍出版刊刻的資料，其中很多涉及明人對前代詩歌的刊刻。杜信孚纂輯的《明代版刻綜錄》（江蘇廣陵古籍刻印社 1983 年版）對現存明代版刻的書籍作了全面收錄，利用這本書可以很方便地查找明人編選刊刻宋詩的版本資料。今人祝尚書的《宋人別集敘錄》和《宋人總集敘錄》全面而詳細地考察了宋人別集和總集的版本流傳，對於考察宋人詩集和宋人所編宋詩總集在明代的版本刊刻是非常有用的資料。

四、本文的研究方法與篇章結構

　　文學接受研究有兩種最為常見的研究範式：一種是對接受活動進行歷時性考察，書寫「接受史」；一種是對接受活動中的突出理論問題和文學現象進行「點」的集中考察，書寫「接受專論」。以歷史的眼光考察作家作品的接受可以很清楚地呈現接受過程中的觀念演變，因而「接受史」研究有很多較為突出的優點。以查清華《明代唐詩接受史》為例，此書將明代的唐詩接受分成了三個時期，即明前期的唐詩接受、明中期的唐詩接受、明後期的唐詩接受，每一個時期又分為兩個階段，每一個階段都有突出的接受特點，如「洪武至永樂：復古思潮中的唐詩接受」、「洪熙至成化：理學思潮中的唐詩接受」等。這種寫作方法的選擇使讀者讀完全書後對唐詩在明代的接受歷程一目了然。接受專論的研究同樣有其研究方法上的優勢，可以通過對文學接受中一些影響較大的理論問題和文學現象的集中探討，發掘更深層次的蘊涵。如陳斌《明代中古詩歌接受與批評研究》，此書採取專

題討論的形式謀篇布局，對明代中古詩歌接受活動中的一些突出問題進行了集中深入探討，如「明七子與『古體宗漢魏』」、「嘉靖六朝派及其詩學承擔」等。

在文學接受研究中，選擇何種書寫方式是首先要解決的問題。任何一種研究方式都有其理論優勢和不足之處，研究方式的選擇還是要由研究對象的特點來決定。本文主要考察宋詩在明代的接受情況，宋詩在明代的接受情況不同於唐詩和中古詩歌在明代的接受。明人理論上推崇宋詩者不多，詩歌創作上師法宋人者更是寥寥，明人編選刊刻的宋詩選本和宋人詩集數量也極為有限。明代的宋詩接受活動，既不像明代唐詩接受有很清晰的歷史發展特徵，也不像明代中古詩歌接受有較為突出的理論問題和文學現象，所以，明代宋詩接受研究既不能採取「接受史」的研究方式，也不適合「專題討論」的研究方式。明代宋詩接受的資料有限，可以控制在一定範圍之內，資料的收集和整理相對來說工作量不是很大，可以進行全面的資料收集和整理，在較為全面的資料基礎上，可以從接受活動的表現方式角度進行研究。按照接受美學的觀點，文學接受活動包括閱讀、批評、寫作這三個基本方面，結合中國古代文學接受活動的多樣性和民族特點，可以從詩話、書信序跋、詩歌創作、選本、刊刻、評注這些包含在閱讀、批評、寫作中的接受活動考察明代的宋詩接受。

本課題的研究，立足於接受活動的三個基本方面，從明代宋詩接受活動的實際情況出發，以接受活動的表現方式來組織資料，主要包括詩話與明代宋詩接受、書信序跋與明代宋詩接受、詩歌創作與明代宋詩接受、詩歌選本與明代宋詩接受、宋詩在明代的刊刻和評注。在研究方法上，採取文獻學和文藝學相結合的方法，既注重文獻資料的收集和考辨，也注重在接受美學理論的指導下對文獻資料中所蘊含的理論問題進行分析和解釋。

　　按照明代宋詩接受活動的表現方式，本文分爲五章。

　　第一章「詩話與明代宋詩接受」，本章在全面閱讀明代詩話的基礎上考察明代詩話對於宋詩的評論態度。「崇唐抑宋」是明代詩話的主流話語傾向，這一傾向的形成與前後七子及受前後七子影響者的詩話緊密相關。明代宗宋詩話雖然數量不多，但是這些宗宋詩話是明代宋詩接受的重要方面，他們的詩學觀念以「舉世宗唐恐未公」爲代表。在明代的詩話中，還有一個「客觀論」者的群體。他們的批評話語，或是調和唐宋，對唐宋詩的優劣俱有評判；或是詩分唐宋，指出唐詩與宋詩所代表的兩種詩歌風尚；或是綜觀詩史，認爲「體格代變」，宋詩主「變」，不能以看待唐詩的眼光看待宋詩。他們詩論的主要特徵是，能夠站在較爲客觀公正的立場看待唐詩與宋詩，理性思考詩歌發展的歷史。

　　第二章「書信序跋與明代宋詩接受」，本章主要考察明人書信序跋中對於宋詩評論的相關資料。明代理學家或受理學影響的學者，對於宋人的詩歌，有著不同於文人詩論家的批評角度，明代洪熙至成化年間張寧、羅倫、陳獻章等人的一些書信序跋體現出這一群體的宋詩接受觀念。書信和序跋作爲兩種較爲常用的文體，在前後七子的文集中有大量保存，其中有一些涉及到了對於宋詩的批評，這些資料，可以作爲詩話專著之外的一個補充。公安派對於宋詩的評論態度，代表著明代宋詩批評的一個轉向。公安派諸人的詩學觀念主要見於詩文集中，書信和序跋中保存了很多宋詩評論資料，從這些資料，大致可以看出公安派的宋詩批評觀念。

　　第三章「詩歌創作與明代宋詩接受」，本章主要考察了明人在詩歌創作中所體現出的宋詩接受觀念。明人在詩歌創作中對於宋詩的接受，是認識明代宋詩接受的一個重要方面，主要表現爲次韻宋人、集句宋人和師法宋人。次韻宋人和集句宋人，這些具體形式上對宋詩的認同，在葉盛、陳獻章、程敏政等人的詩歌中都有所反映。從詩歌風格和精神風韻上師法宋人者，在明代也有一定數量，他們所學習的對

象，主要有林逋、邵雍、蘇軾、黃庭堅及江西詩派諸人、陸游、朱熹等。

第四章「詩歌選本與明代宋詩接受」，本章主要分析明人編選的宋詩選本體現出的接受傾向。在明代崇唐抑宋的詩學氛圍中，唐宋詩的編選明顯呈現冷熱迥異的狀況，唐詩選本的編選出現極為繁盛的局面，宋詩選本僅有十餘種刊刻流傳，本文對其中文獻可考的 13 種明代宋詩選本作了簡單的文獻概述。明代唐宋詩之爭的演進與唐詩選本和宋詩選本的編選緊密相關，作為明代詩歌批評重要載體的唐宋詩歌選本，自然也就具有了重要的理論意義。本文重點考察了李蓘的《宋藝圃集》和曹學佺的《石倉宋詩選》這兩種流傳較廣且理論特色較為明顯的明代宋詩選本。

第五章「宋詩在明代的刊刻與評注」，本章以明代書籍刊刻資料為基礎，描述宋詩在明代刊刻與評注的基本情況。明人對宋人詩歌別集的刊刻，主要是重刊宋本，重刊的詩集數量不是很多。宋人自編的宋詩總集，在流傳過程中，明人的刊刻發揮了很大的作用，很多清代刊本都是以明刊本為底本重刊，但是明人刊刻的宋詩總集非常有限。對宋代詩歌的評注，自宋人已經開始，出現了大量的注釋評論本朝詩歌的評注本，明人對宋詩評注的數量也較為有限。明代人評注的宋人詩集中，最多的是蘇軾和黃庭堅兩家，本章對明代兩部較有代表性的蘇軾詩歌評注本進行了論述。

附錄「明代宋詩評論資料彙編」，本彙編依中華書局「古典文學資料彙編」叢書編纂體例進行編纂。以人立目，以作者生年先後編排，作者生活年代始於明立，迄於明亡。收錄明人對於宋詩之宏觀評論。對於宋詩一人一派之評論，關乎宋詩整體者，酌情收錄。收集範圍為明人詩話專著、詩文集、筆記、史書和類書。各評論均逐條注明出處，包括篇名、書名、卷數。各評論所用書籍之版本，以引用書目形式附後。

第一章　詩話與明代宋詩接受

　　作爲中國古代文學批評中一種特有的文體形態，詩話具有相當重要的理論批評價值和文獻資料價值。嚴格意義上的詩話始於宋代，「詩話之稱，當始於歐陽修；詩話之體，也創自歐陽修」〔註1〕。自歐陽修《六一詩話》之後，詩話創作日益繁盛，詩話的寫作內容和理論範疇不斷擴大，由剛開始的「以資閒談」的叢談小語發展爲我們認識文學史實與文學現象的重要參考資料。對於詩話的價值，郭紹虞指出其缺點的同時，充分肯定了其積極意義：「論其（詩話）材料與作用，卻並非僅助茶餘酒後之談資。論其考核有據，闡明作詩之本事，或網羅散佚，吉光片羽，賴以僅存，則有裨於文學史的研究。論其上下古今，衡量名著，摘舉勝語，時於其間流露一己之文學見解，則又有裨於文學批評之研究」〔註2〕。

　　在文學接受活動中，作爲讀者的批評家具有舉足輕重的地位，在一定程度上，他們能動地參與了作品意義和價值的創造。在批評家的批評活動中，詩話是一種直接而又極具理論特色的批評形式。

〔註1〕郭紹虞：《宋詩話輯佚·序》，見《宋詩話輯佚》，中華書局 1980 年版，第 2 頁。

〔註2〕郭紹虞：《宋詩話輯佚·序》，見《宋詩話輯佚》，中華書局 1980 年版，第 4 頁。

　　明代是文學批評異常活躍的一個時代，詩話專著大量湧現。明代詩話不僅數量繁多，而且理論色彩明顯，所探討詩歌理論問題的深度和廣度都有所拓展。因此，認識明代宋詩接受情況，可以首先從考察明代詩話開始。

第一節　明代詩話概述

一、明代詩話的整理

　　明代詩話卷帙浩繁，總量巨大。《四庫全書總目·詩文評類》正目收錄詩話專著 45 種，明詩話 5 種，存目收錄詩話專著 60 種，明詩話 32 種。清人何文煥《歷代詩話》輯歷代詩話專著 27 種，收入明代詩話 4 種。近人丁福保《歷代詩話續編》輯歷代詩話 29 種，收入明代詩話 9 種。從數量上看，明代詩話在歷代詩話總量中所佔的比例還是很大的。蔡鎮楚《中國詩話史》在論及明代「詩話之復興」中談到：「據本人所編纂的《中國歷代詩話書目》所載，明代詩話的已知書目就達一百五十七部之多。其中以『詩話』命名者凡三十七部（含詩話集），未名之『詩話』而實爲詩話之體者，凡一百二十部之多。」〔註3〕劉德重、張寅彭《詩話概說》書後所附的《歷代詩話書目》收錄明代詩話 177 種。朱易安《中國詩學史（明代卷）》專列「明代詩學文獻」一章，對明代詩格詩話文獻的基本情況進行了描述，爲明代 136 種詩格詩話文獻做了書目提要。《中國詩學》第九輯刊載了上海大學孫小力的《明代詩學書目匯考》一文，文章考證明代詩話專著 163 種。

　　在明代詩話的文獻整理方面，吳文治主編的《明詩話全編》、周維德集校的《全明詩話》和陳廣宏主編的《明人詩話要籍彙編》成就最爲突出。《明詩話全編》爲國務院古籍整理出版十年規劃「八五」、「九五」計劃中的重點項目，全書共有二百三十多位學者參與了整理點校工作。吳文治在《明詩話全編》前言中對這本書的編纂情況做了

〔註 3〕蔡鎮楚：《中國詩話史》，湖南文藝出版社 1988 年版，第 138 頁。

簡單介紹：「本書編纂明代詩話七百二十二家，其中便收錄了原已單獨成書的明代詩話一百二十餘種。這個數字雖然也還不能說很完備，但凡盡力所能及便可搜羅到的原本詩話，大致都已經過整理後編入本書。本卷收入新輯錄的明人散見詩話六百餘萬字，約占本卷全書的四分之三。六百餘家原先無詩話輯本傳世的詩論家，從此有了輯本；一百餘家原先有詩話專著傳世的詩論家，經過補充輯錄散見詩話後，其詩論著述更臻完備。」〔註4〕《全明詩話》彙集明代詩話專著91種，其中很多都是孤本、珍本，十餘種詩話首次被整理點校，書中所附《明代詩話提要》對每種詩話的作者、內容、版本進行了簡單的介紹。〔註5〕《明人詩話要籍彙編》為陳廣宏主持的國家社科基金重大招標項目「全明詩話新編」之階段性成果，在全面搜集、認知全部明人詩話基礎上，精心選擇出 50 種重要典籍，分為詩話、詩法、詩評三部分，可以為相關研究提供全面而準確的文獻。〔註6〕《明詩話全編》《全明詩話》和《明人詩話要籍彙編》等所做的文獻整理工作，使明代詩話研究的開展具備了較為堅實的資料基礎。

二、明代詩話的特徵

明代文學派別林立，門戶之見頗深，文人之間的論爭非常激烈，這在文學批評上也有明顯的表現。明末文人賀貽孫在給周白山的信中談到：

> 兩漢唐宋詩人文人，前唱後和，異代名家遞為師承，同時作者互相激揚，有相長之益，無相傾之習，何其盛也。近世不然，何、李兩人，既已矛盾，而應德、遵岩諸公，復與元美、于鱗門戶角立。其後公安、竟陵出，掃前賢而空之。虞山繼起，欲掩公安、竟陵之勝，彈射詆訶，更無

〔註4〕吳文治主編：《明詩話全編》，鳳凰出版社 1997 年版，第 1 頁。
〔註5〕周維德集校：《全明詩話》，齊魯書社 2005 年版。
〔註6〕陳廣宏、侯榮川編校：《明人詩話要籍彙編》，復旦大學出版社 2017年版。

虛日。當其拔幟樹幟，輒令學者從風而靡。既而風會遞
變，議論迭新，人情厭常，各矜創獲，彼幟方立，此幟
已奪。〔註7〕

從臺閣體到茶陵派，從前七子到唐宋派，從後七子到公安派、竟
陵派，各個流派都有自己的理論主張，門派之間相互辯駁，文學論爭
非常活躍，明代的文學就是在這爭論聲中繼續向前行進。《明史·文
苑傳序》曾對明代的文學演進有所描述：

明初，文學之士承元季虞、柳、黃、吳之後，師友講
貫，學有本原。宋濂、王禕、方孝孺以文雄，高、楊、張、
徐、劉基、袁凱以詩著。其他勝代遺逸，風流標映，不可
指數，蓋蔚然稱盛已。永、宣以還，作者遞興，皆沖融演
迤，不事鈎棘，而氣體漸弱。弘、正之間，李東陽出入宋、
元，溯流唐代，擅聲館閣。而李夢陽、何景明倡言復古，
文自西京、詩自中唐而下，一切吐棄，操觚談藝之士翕然
宗之。明之詩文，於斯一變。迨嘉靖時，王慎中、唐順之
輩，文宗歐、曾，詩仿初唐。李攀龍、王世貞輩，文主秦、
漢，詩規盛唐。王、李之持論，大率與夢陽、景明相倡和
也。歸有光頗後出，以司馬、歐陽自命，力排李、何、王、
李，而徐渭、湯顯祖、袁宏道、鍾惺之屬，亦各爭鳴一時，
於是宗李、何、王、李者稍衰。至啓、禎時，錢謙益、艾
南英准北宋之矩矱，張溥、陳子龍撷東漢之芳華，又一變
矣。有明一代，文士卓卓表見者，其源流大抵如此。〔註8〕

正是在這種情形下，明代詩話創作非常繁盛，而且呈現出不同於
前代的時代特徵。

明代詩話最為突出的特徵就是崇唐抑宋的理論傾向佔據主導地
位，這與明代主流詩學思潮的影響是密切相關的。明代前中期的詩

〔註7〕 （明）賀貽孫：《與周白山》，見《水田居文集》卷二，清敕書樓刊
《水田居全集》本。
〔註8〕 （清）張廷玉等撰：《明史》卷二百八十五，中華書局 1974 年版，
第 7307 頁～第 7308 頁。

壇，崇唐者在抒發理論主張時往往對唐詩「對立面」的宋詩痛加貶斥，崇唐者往往必抑宋，直至明代後期，唐宋詩之爭才多了些理性的思考，崇唐者能夠站在一個較爲客觀的角度看待宋詩。崇唐詩話以前後七子及受七子詩論影響者的詩話爲代表，如王世貞《藝苑卮言》、謝榛《四溟詩話》及王世懋《藝圃擷餘》等；宗宋詩話數量較少，可以舉例討論的有瞿佑《歸田詩話》、都穆《南濠詩話》和游潛《夢蕉詩話》；「客觀論者」的詩話主要包括了楊愼《升菴詩話》、胡應麟《詩藪》和許學夷《詩源辯體》等。

　　一方面，崇唐者積極參與詩話創作，直接將自己的詩學主張訴諸詩話；另一方面，崇唐詩話的傳播又進一步擴大了崇唐詩論的影響力，使詩話創作中的崇唐傾向更爲明顯。這樣，就形成了明代詩話中崇唐詩話與宗宋詩話的不均衡格局。崇唐詩話數量多，傳播範圍廣，影響力大，逐步佔據「話語霸權」；宗宋者理論主張不夠鮮明，很少有詩話專著，宗宋詩話數量有限，傳播範圍有限，影響力弱。也有一些詩論家跳出崇唐與宗宋的圈子，能夠站在較爲客觀的角度審視唐詩和宋詩，對兩種詩歌風格的優劣做出大致符合詩歌史發展實際的理論判斷，形成了明代唐宋詩之爭中的「客觀論者」詩論家群體。在這種詩話批評的格局下，唐詩的接受表現爲較爲單一的推崇，而宋詩接受則呈現出三種傾向：抑宋，宗宋，調和唐宋。

第二節　崇唐抑宋——明代詩話的主流話語傾向

　　自南宋嚴羽發端，經元人鼓吹，唐宋詩之爭至明代更爲激烈。明代詩話中，推崇唐詩者占半數以上，而在大力推崇唐詩的同時，這些詩話專著又對宋詩加以貶斥，「崇唐」往往與「抑宋」相伴。嚴羽的詩論對本朝詩歌尤其是江西詩派多有批評，他的詩論傾向對明代詩論影響很深。明代崇唐詩論家對嚴羽推崇備至，他們的詩論很多方面都帶有嚴羽詩學的痕跡，明人詩話中甚至有專學嚴羽者，如劉世偉《過

庭詩話》等。在《滄浪詩話・詩辯》中，嚴羽提出學詩者的識見：「夫學詩者以識爲主：入門須正，立志須高；以漢魏晉盛唐爲師，不作開元天寶以下人物」〔註9〕。同時，他還表現出對本朝詩風的不滿：「近代諸公乃作奇特解會，以文字爲詩，以才學爲詩，以議論爲詩。夫豈不工，終非古人之詩也」〔註10〕。在明代的文學批評中，崇唐詩話傳播範圍廣，追隨者眾多。這樣，明代詩話就形成了「崇唐抑宋」佔據話語主導地位的格局。明代具有鮮明崇唐抑宋傾向的詩話主要有李東陽《麓堂詩話》、謝榛《四溟詩話》、王世貞《藝苑卮言》、王世懋《藝圃擷餘》、馮復京《說詩補遺》等。在這些詩話中，對於宋詩的接受表現爲「抑宋」。

表 1-1　明代崇唐詩話基本情況簡表〔註11〕

詩　話	作者	成書時間	易見版本
《詩學梯航》	周敘	正統十三年（1448）	天一閣藏明抄本
《松石軒詩評》	朱奠培	成化十年（1474）	北京大學圖書館藏明刊本
《麓堂詩話》（《懷麓堂詩話》）	李東陽	正德初年	《歷代詩話續編》本
《餘冬詩話》	何孟春	弘治年間	《叢書集成初編》本
《頤山詩話》	安磐	嘉靖三年（1528）	《影印文淵閣四庫全書》本
《拘虛詩談》	陳沂	正德年間	《四明叢書》本
《過庭詩話》	劉世偉	嘉靖三十六年（1557）	《四庫存目叢書》本
《唐詩品》	徐獻忠	嘉靖十九年（1540）	嘉靖十九年刊本

〔註9〕　（宋）嚴羽著，郭紹虞校釋：《滄浪詩話校釋》，人民文學出版社1961年版，第1頁。

〔註10〕　（宋）嚴羽著，郭紹虞校釋：《滄浪詩話校釋》，人民文學出版社1961年版，第26頁。

〔註11〕　此處所列舉者爲明代崇唐傾向明顯且較有代表性的詩話專著，成書時間及版本來源參考孫小力《明代詩學書目匯考》，《中國詩學》第九輯，人民文學出版社2004年版。

《解頤新語》	皇甫汸	嘉靖年間	臺灣廣文書局《古今詩話續編》本
《香宇詩談》	田藝蘅	隆慶年間	《說郛續》本
《四溟詩話》（《詩家直說》）	謝榛	隆慶二年（1568）	《歷代詩話續編》本
《藝苑卮言》	王世貞	嘉靖四十四年	《歷代詩話續編》本
《藝圃擷餘》	王世懋	萬曆十三年（1585）	《歷代詩話》本
《玉笥詩談》	朱孟震	萬曆二十年（1592）	《叢書集成初編》本
《詩學雜言》	冒愈昌	萬曆二十八年（1600）	復旦大學圖書館藏明刊本
《冷邸小言》	鄧雲霄	萬曆年間	《四庫存目叢書》本
《說詩補遺》	馮復京	萬曆四十八年（1620）	復旦大學圖書館藏清抄本
《藝圃傖談》	郝敬	萬曆年間	《山草堂集》本
《小草齋詩話》	謝肇淛	萬曆年間	上海圖書館藏清抄本
《石室談詩》	趙士喆	崇禎年間	《東萊趙氏楹書叢刊》本

一、《麓堂詩話》對於宋詩的貶抑

　　成化、弘治年間，以李東陽為首的茶陵派對當時的詩壇有著重要影響。李東陽身為內閣重臣和詩壇領袖，「主文柄，天下翕然宗之」〔註12〕。胡應麟在《詩藪》中稱：「成化以還，詩道旁落，唐人風致，幾於盡隳。獨李文正才具宏通，格律嚴整，高步一時，興起李、何，厥功甚偉。是時中、晚、宋，諸調雜興，此老砥柱其間，故不易也。」〔註13〕李東陽的詩歌理論主要體現在其詩話專著《麓堂詩話》一書中。《麓堂詩話》又稱《懷麓堂詩話》，全書共收詩話137則，初刊於正德初年，一經刊行，即產生了理論影響。知不足齋重刊的《麓堂詩話》有王鐸所撰序，序中對李東陽的詩歌創作和這部詩話均給予了極高的評價：「先生之詩獨步斯世，若杜之在唐，蘇之在宋，虞

〔註12〕（清）張廷玉等撰：《明史》卷二百八十六，中華書局 1974 年版，第 7348 頁。
〔註13〕（明）胡應麟：《詩藪》續編卷一，上海古籍出版社 1979 年版，第 345 頁。

伯生之在元，集諸家之長而大成之。故其評騭折衷，如老吏斷律，無不曲當。」〔註14〕《麓堂詩話》有著明確的批評傾向，許學夷在《詩源辯體》中說：「首正古、律之體，次貶宋人詩法，而獨宗嚴氏，可謂卓識」〔註15〕。李東陽對宋人詩作詩風的批評主要是通過「比較」的方法，在整個詩歌發展史的關照中比較唐宋、比較宋元，以見唐詩之憂與宋詩之劣。在對比唐宋時，李東陽認為宋代詩法繁盛，而唐人不言詩法，唐詩的興致風格不是通過詩法就能學到的，正是宋人喜歡談論作詩方法讓宋代詩歌「無所得」：「唐人不言詩法，詩法多出於宋，而宋人於詩無所得。所謂法者，不過一字一句，對偶雕琢之工，而天真興致，則未可與道。其高者失之捕風捉影，而卑者坐於黏皮帶骨，至於江西詩派極矣。」〔註16〕李東陽的這段論述，不僅僅只是貶抑了宋代詩歌創作，而且提出了詩法詩話的繁盛影響詩歌創作，即理論興則創作衰的觀點，這對其後的詩論家影響深遠。同時，李東陽又在唐宋對比中引入元代，通過對元詩風格的描述和詩歌史定位，指出宋詩之劣，而參照點始終是唐詩，「宋詩深，卻去唐遠；元詩淺，去唐卻近」〔註17〕。在李東陽眼中，宋詩故作高深，已經失去了唐詩所代表的詩歌風韻，而元詩的淺顯，卻更接近唐詩的樸實之質，而無論宋詩還是元詩，都遠遠不及唐詩所達到的高度。這些比較都是基於李東陽詩歌創作實踐和詩學理論傾向對於唐詩尤其是盛唐詩推崇的基礎上，而「宋人於詩無所得」則是明初以來對於宋詩的最尖銳的批評。顯然，這種批評是偏激的。

〔註14〕 （明）王鐸：《麓堂詩話序》，見李東陽《麓堂詩話》卷首，《歷代詩話續編》本，中華書局 1983 版，第 1368 頁。

〔註15〕 （明）許學夷：《詩源辯體》卷三五，《續修四庫全書》本，上海古籍出版社 1995 年版，第 1696 冊，第 411 頁。

〔註16〕 （明）李東陽：《麓堂詩話》，《歷代詩話續編》本，中華書局 1983 年版，第 1371 頁。

〔註17〕 （明）李東陽：《麓堂詩話》，《歷代詩話續編》本，中華書局 1983 年版，第 1371 頁。

二、前後七子的詩話與「詩必盛唐」

　　前後七子是「文必秦漢，詩必盛唐」〔註18〕的倡導者和推行者，他們所掀起的文學復古運動聲勢宏大，影響深遠。「詩必盛唐」不僅僅體現在詩歌創作上對於唐詩的摹擬，同時也表現爲詩學理論中的「崇唐抑宋」。「抑宋」成爲前後七子宋詩批評的基調，也由於前後七子的巨大號召力和影響力，「抑宋」成爲明代宋詩接受的主流話語。前後七子的詩話專著的代表文本包括：徐禎卿《談藝錄》、謝榛《四溟詩話》、王世貞《藝苑卮言》等，同時，受七子影響的詩話還有王世懋《藝圃擷餘》、安磐《頤山詩話》等。這幾部詩話中「抑宋」傾向最爲明顯的是謝榛《四溟詩話》、王世貞《藝苑卮言》和王世懋《藝圃擷餘》。

　　作爲後七子重要成員的謝榛雖然因爲與李攀龍的矛盾被王世貞等人所排斥，但是他們的詩學思想還是基本一致的。謝榛的《四溟詩話》又名《詩家直說》，《千頃堂書目》文史類著錄「《詩家直說》四卷」〔註19〕，《四庫全書總目》詩文評類存目著錄「《詩家直說》二卷」〔註20〕。王漁洋對謝榛的詩歌創作稱讚頗多：「茂秦今體功力深厚，句響而字穩，『七子』『五子』之流，皆不及也。茂秦詩有兩種：其聲律圓穩，持擇矜愼者，弘正之遺響也；其應酬牽率，排比支綴者，嘉隆之前茅也」〔註21〕。四庫館臣對《詩家直說》的評價不高：「論詩

〔註18〕　《明史・李夢陽傳》：「弘治時，宰相李東陽主文柄，天下翕然宗之，夢陽獨譏其萎弱。倡言文必秦漢，詩必盛唐，非是者弗道。……與（何）景明、（徐）禎卿、（邊）貢、（康）海、（王）九思、王廷相號『七才子』。」見（清）張廷玉等撰：《明史》卷二百八十六，中華書局1974年版，第7348頁。

〔註19〕　（清）黃虞稷：《千頃堂書目》卷三十二，影印文淵閣《四庫全書》本，臺灣商務印書館1983年版，第676冊，第756頁。

〔註20〕　（清）永瑢等：《欽定四庫全書總目》（整理本），中華書局1997年版，第2770頁。

〔註21〕　（清）王漁洋：《四溟詩話序》，見謝榛《四溟詩話》，《歷代詩話續編》本，中華書局1983年版，第1134頁。

之語則多迂謬」〔註22〕。謝榛對宋詩的貶抑，主要體現在對於宋詩立意、詩法的批評上。唐代詩歌創作繁盛，對於詩歌進行的理論探討較少，宋代詩話詩格大量湧現，開始對詩歌立意、詩歌做法作更深層次的闡發。謝榛對宋人的這種做法是持否定態度的，而且認爲就是這些理論闡發使宋代詩歌創作陷入泥潭，謝榛認爲「宋人謂作詩貴先立意。李白斗酒百篇，豈先立許多意思而後措辭哉？蓋意隨筆生，不假布置」〔註23〕，「詩有辭前意、辭後意，唐人兼之，婉而有味，渾而無跡。宋人必先命意，涉於理路，殊無思致」〔註24〕，這是關於詩歌立意的問題。此外，他認爲宋人對詩格的推崇也影響了創作，「唐人詩法六格，宋人廣爲十三，曰：『一字血脈，二字貫串，三字棟樑，數字連序，中斷，鉤鎖連環，順流直下，單拋，雙拋，內剝，外剝，前散，後散，謂之層龍絕藝』。作者泥此，何以成一代詩豪邪？」〔註25〕在這個問題上，謝榛的認識與前面提到的李東陽在《麓堂詩話》中所表達的觀點頗爲一致。詩分唐宋，究竟唐宋有何區別，謝榛也作了具體而細緻的分析，並且提出應以盛唐爲法，如用韻：

> 七言絕句，盛唐諸公用韻最嚴：大曆以下，稍有旁出者。作者當以盛唐爲法。盛唐人突然而起，以韻爲主，意到辭工，不假雕飾；或命意得句，以韻發端，渾成無跡，此所以爲盛唐也。宋人專重轉合，刻意精煉；或難於起句，借用旁韻，牽強成章，此所以爲宋也。〔註26〕

〔註22〕 （清）永瑢等：《欽定四庫全書總目》（整理本），中華書局 1997 年版，第 2330 頁。

〔註23〕 （明）謝榛：《四溟詩話》卷一，《歷代詩話續編》本，中華書局 1983 年版，第 1149 頁。

〔註24〕 （明）謝榛：《四溟詩話》卷一，《歷代詩話續編》本，中華書局 1983 年版，第 1149 頁。

〔註25〕 （明）謝榛：《四溟詩話》卷一，《歷代詩話續編》本，中華書局 1983 年版，第 1149 頁。

〔註26〕 （明）謝榛：《四溟詩話》卷一，《歷代詩話續編》本，中華書局 1983 年版，第 1143 頁。

在《四溟詩話》中，謝榛還以杜甫所代表的盛唐詩作爲美學典範對宋詩表示了蔑視，他先舉數句杜詩中綺麗而有文采的詩，接著指出雖然此類風格晚唐亦有，但已經遠不如盛唐，而宋人雖然也有巧句，只相當於村婦塗脂抹粉，貽笑大方而已。

王世貞是繼李攀龍之後的後七子領袖，《明史·王世貞傳》稱：「世貞始與李攀龍狎主文盟，攀龍歿，獨操柄二十年。才最高，地望最顯，聲華意氣籠蓋海內。一時士大夫及山人、詞客、衲子、羽流，莫不奔走門下，片言褒獎，聲價驟起」〔註27〕。王世貞著述頗多，他的詩學理論集中表達在《藝苑卮言》一書中。《國史經籍志》著錄「王元美《藝苑卮言》八卷，又《藝苑卮言》附錄四卷」〔註28〕，《千頃堂書目》著錄「王世貞《藝苑卮言》八卷附錄四卷」〔註29〕。根據《藝苑卮言》卷首所附的兩篇自序，此書前六卷初稿成於嘉靖三十七年（1558），嘉靖四十四年（1565）刊行，隆慶六年（1572）年增入後兩卷。從成書時間來看，這部詩話主要體現的是王世貞早年的詩學思想。《藝苑卮言》全書四百七十餘則，「論凡詩者十之七，文十之三」〔註30〕。這部詩話在對待宋詩的態度上，總體上也是貶抑，但是並沒有持完全否定的態度。具體到宋代詩人，對黃庭堅和陸游、楊萬里等人的詩表示不屑：「魯直不足小乘，直是外道耳，已墮傍生趣中。南渡以後，陸務觀頗近蘇氏而粗，楊萬里劉改之俱弗如也。謝皋羽微見翹楚，《鴻門行》諸篇，大有唐人之致」〔註31〕；對蘇軾有所肯定：「讀

〔註27〕（清）張廷玉等撰：《明史》卷二百八十七，中華書局 1974 年版，第 7381 頁。
〔註28〕（明）焦竑：《國史經籍志》卷五，《續修四庫全書》本，上海古籍出版社 1995 年版，第 916 冊，第 547 頁。
〔註29〕（清）黃虞稷：《千頃堂書目》卷三十二，影印文淵閣《四庫全書》本，臺灣商務印書館 1983 年版，第 676 冊，第 756 頁。
〔註30〕（明）王世貞：《藝苑卮言》，《歷代詩話續編》本，中華書局 1983 年版，第 949 頁。
〔註31〕（明）王世貞：《藝苑卮言》，《歷代詩話續編》本，中華書局 1983 年版，第 1018 頁。

子瞻文，見才矣，然似不讀書者。讀子瞻詩，見學矣，然似絕無才者。懶倦欲睡時，誦子瞻小文及小詞，亦覺神王」〔註32〕。進行優劣評判的標準，依舊是唐人的詩歌，「子瞻多用事實，從老杜五言古排律中來。魯直用生拗句法，或拙或巧，從老杜歌行中來。介甫用生重字力於七言絕句及頷聯內，亦從老杜律中來。但所謂差之毫釐，謬以千里耳。骨格既定，宋詩亦不妨看」〔註33〕，以李白杜甫為代表的盛唐詩歌始終是七子文學復古的高標。王世貞還以林逋著名的《梅花》為例，對唐宋詩的優劣作了比較，「宋詩如林和靖《梅花》詩，一時傳誦。『暗香』『疏影』，景態雖佳，已落異境，是許渾至語，非開元大曆人語。至『霜禽』『粉蝶』，直五尺童耳。老杜云：『幸不折來傷歲暮，若為看去亂鄉愁。』風骨蒼然。其次則李君玉云：『玉鱗寂寂飛斜月，素手亭亭對夕陽。』大有神采，足為梅花吐氣」〔註34〕。林逋的《梅花》歷來為詩論家所稱道，而王世貞卻只把此詩的水平歸入晚唐，在他看來，宋詩中的佼佼者也就只是達到了晚唐的境界，「開元大曆人語」才是詩歌的至境。王世貞認為，雖然宋詩已經難以達到唐詩的高度，但是宋詩「亦不妨看」，仔細讀讀，還是能發現蘇軾等人詩歌中的妙處的。隨著詩學思想的成熟，王世貞晚年對宋詩的批評態度也趨於包容，他在《蘇長公外記序》中說：「當吾少壯時，與于麟習為古文辭，其於四家（按指韓、柳、歐、蘇之文）殊不能相入，晚而稍安之。毋論蘇公文，即其詩，最號為雅變雜糅者，雖不足為吾式，而亦當以為吾用。其咸赴節義，聰明之所溢，散而為風調才技，於余心時有當焉」〔註35〕。

〔註32〕（明）王世貞：《藝苑卮言》，《歷代詩話續編》本，中華書局 1983年版，第 1018 頁。

〔註33〕（明）王世貞：《藝苑卮言》，《歷代詩話續編》本，中華書局 1983年版，第 1021 頁。

〔註34〕（明）王世貞：《藝苑卮言》，《歷代詩話續編》本，中華書局 1983年版，第 1017 頁。

〔註35〕（明）王世貞：《弇州續稿》卷四十二，影印文淵閣《四庫全書》本，臺灣商務印書館 1983 年版，第 1282 冊，第 558 頁。

三、受七子詩論影響者的詩話

受後七子詩論影響較爲突出的是王世貞之弟王世懋，他的《藝圃擷餘》也是在當時頗有影響的詩話專著。《澹生堂藏書目》著錄：「《藝圃擷餘》一卷，王世懋」〔註36〕，《四庫全書總目》詩文評類著錄「《藝圃擷餘》一卷」〔註37〕。根據四庫館臣的考證，這部詩話的成書在《藝苑卮言》之後，論詩宗旨大致與其兄王世貞一致，然而能夠不拘於門戶之見，與七子中的謋謋其談者不同。全書共收錄論詩條目 34 條，在對於唐宋詩的看法上，仍然是古詩推尊漢魏，近體推尊盛唐，對宋詩頗多批判。王世懋對於宋詩的批評，主要集中在宋人作詩用典、用韻等方面。宋代江西詩派最爲明顯的詩歌創作特徵之一就是使事用典，以黃庭堅、陳師道等人爲代表。在黃庭堅等人看來，作詩不可不用典，巧妙化用典故可以點鐵成金。王世懋回顧了從漢代以來詩歌用典的歷史，對宋人用典提出批評：「使事之妙，在有而若無，實而若虛，可意悟不可言傳，可力學得不可倉卒得也。宋人使事最多，而最不善使，故詩道衰。我朝越宋繼唐，正以有豪傑數輩，得使事三昧耳。第恐數十年後，必有厭而掃除者，則其濫觴末弩爲之也」〔註38〕。客觀來講，王世懋的這段批評還是指出了宋代詩歌創作中用典過多、過濫的弊端，但是也應該看到宋人用典對於詩歌藝術成就發展的一面。在詩歌的用韻上，王世懋對於晚唐發端的首句用韻最爲反感，「至於首句出韻，晚唐作俑，宋人濫觴，尤不可學」〔註39〕。雖然鄙薄宋詩，但是王世懋的對於宋詩的批評能夠建立在對於整個詩歌發展史回顧的廣闊視野之中，雖不無偏頗，也有中肯之言。

〔註36〕（明）祁承爜：《澹生堂藏書目》，《續修四庫全書》本，上海古籍出版社 1995 年版，第 919 冊，第 709 頁。
〔註37〕（清）永瑢等：《欽定四庫全書總目》（整理本），中華書局 1997 年版，第 2757 頁。
〔註38〕（明）王世懋：《藝圃擷餘》，《歷代詩話》本，中華書局 1981 年版，第 775 頁。
〔註39〕（明）王世懋：《藝圃擷餘》，《歷代詩話》本，中華書局 1981 年版，第 776 頁。

　　還有一部詩話，在論述詩話與明代宋詩接受的問題上不得不提到，那就是馮復京的《說詩補遺》。馮復京本人深受七子復古詩論影響，這部詩話有著鮮明的個性特點。這部詩話專著的成書時間在萬曆四十八年（1620）。全書共有八卷，卷一為總論，所論述的內容包括詩思、詩格、詩體等，卷二至卷四論述唐以前的詩歌，卷五至卷八論述唐代詩歌。從體例上看全書到唐代而止，不論及宋詩及宋以後的詩歌，作者以此表明對宋詩的不屑，在書中作者也是不時地流露出對於宋詩的鄙薄，感情色彩極為濃厚，呈現出主觀認識強烈的非理性批評傾向。其中言語如「宋人之解杜詩，穿鑿附會，狂囈不休，詩道之蟊賊矣」〔註40〕；「宋人盲語誕囈，往往如是」〔註41〕；「宋人談詩，一代誕囈，固為可笑」〔註42〕；「宋人不解詩，尤不解古詩，以其數典忘祖」〔註43〕。明代批評宋詩者眾多，鄙薄宋詩的批評者大多數還是能夠較理性地從詩歌創作和詩歌批評的理論層面展開批評，而少有言辭激烈而感情強烈如馮復京者。作為七子詩論的追隨者，馮復京對於宋詩的批判可以算是一個極端了。

第三節　「舉世宗唐恐未公」──明代宗宋詩話的詩學觀念

　　齊治平《唐宋詩之爭概述》在論及「明初以來之鼓吹宋詩者」的問題時談到：「明代詩壇，經前後七子之提倡，唐音洋溢天下，歷久不衰。然七子未興以前，詩壇尚未形成壟斷之局；七子既出之後，所

〔註40〕　（明）馮復京：《說詩補遺》卷一，《明詩話全編》本，鳳凰出版社　　　　　1997年版，第7179頁。
〔註41〕　（明）馮復京：《說詩補遺》卷二，《明詩話全編》本，鳳凰出版社　　　　　1997年版，第7194頁。
〔註42〕　（明）馮復京：《說詩補遺》卷六，《明詩話全編》本，鳳凰出版社　　　　　1997年版，第7269頁。
〔註43〕　（明）馮復京：《說詩補遺》卷六，《明詩話全編》本，鳳凰出版社　　　　　1997年版，第7270頁。

謂『衣冠老杜，嚬笑盛唐』者，又未足以饜人之望；故稱道宋詩者亦時時有之」〔註44〕。在數量眾多的明代詩話中，崇唐詩話所佔比例最大，宗宋詩話數量寥寥，較爲典型的宗宋詩話有瞿佑《歸田詩話》、都穆《南濠詩話》、游潛《夢蕉詩話》等。這三部詩話中，《歸田詩話》的產生時間正是在前七子登上文壇之前，齊治平所說的詩壇尚未被七子所壟斷的時候；《南濠詩話》和《夢蕉詩話》產生於「前七子」興起發展的時期，與李東陽等人的尊唐論調迥然有別，理論特色鮮明。這三部詩話中，《歸田詩話》和《南濠詩話》在當時及以後都有一定影響，學者們在論述明代宗宋詩論的時候經常會引用這兩部詩話中的觀點。《夢蕉詩話》與前兩部不同，游潛對宋詩的推崇是建立在宋詩不如唐詩而勝於元詩的詩學觀念的基礎之上的。

一、瞿佑《歸田詩話》的詩學觀念

　　現存明代宗宋詩話中，瞿佑的《歸田詩話》是較早的一部，而明代的宗宋詩風卻不是從瞿佑才開始的，早於瞿佑的方孝孺、黃容等人都是宋詩的熱烈擁護者，只是他們沒有將自己的詩學觀念以詩話的形式加以表達。關於瞿佑的這部詩話，很多目錄書都有著錄：《百川書志》著錄「存齋《歸田詩話》三卷，國朝錢唐存齋公瞿佑宗吉告歸田時著也。凡百二十條」〔註45〕；《國史經籍志》著錄「瞿宗吉詩話二卷」〔註46〕，《澹生堂藏書目》著錄：「《歸田詩話》，三卷一冊，瞿祐」〔註47〕、「《妙吟堂詩話》三卷二冊，瞿佑」〔註48〕；

〔註44〕齊治平：《唐宋詩之爭概述》，嶽麓書社 1984 年版，第 54 頁。

〔註45〕（明）高儒：《百川書志》卷十八，《續修四庫全書》本，上海古籍出版社 1995 年版，第 919 冊，第 435 頁。

〔註46〕（明）焦竑：《國史經籍志》卷五，《續修四庫全書》本，上海古籍出版社 1995 年版，第 916 冊，第 547 頁。

〔註47〕（明）祁承㸁：《澹生堂藏書目》，《續修四庫全書》本，上海古籍出版社 1995 年版，第 919 冊，第 709 頁。

〔註48〕（明）祁承㸁：《澹生堂藏書目》，《續修四庫全書》本，上海古籍出版社 1995 年版，第 919 冊，第 711 頁。

《千頃堂書目》著錄「《吟堂詩話》三卷，又《歸田詩話》三卷」
〔註49〕。查看各家公私目錄可知，《妙吟堂詩話》和《吟堂詩話》
都是《歸田詩話》的別名。《四庫全書總目》列出瞿佑在《歸田詩
話》中的諸多謬誤，最後得出評價：「此書所見頗淺，……於考證
亦疏」〔註50〕。四庫館臣從考據學的角度出發，指謫謬誤，對此書
評價不高，可以理解。但是就詩學觀念的獨特價值與理論影響而
言，《歸田詩話》對於認識明代宗宋詩風與宋詩接受是很重要的。
按照瞿佑書前自序，此書成書於洪熙己巳（1425），全書共三卷，
論詩條目凡 120 則。

方回作為宋元之際的著名詩人，在詩歌創作上特別推崇江西詩
派，對黃庭堅、陳師道、陳與義等人評價尤高。瞿佑在《歸田詩話》
卷上的第二則就全錄了方回為《唐三體詩》所寫的序言，並在後面的
文字中表示了對方回詩歌觀念的認同，可謂在《歸田詩話》的開篇就
奠定了全書宗宋的基調。在這篇序中，方回名為序唐，實為揚宋，在
對《唐三體詩》的詩法觀點提出批評後，對宋詩大加讚揚：「宋詩以
歐、蘇、黃、陳為第一，渡江以後，放翁石湖諸賢詩，皆當深玩熟觀
體認變化。雖然，以吾朱文公之學而較之，則又有向上工夫，而文公
詩未易可窺測也」〔註51〕。方回不僅充分肯定了歐、蘇、黃、陳等人
的地位，而且認為朱熹的詩更有「向上工夫」，這與方回的理學傾向
是緊密相連的。瞿佑對於方回在這篇序言中所表達的詩學觀念深表贊
同，「此序議論甚正，識見甚廣」〔註52〕。這種贊同，在《歸田詩話》
中有鮮明的體現，《歸田詩話》論唐詩者有 27 條，僅局限在對杜甫、

〔註49〕（清）黃虞稷：《千頃堂書目》卷三十二，影印文淵閣《四庫全書》
　　　　本，臺灣商務印書館 1983 年版，第 676 冊，第 754 頁～第 755 頁。
〔註50〕（清）永瑢等：《欽定四庫全書總目》（整理本），中華書局 1997 年
　　　　版，第 2768 頁。
〔註51〕（明）瞿佑：《歸田詩話》卷上，《歷代詩話續編》本，中華書局 1983
　　　　年版，第 1236 頁。
〔註52〕（明）瞿佑：《歸田詩話》卷上，《歷代詩話續編》本，中華書局 1983
　　　　年版，第 1236 頁。

李白等幾個著名詩人的評論上，而論宋詩者則多達 38 條，且對王安石、蘇軾、黃庭堅、陳師道、陸游等人頗多讚美之詞，字裏行間流露出對宋詩風格的欣賞。如《詠鴟詠魚》條：「荊公《詠鴟》云：『依倚秋風氣勢豪，似欺黃雀在蓬蒿。不知羽翼青冥上，腐鼠相隨勢亦高』。又《詠小魚》云：『遠岸車鳴水欲乾，魚兒相逐尚相歡。無人掣入滄溟去，汝死那知世界寬。』二詩皆託物興詞，而有深意」〔註53〕，王安石的這兩首詩，僅就詩歌本身來講，藝術水平並不高，但是因爲都具有宋詩典型的說理特點，所以瞿佑頗爲欣賞。對於蘇軾詩歌，除詩歌的藝術成就以外，瞿佑更爲欣賞的是蘇軾詩中表現出的曠達的人生態度，在《與李之儀簡》、《東坡傲世》、《詩無愁恨意》等條目中都有反映。瞿祐認爲，黃庭堅的詩，有些頗得杜甫詩歌的神韻：「山谷題《浣花醉歸圖》云：『中原未得平安報，醉裏眉攢萬國愁。』能道出少陵心事」〔註54〕。他稱讚陳師道「詩格極高，呂本中選江西詩派，以嗣山谷，非一時諸人所及」〔註55〕，這與方回在《瀛奎律髓》中對於陳師道的肯定一致的。

　　瞿佑不僅在詩話中表現出對宋詩的推崇，而且還以編選宋詩的方式來表達自己的詩學觀念。瞿佑編選有以宋詩爲主的宋金元詩選本《鼓吹續音》，雖然此書已經亡佚，在《歸田詩話》中還保留了瞿祐對於自己編選《鼓吹續音》基本情況的描述，從中可以看出瞿祐的詩學思想。元好問編選有《唐鼓吹》一書，專選唐詩，瞿佑編選《鼓吹續音》的主要目的就是在舉世宗唐的詩學話語中給宋詩爭一地位，「世人但知宗唐，於宋則棄不取。眾口一辭，至有詩盛於唐壞於宋之說。私獨不謂然，故於序文備舉前後二朝諸家所長，不減於唐者。附以己

〔註53〕　（明）瞿佑：《歸田詩話》卷上，《歷代詩話續編》本，中華書局 1983 年版，第 1252 頁。

〔註54〕　（明）瞿佑：《歸田詩話》卷上，《歷代詩話續編》本，中華書局 1983 年版，第 1256 頁。

〔註55〕　（明）瞿佑：《歸田詩話》卷上，《歷代詩話續編》本，中華書局 1983 年版，第 1256 頁。

見，而請觀者參焉」〔註56〕，而且他還在這個選本後題了八句頗有意味的詩：「騷選亡來雅道窮，尙於律體見遺風。半生莫售穿楊技，十載曾加刻楮功。此去未應無伯樂，後來當復有揚雄。吟窗玩味韋編絕，舉世宗唐恐未公」〔註57〕。顯示其想糾正「舉世宗唐」這種不公正的詩學傾向的努力。

　　對唐詩的推崇與對宋詩的貶抑，自元代延續到明初，規模已相當浩大，在這種背景下，瞿佑仍然能夠堅持自己宗尙宋詩的詩學見解，發出「舉世宗唐恐未公」的吶喊，對於糾正當時到處彌漫的摹擬唐詩之風是有積極意義的，但是他在宗宋的同時並未指出宋詩在發展過程中所存在的明顯弊端，這也是需要提出的。

二、都穆《南濠詩話》的詩學觀念

　　都穆的《南濠詩話》也是一部宗宋特色鮮明的詩話專著。《南濠詩話》亦稱《都玄敬詩話》、《南濠居士詩話》。根據此書初次刊刻的時間，大概可以推測爲都穆晚年所作。全書共收詩評 79 則，主要的理論傾向是宗尙宋詩。

　　《四庫全書總目》詩文評類著錄此書，而評價不高：「此編刻意論詩，而見地頗淺」〔註58〕。此書前面附有黃桓和文壁（文徵明原名）兩人所作序言，對都穆此書極爲推崇，黃桓在序中稱「偶得都公是集，俯而讀，仰而思，知其學問該博，而用意精勤，鉤深致遠，而雅有樞要，誠足以備一家之體，而於諸公並馳焉」〔註59〕；文壁更是肯定了其見識「君於詩別具一識，世之談者，或元人爲宗，而君雅意於宋；

〔註56〕（明）瞿佑：《歸田詩話》卷上，《歷代詩話續編》本，中華書局 1983 年版，第 1249 頁。

〔註57〕（明）瞿佑：《歸田詩話》卷上，《歷代詩話續編》本，中華書局 1983 年版，第 1249 頁。

〔註58〕（清）永瑢等：《欽定四庫全書總目》（整理本），中華書局 1997 年版，第 2769 頁。

〔註59〕（明）都穆：《南濠詩話》，《歷代詩話續編》本，中華書局 1983 年版，第 1340 頁。

謂必音韻清勝，而君惟性情之眞」〔註60〕。這些評價中，黃桓的序有過譽之嫌，而館臣的評價又有所偏頗，唯有文壁看到了此書在詩學理論上的獨特意義，即都穆對於宋詩的推崇。

《南濠詩話》產生於弘治、正德年間，都穆不滿於「前七子」對於宋詩的鄙薄，在《南濠詩話》一書中將理論的關注重點放在宋詩上，而且不隨波逐流，提出自己的看法：

> 昔人謂「詩盛於唐，壞於宋」，近亦有謂元詩過宋詩者，陋哉見也。劉後村云：「宋詩豈惟不愧於唐，蓋過之矣。」予觀歐、梅、蘇、黃、二陳至石湖、放翁諸公，其詩視唐未可便謂之過，然眞無愧色者也。元詩稱大家，必曰虞、楊、范、揭。以四子而視宋，特太山之卷石耳。方正學詩云：「前宋文章配兩周，盛時詩律亦無儔。今人未識崑崙派，卻笑黃河是濁流。」又云：「天曆諸公制作新，力排舊習祖唐人。粗豪未脫風沙氣，難詆熙豐作後塵。」非具正法眼者，烏能道此。〔註61〕

在當時的詩學風氣下，「前七子」把握著話語霸權，崇唐是主流，還有一些推崇元詩者，宗宋者寥寥。都穆駁斥了詩歌創作盛於唐代壞於宋代以及元詩勝過宋詩的論調，認爲宋詩雖然不一定優於唐詩，但是跟唐詩相比，毫無愧色，歐陽修、梅堯臣、蘇軾、黃庭堅等人都取得了很大的藝術成就。《南濠詩話》對於蘇軾的詩作與論詩之語尤爲關注，有多處引用品評。如「東坡詩云：『無事此靜坐，一日如兩日。若活七十年，便是百四十。』唐子西詩云：『山靜似太古，日長如小年。』坡以一日當兩日，子西直以日當年。又不若謝康樂云『以晤言消之，一日當千載』耳」〔註62〕等等。都穆對蘇軾推崇備至：「蘇文

〔註60〕　（明）都穆：《南濠詩話》，《歷代詩話續編》本，中華書局 1983 年版，第 1341 頁。

〔註61〕　（明）都穆：《南濠詩話》，《歷代詩話續編》本，中華書局 1983 年版，第 1344～1345 頁。

〔註62〕　（明）都穆：《南濠詩話》，《歷代詩話續編》本，中華書局 1983 年版，第 1345 頁。

忠公文章之富，古今莫有過者」〔註63〕。在上面這則詩話中，都穆引
用了方孝孺《談詩五首》中的兩首詩作爲自己的理論支撐。作爲明初
著名文人，方孝孺對宋詩的推崇來自他的儒家道統詩學觀念，在《劉
氏詩序》中，方孝孺說：「古之詩其爲用雖不同，然本於倫理之正，
發於性情之眞，而歸乎禮義之極」〔註64〕，這與宋代理學家的詩學觀
念是一致的。都穆也是當時受到理學風氣的影響者，所以他對於方孝
孺的觀點深表贊同也就可以理解了。

嚴羽是唐宋詩之爭的開啓者之一，他的《滄浪詩話》中的很多詩
學觀點成爲前後七子崇唐抑宋的理論基礎，然而讓人驚奇的是，與前
七子處於同一時期又宗尙宋詩的都穆對於嚴羽的詩論也很認同。從
《南濠詩話》中可以發現，都穆所認同的，主要是嚴羽「以禪喻詩」
的批評方法，「嚴滄浪謂論詩如論禪：『禪道惟在妙悟，詩道亦在妙悟。
學者須從最上乘，具正法眼，悟第一義』，此最爲的論」〔註65〕。但
是，都穆能以客觀的態度對待嚴羽的詩論，不因爲嚴羽的崇唐抑宋傾
向而摒棄其詩論，是一種客觀求實的態度，這也使他的宗宋帶有了更
多的客觀理性色彩。

三、游潛《夢蕉詩話》的詩學觀念

在明代詩話中，游潛的《夢蕉詩話》並不著名，也沒有多大影
響。此書成書於正德十四年（1519）之後，共 2 卷，論詩條目 65 則，
內容頗爲蕪雜，既有對詩歌本事的記載、考證，又有對前人詩歌的
解說、評論。《四庫全書總目》集部詩文評類著錄此書，館臣評價不
高：「所論諸詩，明人居其大半，率無深解，或藉以自攄不平，尤爲

〔註63〕 （明）都穆：《南濠詩話》，《歷代詩話續編》本，中華書局 1983 年
　　　　版，第 1358 頁。

〔註64〕 （明）方孝孺：《遜志齋集》卷十二，《影印文淵閣四庫全書》本，
　　　　臺灣商務印書館 1983 年版，第 1235 冊，第 375 頁。

〔註65〕 （明）都穆：《南濠詩話》，《歷代詩話續編》本，中華書局 1983 年
　　　　版，第 1345 頁。

褊淺」〔註66〕。實如館臣所言，此書識見淺薄，沒有多少創見，但是作爲明代宗宋詩話的一種，也有其自身的理論價值所在。

游潛的詩學觀點不同於瞿佑和都穆，他對宋詩的推崇是建立在承認宋詩不如唐詩但是肯定宋詩勝於元詩的觀念之上的。

> 宋詩不及於唐，固也；或者矮觀聲吠，並謂不及於元，是可笑歟！方正學論之，詩云：「前宋文章配兩周，盛時詩律亦無傳。今人未識崑崙派，欲笑黃河是濁流。」「天曆諸公制作新，力排舊習祖唐人。粗豪未脫風沙氣，難詆豐熙作後塵。」祖字上便正學立論尺寸，若劉後村，顧謂宋詩豈惟無愧於唐，概過之，斯言不免固爲溢矣。近又見胡纘宗氏作《重刻杜詩後序》，乃直謂「唐有詩，宋、元無詩」，「無」之一字，是何視蘇、黃之小也！知量者將謂之何。〔註67〕

在這段文字中，游潛所反對的，不是「崇唐抑宋」者，而是「崇元抑宋」者。在游潛看來，宋詩是不如唐詩的，劉克莊認爲宋詩無愧於唐的言論是過譽之詞；但是，宋詩是勝於元詩的，他也援引方孝孺《談詩五首》中推崇宋詩的兩首支持自己的觀點，他還對胡纘宗在《重刻杜詩後序》中蔑視宋詩的言論表示了不滿，舉蘇、黃爲代表爲宋詩爭一地位。

在肯定唐詩「情之趣」的同時，游潛也肯定了宋詩的「理之趣」。當有人向他問及對於元詩似唐、明詩似宋這個觀點的看法時，他說：「元有唐之氣，當代得宋之味。氣主外，概謂情之趣；味主內，概謂理之趣。要之，皆爲似而已矣」〔註68〕。《南濠詩話》中，游潛對於明人詩歌評論頗多，基本還是持讚賞的態度，在他的觀念中，宋詩雖

〔註66〕（清）永瑢等：《欽定四庫全書總目》（整理本），中華書局 1997 年版，第 2769 頁。

〔註67〕（明）游潛：《夢蕉詩話》，《明詩話全編》本，鳳凰出版社 1997 年版，第 1524 頁。

〔註68〕（明）游潛：《夢蕉詩話》，《明詩話全編》本，鳳凰出版社 1997 年版，第 1538 頁。

不如唐，也自有風味，當代人能得宋詩的「理之趣」已經很不錯了，這也是他對宋代詩風的肯定的一個側面。

對於蘇軾、梅堯臣、黃庭堅等人的詩歌，游潛主要是持推崇的態度，但是，在對於這些詩人具體詩作的評論上，游潛還是以唐詩的美學風格爲品評的標準。如評論蘇軾和陶淵明的詩作：「嘗謂東坡在嶺南和淵明諸作，如云『芙蓉在秋水，時節自闔開。清風亦何意！入我芝蘭懷』，句意固非尋常可及，然味之終是如佛言，譬如食蜜，知其中邊皆甜者有差。」〔註69〕還有對於梅堯臣和黃庭堅詩歌的品評：「梅聖俞詩云：『南隴鳥過北隴叫，高田水入低田流。』歐陽永叔極稱賞之，黃魯直詩云『野水自添田水滿，晴鳩卻喚雨鳩來。』論者謂其語意相似，而亦不失爲高妙。予意二詩固非俗作可能，然惟梅之『高山水入低田流』，乃自然佳句；黃云『野水自添田水滿』，不無加鑿枯矣。」〔註70〕可見，游潛對於宋詩的推崇，是建立在對於宋詩基本風格肯定的基礎之上的，《夢蕉詩話》是可以歸入宗宋詩話之中的，但是，需要強調的是，從《夢蕉詩話》對於宋代詩人詩作的評論來看，游潛對於宋詩的宗尚始終是站在把宋詩定位於唐詩之下元詩之上的立場上的。

第四節　明代詩話中的「客觀論者」

《四庫全書總目》詩文評類的小序中說：「宋、明兩代，均好爲議論，所撰尤繁。雖宋人務求深解，多穿鑿之詞；明人喜作高談，多虛驕之論。然汰除糟粕，採擷菁英，每足以考證舊聞，觸發新意。」〔註71〕有明一代，義理之學盛行，學者常作心性之談，虛妄浮誇，反

〔註69〕（明）游潛：《夢蕉詩話》，《明詩話全編》本，鳳凰出版社 1997 年版，第 1539 頁～第 1540 頁。

〔註70〕（明）游潛：《夢蕉詩話》，《明詩話全編》本，鳳凰出版社 1997 年版，第 1544 頁。

〔註71〕（清）永瑢等：《欽定四庫全書總目》（整理本），中華書局 1997 年版，第 2736 頁。

映到詩文批評上，文人結社聚集，門戶之見極爲強烈，各個派別之間相互攻擊，詩文批評中的多有主觀傾向。正如以上兩節所論，明代詩話中的崇唐者往往在推崇唐詩的時候極力貶抑宋詩，而宗宋者雖少有貶唐，也是堅持己見，極力維護宋詩的地位，這二者的理論視野基本上是圍於唐宋詩之爭的小圈子中，具有它們各自的局限性。在明代的宋詩接受中，還有一個「客觀論」者的群體。他們或是調和唐宋，對唐宋詩的優劣俱有評判；或是詩分唐宋，指出唐詩與宋詩所代表的兩種詩歌風尙；或是綜觀詩史，認爲「體格代變」，宋詩主「變」，不能以看待唐詩的眼光看待宋詩。他們詩論的主要特徵是，能夠站在較爲客觀公正的立場看待唐詩與宋詩，理性思考詩歌發展的歷史。雖然他們的詩論也有其各自的局限，然而「相對客觀」的批評態度，是他們最大的價值所在。

一、楊愼《升菴詩話》的「調和唐宋」

　　楊愼是明代著名學者，著述頗多，他的大部分詩歌批評言論都彙集在《升菴詩話》一書中。丁福保在《重編升菴詩話弁言》中說：「《升菴詩話》，自明以來無善本。有刻入升菴文集者，凡八卷；有刻入升菴外集者，凡十二卷；有刻入《丹鉛總錄》者，凡四卷；《函海》又載其十二卷及補遺三卷。此詳彼略，此有彼無，前後異次，卷帙異數」〔註72〕。可見此書版本之複雜，丁福保在《升菴詩話》的整理上，有重要貢獻，「會有《歷代詩話續編》之刻，爰搜集各本，詳加校訂，僞者正之，復者刪之，缺者補之。至其僞撰之句，則原之以存其眞，據其題中第一字之筆劃數，改編一十四卷，自謂較各本爲善矣」〔註73〕，經他校訂刊刻的《升菴詩話》成爲流傳較廣、影響較大的一個善本。中華書局在 1983 年出版校點本《歷代詩話續編》的時候，又在《升

〔註72〕　（明）楊愼：《升菴詩話》，《歷代詩話續編》本，中華書局 1983 年版，第 634 頁。

〔註73〕　（明）楊愼：《升菴詩話》，《歷代詩話續編》本，中華書局 1983 年版，第 635 頁。

菴詩話》後做了一個附錄，附錄從楊慎《詩話補遺》和《函海》本《升菴詩話》中搜集了 18 條補入。《歷代詩話續編》本《升菴詩話》共14 卷，756 則，補遺 18 則。全書既有對於詩歌本事的考證，又有對於詩歌藝術的品評議論。在對於唐宋詩之爭的問題上，楊慎持「調和唐宋」的態度，這在《升菴詩話》中有鮮明的體現。

楊慎與前七子代表人物何景明是很好的朋友，而何景明對待宋詩的態度是非常鄙薄，認爲宋人的書可以不讀，宋人的詩可以不看。《升菴詩話》卷十二《蓮花詩》記載了這樣一個小故事，楊慎讀宋人張文潛《蓮花》、杜衍《雨中荷花》、劉美中《夜度娘歌》、寇平仲《江南曲》四首詩後，認爲這四首宋詩是絕妙之作，於是他把這四首詩抄給何景明看，問何景明這是何朝人所作詩，何景明讀後判斷這是唐詩，楊慎大笑，對何景明講這就是你平時不願意讀的宋人的詩歌，何景明沉默了一會以後還是倔強地認爲細讀以後也是不佳。從這則記載，可以看出楊慎對於全面否定宋詩者的態度是不滿的。

楊慎本人是推崇唐詩的，但是他認爲唐詩也有低劣之處，而且他對學唐者不辨優劣的態度也是鄙視的。《升菴詩話》卷四《劣唐詩》中說：「學詩者動輒言唐詩，便以爲好，不思唐人有極惡劣者，如薛逢、戎昱，乃盛唐之晚唐。晚唐亦有數等，如羅隱、杜荀鶴，晚唐之下者；李山甫、盧延遜，又其下下者，望羅杜又不及矣」〔註74〕。在當時「舉世宗唐」的風氣下，摹擬唐詩者眾多，學詩者對於唐詩趨之若鶩，楊慎的這段評論應該也是針對當時詩歌創作風氣有感而發。

楊慎雖然肯定唐詩勝於宋詩，但是他認爲宋詩之中也多有佳作。如卷一《文與可》，蘇軾對於文與可的詩歌評價頗高，而文與可的詩流傳不多，楊慎在讀了文與可的集子以後，深表讚賞，在這條詩話中錄了文與可的八首詩，「此八首置之開元諸公集中，殆不可別，今日

〔註74〕 （明）楊慎：《升菴詩話》，《歷代詩話續編》本，中華書局 1983 年版，第 700 頁。

宋無詩，豈其然乎」〔註75〕。楊慎認爲，宋詩雖然不如唐詩，但是宋
詩中也有可以和唐詩匹敵的佳作，這些佳作的發現要看選者的眼力，
卷四《宋人絕句》條中，楊慎對蘇舜欽、王安石、蘇轍等人的五言絕
句推崇有加，在列舉諸人佳作後，他反問「誰謂宋無詩乎？」〔註76〕
卷十二《劉原父喜雨詩》條，楊慎對宋人劉原父（劉敞）《喜雨》一
詩評價很高，認爲「此詩無愧唐人，不可云宋無詩也」〔註77〕。同時，
楊慎在《升菴詩話》中也強調讀書學問對於詩歌創作的重要性，而且
主張詩文用字要有來歷，這與江西詩派的詩學觀點有一致的地方。

　　楊慎本人是推崇唐詩的，但是他又不滿於前七子等全面否定宋詩
的言論；對於唐詩的劣處以及學唐者的偏頗，他敢於指出，對於宋詩
中的佳作，他又樂於讚賞；而且他的詩論中也有對於江西詩派詩論的
認同。他對於唐宋詩之爭的態度是調和唐宋。

二、胡應麟《詩藪》的「詩分唐宋」

　　在「後七子」的追隨者中，受到王世貞賞識而又在詩學批評領域
影響最大的是「末五子」之一的胡應麟〔註78〕，他是這一時期格調派
詩學的重要人物。他一生著述頗豐，有《少室山房筆叢》、《少室山房

〔註75〕（明）楊慎：《升菴詩話》，《歷代詩話續編》本，中華書局 1983 年
　　　　版，第 655 頁。
〔註76〕（明）楊慎：《升菴詩話》，《歷代詩話續編》本，中華書局 1983 年
　　　　版，第 718 頁。
〔註77〕（明）楊慎：《升菴詩話》，《歷代詩話續編》本，中華書局 1983 年
　　　　版，第 894 頁。
〔註78〕《明史・文苑三・王世貞傳》：「世貞自號鳳洲，又號弇州山人。其
　　　　所與遊者，大抵見其集中，各爲標目。曰前五子者，攀龍、中行、
　　　　有譽、國倫、臣也。後五子則南昌余曰德、蒲圻魏裳、歙汪道昆、
　　　　銅梁張佳胤、新蔡張九一也。廣五子則崑山俞允文、濬盧柟、濮州
　　　　李先芳、孝豐吳維岳、順德歐大任也。續五子則陽曲王道行、東明
　　　　石星、從化黎民表、南昌朱多煌、常熟趙用賢也。末五子則京山李
　　　　維楨、鄞屠隆、南樂魏允中、蘭溪胡應麟，而用賢復與焉。其所去
　　　　取，頗以好惡爲高下。」見（清）張廷玉等撰：《明史》卷二百八十
　　　　七，中華書局 1974 年版，第 7381 頁。

類稿》等，詩學評論主要集中在《詩藪》中。《千頃堂書目》文史類
著錄：「胡應麟《詩藪》二十卷」；《四庫全書總目提要》集部詩文評
類存目著錄：「《詩藪》，十八卷」〔註79〕。《詩藪》全書共二十卷，有
內編、外編、雜編、續編四編，其中內編六卷，論詩體，卷一至卷三
論述古體雜言、五言、七言，卷四至卷六論述近體五言、七言、絕句；
外編六卷，為詩評，卷一、卷二評論周、漢、六朝詩，卷三、卷四評
論唐詩，卷五、卷六評論宋、元詩；雜編六卷，卷一至卷三為遺逸，
卷四至卷六為闊餘，補充論述亡佚篇章以及三國、五代、南宋、金詩；
續編二卷，論述明代洪武至嘉靖年間的詩歌。

　　《明史‧文苑傳》載：「胡應麟，幼能詩。萬曆四年舉於鄉，久
不第，築室山中，購書四萬餘卷，手自編次，多所撰著。攜詩謁世貞，
世貞喜而激賞之，歸益自負。所著《詩藪》二十卷，大抵奉世貞《卮
言》為律令，而敷衍其說，謂詩家之有世貞，集大成之尼父也。其貢
諛如此」〔註80〕。《明史》中的這段文字，記述了胡應麟對於王世貞
的推崇，這是符合史實的，胡應麟本人也曾有過明確表示：「以三餘
隙日，綴茸蕪詞，羽翼《卮言》」〔註81〕。但是，從胡應麟《詩藪》
所闡發的批評觀念來看，他對王世貞的詩學觀點不是奉為律令、完全
接受的，而是在自己的思想下有所修正，顯示出格調論詩學的發展。
在對待宋詩的態度上，王世貞以唐人詩歌為標準評判宋詩，對唐詩推
崇備至，但是對宋詩也有包容之心；胡應麟在推崇唐詩的同時，也肯
定宋詩風格的意義所在，能夠注意到唐宋詩風格上的異同，主張以風
格區分唐宋，具有較為客觀的批評態度。

〔註79〕　（清）永瑢等：《欽定四庫全書總目》（整理本），中華書局 1997 年
　　　　　版，第 2772 頁。
〔註80〕　（清）張廷玉等撰：《明史》卷二百八十七，中華書局 1974 年版，
　　　　　第 7382 頁。
〔註81〕　（明）胡應麟：《報長公》，見《少室山房集》卷一百十一，影印文
　　　　　淵閣《四庫全書》本，臺灣商務印書館 1983 年版，第 1290 冊，第
　　　　　810 頁。

　　《詩藪》詩學思想的主旨是「體以代變」和「格以代降」，其中，「體」是指詩歌的體裁樣式，「格」是指詩歌的藝術風貌。在《詩藪》卷一中胡應麟就提出了這兩個主旨，作爲理論展開的綱領：「四言變而《離騷》，《離騷》變而五言，五言變而七言，七言變而律詩，律詩變而絕句，詩之體以代變也。《三百篇》降而《騷》，《騷》降而漢，漢降而魏，魏降而六朝，六朝降而三唐，詩之格以代降也」〔註82〕。在胡應麟看來，詩歌的體裁隨著時代而變化，詩歌的體制受到時代因素的影響；詩歌的格調隨著時代而遞降，一代不如一代。這樣的詩學思想，正是胡應麟「詩分唐宋」觀念形成的基礎。

　　胡應麟詩學理論有鮮明的「體以代變」的思想，詩歌的發展受到時代因素的影響，時代不同，詩歌的體裁體制也會發生變化。在《詩藪》內篇的六卷中，他是分體論詩的，這也是明代詩學辨體思潮的具體體現。針對時人普遍的批評宋詩的言論，他表示了自己的立場：「余嘗評宋人近體勝歌行，歌行勝古詩，至風雅樂謠，二百年間幾於中絕。今詩家往往訾宋近體，不知源流既乏，何所自來？」〔註83〕胡應麟不滿於時人對於宋詩的片面貶抑，而是主張應從宋人在各種詩歌體式上的創作成就來作具體評價，如他認爲在五言律詩的創作上，宋人勝於元人，而在七言律詩的創作上，元人勝於宋人。「體以代變」的詩學思想使胡應麟的詩歌評論與那些對宋詩各體裁都一筆抹煞的批評者的態度截然不同，具有了相對理性的眼光。

　　受復古詩論影響，胡應麟對於詩歌發展的認識是「格以代降」，認爲詩歌發展一代不如一代。胡應麟本人是推崇唐詩的，在對宋詩的定位上，他認爲，宋詩不如唐詩，造成這種局面的原因是時代的盛衰，「初唐七言古以才藻勝，盛唐以風神勝，李、杜以氣概勝，而才藻風神稱之；加以變化靈異，遂爲大家。宋人非無氣概，元人非無才藻，

〔註82〕　（明）胡應麟：《詩藪》內編卷一，上海古籍出版社1979年版，第1頁。
〔註83〕　（明）胡應麟：《詩藪》內編卷三，上海古籍出版社1979年版，第55頁。

而變化風神，邈不復觀，固時代之盛衰，亦人之事工拙耶？」〔註84〕胡應麟認爲，宋詩亦有大家佳作，在《詩藪》中他也表示了對蘇軾、梅聖俞、黃庭堅等人詩歌的肯定，但是從總的時代影響下詩歌的格調品位來看，胡應麟認爲宋詩已遠遠不如唐詩。

在唐宋詩歌風格的區分上，胡應麟還引入了元詩作爲第三個參照。他以形象的比喻給唐宋元三朝詩作了一個定位：「唐人詩如初發芙蓉，自然可愛。宋人詩如披沙揀金，力多功少。元人詩如縷金錯採，雕繢滿前。三語本六朝評顏、謝詩，以分隸唐、宋、元人，亦不甚誣枉也」〔註85〕。在詩歌體式的創制方面，他在宋元的比較中對宋人的成就給予了肯定：「宋近體人以代殊，格以人創，鉅細精粗，千岐萬軌。元則不然，體制音響，大都如一。其詞太綺縟而乏老蒼，其調過勻整而寡變幻，要以監戒前車，不得不爾。至於肉盛骨衰，形浮味淺，是其通病。國初諸子尚然」〔註86〕。

胡應麟在推崇唐詩的前提下，對宋詩各體作了具體的優劣評判，劣者貶抑，優者讚揚；同時，他又從時代風貌出發，引入元詩作爲參照，闡發了唐宋詩格調的不同，這兩個方面共同構成了胡應麟對於唐宋詩風格的區分，「詩分唐宋」成爲胡應麟宋詩接受的一個鮮明的理論觀點。

三、許學夷《詩源辯體》的「宋主變不主正」

明末詩論家許學夷的《詩源辯體》是一部在明代詩學史上具有重要地位的詩話專著。《詩源辯體》原書包括詩論與詩選兩個部分，因爲詩選的篇幅太大，所以只刊刻了詩評部分。此書初刊本爲十六卷

〔註84〕 （明）胡應麟：《詩藪》內編卷三，上海古籍出版社 1979 年版，第 55 頁。

〔註85〕 （明）胡應麟：《詩藪》外編卷六，上海古籍出版社 1979 年版，第 234 頁。

〔註86〕 （明）胡應麟：《詩藪》外編卷六，上海古籍出版社 1979 年版，第 230 頁。

本，收錄詩論 750 則，後來經過作者二十年的增補，再刊為三十六卷本，收錄詩論 956 則。三十六卷中，前三十三卷論先秦至晚唐詩歌，後三卷為總論。後來作者又將論宋、元、明詩的部分編成《後集纂要》兩卷附於書後，收錄詩論 159 則。

　　《詩源辯體》的主要理論貢獻是對詩歌發展史中「正變」的闡釋。許學夷在《詩源辯體》卷一的第一則就表明了其基本觀點：

> 詩自《三百篇》以迄於唐，其源流可尋而正變可考也。
> 學者審其源流，識其正變，始可與言詩矣。古今說詩者無
> 慮數百家，然實悟者少，疑似者多。鍾嶸述源流而恒謬，
> 高棅序正變而屢淆，予甚惑焉。於是《三百篇》而下，博
> 訪古今作者凡若干人，詩凡數千卷，搜閱探討，歷四十年。
> 統而論之：以《三百篇》為源，漢、魏、六朝、唐人為流，
> 至元和而其派各出。析而論之：古詩以漢、魏為正，太康、
> 元嘉、永明為變，至梁、陳而古詩盡亡；律詩以初、盛唐
> 為正，大曆、元和、開成為變，至唐末而律詩盡散。〔註87〕

許學夷認為，把握詩歌發展史，認識源流和正變是首要的，只有把詩歌各體的源流正變認識清楚了，才可以談論詩歌理論。在他看來，在源流問題的探討上，鍾嶸錯誤太多，在正變問題的考察上，高棅混亂無序。在闡釋「正變」之前，許學夷先描述了詩歌發展的源流，然後得出「古詩以漢、魏為正」「律詩以初、盛唐為正」的結論，這與「七子」古詩宗漢魏，律詩崇盛唐的詩學思想是一致的。在《詩源辯體》中，「正」與「變」不是評判詩歌優劣的標準，而只是許學夷對於詩歌發展不同階段的描述。許學夷不僅肯定詩歌體裁的「變」，而且也肯定詩歌風格的「變」，在尊崇「正」的同時也肯定「變」的合理性，這是他對格調論詩學的發展。

　　以「正變」的觀念看待唐詩和宋詩，許學夷有這樣的判斷：「宋主變不主正，古詩、歌行滑稽議論，是其所長。其變幻無窮，凌跨一

〔註87〕（明）許學夷：《詩源辯體》卷一，《續修四庫全書》本，上海古籍出版社 1995 年版，第 1696 冊，第 264 頁。

代，正在於此。或欲以論唐詩者論宋，正猶求中庸之言於釋、老，未可與語釋、老也」〔註88〕。對待宋詩，必須看到「主變不主正」的鮮明特徵，所以不能簡單把唐詩和宋詩放在一起做比較，不能以評判唐詩的標準來要求宋詩，而要看到其「變」所展示出的特有風貌，從而對宋詩作出客觀評價。對於宋詩的「變」，許學夷也做了具體的分析，他認為，宋人古詩和歌行多是學韓愈、白居易，雖然在體裁上「大變」，然而功力常常有超越唐人的；律詩雖然多學杜甫，但是卻沒有很好學到杜詩的精華，名義上是「變」而實際上拘泥於「正」，使得詩歌風格生澀難懂，難以看到杜詩沉雄含蓄、渾厚悲壯的風格。《詩源辯體》在指出宋詩弊端的同時，也對宋詩有所肯定，如對宋人七言律詩的評價：「宋人七言律雖著意盛唐，然亦有自得之趣」〔註89〕；許學夷對朱熹的五言古詩也較為推崇，「朱元晦五言最工」〔註90〕。在對待宋詩的態度上，許學夷不贊同「七子」的全盤否定，具有自己詩學體系下的價值評判，「宋主變不主正」是他的宋詩接受觀念的集中體現。

〔註88〕（明）許學夷：《詩源辯體・後集纂要》卷一，《續修四庫全書》本，上海古籍出版社 1995 年版，第 426 頁。

〔註89〕（明）許學夷：《詩源辯體・後集纂要》卷一，《續修四庫全書》本，上海古籍出版社 1995 年版，第 429 頁。

〔註90〕（明）許學夷：《詩源辯體・後集纂要》卷一，《續修四庫全書》本，上海古籍出版社 1995 年版，第 431 頁。

第二章　書信序跋與明代宋詩接受

　　明代是一個書籍刊刻非常繁盛的時代，流傳至今的明人別集數量遠遠超過之前的任何一個朝代。這些明人的別集，給明代文學史和文學批評的研究提供了可靠的文獻基礎。在明人的別集中，書信和序跋往往佔有很大的比例。明人書信和序跋不僅數量眾多，而且所討論問題的範圍也極爲廣泛，其中有很多關於文學觀念和文學思想的表達和討論，從文學批評史料學的角度來看，這些資料對於考察明代的宋詩接受是非常有價值的。

　　書信是中國古代最常用的日常文體之一，通常稱爲「書」，也有尺牘、箋、劄、簡、啓等別稱。《文心雕龍・書記》篇：「夫書記廣大，衣被事體，筆劄雜名，古今多品」〔註1〕。在劉勰的認識中，「書記」類的文體概念比較寬泛，涉及的文體包括書、奏記、奏箋、譜、籍、簿、錄、方、術、占、式、律、令、法、制、符、契、券、疏、關、刺、解、牒、狀、列、辭、諺共二十七種。明人吳訥在《文章辨體・書》中說：「昔臣僚敷奏，朋舊往復，皆總曰書。近世臣僚上言，名爲表奏；惟朋舊之間，則曰書而已。蓋論議知識，人豈能同？苟不具之於書，則安得盡其委曲之意哉？」〔註2〕這就將「書」的文體範疇

〔註 1〕　（梁）劉勰著，范文瀾注：《文心雕龍注》卷五，人民文學出版社1968
　　　　年版，第457頁。
〔註 2〕　（明）吳訥著，于北山校點：《文章辨體序說》，人民文學出版社1962
　　　　年版，第41頁。

作了一個大概的界定，區別了官方的「表奏」文體和日常的「書信」。
本章的研究對象，就是指吳訥所界定的文體學意義上的日常書信。

序，指序文，又稱「敘」、「引」，是放置在文章或書籍前後的文
字，主要用來說明文章或書籍的作者、內容，對作品發表評論等。王
應麟在《辭學指南》中說：「序者，序典籍之所以作」〔註3〕。序包括
自序、他序、後序等，這是形式上的劃分，按照寫作性質，明人徐師
曾《文體明辨》將序分為兩類：「其為體有二：一曰議論，二曰敘事」
〔註4〕。跋，指跋文，一般是放置在文章或書籍後面的文字，又稱題
跋、跋尾。關於跋的主要文體功用，徐師曾在《文體明辨》中說：「題
跋者，簡編之後語也。凡經傳子史詩文圖書之類，前有序引，後有後
序，可謂盡矣。其後覽者，或因人之請求，或因感而有得，則復撰詞
以綴於末簡，總謂之題跋」〔註5〕。因為序和跋的性質較為相近，都
是對某部著作或某篇詩文進行說明的文字，所以中國古代的文章分類
通常將序和跋以及相近文體歸入「序跋類」。〔註6〕清代桐城派古文大
家姚鼐所編纂的影響頗大的《古文辭類纂》將古代文章分為十三類：
「以所聞見者偏次論說，為《古文辭類纂》，其類十三：曰論辯類，
序跋類，奏議類，書說類，⋯⋯」〔註7〕序跋是其中很重要的一類。
本章的研究對象，就是指姚鼐《古文辭類纂》所定義的「序跋類」。

按照法國批評家熱奈特的觀點，序跋可視為「副文本」，它對文
學作品的接受與傳播有特別意義：「它們為文本提供了一種（變化的）
氛圍，有時甚至提供了一種官方或半官方的評論，最單純的、對外圍

〔註3〕　（宋）王應麟：《玉海・辭學指南》卷二百四，影印文淵閣《四庫全
　　　　書》本，臺灣商務印書館 1983 年版，第 948 冊，第 340 頁。
〔註4〕　（明）徐師曾著，羅根澤校點：《文體明辨序說》，人民文學出版社
　　　　1962 年版，第 135 頁。
〔註5〕　（明）徐師曾著，羅根澤校點：《文體明辨序說》，人民文學出版社
　　　　1962 年版，第 136 頁。
〔註6〕　褚斌傑：《中國古代文體概論》，北京大學出版社 1984 年版，第 362 頁。
〔註7〕　（清）姚鼐：《古文辭類纂序目》，見《古文辭類纂》，《續修四庫全
　　　　書》本，上海古籍出版社 1995 年版，第 1609 冊，第 311 頁。

知識最不感興趣的讀者難以像他想像的或宣稱的那樣總是輕而易舉地佔有上述材料。」〔註8〕在陳水雲等人所著《唐宋詞在明末清初的傳播與接受》一書中，其第四章專門考察了明末清初唐宋詞集的「副文本」及其傳播指向，將熱奈特的「副文本」理論應用到中國古代文學接受研究的實踐中，此書所定義的明末清初詞集的副文本包括：標題、序跋、凡例、目次、詞人姓氏、編者名錄、正文中出現的評語、詞話等。〔註9〕序跋是「副文本」中重要之一種，本文研究明代宋詩接受，自然也要詳細考察相關的序跋文獻。

第一節　明人書信與序跋中的宋詩評論資料

在斷代文章總集的編纂工作中，《全明文》迄今未能成編，原因在於流傳至今的明人別集數量巨大、版本繁雜，編纂難度較大。現在可資參考者，有黃宗羲《明文海》巨編，此書收集有明一代文章，分類編纂，選文精當，是學者們常常稱引使用的一部文獻資料，但是《明文海》在版本、校勘方面有其局限性，而且所收文章的數量相對於明人文章總量來說畢竟有限。所以，考察明人書信和序跋中對於宋詩的評論，要建立在對於明人別集所存文獻整理的基礎之上。

一、明人書信中的宋詩評論資料

書信作爲一種日常文體，所表達的內容非常廣泛，在明人的書信中，較爲值得注意的是數量頗多的「論詩書」。這些論詩書信，或與後學講詩論道，或與同儕相互啓益，或同派之間同聲相和，或詩學觀念的討論交鋒，考察這些書信，有助於在更細微的層面回到明代詩學批評的過程。

〔註 8〕熱奈特著，史忠義譯：《隱跡稿本》，見《熱奈特論文集》，百花文藝出版社 2001 年版，第 71 頁。

〔註 9〕陳水雲等：《唐宋詞在明末清初的傳播與接受》，中國社會科學出版社 2010 年版。

　　本文主要的關注點在明人書信中對於宋詩的評論，以較爲常見的明人別集和總集爲資料基礎，例舉其中代表性文本，概括主要觀點，列表如下：

表 2-1　明人書信中的宋詩評論資料〔註10〕

書　信	作者	文獻出處	主要觀點
《答章秀才論詩書》	宋濂	《宋學士全集》卷二十八	全文評價漢魏至宋代的主要詩人，對於宋代詩人的論述頗爲詳細，由宋初論至南宋諸家。觀點：標舉風雅，重視師承。
《與陳鶴論詩》	顧璘	《息園存稿文》卷九	「宋變五代，元祐諸賢，遂倡道學。及其季也，各有纖瑣繁蕪之陋。」
《與李空同論詩書》	何景明	《大復集》卷三十二	「近詩以盛唐爲尙，宋人似蒼老而實疏鹵，元人似秀峻而實淺俗。」
《答周木涇論詩書》	楊愼	《升菴遺文錄》卷中「書牘類」	「嘗謂漢魏初唐詩，如麗人官妝，倩盼之質既如此，服飾之華又如彼；至於宋人則村姑而洗妝，元人則倡優而後飾，皆不近也。」
《與陳山人論詩書》	孫陞	《孫文恪公集》卷十四	「李氏穠厚而不重濁，蒼老而不枯寂，含蓄而不窒晦，即所譏評宋人數語，可概識也。曰宋人主理不主調，而唐調亡於宋。」
《與余君房論詩文書》	孫鑛	《姚江孫月峰先生全集》卷九	「作者各以時起，原不必細較，因見今人貶唐宋達過，是用質成於鉅子耳。」

〔註10〕此表以作者生卒年先後排序，文獻出處取常見者，主要觀點用書信中作者的原句，原句較長者概而論之。更詳細的內容可參看本文附錄《明代宋詩評論資料彙編》。

《與余君房論〈今文選〉書》	孫鑛	《姚江孫月峰先生全集》卷九	「宋詩亦未易可輕，惟七言律堪嘔嘔耳。其古體及五言律亦間有可觀，意味尙眞於今也。」
《答吳興王君書》	婁堅	《學古緒言》卷二十二	「夫宋人以議論爲詩，誠不盡合於古，至其高者，意趣超妙，筆力雄秀，要自迴絕未可輕議，今乃欲以贋漢唐而訾眞唐宋，容足憑乎！」
《丘長孺》	袁宏道	《錦帆集》之四「尺牘」（《袁宏道集箋校》卷六）	「今之君子，乃欲概天下而唐之，又且以不唐病宋。夫既以不唐病宋矣，何不以《選》病唐，不漢、魏病《選》，不《三百篇》病漢，不結繩鳥跡病《三百篇》耶？」
《張幼于》	袁宏道	《解脫集》之四「尺牘」（《袁宏道集箋校》卷十一）	「世人喜唐，僕則曰唐無詩；世人喜秦、漢，僕則曰秦、漢無文，世人卑宋黜元，僕則曰詩文在宋、元諸大家。」
《答梅客生開府》	袁宏道	《瓶花齋集》之九「尺牘」（《袁宏道集箋校》卷二十一	推崇蘇軾、歐陽修詩文，對李夢陽貶抑宋詩的態度不滿。
《答陶石簣》	袁宏道	《瓶花齋集》之九「尺牘」（《袁宏道集箋校》卷二十一）	「宋人詩，長於格而短於韻，而其爲文，密於持論而疏於用裁。然其中實有超秦、漢而絕盛唐者，此語非兄不以爲決然也。」
《與李龍湖》	袁宏道	《瓶花齋集》之九「尺牘」（《袁宏道集箋校》卷二十一）	「彼謂宋不如唐者，觀場之見耳，豈直眞知詩何物哉？」
《答張東阿》	袁宏道	《瓶花齋集》之九「尺牘」（《袁宏道集箋校》卷二十一）	「近時學士大夫頗諱言詩，有言詩者，又不肯細玩唐、宋人詩，強爲大聲壯語，千篇一律。」

《答陶石簀》	袁宏道	《瓶花齋集》之十「尺牘」（《袁宏道集箋校》卷二十二）	「放翁詩，第所甚愛，但闊大處不如歐、蘇耳。近讀陳同甫集，氣魄豪蕩，明允之亞。周美成詩文亦可人。世間騷人全不讀書，隨聲妄詆，欺侮前輩。」
《馮琢庵師》	袁宏道	《瓶花齋集》之十「尺牘」（《袁宏道集箋校》卷二十二）	「宏近日始讀李唐及趙宋諸大家詩文，如元、白、歐、蘇與李、杜、班、馬，真足雁行，坡公尤不可及，宏謬謂前無作者。」
《與袁六休二首》之二	陶望齡	《歇庵集》卷十五	「時賢未曾讀書，讀亦不識，乃大言宋無詩，何異夢語？」

上述明人書信中的宋詩評論資料，雖然遠沒有窮盡全部，但有代表性作家的重要觀點大致都羅列出來了。

二、明人序跋中的宋詩評論資料

明代書籍刊刻出版事業繁盛，大多數文人都希望自己的詩詞文章能流傳後世，所以自編文集以後都會找當時有名望的文人寫序，以期提高影響，聞名於當時，傳之於後世。在明代，很多前代文人的別集得到重新刊刻，書商在出版這些別集的時候，爲了擴大影響，獲得利潤，常常請一些知名文人寫作序跋，提高版本的知名度，而文人也樂於寫作，以期自己的序跋能伴隨這些前賢的文字而廣爲流傳。刊刻出版的發達，使得文本的傳播範圍得到擴展，明代的文人較之前代文人，有讀書的便利，比較容易讀到明代之前文人的別集，讀後他們經常寫作一些跋語附於集後。在這種熱衷請人寫作序跋與文人自己熱衷序跋寫作的氛圍中，有明一代保存下來的序跋數量是非常多的，序跋文在明人的文集中所佔的比例也是很大的。這些序跋，有的描述作者的生平事蹟，有的交待書籍的出版緣起，有的評論書籍的內容特色，有的闡發自己的思想觀點。

在明人的序跋中，有大量詩歌批評觀念的表達，本文主要的關注
點在明人對宋詩的評論，以較常見的明人別集和總集為資料基礎，例
舉其中的代表性文本，概括主要觀點，列表如下：

表 2-2　明人序跋中的宋詩評論資料〔註11〕

序　跋	作　者	文獻出處	主要觀點
《蘇平仲文集序》	劉基	《誠意伯劉文成公文集》卷五	「繼唐者宋，而有歐、蘇、曾、王出焉，其文與詩追漢唐矣，而周、程、張氏之徒又大闡明道理。於是，高者上窺三代，而漢唐若有歉焉。故以宋之威武，較之漢唐，弗侔也。」
《練伯上詩序》	王禕	《王忠文公集》卷二	「古今詩道之變非一也。氣運有升降，而文章與之為盛衰，概其來久矣。」
《錄諸子論詩序文》	葉盛	《水東日記》卷二十六	錄當時人詩序四篇，四篇詩序之中都有對於宋詩的評論。
《樞笈集序》	薛應旂	《明文海》卷二百六十二	「余嘗謂唐人之詩獨尚乎風，宋人之詩則雅頌為多。」
《學詩齋卷跋》	張寧	《方洲集》卷二十一	「先輩謂『刪後無詩』，蓋自有見。或者遂洞視近古，至謂宋儒之詩為無物，幾欲一掃而空焉者，棄本逐末，弊一至此。夫文章固各有體，聲韻亦自不同，然未有外理趣、捨經典而言詩者。」
《認真子詩集序》	陳獻章	《陳獻章集》卷一	「宋儒之大者，曰周、曰程、曰張、曰朱，其言具存，其發之而為詩亦多矣。世之能詩者，近則黃、陳，遠則李、杜，未聞舍彼而取此也。」

〔註11〕此表以作者活動年代先後排序，文獻出處取常見者，主要觀點用序
　　　 跋中作者的原句，原句較長者概而論之。更詳細的內容可參看本文
　　　 附錄《明代宋詩評論資料彙編》。

《跋陳可軒詩集》	周瑛	《翠渠摘稿》卷二	「自後世觀之，唐詩尚聲律，宋詩尚理趣，元詩則務爲綺麗以悅人。」
《蕭冰厓詩集序》	羅倫	《一峰文集》卷二	「宋氏有國三百餘年，治教之美，遠過漢唐，道德之懿，上承孔孟，南渡以後，國土日蹙，文氣日卑，而道德忠義之士，接踵於東南，其間以詩詞鳴者，格律之工雖未及唐，而周規折矩，不越乎禮義之大閑，又非流連光景者可同日語也。」
《嚴滄浪集序》	林俊	《見素文集》卷六	「迨宋以文爲詩，氣格愈異，而唐響幾絕。」
《刻沈石田詩序》	祝允明	《懷星堂集》卷二十四	「宋劣於唐，居然已。……或以宋可與唐同科，至有謂過之者，吾不知其何謂也，猶不能服區區之一得，何以服天下後世哉。」
《刻阮嗣宗詩序》	李夢陽	《空同集》卷五十	「宋人究原作者，顧陳、李焉極，豈其未睹籍作邪？」
《刻陸謝詩序》	李夢陽	《空同集》卷五十	「夫五言者，不祖漢則祖魏，固也。乃其下者，即當效陸謝矣。」
《缶音序》	李夢陽	《空同集》卷五十二	「宋人主理不主調，於是唐調亦亡。」
《胡氏集序》	崔銑	《洹詞》卷十	「其時北郡李夢陽、申陽何景明，協表詩法，曰：『漢無騷，唐無賦，宋無詩。』」
《白泉先生集後序》	張含	《張愈光詩文選》	「含載惟古人於詩文，主體調、性情；迄宋人，主道理、議論。古人謂氣清濁有體，不可力致。宋人用力於氣，虛而不實，並體不振，詩文之弊，極矣。」
《漢魏詩集序》	何景明	《大復集》卷三十四	「唐詩工詞，宋詩談理，雖代有作者，而漢魏之風蔑如也。」

《〈宛陵詩選〉序》	楊愼	《宛陵詩選》前序	肯定梅堯臣詩歌所取得的成就，指出當時人狂妄空論而不觀宋詩的弊端。
《長短句跋》	王廷表	《桃川剩集》	「宋人無詩而有詞。」
《杜詩批註後序》	胡纘宗	《鳥鼠山人小集》卷十一	「漢、魏有詩，梁、陳、隋無詩。唐有詩，宋、元無詩。梁、陳、隋非無詩，有詩不及漢、魏耳。宋、元非無詩，有詩不及唐耳。不及唐，不可與言漢、魏矣。不及漢、魏，不可與言風雅矣。」
《田間四時行樂詩後序》	李開先	《李開先集・閒居集》卷三	「古來詩人有唱酬，無疊和，其風俗始盛於唐之元和間，之宋則炫奇鬥博，而坡門尤甚，然多亦不過八九和耳，積而至百，雖爲古人之所不屑，而亦古人之所甚難，今人勿論矣。」
《宋詩選序》	王世貞	《弇州續稿》卷四十一	「余所以抑宋者，爲惜格也。然而代不能廢人，人不能廢篇，篇不能廢句！」
《宋藝圃集序》	李蓘	《宋藝圃集》前序	「世恒言「宋無詩」，談何易哉！蓋嘗遡風望氣，約略其世，概有三變焉，顧論者未之逮也。」
《元藝圃集序》	李蓘	《元藝圃集》前序	「宋詩深刻而痼於理，元詩膚俚而鄰於詞，是二者其弊均也。」
《唐詩會選序》	王錫爵	《王文肅公文草》卷一	「蓋譚者稱宋元無詩，詩教之興，盛於我朝而尤莫盛於今日。」
《題詞林人物考》	焦竑	《澹園集》卷二十二	「宋人好爲核論，然三體詩至以杜常爲唐人。」
《三秀亭詩草序》	焦竑	《澹園集續集》卷一	「逮宋人競以意見相高，古之審聲以知治者，幾於絕矣。余嘗論宋詩主義於性離，唐詩主調於性近，蓋以此也。」

《竹浪齋詩集序》	焦竑	《澹園集續集》卷一	「倘如世論，於唐則推初盛而薄中晚，於宋又執李、杜而繩蘇、黃，植木索途，縮縮焉而無敢失，此兒童之見，何以伏元和、慶曆之強魄也。」
《敝篋集引》	江盈科	《雪濤閣集》卷之八	「世之稱詩者，必曰唐。稱唐詩者，必曰初曰盛。惟中郎不然。曰：詩何必唐，何必初與盛，要以出自性靈者，爲眞詩爾。」
《敘小修詩》	袁宏道	《錦帆集》之二「遊記」、「雜著」（《袁宏道集箋校》卷四）	「蓋詩文至近代而卑極矣，文欲準於秦、漢，詩則必欲準於盛唐，剿襲模擬，影響步趨，見人有一語不相肖者，則共指以爲野狐外道。」
《雪濤閣集序》	袁宏道	《瓶花齋集》之六「敘」（《袁宏道集箋校》卷十八）	「文之不能不古而今也，時使之也。」
《識伯修遺墨後》	袁宏道	《瀟碧堂集》之十一「敘」（《袁宏道集箋校》卷三十五）	「伯修酷愛白、蘇二公，而嗜長公尤甚。」
《宋元詩序》	袁中道	《明文海》卷二百二十七	「總之，取裁吟臆，受法性靈，意動而鳴，意止而寂，即不得與唐爭盛，而其精彩不可磨滅之處，自當與唐並存於天地之間，此宋元詩所以刻也。」
《錢密緯寒玉齋詩序》	婁堅	《學古緒言》卷二	「於宋之作者而喋喋焉，沿襲口耳以輕肆詆訾者，或實未有窺也。」
《草書東坡五七言各一首因題其後》	婁堅	《學古緒言》卷二十三	「宋人之詩，高者固多有如蘇長公，發妙趣於橫逸謔浪，蓋不拘拘爲漢魏晉唐，而卒與之合，乃曰此直宋詩耳。」
《宋元詩三刻序》	周詩雅	《明文海》卷二百二十六	「今之言詩者，首漢魏以及唐，輒云其道大備，至宋以後無詩矣；非無詩也，格卑氣弱，世運使然。」

《書李獻吉集後》	張燮	《明文海》卷二百五十四	「明興，操觚之士久奉宋爲正朔，幾不識漢唐以前爲何物，獻吉起弘治，力爲正之。」
《宋元詩序》	李維楨	《大泌山房集》卷九	「詩自《三百篇》至於唐，而體無不備矣。宋、元人不能別爲體，而所用體又止唐人，則其遜於唐也故宜。」
《太霞曲語序》	馮夢龍	《太霞曲語》前序	「宋人用於講學，而詩入於腐。而從來性情之鬱，不得不變而之詞曲。」
《小草齋詩話序》	馬歘	《小草齋詩話》前序	「談詩者謂詩亡於宋，宋非詩亡，詩雜也。」
《東坡詩選序》	譚元春	《鵠灣文草》	「雖然，有東坡之文，亦可以不爲詩，然有東坡之文而不得不見於詩者，勢也。詩或以文爲委，文或以詩爲委，問其原何如耳。東坡之詩，則其文之委也。」
《宋九青詩序》	張溥	《七錄齋詩文合集》卷四	「下此拘音病者愚於法，工體貌者愚於理，唐人之失愚而野，宋人之失愚而諔。」
《水田居詩存序》	賀貽孫	《水田居文集》	「至宋以策論爲制科，士子殫力攻策論，故眉山三蘇、歐、曾諸君子以文詞踞勝場，及其爲詩，非不卓絕，然共初唐人角技爭席，庶幾難之。」
《王介人詩餘序》	陳子龍	《安雅堂稿》卷二	「宋人不知詩而強作詩，其爲詩也，言理而不言情，故終宋之世無詩焉。」

　　上述明人序跋中的宋詩評論資料，雖然也遠沒有窮盡全部，但有代表性的作家的重要觀點大致都羅列出來了。

第二節　明初理學思潮與宋詩接受──以陳獻章等人的序跋爲中心

自宋代以來，理學成爲學術思想的主導思潮。發展至明代，理學已經開始影響社會生活的各個方面，包括文學批評。張學智《明代哲學史》中說：「明代學術的主流是理學。明代理學的一個特點是理氣論的褪色，心性論成爲思想家的學說重心」〔註12〕。明朝建立以後，在官方文化政策的主導下，程朱理學由宋代的「僞學」變爲「官學」，漸漸失去原有的創造力，學者們開始探索學術思想的走向。完成程朱理學向心學轉變的關鍵環節，就是以陳獻章爲代表的江門心學的興起。這一理學思想的轉折，發生於在明代洪熙至成化年間（1425～1487）。在這一個時期，理學思潮對於當時的文學批評有著深刻影響。明代理學家或受理學影響的學者，對於宋人的詩歌，有著不同於文人詩論家的批評角度，研究他們的宋詩批評觀念，能夠使我們對明代的宋詩接受有更爲全面的認識。這些理學家或者受理學影響的學者大都沒有詩話專著傳世，但是他們的書信序跋保存下來的很多，其中就有一些關於詩歌觀念的討論，本節主要考察的就是明代洪熙至成化年間張寧、羅倫、陳獻章等人的書信序跋中所體現的宋詩接受觀念。張寧和羅倫對於宋詩的評價，較少關注詩歌的藝術特色，多從詩歌精神出發，對宋詩所體現的儒家詩教傳統予以肯定；陳獻章對於宋詩的評價，從自然心性的角度出發，既推崇宋代大儒詩歌所體現的詩教精神，同時也指出了宋詩風格上的「宋頭巾」弊端。

一、張寧《學詩齋卷跋》

張寧，字靖之，號方洲，景泰五年（1454）進士，憲宗時出爲汀州知府。張寧曾官給事中，爲人剛直，恪守儒家君子風範，四庫館臣在《方洲集》的提要中對張寧的詩文多有稱賞：「今觀其奏疏諸篇，偉言正論，通達國體，不愧其名。他文亦磊落有氣，詩則頗雜浮聲，

〔註12〕張學智：《明代哲學史》，北京大學出版社 2000 年版，導言，第 1 頁。

然亦無齷齪萎弱之態」〔註13〕。在《方洲集》中可以看出他的思想受理學影響較大，對宋詩有明顯的推崇態度。他的宋詩觀集中體現在他為後學劉景清《學詩》卷所題的跋中。

這篇跋語體現了濃厚的儒家詩教思想。文章以孔子教導伯魚的「不學詩，無以言」〔註14〕開篇，對《詩經》以來儒家「興、觀、群、怨」為主旨的詩教在聲律文詞的講究中衰微的態勢表示歎息，即使在盛唐諸家那裡也找尋不到儒家傳統所倡導的詩風。但是張寧又不同意前人所謂的「刪後無詩」的說法，認為「和平雅澹」、「溫柔敦厚」的詩歌風格在宋儒的詩中還是有所體現的。他對當時人輕視宋詩，幾欲把宋詩一掃而空的態度很不滿，認為這是舍本逐末的做法。他提出：「夫文章固各有體，聲韻亦自不同，然未有外理趣、捨經典，而可以言詩者」〔註15〕，在列舉「清新」、「沉著」、「豪宏」等詩歌風格的同時，主張在尊重詩歌風格的多樣性的基礎上回歸儒家詩教傳統。在詩歌創作上，他提出了對創作者的要求和創作目的：周知博覽，在深厚的道德根基和學問之力的基礎上進行詩歌創作，體現儒家詩教的「六義」。所以，他雖然不贊同唐人對聲律文詞的追求，但是對杜甫卻極為推崇，因為杜甫的詩歌在很大程度上是符合儒家詩教的標準的，「故善詩者，必有定志高識，周知博覽，本始於聖賢之言，師意變文，涵融渾化，寓理趣於聲律之內，託著述於比興之餘。如八音協樂，五味和羹，充然有成，不見其跡。斯能兼總百家，超絕群作。古之人有如此者，杜子美是也」〔註16〕。在宋代，無論是影響頗大的江西詩派，

〔註13〕（清）永瑢等：《欽定四庫全書總目》（整理本），中華書局 1997 年版，第 2297 頁。

〔註14〕楊伯峻譯注：《論語譯注》，中華書局 1980 年版，第 178 頁。

〔註15〕（明）張寧：《學詩齋卷跋》卷二十一，見《方洲集》，影印文淵閣《四庫全書》本，臺灣商務印書館 1983 年版，第 1247 冊，第 481 頁～第 482 頁。

〔註16〕（明）張寧：《學詩齋卷跋》卷二十一，見《方洲集》，影印文淵閣《四庫全書》本，臺灣商務印書館 1983 年版，第 1247 冊，第 481 頁。

還是作為理學家的朱熹、邵雍的詩歌，在其後的理學家看來，都是秉承著儒家詩教傳統的，所以作為明初理學思潮影響下的學者，張寧自然會對宋詩尤其是宋代儒家學者的詩歌表示出推崇的態度。

二、羅倫《蕭冰厓詩集序》

羅倫，字應魁，改字彝正，號一峰，成化丙戌（1466）進士第一，授修撰。羅倫對於宋代程朱理學極為推崇，在文章和踐行上都有體現。清代魏裔介所編的《聖學知統翼錄》，列羽翼儒家聖賢的學者二十二人：伯夷、柳下惠、董仲舒、韓愈、胡瑗、邵雍、楊時、胡安國、羅從彥、李侗、呂祖謙、真德秀、趙復、金履祥、劉因、曹端、胡居仁、羅倫、蔡清、羅欽順、顧憲成、高攀龍，羅倫名列其中。清人彭定求所編《儒門法語》一書，錄宋朱子、陸九淵，明薛瑄、吳與弼、陳獻章、王守仁、鄒守益、王敬臣、羅洪先、王畿、顧憲成、高攀龍、蔡懋德、魏校、羅倫、馮從吾、呂坤、孟化鯉、劉宗周、陳龍正、黃道周二十一家講學之語，羅倫也有語錄列於其中。〔註17〕黃宗羲在《明儒學案》中對羅倫的品行稱讚有加：「倫剛介絕俗，生平不作合同之語，不為軟巽之行。凍餒幾於死亡，而無足以動其中，庶可謂之無欲」。由以上資料可見作為理學家的羅倫在儒學上的地位和影響。〔註18〕羅倫著有《一峰文集》〔註19〕，其詩文有儒家剛毅之氣，也有迂闊的弊端，是較為典型的理學家的詩文風格，四庫館臣的評價可謂中肯：「今覽其文，剛毅之氣，形於楮墨。詩亦磊砢不凡，雖執義過堅，時或失於迂闊。又喜排疊先儒傳注成語，少淘汰之功，或失於繁冗。然亦多

〔註17〕 （清）彭定求：《儒門法語》，《四庫全書存目叢書》本，齊魯書社1997年版。

〔註18〕 清代學者魏裔介編《聖學知統錄》二卷，載伏羲、神農、黃帝、堯、舜、禹等二十六人，各為傳記，又作《聖學知統翼錄》來輔翼《聖學知統錄》，錄儒家後學二十二人，這兩本書都收錄於《四庫全書》史部傳記類存目。

〔註19〕 羅倫所著，文淵閣《四庫全書》本《一峰文集》十四卷，《欽定四庫全書總目》作「《一峰集》十卷」。

心得之言，非外強中乾者比也」〔註20〕。羅倫的詩歌觀念以及對於宋
詩的態度，反映在他爲蕭冰厓詩集所作的序中。

　　這篇序，是羅倫應蕭冰厓嗣孫蕭儀鳳之請而作。在《一峰文集》
中，可以發現，羅倫爲他人詩集所作的序言數量很少，原因是羅倫認
爲科舉之業和詞賦之工對於學術都是有害的。對於蕭冰厓的詩，羅倫
「喜其近於本，不爲無益之空言也」〔註21〕，符合他的詩歌審美標準，
所以欣然作序，而序中所言，主要是闡發自己的詩學主張。在這篇序
言中，兩個關鍵詞爲「禮義」和「風雅」。羅倫在序言篇首就開門見
山地表達了自己對於「詩」的功用的認識：「詩非爲傳世作也，本乎
情性，止乎禮義，詩不能以不傳也，若三百五篇是已」〔註22〕，這與
漢代以來儒家學者對於詩歌功用的認識是一致的。與張寧一樣，羅倫
對於《詩經》所體現的儒家詩教傳統表示欽慕，而對《詩經》以來風
雅精神的衰微表示歎息。在詩人地位的評價上，他對屈原、杜甫、陶
淵明的詩歌成就極爲推崇，認爲屈原的憂憤、杜甫的忠懇、陶淵明的
沖澹，都是遵循儒家詩教傳統的藝術體現。在對唐宋詩的態度上，羅
倫旗幟鮮明地站在了宗宋的立場上，「宋氏有國三百餘年，治教之美，
遠過漢唐，道德之懿，上承孔孟，南渡以後，國土日蹙，文氣日卑，
而道德忠義之士，接踵於東南，其間以詩詞鳴者，格律之工雖未及
唐，而周規折矩，不越乎禮義之大閑，又非流連光景者可同日語也」
〔註23〕。羅倫對唐宋詩的定位，不是以詩歌的格律文辭爲評判標準，
而是從詩歌所體現的內在精神出發，禮義和風雅就是詩歌內在精神的
最高標準。在羅倫心中，有諸位理學大儒所在的宋代是一個禮義風雅

〔註20〕　（清）永瑢等：《欽定四庫全書總目》（整理本），中華書局 1997 年
　　　　　版，第 2301 頁。
〔註21〕　（明）羅倫：《一峰文集》卷二，影印文淵閣《四庫全書》本，臺灣
　　　　　商務印書館 1983 年版，第 1251 冊，第 663 頁。
〔註22〕　（明）羅倫：《一峰文集》卷二，影印文淵閣《四庫全書》本，臺灣
　　　　　商務印書館 1983 年版，第 1251 冊，第 662 頁。
〔註23〕　（明）羅倫：《一峰文集》卷二，影印文淵閣《四庫全書》本，臺灣
　　　　　商務印書館 1983 年版，第 1251 冊，第 662 頁。

上承孔孟、文質彬彬的時代，這個時代產生的詩歌，自然是儒家詩教傳統的延續，而唐代的詩歌只是流連光景者而已，這樣，他所得出的結論就是宋詩優於唐詩。

三、陳獻章《認真子詩序》

陳獻章，字公甫，別號石齋，世稱白沙先生，明代著名學者。陳獻章是明代哲學發展中的一位重要人物，他師承著名學者吳與弼，由宗程朱理學轉而宗陸九淵心學，加以自己的思想闡發，實現了江門心學的興起。他的學說，為王陽明加以繼承，心學成為明代理學的主流學術走向。黃宗羲在《明儒學案·白沙學案》中對陳獻章給予了很高的評價：「故有明儒者，不失其矩矱者，亦多有之；而作聖之功，至先生而始明，至文成而始大。向使先生與文成不作，則濂洛之精蘊，同之者固推見其至隱；異之者亦疏通其流派，未能如今日也」〔註24〕。陳獻章的詩歌創作很多，今本《陳獻章集》收錄陳獻章詩歌兩千多首，他的弟子湛若水說：「白沙先生無著作也，著作之意寓於詩也。是故道德之精，必於詩焉發之」〔註25〕。對於陳獻章的詩歌，四庫館臣有這樣的評價：「蓋以高明絕異之姿，而又加以靜悟之力，如宗門老衲，空諸障翳，心境虛明，隨處圓通。辨才無礙，有時俚詞鄙語，衝口而談；有時妙義微言，應機而發」〔註26〕，從陳獻章詩歌的總體風格和語言表達上看，這個評價還是很中肯的。陳獻章雖然詩歌創作很多，但是詩歌評論卻不多，散見於他的一些序跋中，其中他對於宋詩的態度，主要見於《認真子詩序》這篇序文中。

陳獻章好友朱英將自己所寫的詩歌編成《認真子集》，求序於陳獻章，陳獻章借為此集寫序，表達了自己的詩學觀念。儒家傳統詩學

〔註24〕　（清）黃宗羲：《明儒學案》，中華書局 1985 年版，第 79 頁。

〔註25〕　（明）湛若水：《詩教解原序》，見《陳獻章集》，中華書局 1987 年版，第 699 頁。

〔註26〕　（清）永瑢等：《欽定四庫全書總目》（整理本），中華書局 1997 年版，第 2295 頁。

有一個重要的觀點——「詩言志」，陳獻章結合自己的哲學思考，在詩歌的創作上，主張言為心聲，以「詩言情」作為詩歌創作的主旨。在文章篇首，他就表明了自己的這個觀點：「言，心之聲也。形交乎物，動乎中，喜怒生焉，於是乎形之聲，或疾或徐，或洪或微，或為雲飛，或為川馳。聲之不一，情之變也。率吾情盎然出之，無適不可」〔註27〕，這在他的另一篇序文《夕惕齋詩文後序》中也有反映，在《夕惕齋詩文後序》中，他提出詩是人的內在情感的發抒，「受樸於天，弗鑿以人；稟和於生，弗淫以習。故七情之發，發而為詩，雖匹夫匹婦，胸中自有全經。此風雅之淵源也。而詩家者流，矜奇眩能，迷失本真，乃至句鍛月煉，以求知於世，尚可謂之詩乎？」〔註28〕在《認真子序》中，他對薛收所認為的《詩經》以來儒家詩教衰微的觀點表示了贊同，認為唐代以來的詩歌創作，即使優秀如唐之李、杜，宋之蘇、黃，都是沒有繼承《詩經》精神內質的，從而得出「詩之工，詩之衰也」〔註29〕的結論。在陳獻章看來，真正發揚了儒家詩教傳統的，正是當時人批評很多的宋代大儒的詩歌：「夫道以天為至，言詣乎天曰至言，人詣乎天曰至人。必有至人，能立至言。堯舜周孔至矣，下此其顏、孟大儒與。宋儒之大者，曰周、曰程、曰張、曰朱，其言具存，其發之而為詩亦多矣」〔註30〕。在這一點上，陳獻章與張寧、羅倫的看法是一致的。

　　結合陳獻章的另一篇跋文《次王半山韻詩跋》，可以看出陳獻章宋詩觀念的另一個方面。在這篇文章中，他從詩歌創作上也指出了宋詩中的迂闊的「宋頭巾」弊端，提出了「雅健」的詩歌審美標準，「作詩當雅健第一，忌俗與弱。予嘗愛看子美、後山等詩，蓋喜其雅健也。若論道理，隨人深淺，但須筆下發得精神，可一唱三歎，聞者便自鼓

〔註27〕（明）陳獻章：《陳獻章集》，中華書局 1987 年版，第 5 頁。
〔註28〕（明）陳獻章：《陳獻章集》，中華書局 1987 年版，第 11 頁。
〔註29〕（明）陳獻章：《陳獻章集》，中華書局 1987 年版，第 5 頁。
〔註30〕（明）陳獻章：《陳獻章集》，中華書局 1987 年版，第 5 頁。

舞，方是到也。須將道理就自己性情上發出，不可作議論說去，離了
詩之本體，便是宋頭巾也」〔註31〕。這與他在《認眞子詩序》中對宋
儒詩歌的推崇並不矛盾，尊崇儒家傳統詩教和「雅健」都是陳獻章從
自然心性出發，建構自己理想中的詩歌風格的表現。

第三節　前後七子書信序跋中的宋詩批評

　　在「詩話與明代宋詩接受」一章中，筆者已經就前後七子的詩話
與「崇唐抑宋」的批評傾向展開了相關論述。前後七子中，以詩話文
本作爲表達方式的有徐禎卿、謝榛、王世貞三人，其餘諸人都無詩話
專著，而《藝苑卮言》由於成書於王世貞早年，其晚年對於宋詩的態
度又有所轉變，所以，考察前後七子對於宋詩的批評態度，僅僅從詩
話入手是不足以認清全貌的。書信和序跋作爲兩種較爲常用的文體，
在前後七子的文集中有大量保存，其中有一些涉及到了對於宋詩的批
評，這些資料，可以作爲詩話專著之外的一個補充。前後七子的書信
序跋中，較爲鮮明地體現出對於宋詩批評態度的主要有李夢陽《缶音
序》、何景明《與李空同論詩書》和《漢魏詩集序》、王世貞《宋詩選
序》四篇。本節以這四篇影響較大的書信序跋爲基礎，參考三人另外
一些書信序跋展開論述。

一、李夢陽《缶音序》

　　在弘治、正德年間前七子掀起的文學復古運動中，李夢陽和何景
明是主要的發起者和倡導者。《明史・文苑傳序》記載：「弘、正之間，
李東陽出入宋元，溯流唐代，擅聲館閣；而李夢陽、何景明倡言復古，
文自西京、詩自中唐而下一切吐棄。操觚談藝之士翕然宗之。明之詩
文於斯一變」〔註32〕，從這段記載可以看出李夢陽、何景明二人對於

〔註31〕　（明）陳獻章：《陳獻章集》，中華書局 1987 年版，第 72 頁。
〔註32〕　（清）張廷玉等撰：《明史》卷二百八十五，中華書局 1974 年版，
　　　　　第 7307 頁。

明代詩文影響之大。《明史・文苑傳》中說李夢陽「倡言文必秦漢，詩必盛唐」〔註33〕，這與李夢陽詩學思想的實際並不符合，郭紹虞在《中國文學批評史》中對於李夢陽的詩學觀念進行了細緻的分析：「論詩，空同並不專主盛唐……古體宗漢魏，近體宗盛唐，而七古則兼及初唐」〔註34〕。就近體詩而論，李夢陽對盛唐是非常推崇的，在推崇盛唐的同時，他對宋詩極力貶抑，言辭激烈，甚至有「宋無詩」的言論〔註35〕，這種傾向在《缶音序》這篇序文中有鮮明體現。

　　《缶音序》是李夢陽為好友佘育之父佘存修詩集《缶音》所作的序言。佘存修和佘育都是來自徽州歙縣的商人，雖為商人，而雅好詩文，都有詩集傳世。佘育與李夢陽是較好的朋友，佘育詩歌原本宗宋，在李夢陽的影響下，棄宋而宗唐，李夢陽專門為佘育寫過《潛虬山人記》，對他的品行和詩作多有稱讚。《缶音序》對於宋詩的批評主要是基於李夢陽「宋人主理」的觀念，其中包含兩個方面，一是「宋人主理不主調」，二是「宋人主理作理語」。在詩歌創作上，李夢陽很注重詩歌的「調」，這個調主要是指聲律音調，而非其後格調論詩學所倡導的格調。「夫詩有七難：格古，調逸，氣舒，句渾，音圓，思沖，情以發之。七者備而後詩昌也」〔註36〕，「調逸」是李夢陽對於詩歌聲調的審美標準。在他看來，詩歌發展到唐代，古調就已經消亡了，但是唐代的詩歌仍然可以歌詠，境界高的還可以入管絃，但是到了宋人那裡，「宋人主理不主調，於是唐調亦亡」〔註37〕。對於在宋代影響很大的江西詩派的代表詩人黃庭堅、陳師道，李夢陽表示不屑，他

〔註33〕（清）張廷玉等撰：《明史》卷二百八十六，中華書局 1974 年版，第 7348 頁。
〔註34〕郭紹虞：《中國文學批評史》，上海古籍出版社 1979 年版，第 341 頁。
〔註35〕（明）李夢陽：《潛虬山人記》，見《空同集》卷四十八，影印文淵閣《四庫全書》本，臺灣商務印書館 1983 年版，第 1262 冊，第 446 頁。
〔註36〕（明）李夢陽：《潛虬山人記》，見《空同集》卷四十八，影印文淵閣《四庫全書》本，臺灣商務印書館 1983 年版，第 1262 冊，第 446 頁。
〔註37〕（明）李夢陽：《缶音序》，見《空同集》卷五十二，影印文淵閣《四庫全書》本，臺灣商務印書館 1983 年版，第 1262 冊，第 477 頁。

認為黃庭堅和陳師道在詩歌創作上都詩法杜甫，號稱大家，但是文詞艱澀，與詩歌的旨趣相去甚遠。在李夢陽看來，詩歌應有其內在的特質：「夫詩，比興錯雜，假物以神變者也。難言不測之妙，感觸突發，流動情思，故其氣柔厚，其聲悠揚，其言切而不迫，故歌之心暢，而聞之者動也」〔註38〕，所以他對宋人詩歌創作不重景物情思而以說理為目的，詩中充斥理語的現象極為不滿，認為詩中已經有理，如果專作理語，完全可以去寫文章而不用寫詩了。同時，對於宋人的詩話，他也是加以批判，認為宋人的詩話對於詩歌的認識只能讓人更加不知道詩歌的本質。對於當時盛行的性氣詩，他批判的矛頭自然不會放過，字裏行間都是譏諷的語氣。文章最後，他引孔子「禮失而求諸野」的觀點，認為居於民間的一些詩人，往往是知道詩歌本質的，不像宋人一樣寫詩作秀才語，從這個角度肯定了《缶音》的價值。而他的寫作這篇序文的真正目的，正如他本人在文末所說，是為了論述詩歌創作本來的旨趣，闡發自己的詩學觀念和對於宋詩的批判態度。

二、何景明《與李空同論詩書》與《漢魏詩集序》

前七子之一的王廷相在為何景明《大復集》所寫的序言中說：「（何景明）及登第，與北郡李獻吉為文社交，稽述往古，式昭遠謨，擯棄積俗，肇開賢蘊，一時修辭之士，翕然宗之，稱曰李何」〔註39〕，可見李夢陽與何景明相交之深。他們的志趣相投，既因為在政治上憂憤時事，又因為文學上主張復古，正是因為二人的積極倡導，才使前七子的文學復古運動形成了巨大的社會影響。雖然在文學主張上，二人都主張復古，但是在具體的文學創作觀念上，二人又有分歧。正德年間，李夢陽、何景明二人在文學觀念上展開論爭，李夢陽首先對何景明的詩歌創作提出批評，何景明作書予以反駁，李夢陽回書予以回

〔註38〕（明）李夢陽：《缶音序》，見《空同集》卷五十二，影印文淵閣《四庫全書》本，臺灣商務印書館 1983 年版，第 1262 冊，第 477 頁。

〔註39〕（明）何景明：《大復集》，影印文淵閣《四庫全書》本，臺灣商務印書館 1983 年版，第 1267 冊，第 5 頁。

應。錢謙益在《列朝詩集小傳》中對這段論爭有所描述：「仲默初與獻吉創復古學，名成之後，互相詆諆，兩家堅壘，屹不相下」〔註40〕。本文所關心的，不是這段論爭所討論的問題，而是論爭中何景明反駁李夢陽的《與李空同論詩書》這封書信體現出的宋詩批評觀念。同樣的批評傾向在他的一篇序言《漢魏詩集序》中也有所體現。

　　在詩歌創作上，何景明同樣是古體宗漢魏，近體宗盛唐。在對待宋詩的態度上，何景明和李夢陽的觀點是一致的，在他的《雜言十首·其五》中，他有明確的表達：「經亡而騷作，騷亡而賦作，賦亡而詩作。秦無經，漢無騷，唐無賦，宋無詩」〔註41〕。他「宋無詩」的觀點在《與空同論詩書》中又有所展開。《與李空同論詩書》是何景明對李夢陽批評言論的反駁，何景明首先指出二人詩學觀念的基本分歧：「空同子刻意古範，鑄形宿鏌，而獨守尺寸。僕則欲富於材積，領會神情，臨景構結，不仿形跡。詩曰：『惟其有之，是以似之。』以有求似，僕之愚也」〔註42〕。這段話，指出了二人對於「摹擬」看法的不同，在何景明看來，李夢陽的詩作刻意以古人為典範，只是追求形似而已；自己則是領會神情，追求神似。接著，何景明以宋詩和元詩的特點來說明二人追求旨趣的不同：「近詩以盛唐為尚，宋人似蒼老而實疏鹵，元人似秀峻而實淺俗。今僕詩不免元習，而空同近作，間入於宋」〔註43〕，何景明把自己的詩歌風格歸入元人一派，而把李夢陽歸入宋人一派，寧願自己的詩歌風格有「淺俗」之名也要將李夢陽的詩歌風格定位在他們所貶抑的宋詩風格上。「試取丙寅間作，叩其音，尚中金石；而江西以後之作，辭艱者意反近，意苦者辭反常，

〔註40〕　（清）錢謙益：《列朝詩集小傳》，上海古籍出版社 2008 年版，第 323 頁。
〔註41〕　（明）何景明：《大復集》卷三十八，影印文淵閣《四庫全書》本，臺灣商務印書館 1983 年版，第 1267 冊，第 351 頁～第 352 頁。
〔註42〕　（明）何景明：《大復集》卷三十二，影印文淵閣《四庫全書》本，臺灣商務印書館 1983 年版，第 1267 冊，第 290 頁。
〔註43〕　（明）何景明：《大復集》卷三十二，影印文淵閣《四庫全書》本，臺灣商務印書館 1983 年版，第 1267 冊，第 290 冊。

色澹黯而中理披慢，讀之若搖鞚鐸耳」〔註44〕。何景明這裡所批評的李夢陽的詩風就是「江西以後之作」的詩風，其中對於李夢陽詩歌的諸多批評同時也是對於宋詩的批評，因爲這些批評都是在何景明認爲李夢陽詩歌入於宋人的基礎上展開的。序中「宋人似蒼老而實疎鹵」的觀點，也經常被其後的尊唐派詩論家所引用。

在古體詩上，何景明是推崇漢魏的，他在《海叟集序》中說：「蓋詩雖盛稱於唐，其好古者自陳子昂後，莫若李、杜二家。然二家歌行近體，誠有可法，而古作尙有離去者，猶未盡可法之也。故景明學歌行、近體，有取於二家，旁及唐初、盛唐諸人，而古作必從漢魏求之」〔註45〕。《漢魏詩集序》是何景明爲友人劉侍御匯輯的《漢魏詩集》所作的序言。在這篇序言中，何景明表達了對漢魏古體詩的推崇。他認爲，《詩經》開創的「古風」，在漢代還有繼承，至魏已經不如前代，漢魏以後，古風難覓。所以，「唐詩工詞，宋詩談理，雖代有作者，而漢魏之風蔑如也」〔註46〕。在何景明以漢魏爲尊的古體詩觀中，唐詩和宋詩雖然作者眾多，但是都已經沒有了古詩的境界，而宋代古體詩歌的創作特徵則僅爲「談理」而已。

三、王世貞《宋詩選序》

王世貞《藝苑卮言》中的宋詩批評觀念，「詩話與明代宋詩接受」一章已經做了相關論述。根據《藝苑卮言》卷首所附的兩篇自序，可知此書的成書時間較早，書中的詩學觀點屬於王世貞早年的思想範疇。而王世貞的詩學思想經歷了階段性的變化，中年以後，他逐漸認識到文學復古觀念的缺點，開始反思前後七子理論上的弊端；在晚

〔註44〕 （明）何景明：《大復集》卷三十二，影印文淵閣《四庫全書》本，臺灣商務印書館 1983 年版，第 1267 冊，第 291 頁。

〔註45〕 （明）何景明：《大復集》卷三十四，影印文淵閣《四庫全書》本，臺灣商務印書館 1983 年版，第 1267 冊，第 302 頁。

〔註46〕 （明）何景明：《大復集》卷三十四，影印文淵閣《四庫全書》本，臺灣商務印書館 1983 年版，第 1267 冊，第 301 頁。

年，由於生活、思想的變化，他的詩學思想更趨於成熟。錢謙益在《列朝詩集小傳》中對王世貞晚年的思想轉變有所描述：「迨乎晚年，閱世日深，讀書漸細，虛氣銷歇，浮華解駁，於是乎洒然汗下，蹶然夢覺，而自悔其不可以復改矣」〔註47〕。這種轉變，在他的宋詩批評態度上也有較爲明顯的反映，此處以他晚年所作序文《宋詩選序》爲例加以說明。

　　在《藝苑卮言》一書中，王世貞雖然有較爲鮮明的崇唐傾向，但是對於宋詩的貶抑，不像李夢陽、何景明等人那樣言辭激烈，而且他還對蘇軾的詩歌創作予以肯定，認爲宋詩亦不妨看，這是他以後對待宋詩態度轉變的序曲。《宋詩選序》是他爲愼蒙編選的《宋詩選》所作的序，在講述爲什麼他要爲愼蒙編選的這個宋詩選本寫序的原因時，他說：「余故嘗從二三君子後抑宋者也。子正何以梓之？余何以從子正之請而序之？余所以抑宋者，爲惜格也。然而代不能廢人，人不能廢篇，篇不能廢句！蓋不止前數公而已。此語於格之外者也」〔註48〕。這裡所說的「二三君子」就是指李夢陽、何景明、李攀龍等人，他們對宋詩都是持極力貶抑的批評態度，王世貞將自己抑宋的原因歸之於「惜格」，就是對詩歌格調的重視，在他看來，宋詩在格調品位上，還是不如唐詩的。對於宋代詩歌的發展，王世貞在序中有簡略的描述：「自楊、劉作，而有『西崑體』，永叔、聖俞思以淡易裁之；魯直出，而又有『江西派』；眉山氏睥睨其間，最號爲雄豪，而不能無利鈍；南渡而後，務觀、萬里輩，亦遂彬彬矣」〔註49〕，這段對於宋代詩人與宋詩發展的描述，與全盤否定宋詩的激烈批判話語不同，對前後七子批判較多的「西崑體」和「江西派」給予了肯定

〔註47〕　（清）錢謙益：《列朝詩集小傳》，上海古籍出版社 2008 年版，第 436 頁。

〔註48〕　（明）王世貞：《弇州續稿》卷四十一，影印文淵閣《四庫全書》本，臺灣商務印書館 1983 年版，第 1282 冊，第 549 頁。

〔註49〕　（明）王世貞：《弇州續稿》卷四十一，影印文淵閣《四庫全書》本，臺灣商務印書館 1983 年版，第 1282 冊，第 549 頁。

的態度，對歐陽修、梅堯臣、蘇軾、黃庭堅、陸游、楊萬里等宋代詩人也是稱讚有加，可以看出王世貞對待宋詩態度之變化。在這篇序言中，王世貞對於本朝詩歌也有一個基本評價，在他看來，之前的明代諸詩人的詩作，在成就上是不如宋、元兩代的，明代詩歌創作要想有所發展，就要善於利用前代詩人的創作成果和創作經驗。所以王世貞認為愼蒙編選這個宋詩選本的用意是「子正非求爲伸宋者也，將善用宋者也」〔註 50〕，即愼蒙不是爲了給宋詩爭取一個和唐詩平等的地位，而是爲了利用宋詩中的有益成果和經驗。作爲後七子的理論領袖，王世貞的宋詩批評觀念不可能由抑宋全然轉爲宗宋，能夠對宋詩所取得的成就有包容和肯定的態度，已經顯示出他的詩學觀念的日趨成熟。

第四節　公安派的書信序跋與宋詩接受

公安派興起於萬曆年間，該派以「性靈論」爲文學主旨，對前後七子的文學復古觀念予以批駁，對晚明文學思潮有重要影響。公安派的主要人物是袁宗道、袁宏道、袁中道三兄弟，還有江盈科、陶望齡等人。三袁中，袁宗道爲長兄，是公安派的實際發起者和倡導者，而使公安派影響漸大的則是袁宏道和袁中道。他們三人，在對待宋詩的態度上，已經迥然不同於前後七子的譏諷貶抑，而是以推崇爲主。與三袁同時的公安派的其他作家，如江盈科和陶望齡，對於宋詩基本上也是持肯定的態度。公安派的宋詩批評觀念，開啓了明末清初宗宋詩風的序幕。流衍於清代，宋詩派實力逐漸壯大，宗宋一派得以與宗唐者平分天下，佔據重要地位。由於公安派諸人都沒有詩話專著，他們的詩學觀念主要見諸於詩文集中，書信和序跋中保存了很多宋詩評論資料，從這些資料，大致可以看出公安派的宋詩批評觀念。

〔註50〕　（明）王世貞：《弇州續稿》卷四十一，影印文淵閣《四庫全書》本，臺灣商務印書館 1983 年版，第 1267 冊，第 549 頁。

一、袁宏道書信序跋中的宋詩觀念

在公安三袁中，對前後七子文學復古批判最爲猛烈的是袁宏道，對宋詩的推崇最爲強烈的也是袁宏道。錢謙益在《列朝詩集小傳》中評價袁宏道說：「萬曆中年，王、李之學盛行，黃茅白葦，彌望皆是。……中郎以通明之資，學禪於李龍湖，讀書論詩，橫說豎說，心眼明而膽力放，於是乃昌言排擊，大放厥詞。……中郎之論出，王、李之雲霧一掃，天下之文人才士，始知疏瀹心靈，搜剔慧性，以蕩滌摹擬塗澤之病，其功偉矣」〔註51〕。袁宏道著述頗多，編集者亦多，有《敝篋集》、《錦帆集》、《解脫集》、《廣陵集》、《瓶花齋集》、《瀟碧堂集》等，今人錢伯城彙爲一編，加以箋校，爲《袁宏道集箋校》。袁宏道的宋詩觀念主要體現在他的書信序跋中，以《袁宏道集箋校》爲資料基礎加以考察，袁宏道書信涉及宋詩者較多，觀點較爲鮮明的有《丘長孺》、《張幼于》、《答梅客生開府》、《答陶石簣》、《與李龍湖》、《答張東阿》、《答陶石簣》、《馮琢庵師》8 篇，序跋有《雪濤閣序》1 篇。

首先看看袁宏道涉及宋詩評論的書信，這八篇書信分散在《錦帆集》、《解脫集》、《瓶花齋集》的「尺牘」卷中，其中《錦帆集》一篇、《解脫集》一篇，《瓶花齋集》6 篇。這些書信，有寫給朋友的，也有寫給自己的老師的，語言清新質樸，都是尺牘佳作，宋詩評論觀念的表達蘊含其中。在《丘長孺》中，袁宏道提出「物眞則貴」的觀點，反對尊唐詩論家「以不唐病宋」的做法。他認爲陳師道、歐陽修、蘇軾、黃庭堅等宋代詩人沒有蹈襲唐人的詩風，這是值得肯定的，宋詩不能達到唐詩的境界，乃是宋代的氣運使然。對於前後七子貶抑宋詩的做法，袁宏道表示不滿，提出反駁，「今之君子，乃欲概天下而唐之，又且以不唐病宋。夫既以不唐病宋矣，何不以不《選》病唐，不漢、魏病《選》，不《三百篇》病漢，不結繩鳥跡病《三百篇》耶？」

〔註51〕 （清）錢謙益：《列朝詩集小傳》，上海古籍出版社 2008 年版，第 567頁。

〔註 52〕在給張幼于的書信中，袁宏道的態度可以用偏激來概括，「世人喜唐，僕則曰唐無詩；世人喜秦、漢，僕則曰秦、漢無文；世人卑宋黜元，僕則曰詩文在宋、元諸大家」〔註 53〕，這就是明顯的「宗宋抑唐」了，未免有點矯枉過正了。在《答梅客生開府》中，他對歐陽修和蘇軾的詩歌都給予了很高的評價，將蘇軾放在與李白、杜甫同樣「卓絕千古」的地位，認為那些公然貶抑宋詩者都是「恬不知醜」。〔註 54〕袁宏道寫給陶望齡的書信有兩篇，第一篇中，袁宏道表述了他遍閱宋人詩文後的觀點：「宋人詩，長於格而短於韻，而其為文，密於持論而疏於用裁。然其中實有超秦、漢而絕盛唐者，此語非兄不以為決然也。夫詩文之道，至晚唐而益小，歐、蘇矯之，不得不為巨濤大海。至其不為漢、唐人，蓋有能之而不為者，未可以妾婦之恒態責丈夫也」〔註 55〕，既指出宋詩在格律上的優點又指出宋詩在風韻上的不足，肯定歐陽修和蘇軾矯正前代弊端的功績，這種批評態度還是較為客觀的；第二篇中，他對陸游、陳與義、周邦彥、歐陽修等人的詩文予以稱讚，這種稱讚是建立在他的廣泛閱讀宋人詩文的基礎之上的，所以他對那些不讀宋人詩文而妄加詆毀的人很不滿：「世間騷人全不讀書，隨聲妄詆，欺侮前輩」〔註 56〕，他所指出的這種閱讀之後再加以評論的批評態度是值得肯定的。在《與李龍湖》中，他將歐陽修的詩歌放在「直欲伯仲少陵」〔註 57〕的地位，而「韓、柳、元、白、

〔註 52〕 （明）袁宏道：《丘長孺》，《袁宏道集箋校》卷六，上海古籍出版社1981 年版，第 284 頁。

〔註 53〕 （明）袁宏道：《張幼于》，《袁宏道集箋校》卷十一，上海古籍出版社 1981 年版，第 501 頁。

〔註 54〕 （明）袁宏道：《答梅客生開府》，《袁宏道集箋校》卷二十一，上海古籍出版社 1981 年版，第 734 頁。

〔註 55〕 （明）袁宏道：《答陶石簣》，《袁宏道集箋校》卷二十一，上海古籍出版社 1981 年版，第 743 頁。

〔註 56〕 （明）袁宏道：《答陶石簣》，《袁宏道集箋校》卷二十二，上海古籍出版社 1981 年版，第 778 頁。

〔註 57〕 （明）袁宏道：《與李龍湖》，《袁宏道集箋校》卷二十一，上海古籍出版社 1981 年版，第 750 頁。

歐，詩之聖也；蘇，詩之神也」〔註58〕，認爲那些宋不如唐的言論都是不知詩者的觀場之見。在這封書信中，袁宏道也有將宋詩地位抬得太高的偏頗。在《答張東阿》中，他的主張是作詩不可強以某代詩歌爲法，應該認眞閱讀的基礎上領悟詩歌創作的方法，唐詩和宋詩都是很好的閱讀對象。《馮琢庵師》是袁宏道於朋友處見到老師的論詩手牘以後寫給老師的書信，袁宏道向老師彙報了自己閱讀唐宋人詩文後的感想，「宏近日始讀李唐及趙宋諸大家詩文，如元、白、歐、蘇與李、杜、班、馬，眞足雁行，坡公尤不可及，宏謬謂前無作者」〔註59〕。

　　《雪濤閣集序》是袁宏道給同爲公安派的友人江盈科《雪濤閣集》所寫的序言。袁宏道在這篇序言中的一個突出的理論觀點是「宋因唐而有法」。袁宏道認爲，詩法因時代而變，詩歌創作不能以今擬古，古人的詩法不可一概而論。初唐矯六朝詩法，盛唐矯初唐之法，中唐矯盛唐之法，晚唐矯中唐之法。詩法至晚唐表現爲奇險怪僻、局促狹小，而矯正晚唐詩法的，正是宋人：「有宋歐、蘇輩出，大變晚習，於物無所不收，於法無所不有，於情無所不暢，於境無所不取，滔滔莽莽，有若江河。今之人徒見宋之不唐法，而不知宋因唐而有法者也」〔註60〕，對歐陽修和蘇軾詩歌矯正晚唐詩法的功績予以肯定，而且指出不是宋人不學唐，而是宋人因爲矯正晚唐詩法才有了屬於宋詩的特點。接著，袁宏道指出了宋詩的弊端之所在，即以文爲詩、理學入詩、歌訣入詩、偈誦入詩等等。而袁宏道寫作這篇序言的目的，在於以詩法的論述對復古摹擬之風進行批判。

〔註58〕（明）袁宏道：《與李龍湖》，《袁宏道集箋校》卷二十一，上海古籍出版社1981年版，第750頁。

〔註59〕（明）袁宏道：《馮琢庵師》，《袁宏道集箋校》卷二十二，上海古籍出版社1981年版，第780頁。

〔註60〕（明）袁宏道：《雪濤閣序》，《袁宏道集箋校》卷十八，上海古籍出版社1981年版，第710頁。

二、袁中道序跋中的宋詩觀念

袁中道是公安三袁中年齡最小的一位，在詩歌創作上的成就頗爲突出，他的兄長袁宏道在《敍小修詩》中說：「大都獨抒性靈，不拘格套，非從自己胸臆流出，不肯下筆。有時情與境會，頃刻千言，如水東注，令人奪魂。其間有佳處，亦有疵處，佳處自不必言，即疵處亦多本色獨造語」〔註61〕。他的詩學觀念與他的兩位兄長宗道、宏道有一致的地方，而又所有發展。對於公安派發展中所顯現出來的創作和理論上弊端，袁中道認識得比較清楚，對於前後七子，他已經不是一味地批駁，而是能夠看到他們理論中的合理之處。在對待唐宋詩的批評態度上，他已經意識到兄長袁宏道的矯枉過正，改變了公安派宗宋抑唐的傾向，既看到了宋詩的成就，也看到了宋詩的不足，提出對唐詩的學習和借鑒。袁中道對於宋詩的態度是複雜的，這在他的《宋元詩序》、《中郎先生全集序》這兩篇序跋文字中有所體現。

《宋元詩序》是袁中道爲新安潘氏刊刻的宋元諸集所作的序言。對於潘氏刊刻宋元詩人集子的行爲，袁中道認爲與自己的心意相合：「欲使兩朝文字與三唐並永垂不朽，是數百年來一大快事也，於余心極有合焉」〔註62〕，所以欣然作序。袁中道首先對唐詩的藝術成就給予了充分的肯定，接著他對於宋詩和元詩的地位以及刊刻宋元詩集的原因作了說明：

> 宋、元承三唐之後，殫工極巧，天地之英華，幾泄盡無餘。爲詩者處窮而必變之地，寧各出手眼，各爲機局，以達其意所欲言，終不肯雷同剿襲，拾他人殘唾，死前人語下。於是乎情窮而遂無所不寫，景窮而遂無所不收。無所不寫，而至寫不必寫之情；無所不收，而至收不必收之景。甚且爲迂爲拙，爲俚爲猥，若倒囷傾囊而出之，無暇

〔註61〕　（明）袁宏道：《敍小修詩》，《袁宏道集箋校》卷四，上海古籍出版社1981年版，第187頁。

〔註62〕　（明）袁中道：《宋元詩序》，見《明文海》卷二百二十七，中華書局1987年版，第2333頁。

揀擇焉者。總之，取裁衿臆，受法性靈，意動而鳴，意止
而寂，即不得與唐爭盛，而其精彩不可磨滅之處，自當與
唐並存於天地之間。此宋、元詩之所以刻也。〔註63〕

在這篇序中，袁中道對於宋元詩人的詩歌創作可謂是「理解之同
情」，在唐代詩歌已經取得輝煌的藝術成就的形勢下，宋元詩人確實
面臨著窮而必變的局面，他們各為手法，各抒性情，開闢了屬於自己
的詩歌世界，對此，袁中道是持肯定態度的。而宋元詩中最為袁中道
所關注的，就是「性靈」，在袁中道看來，宋元詩雖然有一些弊端，
已經達不到唐詩的藝術境界，但是每一代詩歌有每一代詩歌的性靈抒
發，宋元詩中所體現的精神風貌和胸襟性情是可以與唐詩並存於天地
之間的。袁宏道對宋元詩人也評價頗高，認為他們當中優秀者才高趣
深而讀書又多，詩歌創作自然可以傳之後世。同時，袁中道也對那些
不讀宋元詩而輕視貶抑宋元詩的詩論家提出了批評。

與袁中道在《宋元詩序》中的宋詩批評觀念相矛盾的是他在《中
郎先生全集序》中所表現出的對於宋詩的貶抑態度。在他的另外一篇
序言《蔡不瑕詩序》中，他就已經表明了對於唐詩的推崇態度：「詩
以三唐為的，捨唐人而別學詩，皆外道也」〔註64〕，這種專尊唐詩的
觀點，就把宋詩也歸入到了「外道」的範圍。《中郎先生全集序》中，
他說：「自宋、元以來，詩文蕪爛，鄙俚雜沓」〔註65〕，對宋元詩文
的評價不高，這就顯示出他的尊唐抑宋的一面。袁中道之所以出現崇
宋與抑宋並存的宋詩接受態度，一方面是由於袁中道希望糾正公安派
詩論中的弊端，改變對於唐宋詩的不符合詩歌發展實際的定位；另一
方面的原因是他對於詩歌發展的思考：企圖在性靈論詩學與格調論詩
學之間尋求一種調和。

〔註63〕 （明）袁中道：《宋元詩序》，見《明文海》卷二百二十七，中華書
局1987年版，第2333頁。

〔註64〕 （明）袁中道：《蔡不瑕詩序》，見《珂雪齋前集》卷十，《續修四庫
全書》本，上海古籍出版社1995年版，第1375冊，第567頁。

〔註65〕 （明）袁中道：《中郎先生全集序》，見《明文海》卷二百五十，中
華書局1987年版，第2608頁。

三、陶望齡書信中的宋詩觀念

公安派的主要參與者除了三袁之外，較爲著名的還有江盈科、陶望齡等人。二人的詩學觀念，與三袁頗爲相近，其中江盈科序跋中沒有較爲明顯的宋詩評論觀念，陶望齡的書信和序跋中則有所體現。陶望齡，字周望，號石簣，又號歇庵居士，萬曆十七年（1589）進士，授翰林院編修，官至國子監祭酒，著有《歇庵集》。在詩歌創作上，陶望齡反對復古摹擬，主張性靈與才情相結合。錢謙益《列朝詩集小傳》中說：「萬曆中年，汰除王、李結習，以清新自持者，館閣中平倩、周望爲眉目云」〔註66〕，對陶望齡的詩學觀點作了簡要的概括。陶望齡與三袁關係緊密，三袁之中，他對袁宏道尤其尊崇：「袁中郎禮部，天才秀出，早年參究，深契宗旨，近復退就平實，行履精嚴，然不知者或目爲怪罔，而疑僕不宜於遊，僕何人，而敢與中郎遊乎！」〔註67〕這種緊密的關係和尊崇的態度，在陶望齡的詩學觀念上也有所反映，尤其是在對待宋詩的態度上，陶望齡與袁宏道的觀念基本一致。陶望齡寫給袁宏道的《與袁六休書》不僅表達了他的宋詩觀念，而且對當時宋集的收藏刊刻情況有簡單描述。

《與袁六休書》是陶望齡寫給袁宏道的一封書信，六休是袁宏道的別號。在這封信的一開始，陶望齡就給蘇軾詩歌一個極高的定位：「初讀蘇詩，以爲少陵之後一人而已；再讀，更謂過之。初言之亦覺駭人，及見子由已有此論，兄言又暗合，益知非謬」〔註68〕。他又把蘇軾詩歌和歐陽修的詩歌進行比較，認爲歐陽修的詩歌雖然有很高的成就，但是還是不如蘇軾的詩歌。南宋詩人中，陶望齡對陸游最爲推崇，認爲陸游的詩歌成就在高適和岑參之間，雖然比不上蘇軾和歐陽

〔註66〕 （清）錢謙益：《列朝詩集小傳》，上海古籍出版社 2008 年版，第 623 頁。

〔註67〕 （明）陶望齡：《與友人》，見《歇庵集》卷十二，《續修四庫全書》本，上海古籍出版社 1995 年版，第 1365 冊，第 416 頁。

〔註68〕 （明）陶望齡：《與袁六休書》，見《歇庵集》卷十一，《續修四庫全書》本，上海古籍出版社 1995 年版，第 408 頁。

修，但是在宋人中已經算是相當出色的了，陸游詩歌不僅數量多，而且「雋永遒拔，七言尤爲勝絕」〔註69〕。給予宋代詩人如此溢美之詞，這樣的評論在明人的詩學話語中還較難見到。與袁宏道對宋詩極力推崇的態度相聯繫，就不難理解陶望齡的這番言論了，這封書信中的宋詩評論可以說是對袁宏道宋詩觀念的一個唱和。在這封書信中，陶望齡還談到了他所收藏的宋集以及宋集流通的情況：「宋集弟略有數家，惟陳無己、張文潛、蘇子美集不可得，京中書坊，或偶值，求爲買之」〔註70〕。這段文字從閱讀史和書籍史的角度爲我們提供了明人閱讀宋詩的資料。在明代，雖然書籍刊刻出版比較發達，但是宋集的重刊和編集並未受到重視，宋詩選本也只有寥寥幾種，所以，即使像陳無己、張文潛、蘇子美這樣較爲著名的宋代詩人，也難以找尋他們的集子，需要袁宏道在京中書坊代爲尋找。陶望齡本人所藏宋集頗多，在閱讀宋集的基礎上，他對當時那些不讀書而大言宋無詩者的言論持批判態度。

〔註69〕　（明）陶望齡：《與袁六休書》，見《歇庵集》卷十一，《續修四庫全書》本，上海古籍出版社1995年版，第408頁。

〔註70〕　（明）陶望齡：《與袁六休書》，見《歇庵集》卷十一，《續修四庫全書》本，上海古籍出版社1995年版，第408頁。

第三章　詩歌創作與明代宋詩接受

　　接受美學理論的開創者姚斯在《走向接受美學》中有這樣一個觀點：「在這個作者、作品和大眾的三角形之中，大眾並不是被動的部分，並不僅僅作爲一種反應，相反，它自身就是歷史的一個能動的構成。一部文學作品的歷史生命如果沒有接受者的積極參與是不可思議的。因爲只有通過讀者的傳遞過程，作品才進入一種連續性變化的經驗視野。在閱讀過程中，永遠不停地發生著從簡單接受到批評性理解，從被動接受到主動接受，從認識的審美標準到超越以往的新的生產的轉換」〔註1〕。在前面兩章中，我們已經探討了作爲批評層面的詩話、書信、序跋對於宋詩的接受表現，在接受美學的理論中，創作層面的接受也是非常重要的一個方面，「新的生產的轉換」具體就是表現在創作層面。有明一代，文學史關注最多的是小說和戲曲。在中國古代詩歌發展史上，明代詩歌並沒有突出的成就，但是明代詩歌創作者眾多、作品數量巨大，是一個不可忽視的存在，對於我們認識明代文學的整體面貌是非常重要的。明代詩人崇唐者眾，在詩歌創作上多摹擬唐人，他們甚至以唐詩爲參照描述明代的詩歌史：「明洪、永之際，律得唐之中；成化以前，律得唐之晚；弘、正之際，律得唐中

〔註1〕姚斯著，周寧、金元浦譯：《走向接受美學》，此論文集收入李澤厚主編《接受美學與接受理論》，遼寧人民出版社1987年版，第24頁。

盛之間；嘉、隆之際，律得唐初盛之間」〔註2〕。這種描述，很容易給我們帶來一個錯覺，那就是：整個明代詩歌發展史就是一部摹擬唐詩的歷史。實際上，明人也是「轉益多師」的，他們在詩歌創作上，不僅僅只是以唐人爲學習典範的，漢魏古詩和宋元詩歌同樣是他們學習的對象。本章所關注的問題，是明人在詩歌創作中表現出的對於宋詩的接受，這是認識明代宋詩接受的一個方面。

　　明代詩歌創作對宋詩的接受，主要表現爲次韻宋人、集句宋人、師法宋人。次韻宋人和集句宋人，這些具體形式上對宋詩的認同，在葉盛、陳獻章、程敏政等人的詩歌中都有所反映。從詩歌風格和精神風韻上師法宋人者，在明代也有一定數量，他們所學習的對象，有林逋、邵雍、蘇軾、黃庭堅及江西詩派諸人、陸游、朱熹等。由於創作層面的問題較難把握，不可能一一舉出明代所有的學宋者加以介紹評論，考察其中較有特色者學宋的創作實踐相對容易操作，也可以反映出明人學宋很多方面的問題。孫作爲元末明初的詩人，胡儼與「臺閣體」詩風的盛行處於同一時期，袁宗道則是公安派的開創者，他們三人的詩歌創作，都有非常明顯的師法宋人的表現，所以本章以孫作、胡儼、袁宗道三人爲例展開論述。

第一節　明人次韻與集句中的宋詩

　　次韻就是在寫作詩歌的時候依次用原韻、原字按照原次序相和，也稱步韻，是和詩中限制最嚴格的一種。關於次韻的起源，一般認爲始於唐代。宋人張表臣《珊瑚鉤詩話》中說：「前人作詩，未始和韻。自唐白樂天爲杭州刺史，元微之爲浙東觀察，往來置郵筒倡和，始依韻」〔註3〕。卞孝萱《唐代次韻詩爲元稹首創考》作

〔註2〕　（明）李維楨：《皇明律範序》卷九，見《大泌山房集》，明萬曆三
　　　　十九年刻本。
〔註3〕　（宋）張表臣：《珊瑚鉤詩話》卷一，《歷代詩話》本，中華書局1981
　　　　年版，第458頁。

了進一步的考證，認爲次韻詩是元稹首創，創始時間是元和五年（810）年，最早的作品是元稹在江陵府所寫的《酬樂天書懷見寄》等五首詩歌。次韻詩的寫作在宋代極爲興盛，蘇軾、黃庭堅等人的寫作熱情都很高。嚴羽在《滄浪詩話》中對此有所批評：「和韻最害人詩。古人酬唱不次韻，此風盛於元白皮陸。本朝諸賢，乃以此而鬥工，遂至往復有八九和者。」〔註4〕明人詩歌中，次韻詩的數量也很多，次唐人韻者比例最大，也有次宋人韻者，次韻宋人較多的有葉盛、陳獻章等人。

　　集句詩是詩歌體式的一種，集合前人詩句成詩，要求內容完整、符合格律。宋人認爲集句詩起源於本朝，蔡絛《西清詩話》中說：「集句自國初有之，未盛也。至石曼卿人物開敏，以文爲戲然後大著。至元豐間，王荊公益工於此」〔註5〕。沈括《夢溪筆談》也有記載：「古人詩有『風定花猶落』之句，以謂無人能對。王荊公以對『鳥鳴山更幽』……本宋王籍詩，元對『蟬噪林逾靜，鳥鳴山更幽』，上下句只是一意。『風定花猶落，鳥鳴山更幽』，則上句乃靜中有動，下句動中有靜。荊公始爲集句詩，多者至百韻，皆集合前人之句。語意對偶，往往親切過於本詩。後人稍稍有效而爲之者」〔註6〕。實際上，集句詩的起源可以追溯到晉代傅咸所作的《七經詩》，明代徐師曾《文體明辨》中說：「集句詩，雜集古句以成詩也。自晉以來有之，至宋王安石尤長於此」〔註7〕。集句詩雖然起源很早，但是，直到宋代，集句詩的創作才開始興盛，大量集句詩作品開始出現，其中以王安石的集句詩數量最多，宋代詩人如石延年、孔平仲、黃庭堅等也有很多集

〔註4〕　（宋）嚴羽著，郭紹虞校釋：《滄浪詩話校釋》，人民文學出版社1961年版，第193頁～第194頁。

〔註5〕　（宋）蔡絛：《西清詩話》，《古今詩話續編》本，臺灣廣文書局1973年版，第82頁。

〔註6〕　（宋）沈括：《夢溪筆談》卷十四，影印文淵閣《四庫全書》本，臺灣商務印書館1983年版，第862冊，第791頁。

〔註7〕　（明）徐師曾著，羅根澤校點：《文體明辨序說》，人民文學出版社1962年版，第111頁。

句詩創作。明代寫作集句詩的詩人也很多，其中集宋人詩句較多的有葉盛、邱濬、程敏政等人。

作詩次韻和集句為詩是詩歌創作的具體實踐，在詩歌創作中次宋人詩韻與集宋人詩句為詩，在一定程度上體現出寫作者對於宋詩的肯定與推崇。

一、葉盛的次韻與集句

葉盛，字與中，崑山人，正統十年（1445）進士，授兵科給事中。《明史》載：「盛清修積學，尚名檢，薄嗜好，家居出入常徒步。生平慕范仲淹，堂寢皆設其像。志在君民，不為身計，有古大臣風」〔註8〕。著述頗多，有《水東日記》三十八卷，《菉竹堂稿》八卷，《涇東小稿》九卷等，藏書亦多，編有《菉竹堂書目》六卷。在詩文創作上，葉盛對宋人學習頗多。宋代詩人中，葉盛尤其推崇蘇軾，他在《惠州感事》詩中說：「居庸關被故年時，曾和坡翁睡美詩。今日惠州煙雨裏，開門惟見日光遲」〔註9〕。《白鶴峰謁東坡先生祠》：「為愛眉山蘇長公，不辭驄馬路重重。北門暫別金蓮炬，南海來觀白鶴峰。滿目江山如有待，當時人物竟無蹤。徘徊不盡平生感，荔子堆盤酹巨鐘」〔註10〕。字裏行間充溢著對蘇軾的欽慕之情。李東陽在給葉盛《涇東小稿》所寫的序中也指出了葉盛詩文創作對於宋人的宗尚：「公之文博取深詣而得諸歐陽文忠公者為多。公雖未嘗自言，然觀其紆餘委備、詳而不厭要，知為歐學也」〔註11〕。四庫館臣對葉盛的詩文創作評價不高：「詩詞皆非所長，文有勁直之氣，稍勝於詩，然亦無傑構，

〔註8〕 （清）張廷玉等撰：《明史》卷一百七十七，中華書局 1974 年版，第 4724 頁。

〔註9〕 （明）葉盛：《菉竹堂稿》卷二，《四庫存目叢書》本，齊魯書社 1996年版，第 35 冊，第 189 頁。

〔註10〕 （明）葉盛：《菉竹堂稿》卷三，《四庫存目叢書》本，齊魯書社 1996年版，第 35 冊，第 221 頁。

〔註11〕 （明）李東陽：《涇東小稿序》，見葉盛《涇東小稿》前序，《續修四庫全書》本，上海古籍出版社 1995 年版，第 1329 冊，第 1 頁。

惟碑誌諸篇什尙頗整飭有法耳」〔註12〕。雖然葉盛的詩文創作成就有
限，但是就其詩歌創作中對於宋詩的學習來說，對於認識明代的宋詩
接受，是有一定意義的。

　　葉盛詩歌對於宋詩的學習主要體現在次宋人韻和集宋人句。《菉
竹堂稿》所收詩歌中有多首次韻和集句之作，其中次韻包括次唐人
韻、次宋人韻、次元人韻和次今人韻，數量最多的是次今人韻，主要
是友朋之間的詩韻相和；集句詩有集唐詩者，也有集元詩、宋詩者。
葉盛次韻詩作數量較多，次韻宋人的有五言絕句《靈川懷鄒忠公次宋
人韻》、五言律詩《靈川即事次宋人韻》、五言律詩《靈川回軍次宋人
韻》、七言律詩《送張元禎庶吉士歸婺次宋前輩韻》、七言律詩《題蘇
武忠節圖次文丞相韻六首》、七言古詩長短句《西康謠學楊廷秀體》。
以《西康謠學楊廷秀體》爲例，此詩次韻楊萬里，在詩歌風格上接近
「誠齋體」詩風，其中詩句如「德慶舊是西康州，大山長水人煙稠。
魚肥筍高好皮漆，村郭家家號盈實」〔註13〕，與楊萬里倡導的自然神
會的創作觀念是一致的，可以比較楊萬里《麥苗》:「無邊綠錦織雲機，
全幅輕羅作地衣。此是農家眞富貴，雪花消盡麥苗肥」〔註14〕。由此
可見葉盛對於楊萬里詩歌風格的深刻瞭解。

　　《菉竹堂稿》卷四專列「集句詩」一類，共收入集句詩 93 首，在
明代詩人中，葉盛的集句詩數量是比較多的。這些集句詩大多作於清
明節，有的詩題較長，交待寫作背景，如《清明日，金潼墓祭濬仲益，
令季十郎誦陳剛中〈安南十首〉，因取剛中所棄，餘如數集成付之，皆
唐句十首》，有的詩前有小序，說明作詩原因，如《再清明十首寄與謙》
詩前小序「己卯清明前七日，瀧水班師至德慶，時西廣邊報益急，且

〔註12〕　（清）永瑢等:《欽定四庫全書總目》（整理本），中華書局 1997 年
　　　　版，第 2396 頁。
〔註13〕　（明）葉盛:《菉竹堂稿》卷四，《四庫存目叢書》本，齊魯書社 1996
　　　　年版，第 35 冊，第 229 頁。
〔註14〕　（宋）楊萬里:《誠齋集》卷二十九，影印文淵閣《四庫全書》本，
　　　　臺灣商務印書館 1983 年版，第 1160 冊，第 311 頁。

追帷金潼墓已及三基，而不肖掃松之役僅潯中間一回耳。不勝家國憂
思，隕涕不已。因再集唐句十章用續去年故事耳」〔註 15〕。葉盛集句
詩所集詩句多為大家名句，有集唐人句者，也有集宋人句和元人句者。
集宋人句者如《天順八年春清明節即景感懷集宋吳詩句十首越臺一首
用楊東山先生木犀語者，廣州桂樹春花盛開，亦紀異之一云》，集宋代
詩人文天祥、陳與義、朱熹、王安石、蘇軾、歐陽修等人詩，對仗工
整，格律嚴謹，可見作者對於宋詩的熟知和肯定的態度。與葉盛大約
同一時期的吳寬在《題陳起東詩稿後》中說：「近時學詩者，以唐人格
卑氣弱，不屑模仿，輒以蘇、黃自負者比比」〔註 16〕。葉盛次韻宋人
與集句宋詩應該應該還是受到了這一時期詩歌創作風氣的影響。

二、陳獻章次韻宋人之作

關於陳獻章的序跋與宋詩批評觀念，前面的章節已有論及，此處
著重探討陳獻章詩歌創作中的次宋人韻。陳獻章的詩歌創作很多，今
本《陳獻章集》收錄陳獻章詩歌兩千多首，他的弟子湛若水說：「白
沙先生無著作也，著作之意寓於詩也。是故道德之精，必於詩焉發之」
〔註 17〕。對於陳獻章的詩歌，四庫館臣有這樣的評價：「蓋以高明絕
異之姿，而又加以靜悟之力，如宗門老衲，空諸障翳，心境虛明，隨
處圓通。辨才無礙，有時俚詞鄙語，衝口而談；有時妙義微言，應機
而發」〔註 18〕。從陳獻章詩歌的總體風格和語言表達上看，這個評價
還是很中肯的。從總體傾向上看，陳獻章對於宋詩是持肯定態度的，
在詩歌創作上也是宗法宋詩。在陳獻章的詩歌中，有仿傚蘇軾《和陶

〔註15〕 （明）葉盛：《菉竹堂稿》卷四，《四庫存目叢書》本，齊魯書社 1996
　　　　年版，第 35 冊，第 238 頁～第 239 頁。
〔註16〕 （明）吳寬：《家藏集》卷五十，影印文淵閣《四庫全書》本，臺灣
　　　　商務印書館 1983 年版，第 459 頁。
〔註17〕 （明）湛若水：《詩教解原序》，《陳獻章集》，中華書局 1987 年版，
　　　　第 699 頁。
〔註18〕 （清）永瑢等：《欽定四庫全書總目》（整理本），中華書局 1997 年
　　　　版，第 2295 頁。

詩》所作的《和陶一十二首》；陳獻章欽慕林逋，寫了大量的詠梅詩；邵雍是宋代理學家中作詩較多的一位，他的《擊壤集》影響頗大，陳獻章也有仿傚邵雍的詩作。饒宗頤在《陳白沙在明代詩史之地位》中說：「明代理學家多能詩，名高者前有陳白沙，後有王陽明，而白沙影響尤大。此一路乃承宋詩之餘緒，推尊杜甫、邵雍二家，取道統觀念，納之於詩」〔註19〕。

　　陳獻章的詩歌中，有很多次韻之作，其中次宋人韻者為數不少，共有 17 首，所次韻的宋代詩人有王安石、陸游、陳師道、蘇軾、朱熹五人。其中以次韻王安石和陳師道的詩作最多，蘇軾、朱熹、陸游次之。次韻王安石詩五首：《歲晚江上，追次王半山韻》、《前題倒韻》、《懷古，次韻王半山（二首）》、《山行，追次伍半山韻》〔註20〕；次韻陳師道詩五首：《春興，追次後山韻》、《病疥，用後山韻寫懷（四首）》；次韻蘇軾兩首：《浴日亭，次東坡韻》、《扶胥口書事，借浴日亭韻》；次韻朱熹詩兩首：《九日和朱子韻，示陳冕（二首）》；次韻陸游詩一首：《春懷，次韻陸放翁》。陳獻章的次韻詩歌，大致可以分為兩類，一類為次韻友朋，這一類數量最多，日常唱和和贈別相會時多有次韻之作；還有一類就是次韻宋人。陳獻章的詩歌中沒有次韻唐人的詩作，除了次韻友朋的詩作以外，都是次韻宋人的詩作，可見陳獻章對於宋人詩歌的欽慕。這些次韻宋人的詩作，不僅僅是在韻律上的相和，而且在具體的寫作方法和詩歌風格上也是追求與所和詩歌相一致，如《懷古，次韻王半山（二首）》：

其一
三徑五株柳，孤村獨板門。先生正高臥，眾鳥莫交喧。
晉宋當時改，乾坤此老存。手中一把菊，秋色滿丘園。

〔註19〕饒宗頤：《陳白沙在明代詩史之地位》，轉引自簡又文《白沙子研究》，簡氏猛進書屋 1970 年版，第 330 頁。
〔註20〕案：此處詩題有誤，《陳獻章集》無「次伍半山」前韻，何以「追次」，「半山」為王安石號，前已有用「王半山」韻，此處詩題應為「《山行，追次王半山韻》」。

其二

相逢疏柳下，賓主兩忘言。處士乃無履，江州初到門。
低頭入茅宇，散髮對金樽。長揖朱輈別，狂歌向小園。

〔註21〕

陳獻章次王安石詩韻都是稱王安石爲「王半山」，「半山」是王安石晚年的號。王安石的詩風在其退居江寧以後發生了較大的變化，由早年的剛朗勁健轉爲精深簡淡，黃庭堅說：「荊公暮年作小詩，雅麗精絕，脫去流俗」〔註22〕，因此，人們稱王安石詩爲「半山體」主要是指其晚年詩歌的藝術特質。陳獻章所欣賞的就是王安石晚年的詩歌風格，這兩首次韻王安石的詩作，描寫細緻，修辭巧妙，韻味深永，與王安石晚年詩風頗爲相近。陳獻章還專門爲自己次韻王安石的詩作寫了一篇《次王半山韻詩跋》。次韻蘇軾的詩作如《浴日亭，次東坡韻》：「殘月無光水拍天，漁舟數點落前灣。赤騰空洞昨霄日，翠展蒼茫何處山？顧影未須悲鶴髮，負暄可以獻龍顏。誰能手抱陽和去，散入千崖萬壑間？」〔註23〕寫景開闊，隱約有蘇軾豪放秀逸的風格。

三、程敏政集句宋人之作

程敏政，字克勤，號篁墩，休寧人。成化二年以一甲二名授翰林院編修，官至禮部右侍郎，《明史》有傳。程敏政著述頗多，除生前自訂的《篁墩文集》九十三卷以外，還編選《明文衡》九十八卷、《新安文獻志》一百卷等。程敏政的詩文，在當時影響很大，大多數詩文都已收入《篁墩文集》中，四庫館臣對於程敏政的學問較爲讚賞：「敏政學問淹通，著作具有根柢，非遊談無根者比」〔註24〕；對其詩文創作，則是評價一般：「其文格亦頗頹唐，不出當時風氣；詩歌多至數

〔註21〕　（明）陳獻章：《陳獻章集》卷五，中華書局 1987 年版，第 337 頁。
〔註22〕　（宋）胡仔：《苕溪漁隱叢話》前集卷三十五，人民文學出版社 1962
　　　　　年版，第 234 頁。
〔註23〕　（明）陳獻章：《陳獻章集》卷五，中華書局 1987 年版，第 407 頁。
〔註24〕　（清）永瑢等：《欽定四庫全書總目》（整理本），中華書局 1997 年
　　　　　版，第 2301 頁～第 2302 頁。

千篇，尤多率易，求其警策者殊稀」〔註25〕。程敏政的詩歌作品，雖然沒有很高的藝術成就，但是他的詩歌中的集句宋人之作可以從創作層面爲我們展現他對於宋詩的態度。

　　文淵閣四庫全書本《篁墩文集》共九十三卷，拾遺一卷。〔註26〕據黃虞稷《千頃堂書目》著錄，還有《外集》十二卷、《別集》二卷、《行素稿》一卷、《雜著》一卷，四庫全書本皆無，四庫館臣認爲黃虞稷所著錄的是《篁墩文集》的另外一個版本。四庫全書本《篁墩文集》卷六十二至卷九十三收錄程敏政詩歌，共 32 卷，約占全書三分之一的比例，可見程敏政詩歌創作的數量之多。《篁墩文集》共收程敏政的集句詩 45 首，包括《乙酉歲瀛東別業雜興集古》、《桃源圖詩》、《題李太史賢梅花圖集古》、《集李絕句（十八首）》、《集古八絕》、《古十四絕味戶部白玢郎中題畫》、《南山十二詠集古》等。其中所集古詩，以唐人詩歌和宋人詩歌爲主。程敏政集句詩涉及的宋代詩人有朱熹、歐陽修、司馬光、王安石、楊萬里、秦觀、蘇軾、寇準、黃庭堅等。其中所集宋人詩句，既有較爲常見的如《乙酉歲瀛東別業雜興集古》集朱熹詩句「萬紫千紅總是春」〔註27〕，集王安石詩句「細數落花因坐久」〔註28〕，也會有一些不常見的宋人詩句，如集司馬光詩句「見我猶穿曲岸飛」〔註29〕，集朱熹詩句「一任清風拂面吹」〔註30〕。集句詩的創作對於詩人的學識和閱讀視野要求很高，爲大家耳熟能詳者自然容易想到，集入不常見的詩句就能體現出詩人的學識了。程敏政

〔註25〕（清）永瑢等：《欽定四庫全書總目》（整理本），中華書局 1997 年版，第 2302 頁。

〔註26〕《欽定文淵閣四庫全書》總目作「《篁墩集》九十三卷」。

〔註27〕（明）程敏政：《篁墩文集》卷六十二，影印文淵閣《四庫全書》本，臺灣商務印書館 1983 年版，第 1253 冊，第 392 頁。

〔註28〕（明）程敏政：《篁墩文集》卷六十二，影印文淵閣《四庫全書》本，臺灣商務印書館 1983 年版，第 1253 冊，第 392 頁。

〔註29〕（明）程敏政：《篁墩文集》卷六十二，影印文淵閣《四庫全書》本，臺灣商務印書館 1983 年版，第 1253 冊，第 392 頁。

〔註30〕（明）程敏政：《篁墩文集》卷六十二，影印文淵閣《四庫全書》本，臺灣商務印書館 1983 年版，第 1253 冊，第 392 頁。

的集句詩中，集入很多不常見的宋人詩句，而且涉及的宋代詩人也比較多。從程敏政的集句詩來看，在當時館閣文臣崇唐抑宋的氛圍中，他對於宋詩還是持較爲肯定的態度的。

第二節　明代詩人師法宋人者

有明一代，在詩歌創作上，宗唐者眾多，文學史和詩歌史在描述這一時期的詩歌創作情況的時候，都會凸顯兩個關鍵詞「宗唐」和「摹擬」。然而，在明代近三百年的歷史中湧現出來的詩人和詩歌作品的數量是非常大的。《全明詩》的編纂尚未完成，從已有的幾部明詩總集中可以對明代詩歌創作的情況有一個瞭解：錢謙益《列朝詩集》收錄明代兩千多位詩人，朱彝尊《明詩綜》收錄明代三千多位詩人，陳田《明詩紀事》收錄明代四千多位詩人。這麼多數量的詩人，自然有各自的學詩路徑和師法對象，雖然大多數詩人都是學唐的，但是也有師法宋人的。明代詩人以宋代詩人爲師法對象的，人數不多，而且他們所產生的影響不大，未能形成流派，直至清初錢謙益等人舉起學宋的旗幟，學宋者才開始慢慢與學唐者分庭抗禮。此處以孫作、胡儼、袁宗道三人爲例，以點帶面地認識明代詩歌創作上對宋人的師法。

一、孫作

孫作，字大雅，一字次知，號東家子，江陰人。孫作生活於元末明初，元末避戰亂於吳。明初，洪武六年（1373）聘修《大明日曆》，授翰林編修，《明史・文苑》有傳。孫作詩文編集爲《滄螺集》，有《四庫全書》本。孫作爲文典雅有度，在當時頗有影響，《明史・文苑》稱其「爲文醇正典雅，動有據依」〔註31〕，四庫館臣評價曰「至於文則磊落奇偉而隱有程度，卓然足以自傳」〔註32〕。在詩歌創作方面，

〔註31〕（清）張廷玉等撰：《明史》卷二百八十五，中華書局 1974 年版，第 7326 頁。
〔註32〕（清）永瑢等：《欽定四庫全書總目》（整理本），中華書局 1997 年版，第 2270 頁。

孫作師法黃庭堅，詩歌具有鮮明的「山谷體」特徵，但是因才力所限，成就有限，這一點四庫館臣在《滄螺集》的提要中有詳細論述：「其詩力追黃庭堅，在元季自爲別調。……其宗旨灼然可見，然才力不及庭堅之富，鎔鑄陶冶亦不及庭堅之深，雖頗拔俗而未能造古」〔註33〕。四庫館臣稱孫作的詩歌在元代自爲別調，實際上，孫作主要活動時間在明王朝建立以後，他的大部分詩歌作品也是寫作於入明之後，所以還是應該把他歸入明代詩人的範疇。在文淵閣《四庫全書》本《滄螺集》前附有宋濂所作《東家子傳》，宋濂對於孫作文章寫作的藝術成就給予了充分的肯定，而對於他的詩歌創作情況卻沒有提及。從客觀上講，孫作詩歌創作成就確實不高，但是在元末明初詩歌學唐的氛圍中，他不隨波逐流，而是堅持自己的詩歌創作觀念，師法黃庭堅，在詩歌創作上還是有一定特色的，對於我們認識元末明初的宋詩接受有一定意義。

　　孫作《滄螺集》共6卷，其中收錄詩歌1卷，置於卷一，所收錄的詩歌數量不多，只有42首。雖然數量有限，但是已經足以讓我們認識其明顯的「詩學黃庭堅」特徵。孫作在《還陳檢校山谷詩》中直接表達了對黃庭堅詩歌的尊崇。

　　　　蘇子落筆奔海江，豫章吐句敵山嶽。湯湯濤瀾絕崖岸，墝埌木石森劍槊。二子低昂久不下，藪澤遂包貙與鼉。至今雜沓呼從賓，誰敢倔強二子角。吾尤愛豫章，撫卷氣先愕。磨牙咋舌熊豹面，以手捫膺就束縛。纖毫剔抉難具論，宛轉周臘爲鄭樸。煙霏澹泊翳林莽，赤白照耀開城郭。沅江鱉肋不登盤，青州蠏胥潛注殼。洞庭東南入無野，二儀清氣會有壑。士如此老固可佳，不信後來無繼作。我嘗一誦一回顧，如食橄欖行劍閣。忽聞凍雨洗磨崖，抵掌大笑工索摸。作詩寄謝君不然，請從師道舊所學。〔註34〕

〔註33〕　（清）永瑢等：《欽定四庫全書總目》（整理本），中華書局1997年版，第2270頁。

〔註34〕　（明）孫作：《滄螺集》卷一，影印文淵閣《四庫全書》本，臺灣商務印書館1983年版，第1229冊，第481頁。

　　在宋代詩人中，黃庭堅與蘇軾並稱「蘇黃」，詩歌特色鮮明，成
就卓著，爲其後的江西詩派所尊崇。

　　孫作對於黃庭堅的學習也是多方面的。在題材範圍上，黃庭堅詩
作取材廣泛，對日常生活關注很多，友朋贈物、吃酒飲茶皆付諸筆墨，
所吟詠的事物除常見的亭臺樓閣、筆墨紙硯之外，還有具體的豆粥、
蓮子湯以及燕、蝶等。在孫作的詩中，也有類似的題材，如《食橄欖》：
「碧雲高葉樹亭亭，雨打風披子更深。到口眞如覓幽句，急搜佳處已
難尋。」〔註35〕把自己吃橄欖的感受寫入了詩中；又如《菽乳》：「淮
南信佳士，思仙築高臺。八老變童顏，鴻寶枕中開。異方營齊味，數
度眞琦瑰。作羹傳世人，令我憶蓬萊。茹葷厭蔥韭，此物乃呈才。戎
菽來南山，清漪浣浮埃。轉身一旋磨，流膏入盆罍。大釜氣浮浮，小
眼湯洄洄。頃待晴浪翻，坐見雪花皚。青塩化液鹵，絳蠟竄煙煤。霍
霍磨昆吾，白玉大片裁。烹煎適吾口，不畏老齒摧。蒸豚亦何爲，人
乳聖所哀。萬錢同一飽，斯言匪俳詼去。」〔註36〕他在詩前小序中還
說明了他寫作這首詩是因爲他覺得淮南王劉安所作「豆腐」的名字不
雅，所以自己給改了「菽乳」這個名字，寫詩一首來記錄這個事情。

　　黃庭堅的詩歌，在題詠具體事物的時候，往往並不局限於事物本
身，而是在描摹中蘊含深刻的意味，如他的《戲題小雀捕飛蟲畫扇》：
「小蟲心在一啄間，得失與世同輕重。丹青妙處不可傳，輪扁斫輪如
此用。」〔註37〕以描繪畫中小蟲始，意思漸漸深入。孫作的詩歌，也
有意識地在這個方面學習黃庭堅。如《爲翟守賦雙檜》：「公館蕭條百
歲餘，獨存雙檜向江隅。山川雲雨時時會，造物風霜隱隱扶。后土不
埋龍蛻骨，赤霄端有鳳將雛。醉翁草木皆堪敬，聞道邦人畫作圖。」

〔註35〕　（明）孫作：《滄螺集》卷一，影印文淵閣《四庫全書》本，臺灣商務
　　　　　印書館 1983 年版，第 1229 冊，第 479 頁。
〔註36〕　（明）孫作：《滄螺集》卷一，影印文淵閣《四庫全書》本，臺灣商務
　　　　　印書館 1983 年版，第 1229 冊，第 482 頁。
〔註37〕　（宋）黃庭堅：《山谷集》卷五，影印文淵閣《四庫全書》本，臺灣商
　　　　　務印書館 1983 年版，第 1113 冊，第 45 頁。

〔註38〕這首詩以描摹雙檜起句，而後則層層遞進，將雙檜賦予了棟樑之材的寄寓。

　　孫作的詩中，有一首藝術特色非常鮮明的《飛魚》。從藝術表現上講，此詩水平不高，但是在較爲有限的篇幅中，詩意曲折迴旋，布局變幻多姿，能夠看出非常明顯的學習黃庭堅的痕跡。此詩前有小序：「暨人航海得飛魚於黑水之洋，其長二寸頤，兩鬐各廣長寸餘，張爲兩翅，海風發作，從波濤飛集船上如燕雀，既止則不能入水，意者爰居海鳥亦此類歟？莊周所謂鯤化爲鵬不荒誕也。爲賦一詩。」

　　　　海於天地中，物不能比大。陰陽浩出沒，造物窮荒怪。
　　力足浮三山，勢欲吞大塊。豈惟日月浴，兼疑鬼神會。披
　　經案山海，異族紛瑣碎。我時一徘徊，足躡二儀隘。焉知
　　賈客輩，入海如入閩。風昏白波駛，雨慘黑洋邁。批石嘖
　　火發，醫指愁舟壞。飛魚集檣柂，翅尾錯珍貝。初疑燕雀
　　翻，復駭蝗螟墜。非類感所稀，枯臘拾海外。三韓雨霧洗，
　　百島風煙帶。參苓挿雙翰，攲側張兩斾。形模小鮮具，意
　　氣鵬鶴類。祇慚海若笑，狹小矜此輩。我復嗤海若，萬匯
　　同一態。神靈數巨魚，鯤鯨鰍鱷鮍。智屈雲雨能，肉大何
　　足膾。龍門萬魚躍，此翼吾所快。〔註39〕

　　此詩寫漁人捕獲得飛魚，然而卻先描寫大海的奇詭浩大，然後才是飛魚的出場，接著又在飛魚的形態中感慨萬物造化。讀這首詩，很容易讓人想到黃庭堅的《次韻子瞻題郭熙畫秋山》等詩所呈現出的婉轉曲折的筆法。

二、胡儼

　　胡儼，字若思，南昌人，洪武舉人，授華亭教諭，成祖即位以後，因爲解縉的推薦，授翰林檢討，直文淵閣，遷侍講，永樂年間任國子

〔註38〕（明）孫作：《滄螺集》卷一，影印文淵閣《四庫全書》本，臺灣商務
　　　　印書館 1983 年版，第 1229 冊，第 481 頁。
〔註39〕（明）孫作：《滄螺集》卷一，影印文淵閣《四庫全書》本，臺灣商
　　　　務印書館 1983 年版，第 1229 冊，第 482 頁～483 頁。

監祭酒,《明史》有傳。胡儼爲館閣宿儒,朝廷著作多出其手,《永樂大典》、《天下圖志》都是他擔任總裁官。著述有《頤庵文選》和《胡氏雜說》等。胡儼的詩文,《明史・藝文志》著錄有《頤庵集》三十卷,然而此書在清代修《四庫全書》之前已經亡佚,他的後人編有《頤庵文選》兩卷,《頤庵文選》有《四庫全書》本。在詩歌創作上,胡儼以江西詩派爲宗尚,有別於當時盛行的以「三楊」爲代表的「臺閣體」詩風,四庫館臣在《頤庵文選》的提要中也談到了這一點:「其詩頗近江西一派,詞旨高邁,寄託深遠,與三楊之和平安雅者氣象稍殊」〔註40〕。錢謙益《列朝詩集小傳》評價胡儼「作爲歌詩,多旅人、思婦、屛營吟望之辭,怨而不怒,有風人之遺焉」〔註41〕。《頤庵文選》共上下兩卷,卷上爲文,卷下爲詩。雖然胡儼的詩歌沒有被全部收入,但是如四庫館臣所說,也可以「嘗鼎一臠亦足以知其概」。

宋徽宗初年,呂本中作《江西詩社宗派圖》,把黃庭堅和陳師道爲首的詩歌流派稱爲「江西詩派」,尊黃庭堅爲詩派之祖,下列 25 人,後來,宋末的方回看到江西詩派諸人大多學習杜甫,就把杜甫尊爲江西詩派的始祖,把黃庭堅、陳師道、陳與義三人稱爲江西詩派的「宗」,從而有了江西詩派的「一祖三宗」之說。胡儼在詩歌創作上學習江西詩派,表現出對「一祖」和「三宗」的極力推崇。首先,對於江西詩派尊奉爲「祖」的杜甫,胡儼的《閱杜詩漫述》、《次韻一本集杜句見寄》、《舟中雜詠用杜子美秦州詩韻》等詩中都流露出對於杜甫詩歌精神與詩歌藝術的欽慕。在「三宗」中,胡儼學習較多的是黃庭堅。黃庭堅本人在詩歌風格上,推崇陶淵明和杜甫,他在《贈高子勉》中說:「拾遺句中有眼,彭澤意在無弦。顧我今年六十,付公以二百年。」〔註42〕所以,在胡儼的詩中,又可以看到很多擬陶與和陶之作,如《擬

〔註40〕 (清)永瑢等:《欽定四庫全書總目》(整理本),中華書局 1997 年版,第 2290 頁。
〔註41〕 (清)錢謙益:《列朝詩集小傳》,上海古籍出版社 2008 年版,第 165 頁。
〔註42〕 (宋)黃庭堅:《山谷集》卷十二,影印文淵閣《四庫全書》本,臺灣商務印書館 1983 年版,第 1113 冊,第 94 頁。

飲酒效陶淵明十首》、《賦貧士效陶淵明二首》等。

　　黃庭堅在詩歌創作上所倡導的「點鐵成金」和「推陳出新」被江西詩派諸人奉爲作詩的典範，胡儼的詩歌，對此有很好的創作實踐，他所作的《試問堦前菊五首》以五首詩歌「問菊」，接著又作了《代菊答五首》以菊花的口吻來回答自己的提問。

　　試問階前菊五首

　　　　試問階前菊，花開何太遲。秋容非老圃，晚興似東籬。
　　已是重陽後，那堪夕露滋。鵝翎與鶴頂，莫遣一時披。

　　　　試問階前菊，何能獨傲霜。不隨春競秀，直到晚騰芳。
　　采采衣襟潤，盈盈金玉相。病來長廢酒，對爾興難忘。

　　　　試問階前菊，何如陶令家。門無五株柳，坐對一庭花。
　　寂寂秋將盡，蕭蕭鬢已華。幾時歸故里，穉子引柴車。

　　　　試問階前菊，南陽近若何。花開金布地，葉落翠浮波。
　　黃髮人多壽，華軒客少過。自憐纏末疾，安得起沉屙。

　　　　試問階前菊，湘潭秋已殘。靈均去不返，騷客竟誰餐。
　　花老青山暮，叢疎白露溥。傳芭還代舞，婞女不勝寒。

　　代菊答五首

　　　　眾卉凋零後，孤芳勿訝遲。托根依廣砌，毓秀勝疎籬。
　　秖恐嚴霜至，頻煩細雨滋。歲寒無剪伐，不自歎離披。

　　　　日精鍾秀氣，故自傲風霜。晚節甘同固，春葩不共芳。
　　每煩騷客詠，長得逸人相。老向軒墀下，栽培詎可忘。

　　　　昔日柴桑里，獨憐徵士家。牽衣從穉子，隨處看幽花。
　　把酒秋山淨，餐英夕露華。陶然乘醉後，策杖不將車。

　　　　有酒不暢飲，人生能幾何。既無籛老術，空羨菊潭波。
　　歲久荊榛雜，山空樵牧過。黃精同服餌，亦足愈寒屙。

　　　　洞庭風力勁，草木半摧殘。逐客傷秋盡，初英向夕餐。
　　淒淒霜未降，厭厭露先溥。澤畔行吟處，魂消衣袂寒。
　　〔註43〕

〔註43〕　（明）胡儼：《頤庵文選》卷下，影印文淵閣《四庫全書》本，臺灣商務印書館 1983 年版，第 1237 冊，第 633 頁～634 頁。

　　這兩組詩構思精巧，非常具有新意，語言風格也與黃庭堅頗爲相近。對自然界的植物和動物發問，前人雖然有這類作品，但往往只集中於「問」，即藉此種事物發抒自己的志向和情感，而少有「答」。胡儼的這兩組詩，先「問」後「答」，所「問」的五首詩歌以五個「試問」起句，所問的問題角度各有不同；代菊答的五首，以菊花的口吻針對所問而答，答語巧妙。詩人以五問五答的形式，把自己內心對隱逸生活的嚮往和恬淡自然的心境充分表達了出來。前人詠菊的詩作已經是非常多了，但是胡儼卻能在遣詞造句上有所突破，如「已是重陽後，那堪夕露滋」中的「滋」字，「不隨春競秀，直到晚騰芳」中的「騰」字都是用字巧妙，深得黃庭堅鍊字之旨。題畫之詩，一般就是描摹畫中事物，發抒感慨讚歎，胡儼的《題畫》不遵循一般寫法，平中見奇：「聞道稽山好，千岩秀色分。樹連秦望雨，帆入鏡湖雲。高臥留安石，能書憶右軍。崇虛猶似昔，還可問鵝群。」〔註44〕用典自然，意味深遠。

　　江西詩派後期的幾個代表詩人，如呂本中、曾幾等，在詩歌創作上雖然仍秉承江西詩派作詩的法度，但是，因爲時代環境的變化，很多詩人隱居鄉野，在詩歌風格上與陳師道、陳與義等人有所不同，展現出江西詩派藝術風格的另一個方面。胡儼對於江西詩派的師法，不是僅僅局限於「一祖三宗」，而是對江西詩派有較爲全面的認識，在他的詩歌創作中，還有一些詩帶有學習呂本中、曾幾等人詩歌的印記。呂本中早年詩歌旨趣幽深，進入南宋以後，詩歌風格趨於輕快圓美。以《春郊晚居》中的詩句爲例，「籤影已飛新社燕，水痕初沒去年沙」〔註45〕，與黃庭堅等人的詩風已經迥然不同。曾幾在呂本中輕快圓美風格的基礎上更進一步，創造出一種清新活潑、情韻和諧的新

〔註44〕　（明）胡儼：《頤庵文選》卷下，影印文淵閣《四庫全書》本，臺灣商務印書館1983年版，第1237冊，第628頁。

〔註45〕　（宋）呂本中：《東萊詩集》卷六，影印文淵閣《四庫全書》本，臺灣商務印書館1983年版，第1136冊，第724頁。

風格。胡儼辭官歸鄉後，家居二十餘年，鄉野生活的淡泊和寧靜，在他的詩歌中有多方面的反映，在這類詩歌的創作上，他就是以江西詩派後期的代表呂本中和曾幾為師法對象的。胡儼寫作了大量的描寫村居生活的詩歌，特色較為明顯的有《坡南草堂》、《草堂即事四首》、《村居即事十首》等，與呂本中和曾幾的風格極為相似。如《坡南草堂》：「草堂新築海東頭，占得坡南景物幽。桑葉遮門春雨暗，豆花垂徑夕陽秋。角巾醉後騎黃犢，拄杖閒來看白鷗。卻憶昔年遊覽處，芙蓉兩岸照行舟。」〔註46〕

除了對江西詩派諸人的師法，胡儼還有學習歐陽修詩風的詩歌作品。如《歸田四時樂》，這組詩歌共有四首，詩的題目下面就明確標注了「效歐陽公作」〔註47〕。從語言修辭和風格韻味上看，這四首詩與歐陽修的這類詩歌是極為相似的。

三、袁宗道

朱彝尊在《靜志居詩話》中說：「嘉靖七子之派，徐文長欲以李長吉體變之，不能也；湯義仍欲以尤、蕭、范、陸體變之，亦不能也。王百穀、王乘父、屠長卿，雖迭有違言，然寡不敵眾。自袁伯修出，服習香山、眉山之結撰，首以『白蘇』名齋，既導其源；中郎、小修繼之，益揚其波，由是公安流派盛行」〔註48〕。朱彝尊的這段話，肯定了公安派變革七子復古弊端的功績，而且對公安派的興起作了描述，其中提到的一點值得注意，就是袁宗道對於白居易和蘇軾的推崇，以「白蘇」作為齋名。袁宗道非常喜好白居易和蘇軾的詩歌，袁宏道在《識伯修遺墨後》一文中說：「伯修酷愛白、蘇二公，而嗜

〔註46〕（明）胡儼：《頤庵文選》卷下，影印文淵閣《四庫全書》本，臺灣商務印書館1983年版，第1237冊，第645頁。

〔註47〕（明）胡儼：《頤庵文選》卷下，影印文淵閣《四庫全書》本，臺灣商務印書館1983年版，第1237冊，第664頁。

〔註48〕（清）朱彝尊著，姚祖恩編，黃君坦校點：《靜志居詩話》，人民文學出版社1990年版，第464頁～第465頁。

長公尤甚。每下直輒焚香靜坐，命小奴伸紙，書二公閒適詩，或小
文，或詩餘一二幅，倦則手一編而臥，皆山林會心語，近懶近放著
也」〔註49〕。袁宗道的詩歌創作，之所以選擇白居易和蘇軾這兩位詩
人，是因為他們的詩歌都有自然率真、發抒真性情的美學特質，這與
公安派一直所倡導的「性靈」是相一致的。白居易的詩歌風格，平實
而有法度可循，後代仿傚者多，像之者也多，袁宗道的詩作也得其一
二神韻，學白之作多有可圈可點者。蘇軾本人才氣縱橫，詩歌風格兼
收並蓄，境界高邁、汪洋恣肆，正是因為其詩歌創作不拘格套，又沒
有形成可供遵循的法度，所以儘管後代推崇蘇軾者眾，然而學蘇者往
往望洋興歎。袁宗道也是這樣，在他的詩歌創作中，有較為明顯的學
蘇之處，但是與蘇詩相比，卻顯得大為遜色。袁宗道對以蘇軾為代表
的宋代詩歌的推崇態度，直接影響了袁宏道和袁中道。袁宏道和袁中
道在詩歌理論上推崇宋詩，在他們的書信序跋中有很多表述；在詩歌
創作上，蘇軾也是他們師法的對象之一，袁宏道寫了很多和韻蘇軾的
詩歌，然而，他們的學蘇之作也少有突出者。袁宗道學蘇的創作實踐，
足以證明學蘇之難。

袁宗道創作的詩文數量不多，袁中道在《石浦先生傳》中說：「詩
清潤和雅，文尤婉妙，然性懶不多作」〔註50〕。他的詩文基本上都彙
集在《白蘇齋類集》中，收錄詩 6 卷，文 16 卷，其中詩又分為古詩
類 2 卷，今體 3 卷，絕句 1 卷。在袁宗道的詩歌中，能夠看出其較為
明顯的仿傚對象有白居易、蘇軾和陸游。因為本節所要探討的問題是
袁宗道在詩歌創作上對宋代詩人的學習，所以此處不就其師法白居易
展開論述，主要分析袁宗道對蘇軾和陸游的詩法。

袁宗道對蘇軾詩歌的師法，體現在多個方面。在蘇軾的詩歌中，
「和陶詩」是較有特色的一類。蘇軾是「和陶詩」的開創者，自他以

〔註49〕 （明）袁宏道：《識伯修遺墨後》，《袁宏道集箋校》卷三十五，上海
古籍出版社 1981 年版，第 1111 頁。

〔註50〕 （明）袁中道：《珂雪齋前集》卷十六，《續修四庫全書》本，上海古籍
出版社 1995 年版，第 1375 冊，第 709 頁。

後，歷代都有大量詩人寫作「和陶詩」。蘇軾的「和陶詩」共有 124 首，由他親自編纂成集，其中《和陶飲酒》一組詩寫於他揚州任上，其餘都寫於他晚年貶謫惠州、儋州的時候。蘇軾本人對陶淵明非常欽慕，他的「和陶詩」也取得了較高的藝術成就，後代寫作「和陶詩」者多仿傚借鑒蘇軾的詩作。袁宗道也有「和陶詩」的寫作，從中可以看出他對蘇軾「和陶詩」的仿傚。袁宗道《對酒》中有這樣的詩句：「美酒入犀杯，微作松柏氣。佐之芹與蒿，頗有山林意」〔註51〕，把飲酒的心境表現得頗有詩意。陶淵明喜飲酒，因為其飲酒時性情之真，他的對酒之詩也是影響深遠。蘇軾在其《和陶飲酒》的序中說：「吾飲酒至少，常以把盞為樂。往往頹然坐醉，人見其醉，而吾中了然，蓋莫能名其為醉為醒也。在揚州時，飲酒過午，輒罷。客去，解衣磐礴，終日不足而適有餘。因和淵明《飲酒》二十首，庶以彷彿其不可名者」〔註52〕。蘇軾作《和陶飲酒》之詩，非為記自己飲酒情狀，而是以和陶的形式追慕陶淵明的人格風韻。袁宗道的這首《對酒》，自然恬淡，性情顯現，所抒發的心情與蘇軾寫作《和陶飲酒》相近，但是在胸襟境界上不及蘇軾開闊。明人次韻宋人前面已有論述，袁宗道也有和韻蘇軾的詩作。蘇軾曾作《戒殺詩》寄與陳季常，袁宗道對這首詩非常欣賞，依蘇軾此詩詩韻作有《東坡作〈戒殺詩〉遺陳季常，余和其韻》三首和詩，這組詩不僅是和韻蘇軾，而且在詩的意蘊上與蘇軾一致，表達護生和戒殺的思想，都有佛教的悲憫觀在其中。

　　袁宗道的古體詩中，有一首《過黃河》，這首詩在藝術特色上與蘇軾的《百步洪（二首）》中的第一首非常相似。《過黃河》全詩如下：

　　　　飛蓋霽色新，爽氣來青嶂。行行見洪河，洪河流湯湯。
　　津吏向我言，夜雨添新漲。一葉凌浩渺，沸波見其上。鼓
　　棹度中流，東西迷所向。雷車爭砑磄，雪屋互排蕩。兒女

〔註51〕　（明）袁宗道：《白蘇齋類集》卷之二，上海古籍出版社 2007 年版，
　　　　　第 12 頁。
〔註52〕　（宋）蘇軾：《東坡全集》卷三十一，影印文淵閣《四庫全書》本，
　　　　　臺灣商務印書館 1983 年版，第 1107 冊，第 448 頁～第 449 頁。

色如土，老夫神猶王。自矢管公誠，豈憂蔡姬蕩。篙師若有神，布帆遂無恙。三老顧何能，呵護賴神貺。腐儒一寸心，幸哉天吳諒。刺刺撫兒女，無庸太惘悵。宦海多風濤，絕勝洪河浪。〔註53〕

《百步洪》是蘇軾詩中的名篇，其中第一首的開始幾句「長洪斗落生跳波，輕舟南下如投梭。水師絕叫鳧雁起，亂石一線爭磋磨。有如兔走鷹隼落，駿馬下注千丈坡。斷弦離柱箭脫手，飛電過隙珠翻荷」〔註54〕，多個比喻聯翩而至、奔湧而來，如同洪水一般，淋漓盡致地表達了洪中泛舟的感覺，顯示出蘇軾詩歌豪邁奔放的主題風格特徵。袁宗道此詩中間的這幾句：「一葉凌浩渺，沸波見其上。鼓棹度中流，東西迷所向。雷車爭砰磕，雪屋互排蕩。兒女色如土，老夫神猶王」可以看出較爲明顯的模仿蘇詩的痕跡，但是這種模仿還是寫出了自己的特色。「雷車爭砰磕，雪屋互排蕩」把泛舟波濤中的聽覺感受用比喻表現得非常巧妙，使讀者有身臨其境的感覺。蘇軾在詩的最後感慨：「但願此心無所在，造物雖駛如吾何。回船上馬各歸去，多言譊譊師所呵」〔註55〕。袁宗道也在詩中說：「腐儒一寸心，幸哉天吳諒。刺刺撫兒女，無庸太惘悵。宦海多風濤，絕勝洪河浪」。相比之下，就可以看出二者境界之高下了。所以，儘管袁宗道此詩在模仿蘇軾詩歌的基礎上有自己的藝術獨創，比喻精妙、形象生動，但是在思想層次上還是沒有達到蘇軾的高度，當然，這也是不能苛求的。

袁宗道的詩歌創作中，古體詩佔有 2 卷的數量，這些古體詩，氣韻充沛而且質樸靈動，可以說還是學到了一些蘇軾古體詩歌創作的技巧和神韻。其中較有代表性的有《題瘦馬卷》、《顧仲方畫山水歌》、《壽亭舅贈我宜興瓶茶具酒具，一時精美，喜而作歌》等。今體詩中，袁

〔註53〕（明）袁宗道：《白蘇齋類集》卷之一，上海古籍出版社 2007 年版，第 1 頁。

〔註54〕（宋）蘇軾：《東坡全集》卷三十一，影印文淵閣《四庫全書》本，臺灣商務印書館 1983 年版，第 1107 冊，第 170 頁。

〔註55〕（宋）蘇軾：《東坡全集》卷三十一，影印文淵閣《四庫全書》本，臺灣商務印書館 1983 年版，第 1107 冊，第 170 頁。

宗道的一些記行記遊詩歌，也與蘇軾的這類詩歌風格較爲接近，如《眞定道中》、《憩有斐亭》、《遊百丈泉》等。

　　袁宗道的詩歌創作，也有對陸游詩歌風格的師法。他的詩中，有一首《偶得放翁集，快讀數日，誌喜，因效其語》：「模寫事情俱透脫，品題花鳥亦清奇。盡同元白諸人趣，絕是蘇黃一輩詩。老眼方饑逢上味，吟脾正渴遇仙醫。明窗手錄將成帙，恰似貧兒暴富時」〔註56〕。這首詩不僅僅是對陸游詩歌風格的仿傚，更多地表現出他在閱讀陸游詩歌時的喜悅，字裏行間充滿了對陸游詩歌的推崇和讚歎。同時，他在詩中指出陸游詩歌也是元白蘇黃一派，這一派詩風也是他在詩歌創作中特別追慕的。陸游閒居故鄉二十多年，生活雖然平靜安逸，但是詩人總還是有憂國憂民之思；袁宗道仕途頗爲順利，然而對官場非常厭倦，嚮往山林生活，這種微妙的心理矛盾使他對陸游閒居時期的詩歌非常喜歡。袁宗道的詩歌創作中，《初春和陸放翁韻（二首）》對這種心境有充分的表現。

〔註56〕　（明）袁宗道：《白蘇齋類集》卷之五，上海古籍出版社2007年版，第56頁。

第四章　詩歌選本與明代宋詩接受

　　選本是中國古典文獻的一種重要類型，同時也是中國古代文學批評中一種十分重要的批評形式。根據傳統的目錄學，選本一般屬於集部總集類，別集也有選本，但只是個人的作品選。作爲總集之一的選本，其功能更偏於區別優劣，也就是文學批評。嚴格意義上的文學選本，實際上始自梁昭明太子蕭統所編《文選》一書，《四庫全書》將《文選》列爲「總集類」之首，《文選》是現存最早也是最重要的選本。自此而後，各種類型的選本層出不窮。以種類說，有賦選、詩選、詞選、曲選；以時代論，有通代之選、斷代之選、當代之選。選本的文獻學意義在於，部分散佚或不見於作者別集的文獻因選本而流傳保存下來，對文獻整理有重要價值。

　　魯迅先生在《選本》一文中有這樣的論述，「凡是對於文術，自有主張的作家，他所賴以發表和流佈自己的主張的手段，倒並不在作文心，文則，詩品，詩話，而在出選本」〔註1〕，「選本可以借古人的文章，寓自己的意見。博覽群籍，採其合於自己意見的爲一集，一法也，如《文選》是。擇取一書，刪其不合於自己意見的爲一新書，又一法也，如《唐人萬首絕句選》是。如此，則讀者雖讀古人書，卻得了選者之意，意見也就逐漸和選者接近，終於『就範』了」。〔註2〕

〔註 1〕魯迅：《集外集》，人民文學出版社 1976 年版，第 113 頁。
〔註 2〕魯迅：《集外集》，人民文學出版社 1976 年版，第 114 頁。

這是魯迅先生從文學批評的角度對選本的論述。從中國古代文學發展史的角度來看，中國古代的文學選本體現出鮮明的時代特點：前期多是在文學潮流的推動下產生相應的選本，如詩賦的繁盛與《文選》，宮體詩的流行與《玉臺新詠》，唐詩的繁榮與「唐人選唐詩」等；宋元以後，哲學思想由「禮」到「理」再到「心」，人的個體意識日益增強，批評家的主體意識也逐漸顯現，他們開始有意識地利用選本來張揚、標舉自己的文學觀念，同時又以選本激起聲勢浩大的文學批評思潮。

王瑤在《中國文學批評與總集》一文中指出：我們研究文學批評不應僅以「詩文評」類的著作爲據，還應該研究對讀者和作者都有極大影響的文學選本。〔註 3〕這個意見對明代詩歌理論的研究頗有啓發。據南柄文、何孝榮《明代文化史》的論述，由於明代印刷業的發展，刊刻詩選的風氣極盛。明代詩論家經常以編撰詩歌選本的方式表達自己的詩學主張，擴大自己的理論影響。各類詩歌選本都產生於一定的詩學思潮中，同時其編選宗旨、詩學傾向又刺激了詩歌理論的發展。在明代崇唐抑宋的詩學形勢下，唐宋詩的編選明顯呈現冷熱迥異的狀況，唐詩選本的編選出現極爲繁盛的局面，宋詩選本刊刻流傳較爲有限。其中較爲易見而且文獻價值和理論價值都比較大的是李蓘編選的《宋藝圃集》和曹學佺編選的《石倉歷代詩選》中的《石倉宋詩選》。

第一節　明代唐宋詩選本概述

一、明代唐詩選本概述

唐詩選本的編撰至明代出現極爲繁榮的局面。據孫琴安《唐詩選本提要》著錄，明代唐詩選本的編撰，自明初宋棠《唐人絕句精華》

〔註 3〕王瑤：《關於中國古典文學問題》，上海古典文學出版社 1956 年版，
　　　第 45 頁～第 50 頁。

始，至明末高江《批唐詩選》終，共約 215 種，占歷代唐詩選本總量的近三分之一。明代的唐詩選本極為豐富，從時代上說，有初、盛、中、晚四唐的通選，也有唐各階段的專選；從題材上說，有各種專題詩選；從體式上看，又有各體詩選；此外，還有各種評點箋注之選，等等。無論編選宗旨，形式體制，還是題材內容，分門別類，都呈現出多姿多彩的面貌，從而使有明一代成為唐詩編選的興盛時代。

　　明初高棅編選的《唐詩品彙》是明人選唐詩的一個重要標誌。此後，還出現了大量對高棅《唐詩品彙》簡編而成的《唐詩正聲》和李攀龍《唐詩選》的箋注之作。這類盛唐的詩歌選本影響了整個明代的唐詩編選。明後期，以鍾惺、譚元春為首的竟陵派所編的《詩歸》，雖然標舉性靈，「大旨以纖詭幽渺為宗」，〔註 4〕也仍是以盛唐為宗。其他像程元初《盛唐風緒箋》、吳復《盛唐詩選》、彭輅《盛唐雅調》、尚冕《盛唐遺音》等大量初盛唐詩選紛紛刊行。

　　明人在宗盛唐的主流下，也出現了許多中晚唐詩的選本。如張誼《中唐詩選》、彭輅《中唐新調》、曹學佺《晚唐詩選》、龔賢《中晚唐詩紀》、張應文《中晚唐詩選》、朱茂暉《中晚唐詩選二百六家》等，但與初盛唐詩選相比較，明代中晚唐詩不僅數量較少，而且對明代詩學的影響也較小。

二、明代宋詩選本概述

　　選刻宋人詩，宋已有之。王水照先生主編的《宋代文學通論》對此有專門論述，將其分為唱和詩總集、書商刻印的總集和按內容分類的總集。其中唱和詩總集包括《翰林唱和集》、《禁林宴會集》、《商於唱和集》、《二李唱和集》、《西崑酬唱集》、《坡門酬唱集》、《同文館唱和詩》、《南嶽唱酬集》、《月泉吟社詩》等；書商刻印的總集包括《江湖集》、《江湖前集》、《江湖後集》、《江湖續集》、《中興江湖集》和《中

〔註 4〕　（清）永瑢等：《欽定四庫全書總目》（整理本），中華書局 1997 年版，第 2706 頁。

興群公吟稿》等；按內容分類的總集包括《聲畫集》、《古今歲時雜詠》等。此外還有《九僧詩》、曾慥《宋百家詩選》及《江西詩派》、《兩宋名賢小集》等。這其中影響較大者，應屬呂本中《江西宗派圖》。呂本中曾列《江西宗派圖》，自黃庭堅以下共二十五人，陳振孫《直齋書錄解題》卷十五著有《江西詩派》一百三十七卷，續派十三卷，只選一派的詩。自此，學詩者趨於江西詩派，南宋前期詩壇被江西詩派籠罩。後來，張戒、嚴羽反思以江西詩派為代表的「宋調」，拉開了數百年唐宋詩之爭的序幕。

元代宋詩選本，較著名的有方回編選的《瀛奎律髓》四十九卷和陳世隆編選的《宋詩拾遺》二十三卷。

在明代，因為尊唐黜宋的文學觀念在詩壇上占主導地位，宋人詩文集的刊刻流佈受到極大影響。被譽為「考明一代著作，以是書為最可據」〔註5〕的《千頃堂書目》，著錄明人有關唐詩的編選將近五十種，而有關宋詩的，僅符觀《宋詩正體》、王萱《宋絕句選》、李蓘《宋藝圃集》、潘是仁《宋元名家詩選》、曹學佺《石倉宋詩選》、張可仁《宋元詩選》等六種。據今人申屠青松論述〔註6〕，明代宋詩選本可考者共 13 種。據現存文獻可詳細考見者共 10 種，簡述如下。

1.《鼓吹續音》，（明）瞿佑編選，已佚。明初洪武、永樂年間，瞿佑仿傚元好問的《唐音鼓吹》，取宋金元三朝名人所作，編《鼓吹續音》十二卷，得詩一千二百首。但是有關這部書的編撰，僅有序見於瞿佑本人所著的《歸田詩話》，不見於目錄書的記載，可能並未得到刊刻流傳。

2.《宋詩正體》，（明）符觀編選。根據《中國古籍善本書目·集部》卷二十八總集類目錄，現存明正德元年刊本，四卷。《晁氏寶

〔註5〕（清）永瑢等：《欽定四庫全書總目》（整理本），中華書局 1997 年版，第 1135 頁。

〔註6〕申屠青松：《明代宋詩選本論略》，《北京科技大學學報》（社會科學版），2007 年第 3 期，第 97 頁～第 101 頁。

文堂書目》卷下：「《宋詩正體》」。〔註7〕高儒《百川書志》卷十九：
「《宋詩正體》四卷，新喻符觀以宋詩略萃《文鑒》，散載各集，撮
其三體精要，以舉世宗唐尚元，語人曰：『吾爲宋人立赤幟矣。』」
〔註8〕黃虞稷《千頃堂書目》卷三十一：「符觀《唐詩正體》七卷，
又《宋詩正體》四卷，又《明詩正體》五卷，又別集一卷，又續集
一卷。」〔註9〕

　　3.《宋絕句選》，（明）王萱編選，已佚。高儒《百川書志》卷十
九：「《宋絕句選》一卷，皇明翰林庶吉士青崖王瑄選拔衛琦之集，又
續可採而遺者合七十四人，五言十一首，七言一百三十三首，且冠晦
翁於首。」〔註10〕黃虞稷《千頃堂書目》卷三十一：「王萱《宋絕句
選》一卷。」〔註11〕

　　4.《宋詩選》，（明）楊愼編選，已佚。王世貞《藝苑巵言》卷六：
「其（楊愼）所撰，有……《宋詩選》……」〔註12〕陳第《世善堂藏
書目錄》卷下：「《宋詩選》十卷，楊升庵。」〔註13〕

　　5.《宋藝圃集》，（明）李蓘編選。根據《中國古籍善本書目‧集
部》卷二十八總集類，現存明萬曆五年暴孟奇刻本，二十二卷續集三
卷。徐㶍《徐氏家藏書目》卷七：「《宋藝圃集》二十二卷，續集三卷。」

〔註 7〕　（明）晁瑮：《晁氏寶文堂書目》卷上，《續修四庫全書》本，上海古籍
　　　　　出版社 1995 年版，第 919 冊，第 36 頁。

〔註 8〕　（明）晁瑮：《晁氏寶文堂書目》卷上，《續修四庫全書》本，上海古籍
　　　　　出版社 1995 年版，第 919 冊，第 36 頁。

〔註 9〕　（清）黃虞稷：《千頃堂書目》卷三十一，影印文淵閣《四庫全書》
　　　　　本，臺灣商務印書館 1983 年版，第 676 冊，第 748 頁。

〔註 10〕　（明）高儒：《百川書志》，《續修四庫全書》本，上海古籍出版社 1995
　　　　　年版，第 919 冊，卷十九，第 442 頁。

〔註 11〕　（清）黃虞稷：《千頃堂書目》卷三十一，影印文淵閣《四庫全書》
　　　　　本，臺灣商務印書館 1983 年版，第 676 冊，第 747 頁。

〔註 12〕　（明）王世貞：《藝苑巵言》，《歷代詩話續編》本，中華書局 1983
　　　　　年版，第 1053 頁。

〔註 13〕　（明）陳第：《世善堂藏書目錄》，《續修四庫全書》本，上海古籍出
　　　　　版社 1995 年版，第 919 冊，第 534 頁。

〔註14〕黃虞稷《千頃堂書目》：「李蓘《宋藝圃集》二十二卷，又續集二卷。」〔註15〕《宋詩鈔・序》：「萬曆間，李蓘選宋詩，取其詩遠於宋而近附乎唐者。」〔註16〕《欽定四庫全書總目》：「《宋藝圃集》二十二卷，浙江鮑士恭家藏本。明李蓘編。」〔註17〕

6.《宋詩選》，（明）愼蒙編選，已佚。序見於王世貞《弇州續稿》卷四十一，「吳興愼侍御子正，顧獨取宋詩選而梓之，以序屬余。余故嘗從二三君子後抑宋者也，子正何以梓之，余何以從子正之請而序之。余所以抑宋者，爲惜格也。然而代不能廢人，人不能廢篇，篇不能廢句。槪不止前數公而已。此語於格之外者也。今夫取食色之重者與禮之輕者比之，奚啻食色重。夫醫師不以參苓而捐溲勃，大官不以八珍而捐胡祿、障泥，爲能善用之也。雖然以彼爲我則可，以我爲彼則不可，子正非求爲伸宋者也，將善用宋者也。然則何以不梓元？子正將有待也？抑以其輕俊饒聲澤不能當宋實故耶？乃信陽之評的然矣，曰：『宋人似蒼老而實疏鹵，元人似秀峻而實淺俗。』之二語也，其二季之定裁乎？後之覽者將以子正用宋抑元，以信陽不爲宋元入斯可耳。」〔註18〕

7.《宋元名家詩選》，（明）潘是仁編選。根據《中國古籍善本書目・集部》卷二十八總集類，現存明萬曆四十三年自刻本，二百八卷；明萬曆四十三年自刻，天啓二年重修本二百三十七卷；明萬曆四十三年自刻，天啓二年重修，鄭振鐸跋本，二百七十三卷。黃虞稷《千頃堂書目》：「潘是仁《宋元名家詩選》一百卷，字訒叔，

〔註14〕（明）徐𤊹：《徐氏家藏書目》卷五，《續修四庫全書》本，上海古籍出版社 1995 年版，第 919 冊，第 221 頁。

〔註15〕（清）黃虞稷：《千頃堂書目》卷三十一，影印文淵閣《四庫全書》本，臺灣商務印書館 1983 年版，第 676 冊，第 747 頁。

〔註16〕（清）吳之振、呂留良、吳自牧選（清）管庭芬、蔣光煦補：《宋詩鈔》，中華書局 1986 年版，第 3 頁。

〔註17〕（清）永瑢等撰：《欽定四庫全書總目》（整理本），中華書局 1997 年版，第 2646 頁。

〔註18〕（明）王世貞：《弇州續稿》卷四十一，影印文淵閣《四庫全書》本，臺灣商務印書館 1983 年版，第 1282 冊，第 548～第 549 頁。

新安人。」〔註19〕袁小修《珂雪齋集・文集》卷二有《宋元詩序》。

8.《宋元詩選》，（明）周詩雅編選，已佚。黃宗羲《明文海》卷二百二十六存周詩雅《宋元詩三刻序》，「今之言詩者首漢魏以及唐輒云其道大備，至宋以後無詩矣。非無詩也，格卑氣弱世運使然。噫，此矮人觀場貴耳賤目之論也。」〔註20〕

9.《石倉宋詩選》，（明）曹學佺編選。《石倉宋詩選》一百零七卷爲《石倉十二代詩選》宋代部分。《欽定四庫全書總目》：「《石倉歷代詩選》五百六卷，浙江巡撫採進本。明曹學佺編。」〔註21〕

10.《宋元詩選》，（明）張可仁編選，已佚。黃虞稷《千頃堂書目》載：「張文峙《紫澱老人編年稿》五十卷。字子澱，上元人，又選《宋元詩》十卷，《明布衣詩》百卷，皆散失。」〔註22〕

此十種明代宋詩選本，六種已佚，現存四種，分別爲符觀《宋詩正體》、李蓘《宋藝圃集》、潘是仁《宋元名家詩選》、曹學佺《石倉宋詩選》。現存四種選詩傾向皆爲選宋儀唐，所選者多是宋詩中近唐風者。選詩數量以曹學佺《石倉宋詩選》爲最多，凡一百零七卷，收錄宋代詩人一百九十三位，詩歌六千七百二十二首；次爲李蓘《宋藝圃集》，凡二十二卷，收錄宋代詩人二百八十八人，詩歌二千六百零二首；其餘兩種收詩數量較少，潘是仁《宋元名家詩選》對清代宋詩編選影響較大，符觀《宋詩正體》流傳有限，影響較小。申屠青松考述明代宋詩選本13種，除了據現存文獻可詳細考見者共10種，另外3種分別爲：朱華園《宋元詩選》（已佚）、周侯《宋元詩歸》（已佚）、盧世淮《宋人近體分韻詩鈔》（臺灣圖書館藏本）。

〔註19〕 （清）黃虞稷：《千頃堂書目》卷三十一，影印文淵閣《四庫全書》本，臺灣商務印書館1983年版，第676冊，第747頁。

〔註20〕 （清）黃宗羲編：《明文海》卷二百二十六，中華書局1987年版，第3冊，第2318頁。

〔註21〕 （清）永瑢等：《欽定四庫全書總目》（整理本），中華書局1997年版，第2648頁。

〔註22〕 （清）黃虞稷：《千頃堂書目》卷二十八，影印文淵閣《四庫全書》本，臺灣商務印書館1983年版，第676冊，第665頁。

第二節　明代唐宋詩之爭與唐宋詩之選本

　　唐宋詩之爭貫穿著整個傳統詩學思想發展的後期。明代詩派繁多，遠較前代爲甚，如明初有閩中詩派，稍後有茶陵派、前後七子，明末則有公安、竟陵兩派。其中主盟詩壇時間最久、聲勢最大的，爲倡言「文必秦漢，詩必盛唐」的前後七子，故有明一代，宗唐之風盛行，作詩倡言宋詩者寥寥無幾。然而明人好相互標榜以立門庭，無論宗唐，還是宗宋，都帶有極深的門戶之見；在唐宋詩之爭中，或曰「宋無詩」，或曰「唐無詩」，其態度的激烈和措辭的偏激是前所未有的。作爲明代詩歌批評重要載體的唐宋詩歌選本，自然也就具有了重要的理論意義。

一、明代前期唐宋詩之爭與唐宋詩選本

　　明初高棅編選的《唐詩品彙》是明人選唐詩的一個重要標誌。《唐詩品彙》九十卷，又拾遺十卷，共一百卷，六百多人，收詩六千七百多首。高棅在認眞分析了唐代詩歌發展的進程後，借鑒元代楊士弘《唐音》對唐詩各期的看法，將唐詩明確分爲初、盛、中、晚四個時期。《唐詩品彙》按詩體編排，每種詩體又分正始、正宗、大家、名家、羽翼、接武、正變、餘響、旁流等九格。同時將九格與唐代詩歌發展的初、盛、中、晚四期相結合，其中盛唐爲正宗、大家、名家、羽翼。《唐詩品彙》雖然通選初、盛、中、晚四唐，但是通過九格標立初唐和盛唐的意圖是很明顯的。此後，前後七子倡導「詩必盛唐」，就受到《唐詩品彙》的影響，而且在整個明代，《唐詩品彙》對明代詩歌批評理論都有著深遠的影響。明中期，與王世貞同爲「後七子」首領的李攀龍編輯了《唐詩選》，此書在當時風行一時，注家蜂起。因爲它扭轉了自宋、元以來重中、晚唐詩的傾向，使初、盛唐詩也得到了介紹，並引起了人們的重視，崇尙盛唐之風很快成爲唐詩選界的主流。

　　對於明初諸詩派所繼承倡導的重唐輕宋之論，不少人持有異議。瞿佑通過選詩的方式傳播其主張。他仿傚元好問編選《唐詩鼓吹》體

制，取宋、金、元三朝名人所作詩一千二百首，編成《鼓吹續音》，並明確指出「舉世宗唐恐未公」：「世人但知宗唐，於宋則棄不取。眾口一辭，至有詩盛於唐而壞於宋之說，私獨不謂然。」〔註23〕瞿佑《歸田詩話》對宋代詩人多有頌詞，如卷上謂「唐詩前以李杜，後以韓柳為最。……宋詩以歐蘇黃陳為第一，渡江以後，放翁、石湖諸賢詩，皆當深玩熟觀，體認變化。」〔註24〕卷中稱陳師道「詩格極高，呂本中選江西宗派，以嗣山谷，非一時諸人所及。」〔註25〕瞿佑立足於文學代變之規律，對舉世宗唐提出懷疑。

二、明代中期唐宋詩之爭與唐宋詩選本

明代中期，詩壇上出現了以李東陽為首的茶陵詩派，以李夢陽、何景明為首的前七子，以李攀龍、王世貞為首的後七子等文學派別，他們在反對臺閣體平庸空疏之風的過程中，由明前期的重唐輕宋發展到崇唐排宋，使詩學唐宋之爭呈現出意氣化、絕對化的趨向。前後七子提倡「文必秦漢，詩必盛唐」〔註26〕，從而鄙薄宋詩，他們認為「宋人書不必收，宋人詩不必觀」。〔註27〕乃至「苟稱其人之詩為宋詩，無異於唾罵」〔註28〕。

李攀龍《古今詩刪》可以說是「前後七子」詩必盛唐的復古詩論的一個最直接的體現。李攀龍選歷代詩而成《古今詩刪》一書，唐後

〔註23〕 （明）瞿佑：《歸田詩話》卷上，《歷代詩話續編》本，中華書局 1983 年版，第 1249 頁。

〔註24〕 （明）瞿佑：《歸田詩話》卷上，《歷代詩話續編》本，中華書局 1983 年版，第 1236 頁。

〔註25〕 （明）瞿佑：《歸田詩話》卷上，《歷代詩話續編》本，中華書局 1983 年版，第 1256 頁。

〔註26〕 《明史‧文苑傳》中說李夢陽「倡言文必秦漢，詩必盛唐」，見張廷玉等所撰《明史》卷二百八十六，中華書局 1974 年版，第 7438 頁。

〔註27〕 （明）楊慎：《升菴詩話》卷十二，《歷代詩話續編》本，中華書局 1983 年版，第 873 頁。

〔註28〕 （清）葉燮：《原詩》，人民文學出版社 1979 年版，第 5 頁。《原詩‧內篇》卷上「自『不讀唐以後書』之論出，於是稱詩者必曰唐詩：苟稱其人之詩為宋詩，無異於唾罵。」

直接明代，宋、元詩竟一字不選，其不選宋元詩實際上是對前七子李夢陽「宋無詩」之說的呼應。《四庫全書總目》提要評之云：「蓋自李夢陽倡不讀唐以後書之說，前後七子率以此論相尙，攀龍是選猶是志也。……然則文章派別，不主一途，但可以工拙爲程，未容以時代爲限。宋詩導黃陳之派，多生硬杈椏；元詩沿溫李之波，多綺靡婉弱。論其流弊，誠亦多端。然巨製鴻篇，實不勝收，何容刪除兩代，等之自鄶無譏。」〔註29〕四庫館臣的看法有可取之處，既名「古今詩」，就不應該刪掉宋、元兩代。李攀龍的選詩，顯然對宋詩是不公平的。

這一時期出現的幾種重要宋詩選本，就是對片面否定宋詩的反駁，然而，這些宋詩選本沒有從根本上超越崇唐排宋的普遍風氣，在選詩標準上多持選宋儀唐的態度。

符觀編選的《宋詩正體》，高儒《百川書志》卷十九有著錄：「《宋詩正體》四卷，新喻符觀以宋詩略萃《文鑒》，散載各集，撮其三體精要，以舉世宗唐尙元，語人曰：『吾爲宋人立赤幟矣。』」〔註30〕但是所選詩歌多與唐詩相近，而遠於宋體。此選本名爲「宋詩正體」，而眞正代表宋詩特色的詩歌卻入選較少，符觀將宋詩中接近唐詩風格的詩歌大量選入，標爲「正體」，更加鮮明地體現出編選者對唐詩的推崇。

最重要的是成書於隆慶元年（1567），由李蓘編選的《宋藝圃集》二十二卷。《四庫全書總目》提要稱其「殫十三年之功，彙採成編，網羅頗富，宋人之本無專集行世，與雖有專集而已佚者，往往賴此編以傳。」〔註31〕此書成於李攀龍《古今詩刪》之後，當時詩壇受前後七子影響，尊唐而諱言宋詩，李蓘獨拔時流，編成此書，殊爲不易，

〔註29〕（清）永瑢等：《欽定四庫全書總目》（整理本），中華書局 1997 年版，第 2645 頁。

〔註30〕（明）高儒：《百川書志》卷十九，《續修四庫全書》本，上海古籍出版社 1995 年版，第 919 冊，第 442 頁。

〔註31〕（清）永瑢等：《欽定四庫全書總目》（整理本），中華書局 1997 年版，第 2646 頁。

清初王士禛《香祖筆記》稱讚李蓘「其學識有過人者。」〔註32〕關於其選詩標準，吳之振在《宋詩鈔‧序》中說：「萬曆間，李蓘選宋詩，取其離遠於宋而近附乎唐者。」〔註33〕關於此選本更詳細的分析，見本章第三節。

三、明代後期唐宋詩之爭與唐宋詩選本

明代後期，前後七子等人的崇唐抑宋論日益顯示出其理論的偏頗與片面，詩論家開始客觀地看待唐宋詩，詩學理論建構的反思加強。性靈論的崛起，格調論的抗爭與改良，調和觀的出現，實學思潮的勃興，都是在反思中進行的積極探索。

這一時期，唐詩編選出現多元取向，以盛唐爲主的選本繼續湧現，但取捨標準有所變化，長期遭受冷落的中、晚唐詩被大量選入，唐詩選本規模朝著大而全的方向發展，明人選唐進入全盛期。

這一時期，比較重要的宋詩選本有潘是仁《宋元名家詩選》和曹學佺《石倉宋詩選》。潘是仁編《宋元名家詩選》二百八卷，有萬曆四十三年（1615）自刻本。公安派代表人物袁中道《珂雪齋集‧文集》卷二有《宋元詩序》：「宋、元承三唐之後，殫工極巧，天地之英華，幾泄盡無餘。爲詩者處窮而必變之地，寧各出手眼，各爲機局，以達其意所欲言，終不肯雷同剿襲，拾他人殘唾，死前人語下。於是乎情窮而遂無不寫，景窮而遂無不收」〔註34〕。在袁中道心目中，宋詩成爲性靈論的精神體現。「總之，取裁襟臆，受法性靈，意動而鳴，意止而寂。」袁中道在推宗宋詩時雖未否定唐詩的巔峰地位，但充分肯定宋詩在中國詩歌史上開宗立派的意義，「即不得與唐爭勝，而其精

〔註32〕（清）王士禛：《香祖筆記》，上海古籍出版社 1982 年版，第 47 頁～第 48 頁。

〔註33〕（清）吳之振、呂留良、吳自牧選（清）管庭芬、蔣光煦補：《宋詩鈔》，中華書局 1986 年版，第 3 頁。

〔註34〕（明）袁中道：《宋元詩序》，《明文海》卷二百二十七，中華書局 1987 年版，第 2333 頁。

彩不可磨滅之處，自當與唐並存於天地之間。」﹝註35﹞袁中道的看法
顯得更圓融一些。

　　明代曹學佺編《石倉歷代詩選》總五百零六卷，其中宋詩一百零
七卷。《欽定四庫全書總目》提要評曰：「所選雖卷帙浩博，不免傷於
糅雜，然上下二千年間，作者皆略存梗概。又學佺本自工詩，故所去
取亦大都不乖風雅之旨，固猶勝貪多務得，細大不捐者。」﹝註36﹞曹
學佺詩宗盛唐，因此《石倉宋詩選》選宋儀唐的意旨甚爲明顯，其序
即謂：「選始萊公，以其近唐調也。」﹝註37﹞吳之振在《宋詩鈔·序》
中也有論述：「曹學佺亦云：『選始萊公，以其近唐調也。』以此義選
宋詩，其所謂唐終不可近也，而宋人之詩已亡矣。」﹝註38﹞關於此選
本的深入探討，見本章第四節。

第三節　李蓘《宋藝圃集》研究

一、文獻概述

　　在明代宋詩選本中，成書於隆慶元年（1567），由李蓘編纂的《宋
藝圃集》二十二卷是較爲重要的一種。

　　李蓘（1531～1609），字子田，﹝註39﹞別號少莊，晚年自號黃谷

﹝註35﹞　（明）袁中道：《宋元詩序》，《明文海》卷二百二十七，中華書局1987
　　　　年版，第2333頁。
﹝註36﹞　（清）永瑢等：《欽定四庫全書總目》（整理本），中華書局1997年
　　　　版，第2648頁。
﹝註37﹞　（明）曹學佺：《石倉宋詩選》，影印文淵閣《四庫全書》本，臺灣商務
　　　　印書館1983年版，第1389冊，第3頁。
﹝註38﹞　（清）吳之振、呂留良、吳自牧選（清）管庭芬、蔣光煦補：《宋詩鈔》，
　　　　中華書局1986年版，第3頁～第4頁。
﹝註39﹞　李蓘之字，很多文獻作「于田」，如（清）黃虞稷：《千頃堂書目》，
　　　　影印文淵閣《四庫全書》本，臺灣商務印書館1983年版，第676冊
　　　　第586頁，「嘉靖癸丑科（三十二年）李蓘《李太史集》字于田，內
　　　　鄉人，提學副使」；（清）永瑢等：《欽定四庫全書總目》，中華書局
　　　　1997年版，第2646頁，「而于田獨闡幽抉異」；皆誤。案：明李化龍
　　　　字于田，《中國古籍善本書目·集部》卷二十六「《李于田詩集》十

山人，南陽內鄉縣順陽人。嘉靖癸丑進士，入補翰林院，歷任陝西陽城縣丞，大名府節推，池州府、江陵佐郡，南京邢曹、禮曹等。李蓘著作有文藝雜著《黃谷瑣談》，編纂詩歌選本《宋藝圃集》、《元藝圃集》、《明藝圃集》。李蓘的詩歌創作，據載結集流傳的有李蓘自己選輯的《儀唐集》；明朝萬曆年間其子侄李雲鵠刻《六李集》收其詩六卷；〔註40〕清朝康熙年間，其同鄉高元朗輯《李太史詩集》，收其詩170首；〔註41〕清雍正朝鄧州彭直上侍郎據《儀唐集》而石刻《黃谷詩鈔》；清朝張嘉謀搜集整理李蓘的詩作，校正勘誤，得其詩394首，爲《李子田集》。據《中國古籍善本書目·集部》，現存《李子田集》。〔註42〕詩文合集，據《千頃堂書目》，有《李太史集》。〔註43〕

二卷（明）李化龍撰，明萬曆刻本。」：明李蓘字子田，（清）王士禛：《香祖筆記》，影印文淵閣《四庫全書》本，臺灣商務印書館1983年版，第870冊第412頁，「內鄉李子田蓘撰《宋藝圃集》二十二卷，凡二百八十人。」：《中國古籍善本書目·集部》，上海古籍出版社1996年版，卷二十六「《李子田詩集》四卷，《悅園稿》一卷，（明）李蓘撰，明刻本。」：《河南通志》卷六十五李蓘傳有李蓘字子田；《欽定續文獻通考》卷一百九十三著錄有李蓘《子田文集》四卷；據以上文獻，李蓘，字子田。

〔註40〕（清）黃虞稷：《千頃堂書目》，影印文淵閣《四庫全書》本，臺灣商務印書館1983年版，第676冊，第752頁，「《六李集》三十卷，內鄉李蓘、李宗木、李雲鵠、李雲雁、李雲鴻、李蔭」：（清）永瑢等：《欽定四庫全書總目》，中華書局1997年版，第2693頁，「《六李集》三十四卷，浙江汪汝瑮家藏本：《中國古籍善本書目·集部》，上海古籍出版社1996年版，卷二十八家集「《六李集》三十五卷，明萬曆刻本。

〔註41〕中國古籍善本書目編輯委員會編：《中國古籍善本書目·集部》，上海古籍出版社1996年版，卷二十八家集「《李太史詩集》六卷（明）李蓘撰」。

〔註42〕中國古籍善本書目編輯委員會編：《中國古籍善本書目·集部》，上海古籍出版社1996年版，卷二十六「《李子田詩集》四卷，《悅園稿》一卷，（明）李蓘撰，明刻本」。

〔註43〕（清）黃虞稷：《千頃堂書目》卷二十四，影印文淵閣《四庫全書》本，臺灣商務印書館1983年版，第676冊，第586頁，「嘉靖癸丑科（三十二年）李蓘《李太史集》字于田，內鄉人，提學副使」。

　　《宋藝圃集》收宋詩人所列共有 236 人。而覈其名氏，實 237
人。末卷附釋衲 33 人、宮閨 6 人、靈怪 3 則、妓流 5 人、不知名 4
人，綜上應當 288 人，而注曰 284 人，則編者除不知名 4 人不數耳。
共收宋詩 2602 首。錄詩較多者，如蘇軾 245 首，朱熹 242 首，王安
石 201 首，歐陽修 110 首。其次「蘇門四學士」也錄詩較多。編者《序》
稱：「自世俗宗唐擯宋，群然向風，而凡家有宋詩悉束高閣，間有單
帙小選，僅拈一二而未闡厥美，終屬厥如」〔註44〕。因而有意編成本
書，以「見一代之文獻，而爲稽古之一助也」〔註45〕。然而編者選錄
時隨手雜鈔，成書時雖大體以年代爲序，編次仍多有顛倒。如將蘇軾、
蘇轍列於張詠、范仲淹、司馬光之前，將陳與義、呂本中列於蔡襄、
歐陽修、黃庭堅、陳師道之前。又如於宋初載廖融、江爲、沈彬、孟
賓于等，實際上都是五代人；取馬定國、周昂、李純甫、趙渢、龐鑄、
史肅、劉昂霄等，實際都是《中州集》所載金人。《四庫全書總目》
和王士禛《香祖筆記》於此有詳細辯證。

　　《宋藝圃集》作爲明代一種重要的宋詩選本，在清代被收入《四
庫全書》，且其後多有評論。以下爲兩種有關《宋藝圃集》的主要評
論資料。

1.《香祖筆記》

　　　　內鄉李子田葦撰《宋藝圃集》二十二卷，凡二百八十
　　　人。時在隆慶初元，海內尊李、王之派，諱言宋詩，而子
　　　田獨闡幽抉異，撰爲此書，其學識有過人者。然於宋初載
　　　廖融、江爲、沈彬、孟賓于之流，皆五代人也。又取馬定
　　　國、周昂、李純甫、趙渢、龐鑄、史肅、劉昂霄諸人，皆
　　　《中州集》所載金源之產。定國又劉豫僞翰林學士也，而

〔註44〕（明）李葦：《宋藝圃集》，影印文淵閣《四庫全書》本，臺灣商務
　　　　印書館 1983 年版，第 1382 冊，第 599 頁。
〔註45〕（明）李葦：《宋藝圃集》，影印文淵閣《四庫全書》本，臺灣商務
　　　　印書館 1983 年版，第 1382 冊，第 599 頁。

與平園、誠齋、石湖、放翁等並列，淄澠混淆，所宜刊正。
〔註46〕

　　作爲康熙年間的詩壇盟主，王士禛也是當時倡導宋詩風的領袖，因此對《宋藝圃集》的評論代表了當時詩歌評論的整體傾向，同時又極大地影響了以後的詩歌批評。

2.《欽定四庫全書總目》（整理本）

　　《宋藝圃集》二十二卷，浙江鮑士恭家藏本。明李蓘編。蓘有《黃谷瑣談》，已著錄。是集選錄宋人之詩，殫力搜羅，凡十三載，至隆慶丁卯而後成。所列凡二百三十有六人。而覈其名氏，實二百三十有七人，蓋編目時誤數一人。末卷附釋衲三十三人、宮闈六人、靈怪三則、妓流五人、不知名四人，通上當爲二百八十八人，而注曰共二百八十四人，則除不知姓名四人不數耳。王士禛《香祖筆記》稱所選凡二百八十人，亦誤數也。書中編次後先，最爲顚倒。如以蘇軾、蘇轍列張詠、余靖、范仲淹、司馬光前，陳與義、呂本仲、曾幾列蔡襄、歐陽修、黃庭堅、陳師道前，秦觀列趙抃、蘇頌前，楊萬里列楊蟠、米芾、王令、唐庚前，葉采、嚴粲列蔡京、章惇前，林景熙、謝翱列陸游前者，指不勝屈。其最誕者，莫若以徽宗皇帝與邢居實、張栻、劉子翬合爲一卷。夫《漢書·藝文志》以文帝列劉敬、賈山之間，武帝列蔡甲、倪寬之間，《玉臺新詠》以梁武帝及太子諸王列吳均等九人之後、蕭子顯等二十一人之前，以時代相次，猶未有說。至邢居實爲刑恕之子，年十八早夭，在徽宗以前，劉子翬爲劉韐之子，張栻爲張浚之子，皆南宋高孝時人，在徽宗以後，乃君臣淆列，尤屬不倫。殆由選錄時隨手雜抄，未遑銓次歟？至於廖融、江爲、沈彬、孟賓于之屬，則上涉南唐，馬定國、周昂、李純甫、趙渢、龐鑄、史肅、劉迎之屬，則旁及金朝，衡以斷限，

〔註46〕（清）王士禛：《香祖筆記》卷三，上海古籍出版社 1982 年版，第 47 頁～第 48 頁。

更屬未安。王士禛之所糾，亦未嘗不中其失也。然《香祖
筆記》又曰：『隆慶初元，海內尊李、王之派，諱言宋詩。
而於田獨闡幽抉異，撰爲此書，其學識有過人者。』則士
禛亦甚取其書矣。〔註47〕

　　明代宋詩選本，數量較少，至清代可見者就更爲有限，因此《宋
藝圃集》對清代宋詩文獻的編選就具有更爲重要的文獻意義，四庫館
臣的提要正是從文獻編選的角度對《宋藝圃集》的價值展開評論，所
以無論是所選詩人編目還是書中編排順序、作者考證，都有較爲細緻
的論述。而對於所選詩歌的風格以及詩學傾向，四庫館臣則未展開論
述，對《宋藝圃集》的關注更多集中在其文獻價值。

二、詩選分析

　　清代吳之振在《宋詩鈔・序》中曾言：「萬曆間，李蓘選宋詩，
取其詩遠於宋而近附乎唐者。」〔註48〕在《宋詩鈔・凡例》中說：
「至李於田《宋藝圃集》，所選名氏二百八十餘人，詩僅二千餘首，
宜其精且備矣，而漫無足觀，非其見聞儉陋，則所汰者殊可惜也。」
〔註49〕錢鍾書《談藝錄》中有一則評論賀裳《載酒園詩話》的資料，
其中也提及吳之振對於李蓘《宋藝圃集》的評價：「賀氏蹊逕稍廣，
持論較平，中論宋人一代詩學頗詳。雖仍囿於唐格，如吳孟舉《宋
詩鈔・自序》所譏李蓘、曹能始輩；而在當日，要爲眼學，非盡吷
聲捉影，亦難能可貴矣」〔註50〕。在編選傾向上，吳之振指出了李
蓘選宋儀唐的傾向，在編選質量上，吳之振對《宋藝圃集》評價不高。

　　李蓘對唐代詩歌極爲推崇，親自遴選了自己的詩而結集爲《儀
唐集》，《儀唐集》前有李蓘的自序，在序中，他談到了自己的編選目

〔註47〕（清）永瑢等：《欽定四庫全書總目》，中華書局1997年版，第2646頁。
〔註48〕（清）吳之振、呂留良、吳自牧選（清）管庭芬、蔣光煦補：《宋詩
　　　　鈔》，中華書局1986年版，第3頁。
〔註49〕（清）吳之振、呂留良、吳自牧選（清）管庭芬、蔣光煦補：《宋詩
　　　　鈔》，中華書局1986年版，第5頁。
〔註50〕錢鍾書：《談藝錄》（補訂本），中華書局1984年版，第168頁。

的：「《儀唐集》者，黃谷生所自遴也。儀者何？蘄其詩之若唐者也。本朝詩本宗唐，而迄今未有唐者」〔註51〕，可見李蓘對唐詩的推崇和詩歌創作上的學唐傾向。《宋藝圃集》的編選宗旨，就難免有選宋儀唐的傾向。其序言開篇即云：「世恒言宋無詩，談何易哉」〔註52〕。李蓘將宋詩分爲三個階段，將建隆、乾德之間的詩風概括爲「尚祖五季，五季固唐餘也」〔註53〕，而稱「光、寧以還，國步浸衰，文情隨易，學士大夫遞祖清逸，無稱雄概」〔註54〕，他最推崇的是「天聖、明道而下」宋詩之「大變」：「蓋於時世際熙昌，人文迅發，人主之求日殷，聚奎之兆斯應。故歐蘇曾王之流，黃陳梅張之侶，皆以曠絕不世之才，厲卓犖俊拔之志。博綜故典，旁測幽微，海內顒顒，咸所傾仰。啓西江宗派之名，創紃唐進杜之說，竭思慣神，日曆窮險。當其興情所寄，所徵事有不必解；意趣所極，則古賢所不必法。辟之舊家公子，厭張其先人堂構，至於甲第飛雲，雕鏤彩繪，遠而望之，絢爛奪目，負其意氣，遽大掩前人矣」〔註55〕。對於以江西詩派爲代表的「宋調」予以了充分的肯定。序言結尾云：「夫詩者，人之聲也，樂之章也，發於情不溺於情，範於禮不著於禮者也。宋人惟理是求而神髓索焉，其遺議於後也奚怪哉。故滄浪之譏評，紫陽之論說，皆所謂致喻於眉睫者也。考其大都不俱可觀哉。」〔註56〕從這篇序中，我們可以看出，李蓘雖然在詩歌創作和編選傾向上崇唐，但是在對宋詩的

〔註51〕（明）李蓘：《儀唐集自序》，轉引自《明詩話全編・李蓘詩話》，鳳凰出版社1997年版，第4716頁。

〔註52〕（明）李蓘：《宋藝圃集》，影印文淵閣《四庫全書》本，臺灣商務印書館1983年版，第1382冊，第599頁。

〔註53〕（明）李蓘：《宋藝圃集》，影印文淵閣《四庫全書》本，臺灣商務印書館1983年版，第1382冊，第599頁。

〔註54〕（明）李蓘：《宋藝圃集》，影印文淵閣《四庫全書》本，臺灣商務印書館1983年版，第1382冊，第599頁。

〔註55〕（明）李蓘：《宋藝圃集》，影印文淵閣《四庫全書》本，臺灣商務印書館1983年版，第1382冊，第599頁。

〔註56〕（明）李蓘：《宋藝圃集》，影印文淵閣《四庫全書》本，臺灣商務印書館1983年版，第1382冊，第599頁。

評價上還是有一個比較客觀的態度，不蹈襲前人舊說，能夠在整個宋詩發展的宏觀視野中指出宋詩的優劣，所以，這個選本自然也就具備了較高的文獻價值。

《宋藝圃集》對宋代詩歌的編選有著自己的宗旨和標準，根據宋詩的發展演進來對應《宋藝圃集》所收詩人及詩歌數量情況，可以比較明顯看出李蓘的詩學觀念。

《宋藝圃集》所收宋代初期詩人及詩歌情況。宋初「白體」詩人，是宋初效法白居易作詩的一批詩人，代表作家有李昉、徐鉉、王禹偁等人。《宋藝圃集》未收李昉詩，收徐鉉詩 2 首，收王禹偁詩 5 首。宋初「晚唐體」詩人收詩較多。「晚唐體」詩人是指宋初模仿唐代賈島、姚合詩風的一群詩人，由於宋人常常把賈島、姚合看成是晚唐詩人，所以名之爲「晚唐體」。「晚唐體」詩人中最恪守賈島、姚合門徑的是「九僧」。《宋藝圃集》對「九僧」詩歌皆有選入，其中僧希晝 6 首，僧保暹 2 首，僧文兆 2 首，僧行肇 3 首，僧簡長 3 首，僧惟鳳 4 首，僧惠崇 3 首，僧宇昭 2 首，僧懷古 1 首。「晚唐體」的另一個詩人群體是潘閬、魏野，林逋等隱逸之士，《宋藝圃集》選潘閬詩 4 首，魏野詩 2 首，林逋詩 26 首。《宋藝圃集》選「晚唐體」盟主寇準詩 11 首。宋初詩壇上聲勢最盛的一派是西崑體，有詩人 17 人。《宋藝圃集》共收錄了西崑體 3 位詩人 8 首詩，其中楊億 4 首，劉筠 1 首，錢惟演 3 首，不僅所收詩人較少而且收詩數量較少。可見李氏對西崑體評價不高。

《宋藝圃集》所收宋代中期詩人及詩歌情況。宋代中期，歐陽修、梅堯臣、蘇舜欽的詩歌在《宋藝圃集》中所選頗多。共選歐陽修詩 111 首，梅堯臣詩 76 首，蘇舜欽詩 5 首。王安石因爲晚年詩風向唐詩復歸，因此《宋藝圃集》收其詩 201 首，僅次於蘇軾和朱熹。基於對蘇軾在宋代詩人中地位的認識，李蓘在《宋藝圃集》中收其詩 245 首，爲收詩最多者。宋詩中，在題材的廣泛、形式的多樣和情思內蘊的深厚這幾個維度上，蘇軾詩歌都是出類拔萃的。更重要的是，蘇軾具有

較強的藝術兼容性，不專主某一種風格。這樣，蘇軾就避免了宋詩尖新生硬和枯燥乏味這兩個主要缺點。所以，在後代的唐宋詩之爭中，蘇軾作爲宋詩代表受到的批評較少。《宋藝圃集》收蘇軾詩歌最多也就在情理之中了。在蘇軾周圍的作家群中，「蘇門四學士」的詩歌成就最爲突出。《宋藝圃集》共收「蘇門四學士」詩 132 首，其中收黃庭堅詩 50 首，其中秦觀 48 首，張耒 33 首，晁補之 1 首。對於宋代影響最大的詩歌流派「江西詩派」，《宋藝圃集》所選詩人和詩作都較少，其中韓駒 3 首，晁沖之 21 首，林敏功 1 首，呂本中 7 首，曾幾 4 首。陳與義收詩 84 首。這是因爲以黃庭堅爲首的「江西詩派」一直是明代詩歌批評的批判對象，明人認爲「江西詩派」是學杜而最不像杜者，從前後七子到公安、竟陵各派對「江西詩派」都多有批評。李蓘本人雖然對「江西詩派」持肯定態度，但在總的時代背景下，《宋藝圃集》選山谷詩和江西詩派諸人之詩較少也就不難理解了。宋代「中興四大詩人」，《宋藝圃集》選詩較多，其中選陸游詩 94 首，楊萬里詩 6 首，范成大詩 8 首，尤袤詩不選。

　　《宋藝圃集》所收宋代後期詩人及詩歌情況。南宋「永嘉四靈」皆有詩歌入選，其中徐照 2 首，徐璣 4 首，趙師秀 3 首，翁卷 6 首。江湖詩派，選葉紹翁 1 首，戴復古 36 首。宋末愛國詩人中選文天祥 29 首，遺民詩人中選謝枋得 2 首。

　　其餘選詩較多者，有朱熹 242 首，張栻 32 首，嚴羽 50 首。朱熹和張栻是宋代理學家的代表，明代是一個理學思潮盛行的時代，很多明代詩選對朱熹和張栻的詩歌都選入很多；嚴羽的詩論，對明代的詩歌批評也是有著很大的影響，很多詩論家都沿襲了嚴羽的論詩觀念。

　　有關《宋藝圃集》所收詩歌的風格特徵，可以入選詩歌最多的蘇軾詩歌爲例。《宋藝圃集》共收蘇軾詩 245 首，但所選詩歌多爲記遊詩以及贈答相和詩作，真正體現宋詩「理趣」及作者人生思索的詩歌極少入選，這與明代詩壇對蘇軾詩歌的理論批評是相一致的。明代中後期詩壇對蘇軾極爲推崇，明後期文學解放思潮的理論家們在闡述他

們的文學觀點的時候，多次提到蘇軾。在前輩文學理論家中，蘇軾的確與他們最為接近，他們自然而然也就與蘇軾最為親近了。因此，《宋藝圃集》所選詩歌最多者為蘇軾也是對當時的詩學理論傾向的一個反映。

第四節　曹學佺《石倉宋詩選》研究

一、文獻概述

　　《四庫全書》共收兩種明代宋詩選本，一種是李蓘《宋藝圃集》，另一種是曹學佺所編選的通代詩歌選本《石倉歷代詩選》中的《石倉宋詩選》。

　　曹學佺（1574～1646），字能始，號石倉，又號雁澤居士、西峰居士，侯官（今福建福州）人。萬曆二十三年（1595）進士，授戶部主事，累遷南京戶部郎中、四川右參政、按察使。天啓二年（1622）官廣西右參議，因為他在所著的《野史紀略》中直書「梃擊案」始末，被魏忠賢黨羽劉廷元彈劾削職。崇禎初年，曾起用為廣西副使，力辭不就。南明唐王即位福建，曹學佺被任命為太常卿，後升任禮部右侍郎兼侍講學士，進尚書，加太子太保。清兵入閩，南明滅亡，曹學佺走入山中，投繯而死，年七十有四。曹學佺生平事蹟在《明史》卷二百八十八《文苑》有傳，《列朝詩集小傳·曹南宮學佺》、《閩中理學淵源考》卷四十八可參看。

　　曹學佺藏書很多，讀書為學涉獵廣泛，在經學、地理、文字訓詁等方面都有一定成就，曾極力倡導編纂《儒藏》。曹學佺著述頗多，僅收入《四庫全書》的就有 9 種，《四庫全書總目》正目有《蜀中廣記》一百八卷，《石倉歷代詩選》五百六卷；存目有《易經通論》十二卷，《書傳會衷》十卷，《春秋闡義》十二卷，《輿地名勝志》一百九十三卷，《蜀中名勝記》三十卷，《西峰字說》三十三卷，《鳳山鄭氏詩選》二卷。

　　詩文創作方面，曹學佺在晚明閩中詩壇具有重要地位，「萬曆中，閩中文風頗盛，自學佺倡之」〔註57〕。根據《中國古籍善本書目》的著錄，曹學佺的詩文別集有十一種之多，包括《曹大理集》八卷、《石倉文稿》四卷；《曹大理詩文集》明刻本十二冊；《浮山堂集》一卷、《石倉文稿》一卷；《春別篇》一卷；《金陵集》三卷；《石倉三稿西峰集詩》三卷、《文》三卷、《石倉三稿》十九卷、《石倉文稿》一卷、《林亭文稿》一卷、《林亭詩稿》一卷、《福廬遊稿》二卷、《藤山看梅詩》一卷、《遊太湖詩》一卷、《錢塘看春是》一卷、《續遊藤山詩》一卷；《石倉集》二十四卷；《石倉詩文集》二十一卷，《石倉文稿》五卷又二卷、《夜光堂近稿》一卷、《淼軒詩稿》一卷、《聽泉閣近稿》一卷；《石倉詩稿》三十三卷；《曹能始先生小品》二卷。

　　《石倉歷代詩選》是一部卷帙浩繁的歷代詩歌選本，今已散佚不全。《明史・藝文志》著錄：「《石倉十二代詩選》八百八十八卷，《古詩》十三卷，《唐詩》一百十卷，《宋詩》一百七卷，《元詩》五十卷，《明詩》一集八十六卷、二集一百四十卷、三集一百卷、四集一百三十二卷、五集五十卷、六集一百卷」〔註58〕。黃虞稷《千頃堂書目》著錄《石倉歷代詩選》也是八百八十八卷。收入《四庫全書》的《石倉歷代詩選》爲五百零六卷的版本，包括《古詩》十三卷，《唐詩》一百卷、拾遺十卷，《宋詩》一百七卷，《金》、《元》詩五十卷，《明詩》初集八十六卷、《次集》一百四十卷。《中國叢書綜錄》著錄爲一千二百五十五卷。《明代版刻綜錄》著錄爲一千二百六十三卷。各個版本之間，《古詩選》、《唐詩選》、《宋詩選》、《元詩選》的卷數和內容基本相同，造成版本卷數差異的原因是對於《明詩選》的收錄。朱偉東《〈石倉十二代詩選〉全帙探考》對這個問題有詳細的考證。〔註59〕

〔註57〕（清）張廷玉等撰：《明史》卷二百八十八，中華書局 1974 年版，第 7401 頁。

〔註58〕（清）張廷玉等撰：《明史》卷九十九，中華書局 1974 年版，第 2498 頁。

〔註59〕朱偉東：《〈石倉十二代詩選〉全帙探考》，《文獻》，2007 年第 3 期。

　　在《四庫全書總目》中，四庫館臣對於曹學佺《石倉歷代詩選》有一個基本的文獻描述和評價。

> 　　明曹學佺編。學佺有《易經通論》，已著錄。是編所選歷代之詩，上起古初，下迄於明，凡古詩十三卷，唐詩一百卷，拾遺十卷，宋詩一百七卷，金、元詩五十卷，明詩初集八十六卷、次集一百四十卷。舊一名《十二代詩選》，然漢、魏、晉、宋、南齊、梁、陳、魏、北齊、周、隋，實十一代，既錄古逸，乃綴於八代之末，又並五代於唐、并金於元，於體例名目，皆乖剌不合。故從其版心所題，稱歷代詩選，於義為諧。所選雖卷帙浩博，不免傷於糅雜，然上下二千年間，作者皆略存梗概，又學佺本自工詩，故所去取，亦大都不乖風雅之旨，固猶勝貪多務得，細大不捐者。惟金代僅錄元好問一人，頗為疏漏。意其時毛晉所刊《中州集》、《河汾諸老詩》，猶未盛行，故學佺未見歟。其冠於元詩之首，亦以一代只一人，不能成集故也。據《千頃堂書目》，學佺所錄《明詩》尚有三集一百卷，四集一百三十二卷，五集五十二卷，六集一百卷，今皆未見，殆已散佚。然自萬曆以後，繁音側調，愈變愈遠於古，論者等諸自鄶無譏。是本止於嘉、隆，正明詩之極盛，其三集以下之不存，正亦不足惜矣。〔註60〕

　　館臣首先對《石倉歷代詩選》的卷帙內容作了簡單描述，講述了以《石倉歷代詩選》而不以《石倉十二代詩選》為題的原因。作為一個通代詩歌選本，《石倉歷代詩選》上起古初，下迄於明，所收詩歌的範圍上下兩千多年，難免有糅雜的弊端，館臣也看到並指出了這一點。在兩千年的歷史中，選取眾多的詩人和詩作，還是具有相當的難度的，曹學佺能以一己之力編選出這部詩選，已經是居功至偉，「然上下二千年間，作者皆略存梗概，又學佺本自工詩，故所去取，亦大都不乖風雅之旨，固猶勝貪多務得，細大不捐者」。對於金代僅錄元

〔註60〕　（清）永瑢等：《欽定四庫全書總目》（整理本），中華書局 1997 年版，第 2648 頁。

好問一人，館臣認為是曹學佺選詩的疏漏，但是館臣同時又給出了一個合理的解釋，就是曹學佺當時沒有見到毛晉所刊刻的《中州集》和《河汾諸老詩》等金代詩人的別集。總的來說，對於這樣一部卷帙浩繁且去取頗精的大型詩歌選本，四庫館臣在指出其疏漏的同時，基本還是持肯定態度的。我們認為，館臣的評價大體上是客觀可取的。

　　本文主要關注的是《石倉歷代詩選》中的《石倉宋詩選》。根據《中國古籍善本書目・集部》卷二十八總集類，現存明崇禎刻本一百零七卷，四庫全書本一百零七卷。徐𤊹《徐氏家藏書目》卷七：「《石倉宋詩選》一百七卷，曹學佺。」〔註61〕黃虞稷《千頃堂書目》：「曹學佺《石倉十二代古詩選》十三卷，又《唐詩選》一百十卷，又《宋詩選》一百七卷，又《元詩選》五十卷，又《明詩選》一集八十六卷，二集一百四十卷，三集一百卷，四集一百三十二卷，五集五十卷，六集一百卷。」〔註62〕由各目錄書對於《石倉宋詩選》的著錄可知，《石倉宋詩選》原本及現在所見本皆為一百零七卷本。

二、詩選分析

　　《石倉宋詩選》共 107 卷，收錄宋代詩人 181 位，詩歌六千多首。其中收詩最多的是釋德洪，共 251 首，其次是梅堯臣 179 首、朱熹 160 首、范成大 160 首、張耒 141 首、蘇軾 134 首。宋代很多有名的詩人如黃庭堅、楊萬里等被選入的詩歌數量都不多。《宋詩鈔初集》的凡例中說：「曹能始《十二代詩選》所載，有百數十家，中如陸務觀、楊誠齋，宋之大家也，集又最富，然存者甚少，誠齋尤寥寥，他可知矣」〔註63〕。對於宋代詩人和詩作的收錄，曹學佺有自己的選擇

〔註61〕（明）徐𤊹：《徐氏家藏書目》卷五，《續修四庫全書》，上海古籍出版社 1995 年版，第 919 冊，第 221 頁。

〔註62〕（清）黃虞稷：《千頃堂書目》卷三十一，影印文淵閣《四庫全書》本，臺灣商務印書館 1983 年版，第 676 冊，第 748 頁。

〔註63〕（清）吳之振、呂留良、吳自牧選，（清）管庭芬、蔣光煦補：《宋詩鈔》，中華書局 1986 年版，第 5 頁。

標準。爲便於窺知曹學佺的選詩傾向，首先將《石倉宋詩選》所收詩人詩歌的基本情況列表。

表 4-1　曹學佺《石倉宋詩選》收錄詩歌基本情況簡表〔註64〕

詩　人	詩歌數量	卷數位置
寇準	43 首	《石倉歷代詩選》卷一百二十四・宋詩一
王禹偁	53 首	《石倉歷代詩選》卷一百二十五・宋詩二
宋祁	50 首	《石倉歷代詩選》卷一百二十六・宋詩三
楊億	39 首	《石倉歷代詩選》卷一百二十七・宋詩四
劉子儀	8 首	《石倉歷代詩選》卷一百二十七・宋詩四
韓琦	35 首	《石倉歷代詩選》卷一百二十八・宋詩五
文彥博	24 首	《石倉歷代詩選》卷一百二十九・宋詩六
范鎮	1 首	《石倉歷代詩選》卷一百二十九・宋詩六
范仲淹	48 首	《石倉歷代詩選》卷一百三十・宋詩七
范純仁	32 首	《石倉歷代詩選》卷一百三十一・宋詩八
喻汝礪	20 首	《石倉歷代詩選》卷一百三十一・宋詩八
司馬光	57 首	《石倉歷代詩選》卷一百三十二上・宋詩九上
李公業	58 首	《石倉歷代詩選》卷一百三十二上・宋詩九上
余靖	55 首	《石倉歷代詩選》卷一百三十二下・宋詩九下
何耕	19 首	《石倉歷代詩選》卷一百三十二下・宋詩九下
楊甲	12 首	《石倉歷代詩選》卷一百三十二下・宋詩九下
周敦頤	22 首	《石倉歷代詩選》卷一百三十三・宋詩十
張載	19 首	《石倉歷代詩選》卷一百三十三・宋詩十
程顥	26 首	《石倉歷代詩選》卷一百三十四・宋詩十一
邵雍	53 首	《石倉歷代詩選》卷一百三十五・宋詩十二
趙抃	105 首	《石倉歷代詩選》卷一百三十六・宋詩十三
魏野	33 首	《石倉歷代詩選》卷一百三十七・宋詩十四

〔註64〕此表所依據的文獻爲文淵閣《四庫全書》本曹學佺《石倉歷代詩選》中的《石倉宋詩選》。

林逋	56 首	《石倉歷代詩選》卷一百三十八・宋詩十五
蘇舜欽	8 首	《石倉歷代詩選》卷一百三十九・宋詩十六
潘閬	6 首	《石倉歷代詩選》卷一百三十九・宋詩十六
陶弼	15 首	《石倉歷代詩選》卷一百三十九・宋詩十六
石延年	7 首	《石倉歷代詩選》卷一百三十九・宋詩十六
劉敞	7 首	《石倉歷代詩選》卷一百三十九・宋詩十六
劉攽	9 首	《石倉歷代詩選》卷一百三十九・宋詩十六
沈括	12 首	《石倉歷代詩選》卷一百三十九・宋詩十六
歐陽修	128 首	《石倉歷代詩選》卷一百四十・宋詩十七
梅堯臣	179 首	《石倉歷代詩選》卷一百四十一・宋詩十八
王安石	137 首	《石倉歷代詩選》卷一百四十二・宋詩十九
鄭俠	15 首	《石倉歷代詩選》卷一百四十三・宋詩二十
王安國	14 首	《石倉歷代詩選》卷一百四十三・宋詩二十
曾鞏	63 首	《石倉歷代詩選》卷一百四十四・宋詩二十一
王珪	12 首	《石倉歷代詩選》卷一百四十五・宋詩二十二
米芾	25 首	《石倉歷代詩選》卷一百四十六・宋詩二十三
蔡襄	61 首	《石倉歷代詩選》卷一百四十七・宋詩二十四
陳襄	37 首	《石倉歷代詩選》卷一百四十八・宋詩二十五
賀鑄	107 首	《石倉歷代詩選》卷一百四十九・宋詩二十六
蘇軾	134 首	《石倉歷代詩選》卷一百五十・宋詩二十七
蘇轍	67 首	《石倉歷代詩選》卷一百五十一・宋詩二十八
黃庭堅	55 首	《石倉歷代詩選》卷一百五十二・宋詩二十九
秦觀	38 首	《石倉歷代詩選》卷一百五十三・宋詩三十
張耒	141 首	《石倉歷代詩選》卷一百五十四・宋詩三十一
文同	79 首	《石倉歷代詩選》卷一百五十五・宋詩三十二
唐庚	46 首	《石倉歷代詩選》卷一百五十六・宋詩三十三
徐積	41 首	《石倉歷代詩選》卷一百五十七・宋詩三十四
晁沖之	32 首	《石倉歷代詩選》卷一百五十八・宋詩三十五
鄒浩	48 首	《石倉歷代詩選》卷一百五十九・宋詩三十六
楊時	43 首	《石倉歷代詩選》卷一百六十・宋詩三十七

游酢	7 首	《石倉歷代詩選》卷一百六十・宋詩三十七
游九言	5 首	《石倉歷代詩選》卷一百六十・宋詩三十七
陳師道	70 首	《石倉歷代詩選》卷一百六十一・宋詩三十八
曾幾	25 首	《石倉歷代詩選》卷一百六十二・宋詩三十九
劉弇	48 首	《石倉歷代詩選》卷一百六十三・宋詩四十
陳與義	50 首	《石倉歷代詩選》卷一百六十四・宋詩四十一
李覯	41 首	《石倉歷代詩選》卷一百六十五・宋詩四十二
洪适	17 首	《石倉歷代詩選》卷一百六十六・宋詩四十三
韓元吉	5 首	《石倉歷代詩選》卷一百六十六・宋詩四十三
韓琥	34 首	《石倉歷代詩選》卷一百六十六・宋詩四十三
謝邁	35 首	《石倉歷代詩選》卷一百六十七・宋詩四十四
謝逸	7 首	《石倉歷代詩選》卷一百六十七・宋詩四十四
彭汝礪	62 首	《石倉歷代詩選》卷一百六十八・宋詩四十五
黃裳	60 首	《石倉歷代詩選》卷一百六十九・宋詩四十六
鄧肅	10 首	《石倉歷代詩選》卷一百七十・宋詩四十七
章粢	11 首	《石倉歷代詩選》卷一百七十・宋詩四十七
李綱	103 首	《石倉歷代詩選》卷一百七十一・宋詩四十八
岳飛	4 首	《石倉歷代詩選》卷一百七十一・宋詩四十八
歐陽澈	50 首	《石倉歷代詩選》卷一百七十二・宋詩四十九
汪藻	25 首	《石倉歷代詩選》卷一百七十三・宋詩五十
范成大	160 首	《石倉歷代詩選》卷一百七十四・宋詩五十一
陸游	102 首	《石倉歷代詩選》卷一百七十五・宋詩五十二
范浚	23 首	《石倉歷代詩選》卷一百七十六・宋詩五十三
周必大	34 首	《石倉歷代詩選》卷一百七十七・宋詩五十四
趙昌父	17 首	《石倉歷代詩選》卷一百七十七・宋詩五十四
羅願	14 首	《石倉歷代詩選》卷一百七十八・宋詩五十五
羅從彥	8 首	《石倉歷代詩選》卷一百七十八・宋詩五十五
呂祖謙	35 首	《石倉歷代詩選》卷一百七十九上・宋詩五十六上
楊廷秀	21 首	《石倉歷代詩選》卷一百七十九上・宋詩五十六上
呂本中	58 首	《石倉歷代詩選》卷一百七十九下・宋詩五十六下

胡銓	14 首	《石倉歷代詩選》卷一百七十九下・宋詩五十六下
朱松	56 首	《石倉歷代詩選》卷一百八十・宋詩五十七
劉子翬	63 首	《石倉歷代詩選》卷一百八十一・宋詩五十八
朱熹	160 首	《石倉歷代詩選》卷一百八十二・宋詩五十九
陳淵	45 首	《石倉歷代詩選》卷一百八十三・宋詩六十
胡宏	7 首	《石倉歷代詩選》卷一百八十四・宋詩六十一
林光朝	18 首	《石倉歷代詩選》卷一百八十五・宋詩六十二
林亦之	28 首	《石倉歷代詩選》卷一百八十六・宋詩六十三
陳藻	25 首	《石倉歷代詩選》卷一百八十七・宋詩六十四
林希逸	41 首	《石倉歷代詩選》卷一百八十八・宋詩六十五
張栻	58 首	《石倉歷代詩選》卷一百八十九・宋詩六十六
尤袤	28 首	《石倉歷代詩選》卷一百八十九・宋詩六十六
眞德秀	11 首	《石倉歷代詩選》卷一百九十・宋詩六十七
眞山民	29 首	《石倉歷代詩選》卷一百九十・宋詩六十七
劉克莊	118 首	《石倉歷代詩選》卷一百九十一・宋詩六十八
方信儒	8 首	《石倉歷代詩選》卷一百九十一・宋詩六十八
黃𪻐	14 首	《石倉歷代詩選》卷一百九十二・宋詩六十九
陳傳良	72 首	《石倉歷代詩選》卷一百九十三・宋詩七十
徐照	73 首	《石倉歷代詩選》卷一百九十四・宋詩七十一
翁卷	34 首	《石倉歷代詩選》卷一百九十五・宋詩七十二
趙師秀	28 首	《石倉歷代詩選》卷一百九十五・宋詩七十二
黃公度	36 首	《石倉歷代詩選》卷一百九十六・宋詩七十三
張九成	57 首	《石倉歷代詩選》卷一百九十七・宋詩七十四
宋伯仁	53 首	《石倉歷代詩選》卷一百九十八・宋詩七十五
王庭珪	60 首	《石倉歷代詩選》卷一百九十九・宋詩七十六
沈與求	92 首	《石倉歷代詩選》卷二百・宋詩七十七
崔與之	10 首	《石倉歷代詩選》卷二百一・宋詩七十八
吳儆	28 首	《石倉歷代詩選》卷二百二・宋詩七十九
李彌遜	65 首	《石倉歷代詩選》卷二百三・宋詩八十
王十朋	39 首	《石倉歷代詩選》卷二百四・宋詩八十一

戴復古	55 首	《石倉歷代詩選》卷二百五‧宋詩八十二
戴昺	26 首	《石倉歷代詩選》卷二百五‧宋詩八十二
高登	15 首	《石倉歷代詩選》卷二百六‧宋詩八十三
姚孝錫	10 首	《石倉歷代詩選》卷二百六‧宋詩八十三
李昂英	26 首	《石倉歷代詩選》卷二百七‧宋詩八十三四
杜範	51 首	《石倉歷代詩選》卷二百八‧宋詩八十五
葉適	20 首	《石倉歷代詩選》卷二百九‧宋詩八十六
劉爚	8 首	《石倉歷代詩選》卷二百六‧宋詩八十三
熊鉌	29 首	《石倉歷代詩選》卷二百十‧宋詩八十七
徐經孫	19 首	《石倉歷代詩選》卷二百十一‧宋詩八十八
徐鹿卿	11 首	《石倉歷代詩選》卷二百十一‧宋詩八十八
楊脩	38 首	《石倉歷代詩選》卷二百十一‧宋詩八十八
謝翱	47 首	《石倉歷代詩選》卷二百十二‧宋詩八十九
文天祥	74 首	《石倉歷代詩選》卷二百十三‧宋詩九十
陳普	32 首	《石倉歷代詩選》卷二百十四‧宋詩九十一
韓信同	5 首	《石倉歷代詩選》卷二百十四‧宋詩九十一
王栢	50 首	《石倉歷代詩選》卷二百十五‧宋詩九十二
嚴羽	39 首	《石倉歷代詩選》卷二百十六‧宋詩九十三
裘萬頃	47 首	《石倉歷代詩選》卷二百十七‧宋詩九十四
吳龍翰	39 首	《石倉歷代詩選》卷二百十八‧宋詩九十五
李燾	6 首	《石倉歷代詩選》卷二百十八‧宋詩九十五
鞏仲至	4 首	《石倉歷代詩選》卷二百十八‧宋詩九十五
徐致中	9 首	《石倉歷代詩選》卷二百十八‧宋詩九十五
姜夔	11 首	《石倉歷代詩選》卷二百十八‧宋詩九十五
劉宰	78 首	《石倉歷代詩選》卷二百十九‧宋詩九十六
呂定	25 首	《石倉歷代詩選》卷二百二十‧宋詩九十七
呂聲之	31 首	《石倉歷代詩選》卷二百二十‧宋詩九十七
林景熙	83 首	《石倉歷代詩選》卷二百二十一‧宋詩九十八
趙萬年	12 首	《石倉歷代詩選》卷二百二十一‧宋詩九十八
王鎡	45 首	《石倉歷代詩選》卷二百二十二‧宋詩九十九

劉壎	10首	《石倉歷代詩選》卷二百二十三‧宋詩一百
劉麟瑞	20首	《石倉歷代詩選》卷二百二十三‧宋詩一百
唐涇	5首	《石倉歷代詩選》卷二百二十三‧宋詩一百
彭秋宇	4首	《石倉歷代詩選》卷二百二十三‧宋詩一百
白玉蟾	44首	《石倉歷代詩選》卷二百二十四‧宋詩一百一
黃希旦	32首	《石倉歷代詩選》卷二百二十五‧宋詩一百二
釋德洪	251首	《石倉歷代詩選》卷二百二十六‧宋詩一百三
釋淨端	37首	《石倉歷代詩選》卷二百二十七‧宋詩一百四
釋真淨	29首	《石倉歷代詩選》卷二百二十八‧宋詩一百五
契嵩	30首	《石倉歷代詩選》卷二百二十九‧宋詩一百六
惟晤	11首	《石倉歷代詩選》卷二百二十九‧宋詩一百六
楊蟠	11首	《石倉歷代詩選》卷二百二十九‧宋詩一百六
僧保泹羅	4首	《石倉歷代詩選》卷二百三十‧宋詩一百七
僧古懷	1首	《石倉歷代詩選》卷二百三十‧宋詩一百七
僧秘寅	1首	《石倉歷代詩選》卷二百三十‧宋詩一百七
僧宇昭	9首	《石倉歷代詩選》卷二百三十‧宋詩一百七
僧惠洪	2首	《石倉歷代詩選》卷二百三十‧宋詩一百七
僧修睦	1首	《石倉歷代詩選》卷二百三十‧宋詩一百七
僧景雲	1首	《石倉歷代詩選》卷二百三十‧宋詩一百七
僧子蘭	3首	《石倉歷代詩選》卷二百三十‧宋詩一百七
僧虛中	1首	《石倉歷代詩選》卷二百三十‧宋詩一百七
僧清尚	1首	《石倉歷代詩選》卷二百三十‧宋詩一百七
希晝	5首	《石倉歷代詩選》卷二百三十‧宋詩一百七
僧文兆	2首	《石倉歷代詩選》卷二百三十‧宋詩一百七
僧行肇	3首	《石倉歷代詩選》卷二百三十‧宋詩一百七
僧簡長	3首	《石倉歷代詩選》卷二百三十‧宋詩一百七
僧惟鳳	3首	《石倉歷代詩選》卷二百三十‧宋詩一百七
僧惠崇	2首	《石倉歷代詩選》卷二百三十‧宋詩一百七
僧懷古	2首	《石倉歷代詩選》卷二百三十‧宋詩一百七
僧智圓	1首	《石倉歷代詩選》卷二百三十‧宋詩一百七

僧遵式	2首	《石倉歷代詩選》卷二百三十‧宋詩一百七
僧道潛	2首	《石倉歷代詩選》卷二百三十‧宋詩一百七
僧清順	1首	《石倉歷代詩選》卷二百三十‧宋詩一百七
僧善權	2首	《石倉歷代詩選》卷二百三十‧宋詩一百七
僧元肇	2首	《石倉歷代詩選》卷二百三十‧宋詩一百七
僧善珍	2首	《石倉歷代詩選》卷二百三十‧宋詩一百七
僧自南	1首	《石倉歷代詩選》卷二百三十‧宋詩一百七
僧如璧	2首	《石倉歷代詩選》卷二百三十‧宋詩一百七
僧顯萬	1首	《石倉歷代詩選》卷二百三十‧宋詩一百七

　　與《宋藝圃集》的編選者李蓘一樣，曹學佺在詩歌創作上對唐人的詩歌也是極為推崇，錢謙益在《列朝詩集小傳》中說曹學佺「為詩以清麗為宗」〔註65〕，此處所說的「清麗」是曹學佺對於清新俊逸的詩歌風格的美學追求。曹學佺是明末閩中詩壇的代表詩人，他的詩歌創作在當時影響很大，他的好友徐𤊹曾為他的詩集《石倉集》作序，序中稱曹學佺的詩歌：「詞氣舂容，自然中律；才情雅贍，蔚爾名家。至於山水蕩其性靈，邱壑鼓其幽致，每形賦詠，輒記練箋。山則岱嶽匡廬，峨眉雁宕；水則太湖彭蠡，灩澦西湖。寄興殊深，託懷愈遠；篇章日富，記撰尤繁。騷客至則如歸，標雅壇之赤幟，緇流從之若赴」〔註66〕。雖然朋友作序語詞有過譽之嫌，但是從曹學佺的詩歌創作所取得的成就來看，這個評價還是基本符合實際的。清人對於曹學佺的詩歌創作也給予了充分的肯定，朱彝尊《靜志居詩話》中說：「閩自十才子後，惟少谷小變，而高、傅之外，寥寥寡和。若曹能始、謝在杭，徐惟和輩，猶然十才子調也。……能始與公安、竟陵往還唱和，而能矯然不涬，尤人所難」〔註67〕，陳田《明詩紀事》中評論：「忠

〔註65〕　（清）錢謙益：《列朝詩集小傳》，上海古籍出版社 2008 年版，第 607 頁。
〔註66〕　（明）徐𤊹：《敘曹能始〈石蒼集〉》，《重編紅雨樓題跋》卷一，繆荃孫重輯，峭帆樓叢書本。
〔註67〕　（清）朱彝尊：《靜志居詩話》卷二十一，人民文學出版社 1990 年版，第 636～第 637 頁。

節詩，不矜才氣，音在弦外。其興到之作，有羚羊掛角，香象渡河之妙」〔註68〕。康熙雍正年間詩壇的盟主王士禛對曹學佺的詩歌也是評價很高，他在《池北偶談》中指出了曹學佺的崇唐傾向：「明萬曆中年以後，迄啓、禎間，無詩。惟侯官曹能始宗伯學佺詩，得六朝、初唐之格」〔註69〕；在《漁洋詩話》中，王士禛突出說明了曹學佺在閩中詩派的地位：「閩詩派，自林子羽、高廷禮後，三百年間，前惟鄭繼之，後惟曹能始，能自見本色耳」〔註70〕。

　　曹學佺作爲詩人身份的創作傾向在《石倉宋詩選》的編選中自然有所反映。雖然《石倉宋詩選》是對於宋代詩歌的編選，且是《石倉歷代詩選》的一部分，但是選何人何詩的「權力」掌握在曹學佺手中。通過上面的表格，確實可以認識到四庫館臣所說的「糅雜」的弊端，很多後世評價很高的宋代著名詩人入選作品寥寥，而一些不是很有名的詩人卻又有數量較多的詩作被選入，而且仔細閱讀會發現，編選者選入作品有時是比較隨意的，很難讓讀者瞭解詩人眞正的詩歌風格。呂留良在《宋詩鈔》的序中說：「曹學佺亦云：『選始萊公，以其近唐調也。』以此義選宋詩，其所謂唐終不可近也，而宋人之詩則已亡矣。」〔註71〕從表中可以看出，江西詩派詩人被選入的詩歌數量不多，宋初晚唐體及其後詩風學唐者入選詩歌數量都比較多，作爲理學家的朱熹被選入的詩歌數量排在較爲靠前的位置。從入選的詩歌作品的風格上看，曹學佺以自己所崇尚的「清麗」作爲評判標準，而「清麗」的詩風又以唐代李白、王維等人的詩作爲代表，所以梅堯臣、范成大、蘇軾等人被選入的詩作也多爲清新俊逸的作品。以黃庭堅、陳師道爲代

〔註68〕　（清）陳田：《明詩紀事》辛籤卷一，上海古籍出版社 1993 年版，第 2820 頁。

〔註69〕　（清）王士禛：《池北偶談》卷十七，《清代史料筆記叢刊》本，中華書局 1982 年版，第 402 頁。

〔註70〕　（清）王士禛：《漁洋詩話》，影印文淵閣《四庫全書》本，臺灣商務印書館 1983 年版，第 1483 冊，第 876 頁。

〔註71〕　（清）吳之振、呂留良、吳自牧選（清）管庭芬、蔣光煦補：《宋詩鈔》，中華書局 1986 年版，第 3～4 頁。

表的江西詩派，在詩歌風格上曲折奇絕、簡練樸拙，是「宋調」的典型，而曹學佺本人以「清麗」為標準，依照這個標準，江西詩派諸人的詩作自然很難被大量選入，所以黃庭堅詩歌只入選五十五首，陳師道詩歌入選七十首，也就在情理之中了。曹學佺本人尊崇理學，有《易經通論》、《書傳會衷》、《春秋闡義》等著作收入四庫全書，在他看來，宋代理學家的詩作也有很多是符合「清麗」的標準的，他從朱熹、周敦頤、邵雍等人的詩集中「發現」了這些作品並且選入。從總體上看，曹學佺的《石倉宋詩選》同樣是通過選取宋代詩歌中詩風接近唐人的詩作來表達自己對於唐詩格調的推崇，也是一個「選宋儀唐」的選本。

　　從上表的選詩數量來看，有一個需要注意的問題：《石倉宋詩選》中入選詩歌最多的詩人不是我們所熟知的蘇軾、黃庭堅、陸游等人，而是一個僧人——釋德洪。全書共收釋德洪詩歌二百五十一首，遠遠超出位居第二的梅堯臣的一百七十九首的數量。德洪，一名惠洪，號覺範，宋代著名詩僧，工書畫，詩文創作也很多，與當時士大夫多有交遊。宋人許顗《彥周詩話》中說：「近時僧洪覺範頗能詩……頗似文章巨公所作，殊不類衲子。」〔註72〕德洪撰有《石門文字禪》、《天廚禁臠》、《冷齋詩話》等。宋代的詩僧，《宋詩紀事》記載有 240 人，吳之振等編選的《宋詩鈔》，只選入了惠洪（德洪）和道潛兩人的詩歌。在宋代的詩僧中，德洪在當時影響很大，因此，很多宋詩選本都會選入他的詩歌，這可以解釋《石倉宋詩選》所選詩僧詩歌中德洪詩歌數量最多的問題。但是，雖然他的詩歌創作在宋代影響很大，但是為什麼《石倉宋詩選》選入他的詩歌總量是最多，遠遠超出蘇軾等人呢？這就要從編選者曹學佺的角度來看了。曹學佺對佛教有虔誠的信仰，他自號雁澤居士、西峰居士，雖然他沒有出家為僧，但是與佛教聯繫緊密，撰有《蜀中高僧記》十卷。據他的《石倉詩稿》中的詩作，可知他到過的佛寺有近百個，而且與當時的僧人交往很多，有大量的

〔註72〕（宋）許顗：《彥周詩話》，《歷代詩話》本，中華書局 1981 年版，第 98 頁。

唱和詩歌。曹學佺本人也創作了很多禪詩，這在《石倉詩稿》中有較多反映。虔誠的佛教信仰加上與僧人的廣泛交往，這樣他就有機會看到更多的詩僧的詩集；喜歡寫作禪詩，則使他自然地在編選《石倉宋詩選》時會對僧詩有所偏愛，所以，《石倉宋詩選》所選入的宋代僧詩的數量在明代的宋詩選本中數量最多。這樣，大概就可以解釋為什麼《石倉宋詩選》中德洪的詩歌數量選入最多的問題了。

　　《石倉宋詩選》在文獻層面上有很多缺點，如很多大家入選詩歌數量較少，選取詩作較為隨意，詩作有作者錯位和被改動的現象，但是從文獻保存和輯佚的角度看，《石倉宋詩選》還是具有一定價值的。《石倉宋詩選》的進步意義在於，相比李攀龍選歷代詩而成《古今詩刪》，唐後直接明代，宋、元詩竟一字不選的偏激態度，曹學佺雖然還是以崇唐傾向選宋詩，但是畢竟在歷代詩歌中給予了宋詩一個適當位置，選入宋代一百八十多位詩人的六千多首詩歌，使人們能夠對有宋一代的詩歌有所瞭解。

　　以《宋藝圃集》和《石倉宋詩選》為代表的明代宋詩選本的文獻學價值在於，一批珍貴的宋詩文獻通過其整理而得以保存至今，同時，它們也是清初宋詩選本的文獻來源，對於清代宋詩的復興起過不可磨滅的歷史作用。如清吳之振、呂留良、吳自牧編選《宋詩鈔》，其中趙師秀《清苑齋詩鈔》、翁卷《葦碧軒詩鈔》、徐照《芳蘭軒詩鈔》、徐璣《二薇亭詩鈔》、眞山民《山民詩鈔》，都輯自潘是仁《宋元名家詩選》。今人編《全宋詩》，對明代宋詩選本也多所輯用，從《宋藝圃集》和《石倉宋詩選》中就輯錄到不少佚詩。〔註73〕

　　明代詩壇崇唐抑宋，唐詩學理論得到極大發展，作為明代尊唐詩論家表現理論傾向的唐詩選本也得到了很好的文獻整理和文藝理論研究；對於宋詩，明人多持貶抑態度，雖有倡宋詩者也多有以宋見唐之意，因此，明代宋詩選本多為選宋儀唐之本，如《宋藝圃集》。明代宋詩理論是整個宋詩理論發展進程中的一個重要階段，有著承前啟

〔註73〕傅璇琮主編：《全宋詩》，北京大學出版社 1991 年版，第 13 頁。

後的作用，對清代宋詩理論的發展有著重要影響；同時，作爲與明代唐詩理論相對的明代宋詩理論也是明代詩歌理論的重要組成部分。

　　明代是古代學術向近代學術轉變的朝代。新的思想因素開始萌芽，古代文化漸漸進入總結階段，而近代文明也在此悄悄孕育。宋詩選本的編撰宗旨、編撰體例也在明代經歷著承前啓後的歷史階段，清代成爲宋詩選本走向近、現代另一種繁盛局面的轉折點，明人選宋詩也因此有了其重要的價值與意義。

第五章　宋詩在明代的刊刻與評注

　　在文學接受活動中，社會群體對於文學文本的刊刻與評注是接受活動的兩個重要方面。文本被刊刻的版本數量與出版印刷的數量反映著社會對於作者的接受態度，被刊刻的版本數量越多，出版印刷的數量越多，在一定程度上說明這位作家在這一時期內的受歡迎度較高。反之，如果這一時期作者的文本未被刊刻或者刊刻版本和印刷數量較少，則說明這位作者的受歡迎度較低。評注作為一種文學批評形式，以文本的刊刻為傳播載體，選擇哪位作家進行評注，進行怎樣的評注，同樣反映著接受群體的態度。因此，考察明代的宋詩接受，就有必要認識宋詩在明代的刊刻與評注情況。

　　明代的出版事業相當繁盛，有官刻、坊刻、家刻等刻書機構，有便利的圖書出版和流通機制，所刊刻的書籍數量非常多，黃虞稷《千頃堂書目》著錄的明代書籍就有 15660 種，《明史・藝文志》著錄明代書籍 5033 種，繆詠禾《明代出版史稿》對明代刊刻的書籍數量做了初步的統計：「根據這些統計，如果我們把明代出版物的數字暫定為 3.5 萬種，大概是不會太離譜的」〔註1〕。在明代刊刻出版的書籍中，集部圖書佔有很大的比例，大量前代人和當代人的別集和編纂的總集都被刊刻出來。具體到詩歌文本的刊刻，在歷代詩人中，明人刊

〔註 1〕繆詠禾：《明代出版史稿》，江蘇人民出版社 2000 年版，第 43 頁。

刻的唐人詩集數量是最多的，不僅重刊前代版本，而且還有重新編集和匯刻的工作，明人對宋人詩集的刊刻主要是重刊宋本，而且重刊的對象主要集中在蘇軾、黃庭堅等幾個著名作家的別集，明人刊刻的宋人自編宋詩總集的數量也不多。

中國古代的評點之學，最早可以追溯到梁代，曾國藩在《經史百家簡編序》中說：「梁世劉勰、鍾嶸之徒，品藻詩文，褒貶前哲，其後或以丹黃識別高下，於是又評點之學」〔註2〕。宋代的時候，詩文評點又有一個發展的高峰。至明代，在出版印刷業的推動下，文人學者對於書籍評點的熱情空前高漲，評點的範圍進一步擴大，經史評點、詩文評點、小說評點、戲曲評點、民歌評點都很發達。具體到詩歌文本的評點，明人評點了大量前代詩人詩集和本朝詩人詩集，其中唐代所佔比例最大，評點的宋人詩集數量寥寥，流傳較廣的是蘇軾詩集的兩個評注本《蘇文忠公膠西集》和《蘇詩摘律》。

第一節　宋詩在明代的刊刻

明人對宋人詩集的刊刻，少有編集和彙刻的工作，主要是重刊宋本。重刊的詩集數量和印刷數量都不是很多，明末公安派詩人陶望齡在寫給袁宏道的書札《與袁六休書》就講述了自己看到的陸游《渭南集》只有陸游詩歌總量的十分之一，而且在當時很多宋人的詩集因為刊刻的數量較少而難以買到：「宋集弟略有數家，惟陳無己、張文潛、蘇子美集不可得，京中書坊，或偶值，求為買之」〔註3〕，這條資料在前面的章節中已有論述。明人郎瑛《七修類稿》中有一則關於林逋詩集在明代重刊情況的記載：

〔註2〕　（清）曾國藩選編，梅季注譯：《經史百家簡編》，廣西人民出版社2007年版，第1頁。

〔註3〕　（明）陶望齡：《與袁六休二首》，見《歇庵集》卷十一，《續修四庫全書》本，上海古籍出版社1995年版，第408頁。

世重宋板詩文，以其字不差謬，今刻不特謬，而且遺
落多矣。予因林和靖詩而歎之，舊名止曰漫稿，上下兩卷，
今分爲四卷，舊題如《送范寺丞仲淹》，今改爲《送范仲淹
寺丞》者最多，已非古人之意矣。今拾遺《和運使陳學士
遊靈隱寺》等古詩四章，宋刻首篇者也，今見律絕多，而
遂以此爲拾遺可乎？梅都官序文乃書名於先，故後年月之
下，有一「也」字，乃文章也，今皆削之，而以年月贅其
名，且序中易去幾字，是可爲都官之文乎？至如東坡之跋
「詩如東野不言寒，書似西臺差少骨」，蓋西臺乃南唐李建
中，今因不知李而改爲西施，謬解遠矣，又非可慚笑者乎！
摘句五言者有十三聯，七言有十七聯，今皆無之。則梅序
謂百無一二，今尤寡矣。嗚呼！一書如此，他書可知。寧
不尚古。〔註4〕

這條資料中，郎瑛描述了自己閱讀明代重刊本林逋詩集的情況。
明代刻書數量很多，但是大多刊刻不精，不僅不校勘所據底本，而且
經常根據主觀想法改動底本，所以後代對於很多明刊本評價不高。明
人所刊刻的宋人詩集確實如郎瑛所述，很多詩人的詩歌標題和內容被
改動，這是需要閱讀時加以辨別的，但是從文獻保存的角度來看，因
爲流傳到現在的宋刻本數量極少，所以明人的重刊工作使得很多宋人
詩集得以保存。明人刊刻宋人詩集的情況，主要包括了明人對宋人所
編訂的宋人詩集和宋詩總集的重刊。

一、宋詩別集在明代的刊刻

宋代是一個文學繁榮的時代，宋人所創作的詩文數量很多，而且
編纂刊刻個人詩文別集的風氣在宋代已經盛行。《宋史·藝文志》著
錄宋代 651 位作家的 1824 部著述，卷數達 23604 卷。僅就詩文別集
而言，據四川大學古籍所編纂的《現存宋人別集版本目錄》，現存宋

〔註4〕　（明）郎瑛：《和靖詩刻》，見《七修類稿》卷四十三，《續修四庫全
　　　　書》本，上海古籍出版社 1995 年版，第 1123 冊，第 287 頁～第 288
　　　　頁。

人別集共 741 家。作爲彙集有宋一代詩歌的《全宋詩》共收錄 8900
位詩人，有別集見諸於目錄的詩人有兩千五百多人。別集一般是詩文
兼收，也有很多只錄文或者只錄詩的，詩人的詩集往往也會有不同於
詩文別集的單行本流傳，我們此處所說的宋人詩集，範圍限於宋代詩
人的單行本詩集、只收錄詩歌的別集以及詩歌占較大比例的詩文合
集。祝尚書《宋人別集敍錄》一書，對於宋人別集版本流傳情況有詳
細的資料整理，根據《宋人別集敍錄》，將宋人詩集在明代刊刻的基
本情況列表如下。〔註5〕

表 5-1　宋人詩集在明代刊刻情況簡表〔註6〕

明代重刊宋人詩集	作　者	刊刻時間	刊刻者
《寇忠愍公詩集》（三卷）	寇準	嘉靖四年（1535）	蔣鏊
《寇忠愍公詩集》（七卷）	寇準	嘉靖年間	唐侃
《鉅鹿東觀集》（十卷）	魏野	明代	未知
《重編西湖林和靖先生詩集》（四卷）	林逋	正統年間	陳贄編次，王玘刊刻
《宋林和靖先生詩集》（四卷，附錄一卷）	林逋	正德十二年（1517）	韓廷延
《林和靖詩集》（卷數不知）	林逋	正德年間	未知
《重刊（西湖）宋林和靖先生詩集》（四卷，附錄一卷）	林逋	明代	未知
《林和靖詩集》（四卷）	林逋	萬曆四十一年（1613）	喬時敏
《楊大年先生全集》（二十卷）	楊億	正德、嘉靖年間	陳璋
《武夷新集》（二十卷）鈔本	楊億	萬曆三十八年（1610）	謝在杭
《石學士詩集》（一卷）	石延年	明代	未知
《宛陵先生文集》（六十卷，拾遺一卷）	梅堯臣	正統四年（1439）	袁旭

〔註 5〕祝尚書：《宋人別集敍錄》，中華書局 1999 年版。
〔註 6〕爲資料方便，宋人詩集在明代的鈔本和寫本也列入表中。

《宛陵先生集》（六十卷，拾遺一卷）	梅堯臣	萬曆四年（1576）	梅守德
《歐陽居士文集》（五十卷）	歐陽修	洪武六年（1373）	蔡玘
《歐陽文忠公集》（五十卷）	歐陽修	正統十一年（1446）王重民考定年代	陳斐
《歐陽文忠公集》（五十卷）	歐陽修	正德元年（1506）	日新書堂
《居士集》（五十卷，附年譜）	歐陽修	嘉靖二十二年（1543）	李晃
《歐陽文忠公集》（五十卷）	歐陽修	嘉靖二十四年（1545）	永豐縣學
《重刊嘉祐集》（十五卷）	蘇洵	弘治四年（1491）	未知
《重刊嘉祐集》（十五卷）	蘇洵	嘉靖十一年（1532）	太原府
《重編嘉祐集》（二十卷，附錄一卷）	蘇洵	崇禎十年（1637）	仁和黃氏貢堂
《伊川擊壤集》（二十卷）	邵雍	明初	張蓉鏡
《伊川擊壤集》（二十卷）	邵雍	成化十一年（1475）	劉尚文
《伊川擊壤集》（二十卷）	邵雍	嘉靖四十三年（1564）	王畿
《伊川擊壤集》（八卷）	邵雍	隆慶元年（1567）	黃道
《宋邵康節先生伊川擊壤集》（十卷）	邵雍	萬曆三十三年（1605）	吳元維
《擊壤集》（二十卷）	邵雍	明末	毛氏汲古閣
《臨川王先生荊公文集》（一百卷）	王安石	嘉靖十三年（1534）	劉氏安正堂
《臨川先生文集》（一百卷）	王安石	嘉靖二十五年（1546）	應雲鷥
《臨川先生文集》（一百卷）	王安石	嘉靖三十九年（1560）	何遷
《王荊公詩箋注》（五十卷）評點本	王安石撰，評點者待考	明初	未知
《東坡集》（一百十卷）	蘇軾	成化四年（1468）	程宗
《東坡集》（一百十卷）	蘇軾	嘉靖十三年（1534）	江西布政司
《蘇文忠公集》（一百二十卷）	蘇軾撰，編集者不知	明代	未知
《東坡全集》（一百十二卷）	蘇軾撰，編集者不知	萬曆年間	未知
《東坡全集》（一百十五卷）	蘇軾撰，編集者不知	明代	未知

《蘇文忠公全集》（七十五卷）	蘇軾撰，茅維編集	萬曆三十四年（1606）	茅維
《重編東坡先生外集》（八十六卷）	蘇軾撰，毛九苞校訂	萬曆三十六年（1608）	康丕揚
《王狀元集百家注分類東坡先生詩》（二十五卷）	蘇軾撰，王十朋纂集	成化年間	汪氏誠意齋集書堂
《王狀元集百家注分類東坡先生詩》（二十五卷）	蘇軾撰，王十朋纂集	嘉靖五年（1526）	劉氏安正堂
《東坡先生詩集注》（三十二卷）	蘇軾撰，王十朋纂集，茅維改編	萬曆年間	茅維
《欒城集》（八十四卷）	蘇轍	嘉靖二十年（1541）	朱讓栩
《蘇文定公欒城全集》（九十六卷）	蘇轍	明末	王執禮清夢軒
《參寥子詩集》（十二卷）	釋道潛	正統年間	未知
《參寥子詩集》（十二卷）	釋道潛	崇禎十五年（1642）	汪汝謙
《豫章先生文集》三十卷、《外集》十四卷、《別集》二十卷等	黃庭堅	嘉靖六年（1527）	葉天爵，喬遷
《黃詩內篇》（十四卷）	黃庭堅	嘉靖十二年（1533）	蔣芝
《重刻黃文節山谷先生文集》（八十一卷）	黃庭堅	萬曆三十一年（1603）	方沆
《黃文節山谷先生文集》（三十卷）	黃庭堅	萬曆年間	王鳳翔光啓堂
《黃文節山谷先生文集》（六十九卷）	黃庭堅	萬曆三十二年（1604）	黃希今
《山谷內集詩注》二十卷、《外集詩注》十七卷、《別集詩注》二卷	黃庭堅撰，任淵注	弘治九年（1496）	陳沛
《慶湖遺老詩集》九卷、《拾遺》一卷、《後集補遺》一卷（寫本）	賀鑄	明代	謝肇淛小草齋
《後山先生集》（三十卷）	陳師道	弘治十二年（1499）	馬暾
《陳後山集》（三十卷）	陳師道	嘉靖年間	未知

《後山詩注》（十二卷）	陳師道撰，任淵注	弘治九年（1496）	袁宏
《後山詩注》（十二卷）	陳師道撰，任淵注	嘉靖十年（1531）	梅南書屋
《貝茨晁先生詩集》（一卷）鈔本	晁沖之	永樂二年（1404）	范涼靡
《陵陽先生詩集》（四卷）寫本	韓駒	明代	未知
《東萊先生詩集》（二十卷）鈔本	呂本中	明代	未知
《須溪先生評點簡齋詩集》（十五卷）	陳與義撰，胡穉注，無名氏增注，劉辰翁評	明初	未知
《屏山集》（二十卷）	劉子翬	弘治十七年（1504）	未知
《屏山集》（二十卷）	劉子翬	正德七年（1515）	劉澤
《岳武穆集》（十卷）	岳飛	嘉靖十五年（1536）	焦煜
《岳武穆集》（十卷）	岳飛	萬曆二十年（1592）	李楨
《梅溪先生文集》（五十四卷）	王十朋	正統年間	劉謙、何橫
《梅溪先生文集》（五十四卷）	王十朋	天順六年（1440）	周琰
《澗谷精選陸放翁詩集前集》，《須溪精選陸放翁詩集後集》	陸游撰，羅椅輯，劉辰翁輯	弘治十一年（1497）	劉景寅
《澗谷精選陸放翁詩集前集》，《須溪精選陸放翁詩集後集》	陸游撰，羅椅輯，劉辰翁輯	嘉靖十三年（1534）	黃漳
《陸放翁全集》（八十五卷）	陸游	明末	毛氏汲古閣
《石湖居士集》（三十四卷）	范成大	弘治十六年（1503）	金蘭館
《誠齋集》（一百三十三卷）鈔本	楊萬里	明末	毛氏汲古閣
《朱子大全》一百卷、目錄二卷、《續集》十卷、《別集》十卷	朱熹	天順四年（1460）	賀忱、胡緝
《朱子大全》（一百二十卷）	朱熹	嘉靖十一年（1532）	張大輪

《晦庵先生朱文公文集》八十八卷，目錄二卷，《續集》十一卷，《別集》十卷	朱熹	萬曆三十三年(1605)	朱崇沐
《張于湖集》（八卷）	張孝祥	崇禎六年（1635）	張時行
《張于湖集》（八卷）	張孝祥撰，焦竑等編	崇禎十七年（1644）	張弘開
《南軒先生文集》（四十四卷）	張栻	明初	未知
《象山先生文集》二十八卷，《外集》四卷	陸九淵	正德十六年(1521)	李茂元
《象山先生文集》二十八卷，《外集》四卷	陸九淵	正德十六年(1521)	安正書堂
《象山先生文集》（三十六卷）	陸九淵	嘉靖十四年（1535）	戚賢
《象山先生文集》（三十六卷）	陸九淵	嘉靖三十八年(1559)	張喬相
《象山先生文集》（三十六卷）	陸九淵	嘉靖四十四年(1565)	何遷
《龍川文集》（三十卷）	陳亮	成化年間	龍川書院
《龍川文集》（三十卷）	陳亮	嘉靖年間	未知
《龍川文集》二十六卷，附錄一卷	陳亮	萬曆四十四年(1616)	王世德
《龍川文集》（三十卷）	陳亮	崇禎六年（1633）	鄒質士
《水心先生文集》（二十九卷）	葉適	正統十三年（1448）	黎諒
《龍洲道人詩集》（十五卷）	劉過	嘉靖年間	王朝用
《碧巖詩集》（一卷）	金朋說	萬曆丁丑（五年，1577）	金大條
《毅齋詩集別錄》（一卷）	徐僑	正德六年（1511）	徐興
《竹齋先生詩集》（三卷）	裘萬頃	嘉靖年間	裘汝中
《環谷存稿》	汪晫	嘉靖二十年(1541)	汪茂槐
《石屏詩集》（十卷）	戴復古	弘治十一年(1498)	馬金
《戴石屏先生詩集》（十卷）	戴復古	正德二年（1507）	戴鏞
《滄浪嚴先生吟卷》（三卷）	嚴羽	正德十二年(1517)	胡璉
《滄浪嚴先生吟卷》（二卷）	嚴羽	正德十五年(1520)	尹嗣忠
《滄浪嚴先生吟卷》（二卷）	嚴羽	嘉靖十年（1531）	清省堂

《滄浪詩集》（四卷）	嚴羽	崇禎年間	何若士校，吳兆聖、李元編
《西山先生眞文忠公文集》（五十一卷）	眞德秀	嘉靖元年（1520）	張文麟
《西山先生眞文忠公文集》（五十一卷）	眞德秀	嘉靖三年（1522）	書林精舍
《西山先生眞文忠公文集》（五十一卷）	眞德秀	萬曆二十六年（1598）	林培
《玉楮詩稿》（八卷）	岳珂	萬曆年間	岳元聲
《後村先生大全集》（一百九十六卷）	劉克莊	明代	謝肇淛小草齋
《雪磯叢稿》（五卷）	樂雷發	正統十一年（1446）	樂韶
《北遊詩》（二卷）	汪夢斗	明代	未知
《蕭冰崖詩集拾遺》（三卷）	蕭立之	弘治十八年（1505）	蕭敏
《重刊西湖百詠》（二卷）合刻	董嗣杲撰，陳贄和詩	嘉靖十六年（1537）	朱睦（木英）
《疊山集》（十六卷）	謝枋得	景泰五年（1454）	黃溥
《疊山集》（十六卷）	謝枋得	成化二十一年（1485）	王皋
《疊山集》（十六卷）	謝枋得	嘉靖四年（1525）	未知
《月洞吟》（一卷）	王鎡	萬曆二十九年（1601）	黃兆山人
《須溪先生記鈔》（八卷）	劉辰翁	嘉靖五年（1526）	王朝用
《須溪先生記鈔》（八卷）	劉辰翁	天啓三年（1621）	韓敬
《文山先生文集》十七卷，《別集》六卷，附錄三卷	文天祥	景泰六年（1455）	韓雍、陳價
《文山先生文集》十七卷、《重刊文山先生指南文集》三卷、《別集》一卷	文天祥	正德九年	張祥
《文山先生文集》十七卷，《別集》六卷，附錄三卷	文天祥	正德年間	文承廕
《文山先生全集》（二十八卷）	文天祥	嘉靖三十一年（1552）	鄢懋卿、寧寵
《文山先生全集》（二十卷）	文天祥	嘉靖三十九年（1560）	張元諭

《宋丞相文山先生全集》（十六卷）	文天祥	嘉靖年間	未知
《新刻宋丞相信國公文山先生全集》（二十卷）	文天祥	崇禎四年	張起鵬
《九華詩集》（一卷）	陳岩	崇禎九年（1636）	未知
《霽山先生文集》（五卷）	林景熙	天順七年（1463）	呂洪
《晞髮集》（十卷）	謝翱	弘治年間	唐文載
《晞髮集》（十卷）	謝翱	嘉靖三十四年（1555）	程熙
《晞髮集》（十卷）	謝翱	隆慶六年（1572）	邵廉
《晞髮集》（十卷）	謝翱	嘉靖十七年（1538）	繆一鳳
《晞髮集》五卷，《外集》一卷	謝翱	萬曆四十年（1612）	張時昇

　　此表顯示的是宋代詩人的詩集在明代刊刻的基本情況，這些資料來源於現存的明版書籍以及目錄序跋中的記載，雖然不能完全還原明人當時刊刻宋人詩集的具體情況，但是也有助於我們認識明人刊刻宋人詩集的傾向和特點。

　　由以上所列宋詩別集版本情況可知，在明人的刊刻中，詩集或詩文別集有 5 個以上版本的宋代詩人有蘇軾（10 個）、文天祥（7 個）、黃庭堅（6 個）、邵雍（6 個）、林逋（5 個）、陸九淵（5 個）、謝翱（5 個）等七人。這個數字大體上反映出宋代詩人在明人心目中地位高下的一種排序。明人所據以重刊的底本，以宋本爲多，也有一些採用元刊本，刊刻後，影響較大的版本又被加以重刊。在詩歌創作上，明人師法的宋代詩人主要是蘇軾和黃庭堅，反映在刊刻上，蘇軾和黃庭堅的集子也因此而有較多刊本。對於蘇軾的集子，明人不僅重刊宋本，而且還投入極大地熱情來重新編集，茅維整理編集的《蘇文忠公全集》彙輯了很多之前蘇集所未收的書信序跋，編排也較爲合理，在當時影響頗大，蘇軾詩歌的注本如題王十朋《王狀元集百家注分類東坡先生詩》也在明代廣爲刊刻流傳。黃庭堅的集子以及任淵所注的黃詩注本也是現存的黃庭堅別集中較有版本價值的本子。文天祥和謝翱的集子

之所以在明代刊刻版本較多，從明人的序跋上來看，主要是明人敬重他們的民族氣節。邵雍是宋代理學詩人的代表人物之一，他的詩歌代表著宋代詩歌風格的一種，他的《伊川擊壤集》在理學盛行的明代受到很多理學家的推崇，因而也出現了 6 個刊本。陸九淵雖然詩歌藝術成就不高，但是因為他倡導的「心學」在明代經陳獻章、王陽明的繼承與開拓，成為明代學術的重要一派，所以他的集子也在明代多次刊刻。作為宋代隱逸詩人代表的林逋，詩風接近唐人，明人對他的詩歌評價頗高，在明人的詩作中，摹擬林逋「詠梅」的詩作非常多，以陳獻章為例，他的集子中有六十多首以詠梅為主題的詩作，所以林逋的集子也在明代有 5 個刊本。

　　明代書籍的刊刻機構，主要有家刻、坊刻、官刻。宋人詩集在明代的刊刻，主要是以家刻本和坊刻本為主，官刻相對較少。家刻本中較為值得注意的是宋代詩人的子孫後裔對先人集子的重刊，如梅堯臣後裔梅守德在萬曆四年（1576）刊刻的《宛陵先生集》、黃庭堅後裔黃希今在萬曆三十二年（1604）刊刻的《黃文節山谷先生文集》、岳珂後裔岳元聲在萬曆年間刊刻的《玉楮詩稿》等。明代的坊刻是明代刻書業的重要力量，明末毛氏汲古閣的刻書，對於宋人詩歌文獻的保存有較大的貢獻，汲古閣本的邵雍《擊壤集》、陸游《陸放翁全集》、楊萬里《誠齋集》都是現存這些詩人集子中較好的版本。1909 年，江寧群碧樓主人鄧邦述購得毛氏汲古閣影鈔本宋人小集共 65 家 50 冊，1922 年，上海古書流通處據以影印為《南宋群賢六十家小集》。在今人編纂《全宋詩》的工作中，毛氏汲古閣本的這些宋集刊本發揮了重要作用。

　　從刊刻時間上看，嘉靖年間刊刻的宋人詩集數量最多，其次是萬曆、正德、弘治、崇禎年間，主要集中在明代中後期。這一方面是由於明代中後期政府鼓勵刻書的政策使書籍刊刻繁榮發展；另一方面也與宋詩在明代的接受情況緊密相關，隨著明代中後期唐宋派與公安派的興起，「舉世宗唐」的風氣開始被扭轉，宋詩開始受到部分推崇。

二、宋詩總集在明代的刊刻

　　《隋書・經籍志》中說：「總集者，以建安之後，詞賦轉繁，眾家之集，日以滋廣，晉代摯虞，苦覽者之勞倦，於是採摘孔翠，芟剪繁蕪，自詩賦下，各爲條貫，合而編之，謂爲《流別》。是後文集總鈔，作者繼軌，屬辭之士，以爲覃奧，而取則焉」〔註7〕，由此可見總集在文獻傳播與文獻保存方面的重要意義。宋人自編的宋詩總集，流傳至今的有十幾種，在這些總集的流傳中，明人的刊刻發揮了很大的作用，很多清代刊本都是以明刊本爲底本重刊。因爲明代總體上的宗唐詩風，明人刊刻的唐詩總集數量非常多，刊刻的宋詩總集非常有限。從明人對於宋人自編宋詩總集的刊刻，可以看出明人對於宋詩的態度。根據祝尚書《宋人總集敘錄》，將宋人自編宋詩總集在明代刊刻的基本情況列表如下。〔註8〕

表 5-2　宋人自編宋詩總集在明代刊刻情況簡表〔註9〕

明刊宋人自編宋詩總集	編者	刊刻時間	刊刻者
《西崑酬唱集》（二卷）	楊億	嘉靖十六年（1537）	張綖玩珠堂
《會稽掇英總集》（二十卷）	孔延之、黃康弼	明代	祁氏澹生堂
《會稽掇英總集》二十卷，《續集》五卷（手寫本）	孔延之、黃康弼	隆慶二年（1568）	錢穀
《南嶽倡酬集》（一卷）	朱熹	弘治十三年（1500）	鄧淮
《南嶽倡酬集》（一卷）	朱熹	崇禎五年（1632）	楊德周、余文龍
《聲畫集》（八卷）鈔本	孫紹遠	明代	未知
《崑山雜詠》（六卷）	龔昱編，王理之補輯	嘉靖二十年	孟紹曾

〔註7〕　（唐）魏徵等撰：《隋書》卷三十五，中華書局 1973 年版，第 1089 頁～第 1090 頁。
〔註8〕　祝尚書：《宋人總集敘錄》，中華書局 2004 年版。
〔註9〕　爲資料方便，宋人自編總集在明代的鈔本和寫本也列入表中。

《崑山雜詠》（二十八卷）	龔昱編，王理之補輯，俞允文再次補輯	隆慶四年（1570）	孟紹曾
《分門纂類唐宋時賢千家詩選》（二十五卷）鈔本	劉克莊	明代	未知
《月泉吟社》（一卷）	吳渭	正統十年（1445）	錢世淵
《月泉吟社》（一卷）	吳渭	嘉靖二十二年（464）	解君
《月泉吟社》（一卷）	吳渭	天啓、崇禎年間	毛氏汲古閣
《濂洛風雅》（七卷）	金履祥	弘治十三年（1500）	黃遵
《忠義集》（七卷）	趙景良	弘治五年（1492）	王廷光
《忠義集》（七卷）	趙景良	明末	毛氏汲古閣

　　根據現有文獻資料的記載，宋人自編的宋詩總集，在數量上有40 種之多，明代刊刻的數量，如上表所示，僅有 9 種。其實有些宋代刊刻的宋人自編宋詩總集，在明代還比較容易見到，但是很多總集現在有清代刊本傳世而在明代一次都沒有刊刻，這其中的原因是多方面的，但與明代人整體上的宗唐傾向是一致的。按照內容來看，上表中的明代刊刻的宋人自編宋詩總集有這樣四類：唱和詩總集，包括《西崑酬唱集》、《南嶽倡酬集》、《月泉吟社》三部；地域性詩歌總集，包括《會稽掇英總集》、《崑山雜詠》兩部；褒揚忠義觀念的詩歌總集《忠義集》；彙集宋代理學家詩歌的總集《濂洛風雅》。此外還有一部劉克莊編集的唐宋詩合選《分門纂類唐宋時賢千家詩選》。宋代的唱和詩總集是宋人詩歌總集中數量較多的一個類別，除明人刊刻的這三部之外，還有《翰林唱和集》、《禁林宴會集》、《商於唱和集》、《二李唱和集》、《坡門酬唱集》、《同文館唱和詩》等。

　　宋代的唱和詩總集是宋人詩歌總集中數量較多的一個類別，除明人刊刻的這三部之外，還有《翰林唱和集》、《禁林宴會集》、《商於唱和集》、《二李唱和集》、《坡門酬唱集》、《同文館唱和詩》等。明代文人有結社的風氣，社團數量非常之多，既有結社，必然有酬唱吟詠，

所以明代文人編刻了大量的唱和詩總集，在這個編刻的過程中，宋人的唱和詩總集也被刊刻出來。宋人唱和詩總集在明代的刊刻情況與明代盛行的唱和詩風是緊密相連的。

明人在刊刻宋詩總集的活動中仍然有著鮮明的崇唐抑宋傾向，以《西崑酬唱集》的刊刻爲例，明人張綖在《玩珠堂刊西崑酬唱集序》中就說：「楊、劉諸公唱和《西崑集》，蓋學義山而過者」〔註10〕。

宋人自編的地域性詩歌總集數量不多，除明人刊刻的這兩部之外，僅有《嚴陵集》、《天台集》、《成都文類》、《赤城集》等幾部，然而宋人對這種類型詩文總集的編纂體例和編纂方法有較大的貢獻，自宋代以後，地域性總集的編纂開始大量出現。明人對地域性總集的編纂也有很大的熱情，僅從收入《四庫全書》的總集數量來看，明人所編的地域總集在總的數量上是佔有很大比例的。

褒揚忠義的《忠義集》收錄劉壎、劉麟瑞父子吟詠宋代仗節死義者的詩歌，是一部特色較爲明顯的詩歌總集。明人先後兩次刊刻這部詩集，與文天祥集子先後刊刻七次的原因相同，尤其是明末毛氏汲古閣的刊刻，更具有時代意味，是明人對忠義觀念推崇的反映。毛氏汲古閣本《忠義集》卷首有明人何喬新的序言，他在序言中說：「忠義，人之大節也，根於天性，具於人心。凡立於天地之間而名爲人者，孰無是性、孰無是心哉，惟存養不失，則其氣浩然，一旦遭事之變，觸白刃、蹈鼎鑊而不懾，所此集所載諸君子是也」〔註11〕，由此可見其刊刻旨趣。

宋人金履祥所編集的《濂洛風雅》前有《濂洛詩派圖》，以周敦頤爲祖，其下有二程、張載、邵雍等人，直至宋末。金履祥本人是理學家，所以選詩也是以理學家的文學觀爲標準。明人潘府在《弘治刊

〔註10〕（明）張綖：《玩珠堂刊西崑酬唱集序》，見《西崑酬唱集注》附錄二，中華書局 1980 年版。

〔註11〕（明）何喬新：《忠義集序》，見祝尚書著《宋人總集敘錄》，中華書局 2004 年版，第 511 頁。

濂洛風雅序》中說：「其詩沖和純正，固皆道德英華之發見，而一編之中，師友淵源之統紀，正變大小之體例，又見金、唐二君子類萃之精，有非淺儒俗學所恩能到，眞近古之遺音也，追視風雅之盛，其庶幾乎」。〔註12〕這部詩歌總集所彙集的皆是宋代理學家的詩歌，而明代又是理學盛行的時代，如前所述，邵雍、朱熹等人的詩集在明代都有多個刊本，受此思潮影響，此集自然流傳廣泛，影響頗大。

　　劉克莊編選的《分門纂類唐宋時賢千家詩選》是一個唐宋詩合選本，分類彙集唐代和宋代著名詩人的詩歌作品，因爲選擇較精，而且長期作爲童蒙讀物使用，所以也在明代廣爲刊刻流傳。

　　明人在刊刻前代所編的總集的時候，往往會在原刊本的基礎上增編、補編，這在地方詩文總集的重刊中尤爲常見。宋代崑山人龔昱彙輯宋代詩人吟詠崑山的詩歌編成《崑山雜詠》三卷，流傳至明代僅存殘本，嘉靖年間，王理之輯錄元、明兩代文人吟詠崑山的詩歌百篇，附在原本的卷末，成書六卷，由孟紹曾刊刻，隆慶年間，俞允文再次補輯，搜集晉、唐、宋、元以來諸名家集，分類編纂爲二十八卷，仍由孟紹曾刊刻。明人的這兩次補輯工作，不僅使原來近於失傳的《崑山雜詠》原本得以保存，而且增補的詩歌使得內容更爲充實，文獻價值也較原本更大。

第二節　蘇軾詩歌在明代的評注

　　對宋代詩歌的評注，自宋人已經開始，出現了大量的注釋評論宋人詩歌的評注本，而在現有的文獻資料中，卻很少見到明人對宋詩的評注。在明代人評注的宋人詩歌中，注本數量最多的是蘇軾和黃庭堅兩家，其他宋人詩歌明人很少有評注。但是即使是這數量最多的兩家，他們的詩歌注本與之前的宋人注本，或與之後的清人注本相比，

〔註12〕　（明）潘府：《弘治刊濂洛風雅序》，見祝尚書著《宋人總集敍錄》，
　　　　　中華書局 2004 年版，第 476 頁。

仍然是數量太少而且評注水平不高。以蘇軾詩歌的評注爲例，宋人評注的蘇軾注本已有 17 種之多，其中題王十朋所注的《王狀元注東坡七言律詩》以及施元之、顧禧、施宿所注的《注東坡詩》都是對後世影響較大的注本。〔註13〕清人評注蘇軾詩歌的注本大約有 7 種左右，其中查慎行的《補注東坡先生詩》、馮應榴的《蘇文忠詩合注》以及王文誥《蘇文忠公詩編注集成》等都是注釋精審、考訂細緻的蘇詩注本。明代的蘇詩評注本主要有袁宏道選評、譚元春編訂的《東坡詩選》，沈白編選、陳鑾評注的《東坡詩選》，劉弘集注的《蘇詩摘律》，陳仁錫評注的《東坡先生詩集》，張岱評注的《和陶集》，閻士選等評注的蘇軾詩文合選本《蘇文忠公膠西集》。由於黃庭堅詩歌的幾種明代注本都較難見到，所以本節集中探討蘇軾詩歌在明代的兩種較爲常見的注本，閻士選等評注的《蘇文忠膠西集》與劉弘的評注《蘇詩摘律》，以這兩個注本中的蘇詩評注爲例管窺明人評注宋詩的一些基本情況。

一、《蘇文忠公膠西集》

《蘇文忠公膠西集》，《四庫全書總目》作《東坡守膠西集》，列入集部別集類存目，今有北京大學圖書館藏明刻本。卷首題「明萊郡守廣陵閻士選評釋；萊郡丞西寧談訴、萊郡判南平黃應臺、青郡司理晉陵王胤昌、萊郡司理天水徐盈科，同評。」〔註14〕雖然評注者眾，但是按照全書的評注風格來看，仍然是出自一人之手，應該主要是由閻士選完成。《四庫全書總目》關於此書的提要說：「明閻士選編。士選字立吾，綏德州人，萬曆庚辰進士，官至山東按察使。是編乃士選爲萊州府知府時採蘇軾在膠西詩文刻爲一帙。以尚有掛漏，及官按察使時補完之。其王宗稷年譜，亦僅摘錄熙寧八年乙卯軾到密州，及十年

〔註13〕張三夕：《宋詩宋注管窺》，見《詩歌與經驗——中國古典詩歌論稿》，嶽麓書社 2008 年版，第 167 頁～第 168 頁。

〔註14〕（宋）蘇軾撰，（明）閻士選等評釋：《蘇文忠公膠西集》，《四庫全書存目叢書》本，齊魯書社 1997 年版，第 11 冊，第 582 頁。

丁巳自密移知河中府，復改知徐州一段。蓋借軾以重膠西也」〔註15〕。
這段簡單的提要，只是給我們提供了評注者閣士選的生平以及編選經
過，而對於本書所選詩文風格、評注特點等沒有提及，需要我們在文
本的基礎上加以認識。

　　《蘇文忠公膠西集》爲蘇軾詩文的合選本，閣士選錄蘇軾在膠西
的詩文加以評注，共4卷，其中文2卷，分前集與後集，詩2卷，分
前卷與後卷。詩前卷，五言詩30首；詩後卷，七言詩75首。卷末附
詞作3首。本書卷首有閣士選所作的《蘇文忠公膠西集序》，對本書
的編選目的交待得很詳細。序中，閣士選首先表達了對於蘇軾文章辭
采的欽慕：「文忠公以文名當時，雖兒童婦女莫不願識其面。其文章
之傳，蓋北幽朔而東三韓，西達羌戎南過雞林馬人之界」〔註16〕。然
而，在整篇序中閣士選主要表達的意思在於，蘇軾最爲可貴的地方
是他對民間疾苦的關切，馳騁翰墨間而慷慨世務，「豈知公凡事一職
非苟然爲也，公念念在匡時救民。凡民間之米鹽細務、疾痛屙癢必
洞燭幽隱」〔註17〕。在序的最後，閣士選說明了自己編選評注蘇軾
在膠西所寫詩歌的目的：「余搜公刺密州時所作詩文若干首，凡關民
隱附錄於篇之末，即禪那詩話亦間採入，俾觀者可喜可愕，玩之忘
疲，忽而醒曰：我材識何如公？解悟何如公？而公勤勤懇懇於民務
若此也，則謂是搜集爲近世守令之藥石可矣」〔註18〕。閣士選等評
注蘇詩，不是爲評注而評注，而是激勵自己以及後世守官勤勉爲政
的目的。

〔註15〕　（清）永瑢等：《欽定四庫全書總目》（整理本），中華書局 1997 年
　　　　　版，卷一百七十四。
〔註16〕　（宋）蘇軾撰，（明）閣士選等評釋：《蘇文忠公膠西集》，《四庫全
　　　　　書存目叢書》本，齊魯書社 1997 年版，第 11 冊，第 577 頁。
〔註17〕　（宋）蘇軾撰，（明）閣士選等評釋：《蘇文忠公膠西集》，《四庫全
　　　　　書存目叢書》本，齊魯書社 1997 年版，第 11 冊，第 577 頁～第 578
　　　　　頁。
〔註18〕　（宋）蘇軾撰，（明）閣士選等評釋：《蘇文忠公膠西集》，《四庫全
　　　　　書存目叢書》本，齊魯書社 1997 年版，第 11 冊，第 578 頁。

　　與序言所說的編選目的一致，這個集子選入了很多蘇軾關心民生疾苦的詩歌，而且由於評注者閻士選等也在膠西爲官，所以評注頗有感同身受的意味。如《和趙郎中捕蝗見寄次韻》的評注：「觀公此詩，其捕蝗之勤，爲民之切，何懇至也」〔註19〕；《次韻章傳道喜雨》的詩後評釋：「公捕蝗禱雨而友人皆爲詩以美之，公皆次韻答之，友朋之間儆戒相成，諄諄以民事爲急如此」〔註20〕。蘇軾爲官膠西時的拳拳愛民之心，不僅通過他自己的詩歌表現了出來，而且經過閻士選等的評注，使讀者對蘇軾更爲感佩。蘇軾在膠西清明廉潔、愛民如子，受到父老的愛戴，《知登州再過超然臺贈太守霍翔》是蘇軾再次出任登州太守時所作，當時他取道曾經爲官的密州，父老紛紛出迎，詩中描述了這一場景：「十年不負竹馬約，扁舟獨與漁蓑間。重來父老喜我在，提挈老幼相迎攀」〔註21〕。此詩的評注說：「是時公複製登州，取道密州，而父老迎之也。公是詩描寫當時山州生色，父老歡呼迎勞之狀，若旅人歸見其家，無一不可喜者。公視郡如家，千載可想」〔註22〕。其中「視郡如家」的評點是對蘇軾此詩所傳達感情的精彩概括。

　　因爲評注者閻士選等也是爲官膠西，所以對當地的地理、風俗都非常熟悉，所以在評注蘇軾膠西詩歌的時候，能夠對其寫作背景作較爲詳細的解說。如《過萊州雪後望三山》的評點：「按公此詩乃過萊州而作者」〔註23〕；《登常山絕頂廣麗亭》的評點：「常山之巔，三峰

〔註19〕（宋）蘇軾撰，（明）閻士選等評釋：《蘇文忠公膠西集》，《四庫全書存目叢書》本，齊魯書社 1997 年版，第 11 冊，第 615 頁。

〔註20〕（宋）蘇軾撰，（明）閻士選等評釋：《蘇文忠公膠西集》，《四庫全書存目叢書》本，齊魯書社 1997 年版，第 11 冊，第 621 頁。

〔註21〕（宋）蘇軾撰，（明）閻士選等評釋：《蘇文忠公膠西集》，《四庫全書存目叢書》本，齊魯書社 1997 年版，第 11 冊，第 625 頁。

〔註22〕（宋）蘇軾撰，（明）閻士選等評釋：《蘇文忠公膠西集》，《四庫全書存目叢書》本，齊魯書社 1997 年版，第 11 冊，第 626 頁。

〔註23〕（宋）蘇軾撰，（明）閻士選等評釋：《蘇文忠公膠西集》，《四庫全書存目叢書》本，齊魯書社 1997 年版，第 11 冊，第 614 頁。

並起，而東南最高者爲高峰。巔上有廣麗亭、望海樓。公此詩當日登眺留連意寫之殆盡」〔註24〕；《再過常山和昔年留別詩》：「公知登州復過密州，乃和其昔年詩」〔註25〕；《遊珠璣岩》：「此公知登州時所作」〔註26〕；《過密州復遊廬山次韻章傳道》的評點：「此公首登州，道出密州，復遊廬山而作也」〔註27〕。這些評注，不僅有利於讀者瞭解詩歌的寫作背景以及詩中自然景物的實際情況，而且也給後來的評注者提供了最切實的資料。

對於詩中所用典故的注釋和考辨，評注本也做了很多這方面的工作。如《安期生》的評注：「按安期生不知何許人，常賣藥東海上，人呼爲千歲翁」〔註28〕；《廬山五詠》中《盧敖洞》一首的評注：「《圖經》云：敖，秦博士，避難此山，遂得道」〔註29〕。

這個評注本還對蘇軾的詩歌創作藝術有評點，如《出城送客不及，步至溪上（二首）》的評點：「參寥嘗與客評詩曰：世間故實、小說有可以入詩者，有不可以入詩者，惟東坡不揀擇，入手便用如街說巷談，一經此老神仙手段，點礫爲金，自有妙處」〔註30〕。引參寥評論蘇軾詩歌藝術的話語，指出蘇軾詩歌題材選擇包容萬物與寫作技巧點礫爲金的藝術特點。

〔註24〕　（宋）蘇軾撰，（明）閻士選等評釋：《蘇文忠公膠西集》，《四庫全書存目叢書》本，齊魯書社1997年版，第11冊，第617頁。

〔註25〕　（宋）蘇軾撰，（明）閻士選等評釋：《蘇文忠公膠西集》，《四庫全書存目叢書》本，齊魯書社1997年版，第11冊，第619頁。

〔註26〕　（宋）蘇軾撰，（明）閻士選等評釋：《蘇文忠公膠西集》，《四庫全書存目叢書》本，齊魯書社1997年版，第11冊，第620頁。

〔註27〕　（宋）蘇軾撰，（明）閻士選等評釋：《蘇文忠公膠西集》，《四庫全書存目叢書》本，齊魯書社1997年版，第11冊，第632頁。

〔註28〕　（宋）蘇軾撰，（明）閻士選等評釋：《蘇文忠公膠西集》，《四庫全書存目叢書》本，齊魯書社1997年版，第11冊，第614頁。

〔註29〕　（宋）蘇軾撰，（明）閻士選等評釋：《蘇文忠公膠西集》，《四庫全書存目叢書》本，齊魯書社1997年版，第11冊，第620頁。

〔註30〕　（宋）蘇軾撰，（明）閻士選等評釋：《蘇文忠公膠西集》，《四庫全書存目叢書》本，齊魯書社1997年版，第11冊，第616頁。

二、《蘇詩摘律》

《蘇軾摘律》是明代人劉弘評注蘇軾七言律詩的一個選評本，收入《四庫全書存目》，今有北京圖書館藏明天順五年劉弘、王璽刻本。《四庫全書總目》中此書的提要頗為簡要：「舊本題『長垣縣知縣無錫劉宏集注』，不詳時代，惟取蘇軾集七言律詩注之，潦草殊甚」〔註31〕。劉弘，生平不見於史料，根據明天順刻本《蘇詩摘律》劉弘序言，可知：劉弘字超遠，號鶴叟，無錫人，曾任直隸大名府開府長垣縣知縣，大約生活在正統至成化年間。

《蘇詩摘律》全書共六卷，評注蘇軾七言律詩二百餘首，現存刻本中可見圈點和評注。書前評注者的自序可以讓我們對這本書有一個大概的瞭解。

> 東坡先生詩若干卷，乃龜齡王先生纂集，一以所詠之
> 題分類，故五七言絕句、律詩與古選、長短歌詞雜收而並
> 載焉。奈何後學者於□□篇不能成誦處輒生睡思，並□□
> 律束諸高閣，所以先生之詩湮沒聲采而未能振耀於世。予
> 一日溫習舊業得龜齡先生纂集誦之，頗窺蘇律毫髮意趣。
> 公退之暇，摘取若干首，類抄諸儒句解於其下，間亦僭竊
> 妄補一二，皆闕以自別，集成名曰《蘇詩摘律》。將貽諸家
> 塾，以便自觀。時進士邑人王璽大用教諭，吉水曾進迪常
> 吟壇契家也，見而悅之，重屬為士君子共焉，遂相與僦工
> 鐫刻以傳。嗟夫，詩所以吟詠性情，貴乎自然流轉，不必
> 摘剔新奇、搜羅怪異與夫一字一句之來歷。然或自然、有
> 來歷，奇異復不失其性情之正，乃所以為美，不可得而及。
> 先生之詩詎不謂如此乎！但其援據閎博、指趣深遠，將謂
> 摘剔新奇、搜羅怪異也。殆不知先生吟詠之際，自然與性
> 情俱出，隨筆融化耳。先儒謂武庫乍開，干戈森然，豈虛
> 美哉！學者苟如此口誦而玩味焉，則先生全集之堂奧當自
> 得之。

〔註31〕（清）永瑢等：《欽定四庫全書總目》（整理本），中華書局 1997 年版，第 2365 頁。

　　從這篇序言中，我們可以得知：這個評注本的選詩來源於王龜齡纂集的蘇軾詩歌類編本；評注包括詩後的類抄前人評注與作者補充的自己的評注；劉弘推崇自然流轉、性情美正的詩歌風格，對詩歌的思想內容較爲重視。

　　《蘇詩摘律》所抄錄的類注本中的注語，以趙次公、李厚、程縯、宋援等人的注語爲主，其中抄錄最多的是趙次公的注語。趙次公的注語多爲考證事物，說明典故，所以劉弘多有集錄，如《新城道中》詩後錄趙次公注語：「按趙次公曰：『銅鉦，今所謂鑼也』」〔註32〕；《立秋日禱雨宿靈隱寺同周徐二令》詩後錄趙次公注語：「次公曰：《淮南子》『一葉落知天下秋』」〔註33〕。很多時候一首詩的後面彙集很多人的注語，如《舟行至清遠縣見顧秀才極惠州風物之美》後面彙集了李厚和趙次公兩人的注語：「李厚曰：《唐史》君仗在紫宸內閣，則起居舍人夾香案分主殿下。趙次公曰：翰林院公廳謂之上堂」〔註34〕；《首夏官會即事》詩後彙集了程縯和李厚的注語：「程縯曰：孔北海云：座上客常滿，樽中酒不空，吾無事矣。李厚曰：謝靈運云：良辰、美景、賞心、樂事，四者難並」〔註35〕。劉弘的集注，與傳統的集注集釋體例相同，但是對很多注語妄自增刪，而且彙集的注語較多集中在趙次公、李厚等人，不加辨別，沒有對諸家注蘇的注釋成果加以利用，顯得視野狹窄而且不夠嚴謹。

　　在集注的同時，劉弘本人也做了很多補注的工作。劉弘的補注，主要包括兩個方面的內容：一是補前人所未注的名物典故，二是對詩歌的思想內容和藝術手法加以分析。補前人未注的名物，如《八月七

〔註32〕　（宋）蘇軾撰，（明）劉弘集注：《蘇詩摘律》，《四庫全書存目叢書》本，齊魯書社 1997 年版，第 14 冊，第 3 頁。
〔註33〕　（宋）蘇軾撰，（明）劉弘集注：《蘇詩摘律》，《四庫全書存目叢書》本，齊魯書社 1997 年版，第 14 冊，第 14 頁。
〔註34〕　（宋）蘇軾撰，（明）劉弘集注：《蘇詩摘律》，《四庫全書存目叢書》本，齊魯書社 1997 年版，第 14 冊，第 4 頁。
〔註35〕　（宋）蘇軾撰，（明）劉弘集注：《蘇詩摘律》，《四庫全書存目叢書》本，齊魯書社 1997 年版，第 14 冊，第 11 頁。

日初入贛過惶恐灘》劉弘注：「鬢髮間白曰二毛，帆受風如腹，細水流石上，波如魚鱗，故曰石鱗」〔註36〕；《刁同年草堂》劉弘注：「阮咸與叔父籍居道南，諸阮居道北，北阮富，七月七日盛曬錦繡衣服。咸貧，乃以竿故掛犢鼻褌於庭。此詩初句，藉此意來」〔註37〕。《次韻蘇伯固主簿重九》劉弘注：「《周禮》有雲和之琴瑟。李白《寄遠》詩：奏曲有深意，輕鬆交女蘿」〔註38〕。這些名物典故的解釋，都是有助於讀者對詩歌本身進行進一步理解的。劉弘注釋的特色，在於對詩歌思想內容和藝術手法的分析。在思想內容的闡發上，很多時候劉弘能夠揭示蘇軾詩歌的旨趣，如《龜山》劉弘注：「意甚豁達，識破世事」〔註39〕；《玉堂栽花，周正孺有詩，次其韻》劉弘注：「此詩蓋先生歎田園將蕪，發己種種，故思欲歸老，且傷功業未著而戀闕感將之心亦自拳拳也」〔註40〕；《次韻柳子玉見寄》劉弘注：「觀此可見先生風度灑然，行止不泥」〔註41〕。但是，劉弘的注語也有對內容的「過度闡釋」，如蘇軾詩歌《正月二十一日病後述古邀往城外尋春》最末一句：「曲欄幽榭終寒窘，一看郊原浩蕩春」，本寫尋春所見所感，但是劉弘卻認爲蘇軾是以詩句譏諷時事，「末一句先生非直謂尋春，蓋將諷時事也」〔註42〕。劉弘也對蘇軾詩歌的藝術手法作了一些分析，《壽星院寒碧軒》劉弘注：「此詩首言清風響動窗扉以

〔註36〕（宋）蘇軾撰，（明）劉弘集注：《蘇詩摘律》，《四庫全書存目叢書》本，齊魯書社1997年版，第14冊，第3頁。
〔註37〕（宋）蘇軾撰，（明）劉弘集注：《蘇詩摘律》，《四庫全書存目叢書》本，齊魯書社1997年版，第14冊，第5頁。
〔註38〕（宋）蘇軾撰，（明）劉弘集注：《蘇詩摘律》，《四庫全書存目叢書》本，齊魯書社1997年版，第14冊，第12頁。
〔註39〕（宋）蘇軾撰，（明）劉弘集注：《蘇詩摘律》，《四庫全書存目叢書》本，齊魯書社1997年版，第14冊，第15頁。
〔註40〕（宋）蘇軾撰，（明）劉弘集注：《蘇詩摘律》，《四庫全書存目叢書》本，齊魯書社1997年版，第14冊，第26頁。
〔註41〕（宋）蘇軾撰，（明）劉弘集注：《蘇詩摘律》，《四庫全書存目叢書》本，齊魯書社1997年版，第14冊，第29頁。
〔註42〕（宋）蘇軾撰，（明）劉弘集注：《蘇詩摘律》，《四庫全書存目叢書》本，齊魯書社1997年版，第14冊，第62頁。

起篇；第二句，窗外有大竹之故；第三四句承第二句形容竹；第五句六句以竹間所見聞二言；末二句乃歸於院主說。甚是輕快，誦之令人頓去俗念」〔註43〕。這種對詩歌藝術手法的分析，還是頗能體現劉弘注釋特色的，但是數量不多。

　　劉弘《蘇詩摘律》的總體成就不高，無論是對前人注語的彙集還是劉弘本人的補注，都很難與之前的蘇詩注本和集注本比肩，但是由於明代蘇詩注本數量寥寥，所以儘管四庫館臣認為此書「潦草殊甚」，也還是將這個注本收入了存目中。我們認為，此一評注本對於宋詩在明代的接受情況的研究仍有其獨特的個案意義。

〔註43〕　（宋）蘇軾撰，（明）劉弘集注：《蘇詩摘律》，《四庫全書存目叢書》本，齊魯書社1997年版，第14冊，第19頁。

結　語

　　以上五章從接受活動的表現方式出發，簡單描述了明代宋詩接受的幾個主要方面。相對於明代宋詩接受活動的多樣性和豐富性，這種描述僅僅只能呈現有限的層面，更深更廣的鮮活的眞實只屬於那個時代的當下。儘管無法完全還原歷史，我們還是力圖以現有的文獻來考察宋詩在明代的接受情況。這種立足於文獻的描述和考察，是以「人」爲中心的，接受美學最爲強調的也是「讀者」在文學活動中的重要作用。當然，在現有的文獻基礎上所開展的研究，所謂的「讀者」群體還是以學者文人爲主，而無法顧及到「大眾」的概念。所以，本文的接受研究也是在有限的範圍內展開的。

　　以這種平行的方式展開論述，是筆者對文學接受研究的一種嘗試。這種方式與文學接受研究常見的接受史和專題討論的寫作範式有所不同。這種研究方式的選擇，是根據明代宋詩接受活動的實際特點而定，但是，在具體的操作中，也會有這樣那樣的不足之處。本文所展現的，只能是明代宋詩接受活動的部分情況，而非全景。

　　按照朱立元先生關於總體文學史的構想，一部完整的文學史應當由文學史、接受史、批評史三個部分組成，其中接受史是溝通文學史和批評史之間的橋樑。與唐詩接受史的研究相比，宋詩接受史的研究尚在起步階段，無論是通代的宋詩接受還是斷代的宋詩接受以及宋詩

接受過程中的一些專題都等待著「被開拓」。這種開拓，對於文學史和批評史的寫作都有著重要意義。

按照伽達默爾的「效果歷史」原則，歷史不是純客觀的，包含著理解者對它的理解，即包含著歷史對理解者的影響或效果。本文在寫作中也會受到「歷史」的影響，使得寫作在歷史思維的框架中「循規蹈矩」。因此，本文所能做的，就是盡量讓論述在文獻的基礎上進行，以求能對明代宋詩接受活動有一個比較符合歷史實際的簡要描述。

參考文獻

凡例

一、古籍按經史子集四部排列，每一部內又按《四庫全書總目》小類分類次序排列。如史部按正史、傳記、地理、政書、目錄排列；子部按儒家、雜家、類書、小說家排列；集部按別集、總集、詩文評排列。

二、今人編著，按作者姓名音序排列。

三、論文，以發表時間先後排序。

一、古籍

（一）經部

1. 楊伯峻譯注：《論語譯注》，中華書局 1980 年版。

（二）史部

1. （唐）魏徵等撰：《隋書》，中華書局 1973 年版。
2. （清）張廷玉等撰：《明史》，中華書局 1974 年版。
3. （清）魏裔介編：《聖學知統錄》，《四庫全書存目叢書》本，齊魯書社 1997 年版。
4. （清）魏裔介編：《聖學知統翼錄》，《四庫全書存目叢書》本，齊魯書社 1997 年版。
5. （清）王士俊等監修：《河南通志》，《影印文淵閣四庫全書》本，臺灣商務印書館 1983 年版。

6. （清）嵇璜等：《欽定續文獻通考》,《影印文淵閣四庫全書》本,臺灣商務印書館 1983 年版。

7. （明）焦竑：《國史經籍志》,《續修四庫全書》本,上海古籍出版社 1995 年版。

8. （明）晁瑮：《晁氏寶文堂書目》,《續修四庫全書》本,上海古籍出版社 1995 年版。

9. （明）徐𤊹：《徐氏家藏書目》,《續修四庫全書》本,上海古籍出版社 1995 年版。

10. （明）高儒：《百川書志》,《續修四庫全書》本,上海古籍出版社 1995 年版。

11. （明）陳第：《世善堂藏書目錄》,《續修四庫全書》本,上海古籍出版社 1995 年版。

12. （明）祁承㸁：《澹生堂藏書目》,《續修四庫全書》本,上海古籍出版社 1995 年版。

13. （清）黃虞稷：《千頃堂書目》,《影印文淵閣四庫全書》本,臺灣商務印書館 1983 年版。

14. （清）永瑢等：《欽定四庫全書總目》（整理本）,中華書局 1997 年版。

15. 中國古籍善本書目編輯委員會編：《中國古籍善本書目·集部》,上海古籍出版社 1996 年版。

（三）子部

1. （清）黃宗羲：《明儒學案》,中華書局 1985 年版。

2. （清）彭定求：《儒門法語》,《四庫全書存目叢書》本,齊魯書社 1997 年版。

3. （宋）沈括：《夢溪筆談》,《影印文淵閣四庫全書》本,臺灣商務印書館 1983 年版。

4. （宋）王應麟：《玉海·辭學指南》:《影印文淵閣四庫全書》本,臺灣商務印書館 1983 年版。

5. （明）郎瑛：《七修類稿》,《續修四庫全書》本,上海古籍出版社 1995 年版。

6. （清）王士禛：《香祖筆記》,上海古籍出版社 1982 年版。

7. （清）王士禛：《池北偶談》,《清代史料筆記叢刊》本,中華書局 1982 年版。

（四）集部

1. （宋）蘇軾：《東坡全集》，《影印文淵閣四庫全書》本，臺灣商務印書館 1983 年版。

2. （宋）黃庭堅：《山谷集》，《影印文淵閣四庫全書》本，臺灣商務印書館 1983 年版。

3. （宋）呂本中：《東萊詩集》，《影印文淵閣四庫全書》本，臺灣商務印書館 1983 年版。

4. （宋）楊萬里：《誠齋集》，《影印文淵閣四庫全書》本，臺灣商務印書館 1983 年版。

5. （明）孫作：《滄螺集》，《影印文淵閣四庫全書》本，臺灣商務印書館 1983 年版。

6. （明）胡儼：《頤庵文選》，《影印文淵閣四庫全書》本，臺灣商務印書館 1983 年版。

7. （明）方孝孺：《遜志齋集》，《影印文淵閣四庫全書》本，臺灣商務印書館 1983 年版。

8. （明）張寧：《方洲集》，《影印文淵閣四庫全書》本，臺灣商務印書館 1983 年版。

9. （明）羅倫：《一峰文集》，《影印文淵閣四庫全書》本，臺灣商務印書館 1983 年版。

10. （明）陳獻章：《陳獻章集》，中華書局 1987 年版。

11. （明）葉盛：《菉竹堂稿》，《四庫存目叢書》本，齊魯書社 1996 年版。

12. （明）吳寬：《家藏集》，《影印文淵閣四庫全書》本，臺灣商務印書館 1983 年版。

13. （明）程敏政：《篁墩文集》，《影印文淵閣四庫全書》本，臺灣商務印書館 1983 年版。

14. （明）李夢陽：《空同集》，《影印文淵閣四庫全書》本，臺灣商務印書館 1983 年版。

15. （明）何景明：《大復集》，《影印文淵閣四庫全書》本，臺灣商務印書館 1983 年版。

16. （明）王世貞：《弇州續稿》，《影印文淵閣四庫全書》本，臺灣商務印書館 1983 年版。

17. （明）王世懋：《藝圃擷餘》，《歷代詩話》本，中華書局 1981 年版。

18. （明）袁宗道：《白蘇齋類集》，上海古籍出版社 2007 年版。

19. （明）袁宏道：《袁宏道集箋校》，上海古籍出版社 1981 年版。

20. （明）袁中道：《珂雪齋前集》，《續修四庫全書》本，上海古籍出版社 1995 年版。

21. （明）陶望齡：《歇庵集》，《續修四庫全書》本，上海古籍出版社 1995 年版。

22. （明）李維楨：《大泌山房集》，明萬曆三十九年刻本。

23. （明）胡應麟：《少室山房集》，《影印文淵閣四庫全書》本，臺灣商務印書館 1983 年版。

24. （明）馮復京：《說詩補遺》，《明詩話全編》本，鳳凰出版社 1997 年版。

25. （明）賀貽孫：《水田居文集》，清敕書樓刊《水田居全集》本。

26. （宋）楊億編，王仲犖注：《西崑酬唱集注》，中華書局 1980 年版。

27. （宋）蘇軾撰，（明）閻士選等評釋：《蘇文忠公膠西集》，《四庫全書存目叢書》本，齊魯書社 1997 年版。

28. （宋）蘇軾撰，（明）劉弘集注：《蘇詩摘律》，《四庫全書存目叢書》本，齊魯書社 1997 年版。

29. （明）李蓘：《宋藝圃集》，《影印文淵閣四庫全書》本，臺灣商務印書館 1983 年版。

30. （明）曹學佺：《石倉宋詩選》，《影印文淵閣四庫全書》本，臺灣商務印書館 1983 年版。

31. （清）黃宗羲：《明文海》，中華書局 1987 年版。

32. （清）吳之振、呂留良、吳自牧選（清）管庭芬、蔣光煦補：《宋詩鈔》，中華書局 1986 年版。

33. （清）姚鼐：《古文辭類纂》，《續修四庫全書》本，上海古籍出版社 1995 年版。

34. （清）曾國藩選編，梅季注譯：《經史百家簡編》，廣西人民出版社 2007 年版。

35. 傅璇琮主編：《全宋詩》，北京大學出版社 1991 年版。

36. （梁）劉勰著，范文瀾注：《文心雕龍注》，人民文學出版社 1968 年版。

37. （宋）嚴羽著，郭紹虞校釋：《滄浪詩話校釋》，人民文學出版社 1961 年版。

38. （宋）張表臣：《珊瑚鈎詩話》，《歷代詩話》本，中華書局 1981 年版。

39. （宋）蔡絛：《西清詩話》，《古今詩話續編》本，臺灣廣文書局 1973 年版。

40. （宋）胡仔：《苕溪漁隱叢話》，人民文學出版社 1962 年版。

41. （明）李東陽：《麓堂詩話》，《歷代詩話續編》本，中華書局 1983 年版。

42. （明）瞿佑：《歸田詩話》，《歷代詩話續編》本，中華書局 1983 年版。

43. （明）都穆：《南濠詩話》，《歷代詩話續編》本，中華書局 1983 年版。

44. （明）游潛：《夢蕉詩話》，《明詩話全編》本，鳳凰出版社 1997 年版。

45. （明）楊慎：《升菴詩話》，《歷代詩話續編》本，中華書局 1983 年版。

46. （明）謝榛：《四溟詩話》，《歷代詩話續編》本，中華書局 1983 年版。

47. （明）王世貞：《藝苑卮言》，《歷代詩話續編》本，中華書局 1983 年版。

48. （明）胡應麟：《詩藪》，上海古籍出版社 1979 年版。

49. （明）許學夷：《詩源辯體》，《續修四庫全書》本，上海古籍出版社 1995 年版。

50. （明）徐師曾著，羅根澤校點：《文體明辨序說》，人民文學出版社 1962 年版。

51. （明）吳訥著，于北山校點：《文章辨體序說》，人民文學出版社 1962 年版。

52. （清）錢謙益：《列朝詩集小傳》，上海古籍出版社 2008 年版。

53. （清）王士禛：《漁洋詩話》，《影印文淵閣四庫全書》本，臺灣商務印書館 1983 年版。

54. （清）朱彝尊著，姚祖恩編，黃君坦校點：《靜志居詩話》，人民文學出版社 1990 年版。

55. （清）葉燮：《原詩》，人民文學出版社 1979 年版。

56. （清）陳田：《明詩紀事》，上海古籍出版社 1993 年版。

57. （清）何文煥輯：《歷代詩話》，中華書局 1981 年版。

58. 丁福保輯：《歷代詩話續編》，中華書局 1983 年版。

59. 郭紹虞：《宋詩話輯佚》，中華書局 1980 年版。

60. 吳文治主編:《明詩話全編》,鳳凰出版社 1997 年版。

61. 周維德集校:《全明詩話》,齊魯書社 2005 年版。

62. 陳廣宏、侯榮川編校:《明人詩話要籍彙編》,復旦大學出版社 2017 年版。

二、今人編著（按作者姓名音序排列）

B

1. 卞東波:《南宋詩選與宋代詩學考論》,中華書局 2009 年版。

C

1. 蔡瑜:《唐詩學探索》,臺北里仁書局 1997 年版。

2. 蔡鎮楚:《中國詩話史》,湖南文藝出版社 1988 年版。

3. 陳斌:《明代中古詩歌接受與批評研究》,上海三聯書店 2009 年版。

4. 陳伯海:《唐詩學引論》,知識出版社 1988 年版。

5. 陳伯海主編:《唐詩學史稿》,河北人民出版社 2004 年版。

6. 陳伯海、朱易安:《唐詩書目總錄》,上海古籍出版社 2015 年版。

7. 陳伯海、李定廣:《唐詩總集纂要》,上海古籍出版社 2016 年版。

8. 陳伯海、張寅彭、黃剛:《唐詩論評類編（增訂本）》,上海古籍出版社 2015 年版。

9. 陳伯海、查清華、胡光波:《唐詩學文獻集粹》,上海古籍出版社 2016 年版。

10. 陳伯海、孫菊園、劉初棠:《唐詩匯評（增訂本）》,上海古籍出版社 2015 年版。

11. 陳伯海:《唐詩學引論（增訂本）》,上海古籍出版社 2015 年版。

12. 陳伯海:《意象藝術與唐詩》,上海古籍出版社 2015 年版。

13. 陳伯海:《唐詩學史稿（增訂本）》,上海古籍出版社 2016 年版。

14. 陳斐:《南宋唐詩選本與詩學考論》,大象出版社 2013 年版。

15. 陳國球:《明代復古派唐詩論研究》,北京大學出版社 2007 年版。

16. 陳水云:《唐宋詞在明末清初的傳播與接受》,中國社會科學出版社 2010 年版。

17. 陳文新:《明代詩學》,湖南人民出版社 2000 年版。

18. 陳文新:《明代詩學的邏輯進程與主要理論問題》,武漢大學出版社 2007 年版。

19. 褚斌傑：《中國古代文體概論》，北京大學出版社 1984 年版。

F

1. 馮惠民、李萬健選編：《明代書目題跋叢刊》，書目文獻出版社 1994年版。

2. 馮小祿：《明代詩文論爭研究》，雲南人民出版社 2006 年版。

3. 傅明善：《宋代唐詩學》，研究出版社 2001 年版。

G

1. 鞏本棟：《宋集傳播考論》，中華書局 2009 年版。

2. 郭紹虞：《照隅室古典文學論集》，上海古籍出版社 1983 年版。

3. 郭紹虞：《中國文學批評史》，上海古籍出版社 1979 年版。

4. 郭英德、謝思瑋、尚學鋒：《中國古典文學研究史》，中華書局 1995年版。

H

1. 黃炳輝：《唐詩學史述稿》，鷺江出版社 1996 年版。

2. 黃炳輝：《唐詩學史述論》，上海古籍出版社 2008 年版。

3. 霍松林主編：《中國詩論史》，黃山書社 2007 年版。

J

1. 簡又文：《白沙子研究》，臺灣簡氏蒙進書屋，1970 年版。

2. 蔣寅、張伯偉主編：《中國詩學》（第九輯），人民文學出版社 2004年版。

L

1. 廖可斌：《明代文學復古運動研究》，上海古籍出版社 1994 年版。

2. 劉德重、張寅彭：《詩話概說》，安徽教育出版社 2009 年版。

3. 魯迅：《集外集》，人民文學出版社 1976 年版。

M

1. 繆詠禾：《明代出版史稿》，江蘇人民出版社 2000 年版。

2. 繆鉞：《繆鉞全集》，河北教育出版社 2004 年版。

N

1. 南炳文、何孝榮：《明代文化研究》，人民出版社 2006 年版。

Q

1. 齊治平：《唐宋詩之爭概述》，嶽麓書社 1984 年版。
2. 錢鍾書：《談藝錄》，中華書局 1998 年版。

S

1. 尚學鋒、過常寶、郭英德：《中國古典文學接受史》，山東教育出版社 2000 年版。
2. 尚永亮等：《中唐元和詩歌傳播接受史的文化學考察》，武漢大學出版社 2010 年版。
3. 孫春青《明代唐詩學》，上海古籍出版社 2006 年版。

T

1. 譚新紅：《宋詞傳播方式研究》，武漢大學出版社 2010 年版。

W

1. 王水照主編：《宋代文學通論》，河南大學出版社 1997 年版。
2. 王瑤：《關於中國古典文學問題》，上海古典文學出版社 1956 年版。
3. 王運熙、顧易生主編：《中國文學批評通史》（七卷本），上海古籍出版 1996 年版。

X

1. 蕭華榮：《中國古典詩學理論史》，華東師範大學出版社 2005 年版。
2. 許總：《宋詩史》，重慶出版社 1992 年版。

Y

1. 姚斯、霍拉勃著，周寧、金元浦譯：《接受美學與接受理論》，遼寧人民出版社 1987 年版。

Z

1. 張伯偉：《中國古代文學批評方法研究》，中華書局 2002 年版。
2. 張紅：《元代唐詩學研究》，嶽麓書社 2006 年版。
3. 查清華：《明代唐詩接受史》，上海古籍出版社 2006 年版。
4. 張三夕：《詩歌與經驗——中國古典詩歌論稿》，嶽麓書社 2008 年版。
5. 張學智：《明代哲學史》，北京大學出版社 2000 年版。
6. 張智華：《南宋的詩文選本研究》，北京師範大學出版社 2002 年版。

7. 周勳初：《中國文學批評小史》，長江文藝出版社 1981 年版。

8. 朱立元：《接受美學》，上海人民出版社 1989 年版。

9. 朱易安：《唐詩學史論稿》，廣西師範大學出版社 2000 年版。

10. 朱易安：《中國詩學史（明代卷）》，鷺江出版社 2002 年版。

11. 祝尚書：《宋人別集敘錄》，中華書局 1999 年版。

12. 祝尚書：《宋人總集敘錄》，中華書局 2004 年版。

13. 鄒雲湖：《中國選本批評》，上海三聯書店 2002 年版。

三、論文（1990 年～2009 年，以發表時間先後排序）

（一）期刊論文

1. 朱易安：《明人選唐三部曲——從〈唐詩品匯〉、〈唐詩選〉、〈唐詩歸〉看明人的崇唐文化心態》，《上海師範大學學報》1990 年第 2 期。

2. 陳國球：《簡論唐詩選本與明代復古詩說》，《文學評論》1993 年第 2 期。

3. 蔡鎮楚：《論明代詩話》，《社會科學戰線》1994 年第 5 期。

4. 陳文忠：《古典詩歌接受史研究芻議》，《文學評論》1996 年第 5 期。

5. 陸湘懷：《從宋詩出版看明代和清初詩風》，《古籍整理研究學刊》，1997 年第 5 期。

6. 何懿：《嚴羽與明代詩論尊唐黜宋傾向》，《安徽教育學院學報》1998 年第 4 期。

7. 繆詠禾：《明代的出版事業》，《出版科學》1999 年第 2 期。

8. 郭英德：《元明的文學傳播與文學接受》，《求是學刊》1999 年第 2 期。

9. 鄭玉堂：《曹學佺和他的煌煌巨著〈石倉十二代詩選〉》，《福建師大福清分校學報》1999 年第 4 期。

10. 邱美瓊，胡建次：《明代詩學批評中的唐宋之論》，《江西教育學院學報》（社會科學）2000 年第 2 期。

11. 朱偉東：《〈石倉十二代詩選〉全帙探考》，《文獻》2000 年第 3 期。

12. 王友勝：《明人對蘇詩的接受歷程及其文化背景》，《南昌大學學報》（人社版）2000 年第 3 期。

13. 王友勝：《歷代蘇詩研究簡述》，《黃岡師範學院學報》2001 年第 1 期。

14. 曾棗莊：《「操觚之士鮮不習蘇公文」——論明代的蘇軾詩文選評本》《中國文學研究（輯刊）》2001 年第 2 輯。

15. 劉海燕：《試論明初詩壇的崇唐抑宋傾向》，《文學遺產》2001 年第
    2 期。

16. 周慶賀：《明代詩人李蓘及其詩歌創作簡論》，《南陽師範學院學報》
    （社會科學版）2002 年第 1 期。

17. 王友勝：《簡論明代的蘇詩選評》，《惠州學院學報》（社會科學版）
    2002 年第 1 期。

18. 王友勝：《關於蘇詩歷史接受的幾個問題》，《文學評論》2002 年第
    6 期。

19. 胡建次、邱美瓊：《新時期以來的中國古典接受詩學研究》，《齊魯
    學刊》2002 年第 6 期。

20. 朱易安：《明代的詩學文獻》，《南京師範大學文學院學報》2003 年
    第 1 期。

21. 陳文忠：《20 年文學接受史研究回顧與思考》，《安徽師範大學學報》
    （人文社會科學版）2003 年第 5 期。

22. 查清華：《明代詩壇宗宋說》，《江西社會科學》2004 年第 10 期。

23. 劉德重：《明代詩話：格調、復古與分唐界宋》，《上海大學學報》（社
    會科學版）2004 年第 6 期。

24. 查清華：《明代詩壇宗宋說》，《江西社會科學》2004 年第 10 期。

25. 查清華：《明代唐詩的評點》，《中國典籍與文化》2005 年第 1 期。

26. 丁功誼：《論晚明宋詩風的興起》，《江西社會科學》2005 年第 2 期。

27. 李如冰：《明代宗唐抑宋之風下的宋詩潛流》，《山東省農業管理幹
    部學院學報》2005 年第 6 期。

28. 馮小祿：《論臺閣作家宋詩觀和宋文觀的錯位》，《中南大學學報》（社
    會科學版）2005 年第 6 期。

29. 王友勝：《歷代蘇黃詩優劣之爭及其文學史意義》，《中國韻文學刊》
    2006 年第 2 期。

30. 邱美瓊：《論黃庭堅詩歌在明代的接受》，《集美大學學報》（哲學社
    會科學版）2006 年第 3 期。

31. 查清華：《明人選唐的價值取向及其文化蘊涵》，《文學評論》2006
    年第 4 期。

32. 丁功誼：《錢謙益與晚明宋詩風》，《江漢論壇》2006 年第 4 期。

33. 周錄祥，胡露：《〈四庫全書總目·子部雜家類〉存目訛誤例舉》，《古
    籍整理研究學刊》2006 年第 4 期。

34. 馮小祿：《明代的唐宋元三朝詩合論》，《雲南民族大學學報》（哲學社會科學版）2006 年第 4 期。

35. 邱美瓊：《黃庭堅詩歌在明代的傳播》，《贛南師範學院學報》2007 年第 1 期。

36. 朱建光：《明代詩壇唐宋詩之爭的演進》，《聊城大學學報》（社會科學版）2007 年第 2 期。

37. 申屠青松：《明代宋詩選本論略》，《北京科技大學學報》（社會科學版）2007 年第 3 期。

38. 邱美瓊：《胡應麟對黃庭堅詩歌的接受與明末宗宋詩風》，《南昌大學學報》（人文社會科學版）2007 年第 3 期。

39. 鞏本棟：《論明人整理宋集的成績》，《江西師範大學學報》（哲學社會科學版）2007 年第 4 期。

40. 饒迎：《從袁宏道到錢謙益——性靈說的變遷與崇宋詩風》，《湖南城市學院學報》2008 年第 1 期。

41. 陳靜：《淺論宋代出版對宋詩的影響》，《出版科學》2008 年第 2 期。

42. 鄭禮炬：《明代成化、弘治年間翰林院作家追隨宋代詩歌略論》，《廣西社會科學》2008 年第 4 期。

43. 高磊：《從宋詩選本看唐宋詩之爭》，《山西大學學報》2008 年第 5 期。

44. 吳承學、劉湘蘭：《書牘類文體》，《古典文學知識》2008 年第 5 期。

45. 閆霞：《論明人的反宋詩情結》，《蘭州學刊》2008 年第 12 期。

46. 吳承學、劉湘蘭：《序跋類文體》，《古典文學知識》2009 年第 1 期。

47. 沙先一、葉平：《明代唐宋詩高下之爭的重新考察》，《徐州師範大學學報（哲學社會科學版）》2012 年第 5 期。

48. 王友勝：《永遠的東坡——蘇軾研究歷史進程描述》，《中國蘇軾研究》2018 年第 1 輯。

（二）學位論文

碩士學位論文

1. 畢偉玉：《李攀龍唐詩選研究》，上海師範大學碩士學位論文，2003 年。

2. 張湘君：《清代宋詩派及宋詩學的生成與發展》，蘇州大學碩士學位論文，2005 年。

3. 肖珂：《明詩話宋詩破體論爭研究》，青島大學碩士學位論文，2010 年。

4. 高岩：《明代宋詩選本研究》，河南師範大學碩士學位論文，2015年。

博士學位論文

1. 張仲謀：《清代宋詩師承論》，蘇州大學博士學位論文，1997年。

2. 張紅：《元代唐詩學》，上海師範大學博士學位論文，2004年。

3. 孫春青：《明代唐詩學》，南開大學博士學位論文，2005年。

4. 韓勝：《清代唐詩選本研究》，南開大學博士學位論文，2005年。

5. 江枰：《明代蘇文研究史稿》，復旦大學博士學位論文，2005年。

6. 景獻力：《明清古詩選本個案研究》，福建師範大學博士學位論文，2005年。

7. 解國旺：《明代古詩選本研究》，河南大學博士學位論文，2007年。

8. 王騫《宋詩經典及其經典化研究》，武漢大學博士學位論文，2012年。

9. 鄭婷：《宋詩與明代詩壇》，復旦大學博士學位論文，2012年。

附錄：明代宋詩評論資料彙編

凡例

一、本彙編以人立目，以作者生年先後編排。作者生活年代始於明立，迄於明亡。

二、本彙編收錄明人對於宋詩之宏觀評論。對於宋詩一人一派之評論，關乎宋詩整體者，酌情收錄。

三、本彙編資料收集範圍為明人詩話專著、詩文集、筆記、史書和類書。

四、本彙編各評論均逐條注明出處，包括篇名、書名、卷數。

五、本彙編各評論所用書籍之版本，以引用書目形式附後。

彙編

宋濂

【《答章秀才論詩書》】

濂白秀才足下：承書，知學詩弗倦，且疑歷代詩人皆不相師，旁引曲證，亹亹數百言，自以為確乎弗拔之論。濂竊以謂世之善論詩者，其有出於足下乎？敢然，不敢從也。濂非能詩者，自漢魏以至於今，諸家之什，不可謂不攻習也。薦紳先生之前，亦不可謂不磨切也。揆

於足下之論，容或有未盡者，請以所聞質之，可乎？三百篇勿論已，姑以漢言之，蘇子卿、李少卿非作者之首乎？觀二子之所著，紆曲淒惋，實宗國風與楚人之辭。二子既歿，繼者絕少。下逮建安、黃初，曹子建父子起而振之，劉公幹、王仲宣力從而輔翼之，正始之間，嵇、阮又疊作，詩道於是乎大盛，然皆師少卿而馳騁於風雅者也。自時闕後，正音衰微，至太康復中興。陸士衡兄弟則效子建，潘安仁、張茂先、張景陽則學仲宣，左太沖、張季鷹則法公幹，獨陶元亮天分之高，其先雖出於太沖、景陽，究其所自得，直超建安而上，高情遠韻，殆猶大羹玄酒，不假鹽醯，而至味自存者也。元嘉以還，三謝、顏、鮑為之首。三謝亦本子建而雜參於郭景純，延之則祖士衡，明遠則效景陽，而氣骨淵然，駸駸有西漢風，余或傷於刻鏤而乏雄渾之氣，較之太康則有間矣。永明而下，抑又甚焉。沈休文拘於聲韻，王元長局於褊迫，江文通過於摹擬，陰子堅涉於淺易，何仲言流於瑣碎，至於徐孝穆、庾子山一以婉麗為宗，詩之變極矣。然而諸人雖或遠式子建、越石，近宗靈運、元暉，方之元嘉則又有不逮者焉。唐初承陳、隋之弊，多尊徐、庾，遂致頹靡不振。張子壽、蘇廷碩、張道濟相繼而興，各以風雅為師；而盧升之、王子安務欲凌跨三謝，劉希夷、王昌齡、沈雲卿、宋少連亦欲蹴駕江、薛，固為不可者。奈何溺於久習，終不能改其舊。甚至以法律相高，益有四聲八病之嫌矣。唯陳伯玉痛懲其弊，專師漢魏，而友景純、淵明，可謂挺然不群之士，復古之功，於是為大。開元、天寶中，杜子美復繼出，上薄風雅，下該沈、宋，才奪蘇、李，氣吞曹、劉，掩顏、謝之孤高，雜徐、庾之流麗，真所謂集大成者，而諸作皆廢矣。並時而作，有李太白，宗風騷及建安七子，其格極高，其變化若神龍之不可羈。有王摩詰依仿淵明，雖運詞清雅，而萎弱少風骨。有韋應物祖襲靈運，能一寄穠鮮于簡淡之中，淵明以來，概一人而已。他如岑參、高達夫、劉長卿、孟浩然、元次山之屬，咸以興寄相高，取法建安。至於大曆之際，錢、郎遠師沈、宋，而苗、崔、耿、吉、李諸家，亦皆本伯玉而宗黃初，詩道於是為最盛。韓、

柳起於元和之間，韓初效建安，晚自成家，勢若掀雷抉電，撐決於天
地之垠。柳斟酌陶、謝之中，而措辭窈渺清妍，應物而下，亦一人而
已。元、百近於輕俗，王、張過於浮麗，要皆同師於古樂府。賈浪仙
獨變入僻，以矯豔於元、白。劉夢得步驟少陵，而氣韻不足。杜牧之
沉涵靈運，而句意尚奇。孟東野陰祖沈、謝，而流於蹇澀。盧仝則又
自出新意，而涉於怪詭。至於李長吉、溫飛卿、李商隱、段成式專誇
靡蔓，雖人人各有所師，而詩之變又極矣。比之大曆，尚有所不逮，
況廁開元之哉？過此以往，若朱慶餘、項子遷、李文山、鄭守愚、杜
彥之、吳子華輩，則又駁乎不足議也。宋初，襲晚唐五季之弊。天聖
以來，晏同叔、錢希聖、劉子儀、楊大年數人，亦思有以革之，第皆
師於義山，全乖古雅之風。迨王亢之以邁世之豪，俯就繩尺，以樂天
爲法，歐陽永叔痛矯西崑，以退之爲宗，蘇子美、梅聖俞介乎其間。
梅之覃思精微，學孟東野；蘇之筆力橫絕，宗杜子美；亦頗號爲詩道
中興。至若王禹玉之踵徽之，盛公量之祖應物，石延年之效牧之，王
介甫之原三謝，雖不絕似，皆嘗得其髣髴者。元祐之間，蘇、黃挺出，
雖曰共師李、杜，而競以己意相高，而諸作又廢矣。自此以後，詩人
迭起，或波瀾富而句律疏，或鍛鍊精而情性遠，大抵不出於二家。觀
於蘇門四學士，及江西宗派諸詩，概可見矣。陳去非雖晚出，乃能因
崔德符而歸宿於少陵，有不爲流俗之所移易。馴至隆興，乾道之時，
尤延之之清婉，楊廷秀之深刻，范至能之宏麗，陸務觀之敷腴，亦皆
有可觀者，然終不離天聖、元祐之故步，去盛唐爲益遠。下至蕭、趙
二氏，氣局荒頹，而音節促迫，則其變又極矣。由此觀之，詩之格力
崇卑，固若隨世而變遷，然謂其皆不相師，可乎？第其所謂相師者，
或有異焉。其上焉者，師其意，辭固不似而氣象無不同；其下焉者，
師其辭，辭則似矣，求其精神之所寓，固未嘗近也。然唯深於比興者，
乃能察知之爾。雖然，爲詩當自名家，然後可傳於不朽。若體規畫遠，
準方作矩，終爲人之匠僕，尚烏得謂之詩哉？是何者？詩乃詠吟性情
之具，而所謂風、雅、頌者，皆出於吾之一心，特因事感觸而成，非

智力之所能增損也。古之人其初雖有所沿襲，未復自成一家言，又豈規規然必於相師者哉？嗚呼！此未易爲初學道也。近來學者，類多自高，操觚未能成章，輒闊視前古爲無物。且楊言曰：曹、劉、李、杜、蘇、黃諸作雖作，不必師；吾即師，師吾心耳。故其所作，往往猖狂無倫，以揚沙走石爲豪，而不復知有純和沖粹之意，可勝歎哉，可勝歎哉！濂非能師者，因足下之言，姑略誦所聞如此，唯足下裁擇焉。不宣，濂白。

（《宋學士全集》卷二八）

劉基

【《蘇平仲文集序》】

文以理爲主，而氣以攄之。理不明爲虛，文氣不足則理無所駕。文之盛衰，實關時之泰否。是故先王以詩觀民風，而知其國之興廢，豈苟然哉？文與詩同生於人心，體制雖殊，而其造意出辭規矩繩墨固無異也。唐虞三代之文，誠於中而形爲言，不矯揉以爲工，不虛聲而強聒也，故理明而氣昌。玩其辭，想其人，蓋莫非聖賢之徒知德而聞道者也，而況又經孔子之刪定乎！漢興，一掃衰周之文敝而返諸樸。豐沛之歌，雄偉不飾，移風易尚之機實肇於此。而高祖文帝制詔天下，咸用簡直，於是儀、秦、鞅、斯懸河之口至此幾杜。是故賈《疏》、董《策》、韋傳之《詩》皆妥帖，不詭語，不驚人，而意自至，由其理明而氣足以攄之也。周之下，享國延祚漢爲久，蓋可識矣！武帝英雄之才，氣蓋宇宙，而司馬相如又以誇逞之文佐之，以啓其夜郎筇笮通天桂館泰山梁甫之役，與秦始皇帝無異，致勤持斧之使，封富民之侯，下輪臺之詔，然後僅克有終。文不主理之害一至於斯，不亦甚哉！相如既沒，人猶尚之，故揚子雲用是見知成帝，然而漢家樸厚之尚已成，其根未嘗拔也，故趙充國將也，有屯田之奏；劉更生宗室子也，有封事之言。往復開陳周旋辨析，誠意懇至，理明辭達，氣暢而舒，非汲汲以鴻生碩儒爭名當代者所能及也，豈非習尚有源，而得之於自

然乎？嗚呼！此西漢之文所以爲盛，國祚絕而復續如元氣之不壞，而乾坤不死也。後之人論不及此，而以相如子雲稱首，不亦悲哉！東漢班孟堅之外，雖無超世之文，要亦不改故尚，故亦不失西京舊物。下逮魏晉，降及於隋，駁雜不一，而其大概惟日趨於綺靡而已。是故非惟國祚不長，而聲教所被亦不能薄四海，觀《國風》者盍於是乎求之哉！繼漢而有九，有享國延祚最久者唐也，故其詩文有陳子昂，而繼以李杜；有韓退之，而和以柳。於是唐不讓漢，則此數公之力也。繼唐者宋，而有歐、蘇、曾、王出焉，其文與詩追漢唐矣，而周、程、張氏之徒又大闡明道理。於是，高者上窺三代，而漢唐若有歉焉。故以宋之威武，較之漢唐，弗侔也。而七帝相承，治化不減漢唐者，抑亦天運之使然與？是故氣昌而國昌，由文以見之也。元承宋統，子孫相傳僅逾百載，而有劉、許、姚、吳、虞、黃、范、揭之儔，有詩有文皆可垂後者，由其土宇之最廣也。今我國家之興，土宇之大，上軼漢唐與宋，而盡有元之幅員，夫何高文宏辭未之多見？良由混一之未遠也。金華蘇平仲起國子學錄，遷翰林編修，以其所爲詩文示予，予得以諦觀之，見其辭達而義粹，識不凡而意不詭，蓋明於理而昌於氣也。與之遊，知其勤而敏，不自足其所已能，且年方將而未艾也，知其他日必以文名於盛代，耀於前而光於後也，故爲之敘而舉昔人之大以期之。

（《誠意伯劉文成公文集》卷五）

王褘

【《練伯上詩序》】

大江之西，近時言詩者三家，曰：文白范公德機、文靖虞公伯生、文安揭公曼碩。范公之詩，圓粹而高妙；虞公之詩，嚴峻而雅贍；揭公之詩，典雅而敦實，皆卓然名家者也。繼而作者，復有吾練君伯上焉。伯上之詩，溫厚而豐麗，足以紹其聲光，而踵其軌轍者也。其少時所爲，虞公概嘗序之。公歿且二十年。伯上近歲所作，不及見矣。

以故伯上復徵余爲之序。余因序其後曰：古今詩道之變非一也。氣運有升降，而文章與之爲盛衰，概其來久矣。三百篇勿論已。漢以來，蘇子卿、李少卿，實作者之首，此詩之始變也。迨乎建安，接魏黃初，曹子建父子，起而振之。劉公幹、王仲宣相爲倡和。正始之間，嵇、阮又繼作，詩道於是爲大盛，此其再變也。自是以後，正音稍微，逮晉太康而中興。陸士衡兄弟、潘安仁、張茂先、張景陽、左太沖，皆其稱首。而陶元亮天分獨高，自其所得，殆超建安而上之，此又一變也。宋元嘉以還，三謝、顏、鮑者作，似復有漢、魏風。然其間或傷藻刻，而渾厚之意缺焉，視太康不相及矣。齊永明而下，其弊滋甚。沈休文之拘於聲韻；王元長之局於褊迫；江文通之過於摹擬；陰子監、何仲言之流於纖瑣；徐孝穆、庾子山之專於婉縟，無復古雅音矣，此又一變也。唐初，襲陳、隋之弊，多宗徐、庾，張子壽、蘇廷碩、張道濟、劉希夷、王昌齡、沈雲卿、宋少連，皆溺於久習，頹靡不振。王、楊、盧、駱，始若開唐音之端。而陳伯玉又力於復古，此又一變也。開元、大曆，杜子美出，乃上薄《風》、《雅》，下掩漢、魏，所謂集大成者。而李太白又宗《風》、《騷》而友建安，與杜相頡頏。復有王摩詰、韋應物、岑參、高達夫、劉長卿、孟浩然、元次山之屬，咸以興寄相高。以及錢、郎、苗、崔諸家，比比而作。既而韓退之、柳宗元起於元和，實力駕李、杜。而元微之、白樂天、杜牧之、劉夢得，咸彬彬附和焉。唐世詩道之盛，於是爲至，此又一變也。然自大曆、元和以降，王建、張籍、賈浪仙、孟東野、李長吉、溫飛卿、盧仝、劉叉、李商隱、段成式，雖各自成家，而或渝於怪，或迫於險，或窘於寒苦，或流於靡曼，視開元遠不逮。至其季年，朱慶餘、項子遷、鄭守愚、杜彥天、吳子華輩，悉纖弱鄙陋而無足觀矣，此又一變也。宋初，仍晚唐之習，天聖以來，晏同叔、錢希聖、楊大年、劉子儀，皆將其易其習而莫之革。及歐陽永叔，乃痛矯西崑之弊。而蘇子美、梅聖俞、王禹玉、石延年、王介甫，兢以古學相尚。元祐間，蘇、黃挺出，而諸作幾廢矣，此又一變也。建炎之餘，日趨於弊。尤延之

之清婉，朱元晦之沖雅，楊廷秀之深刻，范至能之宏麗，陸務觀之敷
腴，固粲然可觀，抑去唐爲已遠。及乎淳祐、咸淳之末，莫不音促局
而器苦窳。無以議爲矣，此又以變也。元初，承金氏之風，作者尚質
樸而鮮辭致。至延祐、天曆，豐亨豫大之時，而范、虞、揭以及楊仲
宏、元復初，柳道傳、王繼學、馬伯庸、黃晉卿諸君子出，然後詩道
之盛，幾跨唐而軼漢，此又一變也。然至於今未久也，而氣韻乖裂，
士習遼卑。爭務粉繪鏤刻以相高，效齊、梁而不能及。伯上於斯時，
獨不移於流俗，益肆其學而昌於詩。藹然和平之音，有融暢之工，無
藻飾之態。凡出處離合、歡忻憂戚、跌宕抑鬱之思，無不託於是焉。
此所以自成其家而無愧也。余嘗聞之楊公之言曰：「詩當取材於漢、
魏，而音節以唐爲宗也。」黃公之言曰：「詩貴乎平實而流麗也。」
嗟乎！言詩之要，無易於此矣。讀伯上之詩者，合二公之言而求之，
則其爲詩可得而識也。伯上與予同官爲左右史，相知也厚。故因序其
詩，而歷道古今詩道之變，而與之商略焉。

（《王忠文公集》卷二）

孫作

【《還陳檢校山谷詩》】

蘇子落筆奔海江，豫章吐句敵山嶽。湯湯濤瀾絕崖岸，塔嵽木石
森劍槊。二子低昂久不下，藪澤遂包狳與鼉。至今雜沓呼從賓，誰敢
倔強二子角。吾尤愛豫章，撫卷氣先愕。磨牙咋舌熊豹面，以手捫曆
就束縛。纖毫抉難具論，宛轉周臘爲鄭樸。煙菲澹泊翳林莽，赤血照
耀開城郭。沅江鱉肋不登盤，青州蠏胥潛注殼。洞庭東南入無野，二
儀清氣會有壑。士如此老固可佳，不信後來無繼作。我嘗一誦一回顧，
如食橄欖行劍閣。忽聞凍雨洗磨崖，抵掌大笑工索摸。作詩寄謝君不
然，請從師道舊所學。

（《滄螺集》卷一）

瞿佑

【《唐三體詩序》】

方虛谷序《唐三體詩》云:「子曰:『《詩》三百,一言以蔽之曰:思無邪。此詩之體也。又曰:『小子何莫學夫《詩》?可以興,可以觀,可以群,可以怨。邇之事父,遠之事君,多識於鳥獸草木之名。』此詩之用也。聖人之論詩如此,後世之論詩不容易矣。後世之學詩者,捨此而他求,可乎?近世永嘉葉正則水心倡為晚唐體之說,於是『四靈』詩江湖宗之,而宋亦晚矣。聖人之論詩,不暇講矣, 而漢晉以來,河梁、柏梁、曹、劉、陶、謝,俱廢矣。又有所謂汶陽周伯弼者三體法,專為四韻五七言小律詩設,以為有一詩之法,有一句之法,有一字之法。止於此三法,而江湖無詩人矣。唐詩前以李、杜,後以韓、柳為最。姚合而下,君子不取焉。宋詩以歐、蘇、黃、陳為第一,渡江以後,放翁石湖諸賢詩,皆當深玩熟觀體認變化。雖然,以吾朱文公之學而較之,則又有向上工夫,而文公詩未易可窺測也。近高安沙門至天隱,乃大魁姚公勉之猶子,聰達博贍,禪熟詩熟,又從而注伯弼所集之詩。一山魁上人,回之方外友也,將磧砂南峰袁公之命,俾回為序,以弁其端云。大德九年乙巳九月紫陽山虛叟方回序。」按此序議論甚正,識見甚廣,而於周伯弼所集《三體詩》,則深寓不滿之意。書坊所刻皆不載,而獨取裴季昌序。近見唐孟高補寫《三體詩》一帙,書此序於卷首,故特全錄於此,與篤於吟事者,共詳參之。

(《歸田詩話》二)

【《鼓吹續音》】

元遺山編《唐鼓吹》,專取七言律詩,郝天挺為之注,世皆傳誦。少日效其制,取宋金元三朝名人所作,得一千二百首,分為十二卷,號《鼓吹續音》。大家數有全集者,則約取之。其或一二首僅為世所傳,其人可重,其事可記者,雖所作未盡善,則不忍棄去,存之以備

數，此著述本意也。又謂「世人但知宗唐，於宋則棄不取。眾口一辭，至有詩盛於唐壞於宋之說。私獨不謂然，故於序文備舉前後二朝諸家所長，不減於唐者。附以己見，而請觀者參焉。」仍自爲八句題其後云：「《騷》《選》亡來雅道窮，尚於律體見遺風。半生莫售穿楊技，十載曾加刻楮功。此去未應無伯樂，後來當復有揚雄。吟窗玩味韋編絕，舉世宗唐恐未公。」既成，求觀者眾，轉相傳借。或有嫉之者，藏匿其半，因是遂散失不存。再欲裒集，無復是心矣。

（《歸田詩話》卷上）

方孝孺

【《談詩五首》】

舉世皆宗李杜詩，不知李杜更宗誰。能探風雅無窮意，始是乾坤絕妙詞。

前宗文章配兩周，盛時詩律亦無儔。今人未識崑崙派，卻笑黃河是濁流。

發揮道德乃成文，枝葉何曾離本根。末俗競公繁縟體，千秋精英與誰論。

天曆諸公制作新，力排舊習祖唐人。粗豪未脫風沙氣，難詆熙豐作後塵。

萬古乾坤此道存，前無端緒後無垠。手操北斗調元氣，散作桑麻雨露恩。

（《遜志齋集》卷二十四）

解縉

【《說詩三則》】（其一）

漢魏質厚於文，六朝華浮於實。具文質之中，得華實之宜，惟唐人爲然。故後之論詩以唐爲尚。宋人以議論爲詩。元人粗豪，不脫北鄙殺伐之聲，雖欲唐邁宋，去詩益遠矣。詩有別長，非關書也；詩有別趣，非關理也。不落言論，不涉理路，如水中月、鏡中象、相中色。

－177－

學詩者如參曹溪之禪，須使直悟上乘，勿墮空有。嚴生之論，可謂得
其三昧。

（《文毅集》卷十五）

胡廣

【《論詩》】

或謂梅聖俞長於詩，曰詩亦不得謂之好。或曰其詩亦平淡。曰他
不是平淡，乃是枯槁。江西之詩自山谷一變，至楊庭秀又再變。楊大
年雖巧，然巧之中猶有混成底意思。便巧得來不覺。及至歐公，早漸
漸要說出來，然歐公詩自好，所以他喜梅聖俞詩，蓋枯淡中有意思。
歐公最喜一人送別詩兩句云：「曉日都門道，微涼草樹秋。」又喜王
建詩：「曲徑通幽處，禪房花木深。」歐公自言平生要道此語不得，
今人都不識這意思，只要嵌事使難字便云好。

臨川吳氏曰：「詩之變不一也。」虞廷之歌邈矣弗論，余觀三百
五篇，南自南，雅自雅，頌自頌，變風自變風，以至於變雅，亦然
各不同也。詩亡而楚騷作，騷亡而漢五言作，迄於魏晉顏謝以下，
雖曰五言而魏晉之體已變，變而極於陳隋，漢五言至是幾亡。唐陳
子昂變顏謝以下，上復晉魏漢，而沈宋之體別出，李杜繼之，因子
昂而變，柳韓因李杜又變，變之中有古體有近體，體之中有五言有
七言有雜言。詩之體不一，人之才亦不一，各以其體，各以其才，
各成一家言。如造化生物，洪纖曲直，青黃赤白，均為大巧之一。
巧自三百五篇，已不可一概齊，而況後之作者乎。宋時王蘇黃三家，
各得杜之一體，涪翁於蘇迥不相同。蘇門諸人其初略不之許，坡翁
獨深器重，以為絕倫，眼高一世，而不必人之同乎己者如此。近年
乃或清圓倜儻之為尚而極詆涪翁，噫，群兒之愚爾！不會詩之全，
而該夫不一之變，偏守一是而悉非，其餘不合不公，何以異漢世專
門之經也哉？詩雅頌風騷尚矣，漢魏晉五言迄於陶，其適也顏謝而
下弗論。浸微浸滅至唐陳子昂而中興，李、韋、柳因，而因杜韓，

因而革律雖始於唐，然深遠蕭散不離於古爲得非，但句工、語工、字工而可。

（《性理大全書》卷五十六）

朱權

【《詩體源流》】

夫自《風》、《雅》、《頌》既泯，一變而爲西漢無言，三變而爲歌行雜體，四變而爲沈宋律詩。……自晚唐流於五代（梁、唐、晉、漢、周），至宋慶曆、元豐諸公及陳後山、王荊公、唐子西、張文潛、歐陽修、劉後村、楊誠齋，雖宗於唐，而實爲宋體。元祐間，惟東坡、山谷號蘇黃體。詩之變至此極矣。……

（《西江詩法》）

【《詩法源流》】

夫詩權輿於《擊壤》、《康衢》之謠，演迤於《卿雲》、《南風》、《載賡》之歌，制作於《國風》、《雅》、《頌》，《三百篇》之體，此詩道之大原也。《周官》詩有六義：風、雅、頌爲之經，賦、比、興爲之緯。風、雅、頌各有體，作詩者必先定是體於胸中而後作焉。……自五星聚奎而啓宋之文治，歐、蘇、王、黃出，其文章之餘，猶足以名世。後山、簡齋、放翁、晦翁、誠齋亦其傑然者也，然宋詩比唐氣象迥別，今以唐詩雜而觀之，雖平生所未讀者，亦可辨其孰爲唐而孰爲宋也。大概唐詩主達於情性，故於三百篇爲近；宋詩主於理論，故於三百篇爲遠。達情性者，《國風》之餘；立議論者，《雅》《頌》之變，固未易以優劣論也。詩至南渡末而弊又甚焉。高者刻削，矜持太過；卑者摹仿，掇拾爲奇；深者鉤玄撮怪，至不可解；淺者杜撰張皇，有若俳劇。至此而作詩之意泯矣。……

（《西江詩法》）

葉子奇

【《談藪篇》】

傳世之盛，漢以文，晉以字，唐以詩，宋以理學，元之可傳，獨北樂府耳。宋朝文不如漢，字不如晉，詩不如唐。獨理學之明，上接三代。元朝文法漢，歐陽玄、虞集是也。字學晉，趙孟頫、鮮于樞是也。詩學唐，楊載、虞集是也。道學之行，則許衡、劉因是也。亦皆有所不逮。

（《草木子》卷之四上）

【《談藪篇》】

唐之詞不及宋，宋之詞勝於唐，詩則遠不及也。

（《草木子》卷之四上）

【《談藪篇》】

宋朝有詩獄，諸儒之過也。夫子言詩可以觀，可以群，可以怨。故言之者無罪，聞之者足以戒。

（《草木子》卷之四上）

劉績

【《霏雪錄》】

或問予唐宋人詩之別。余答之曰：「唐人詩純，宋人詩駁。唐人詩活，宋人詩滯。唐詩自在，宋詩費力。唐詩渾成，宋詩餖飣。唐詩縝密，宋詩漏逗。唐詩溫潤，宋詩枯燥。唐詩鏗鏘，宋詩散緩。唐人詩如貴介公子，舉止風流。宋人詩如三家村乍富人，盛服揖賓，辭容鄙俗。」

（《霏雪錄》卷上）

【《霏雪錄》】

唐人詠物詩於景意事情外，別有一種思致，不可言傳，必心領神會始得，此後人所以不及唐也。如陸魯《望白蓮》詩云：「素虇多蒙別豔欺，此花真合在瑤池。還應有恨無人覺，月曉風清欲墮時。」妙

處不在言句上，宋人都曉不得。如東坡《詠荔枝》、梅聖俞《詠河豚》此等類非詩，特俗所謂偈子耳。

（《霏雪錄》卷上）

【《霏雪錄》】

宋諸賢論唐以前詩多有得其肯綮者，至論本朝人詩便失其本心，此俗所謂護短者也。

（《霏雪錄》卷上）

周敘

【《敘詩》】

詩之起自舜、禹庚歌，其源遠矣。……宋初言詩，猶襲晚唐。楊大年、劉子成等出，遂學溫飛卿、李商隱，號西崑體，人爭倣之。其語多辟澀細碎，甚至不可省識。歐陽永叔欲欲矯其弊，專以氣格爲詩，其言平易疏暢，學之者往往失於快直，傾困倒廩，無復餘地。其後黃山谷別出機杼，自謂得杜子美詩法，海內翕然宗之，號江西派。學之者不失之奇巧，則失之麄鄙，間有名世如蘇東坡輩，又皆以己意爲詩，不復以漢、唐宗祖。故宋之聲詩卒復不振，獨得朱子《感與》二十章，幸有以網維詩道，主鳴絕唱。逮末年咸淳之聲出，（宋末年至咸淳，詩文大壞時時謂之咸淳聲。）詩之厄運已極，質之風雅蓋蕩然矣。……大抵詩之盛衰與世升降。由今觀之，豈持追復有唐，儕休兩漢，得不駸駸闖於古乎？姑述其源，以俟後之作者。

（《詩學梯航》）

【《命題》】

作詩命題，大爲要事，或有先立題賦詩者，或有因詩成而綴題者，隨其賦興有此二端。然自有詩以來，命題之語，代各不同，視其題語之純駁，則知所作之高下，而可以窺見其識見之淺深也。……宋人命題雖曰明白，而其造語陳腐，讀之殊無氣味，有非唐人之比。雖歐、蘇、黃、陳負當世大林者，尚不能變，蓋氣習使染。……

（《詩學梯航》）

【《通論》】

前後論詩者多矣，或泛而不切，或僻而不當，使學詩之士無以遵守。……漢詩之所以為漢詩，唐詩之所以為唐詩，三代所以不可及，與夫宋人之所以不可學者，何為而然。……更需多閱經、史，以為帑藏；深明義理，以為見識；熟玩《毛詩》、《離騷》，又漢魏諸詩，以為根本。而取材於晉、唐，宜將宋人之詩一切屏去，不令接於吾目，使不相漸染其惡，庶得以遂吾之天。不然一論於彼，雖竭大湖波，徒費煎滌矣。……天下之事無適不然，況詩乎哉！故為論著如上。

（《詩學梯航》）

黃溥

【《通論》】

總論詩法（《張靜泉聞見錄》）：夫詩者，權輿於《擊壤》、《康衢》之謠，演迤於《慶雲》、《南風》之歌，制作於《國風》、《雅》、《頌》、《三百篇》之體。此詩之源也。……至宋，歐、黃、王、蘇迭出，其文章之餘，猶足以名世。陳後山、陳簡齋、陸放翁、楊誠齋亦其傑然者也。而晦庵朱子，聖賢之學，倡名《三百篇》之旨，為世詩學之宗，又豈詞章之儒而可彷彿其萬一哉？晦翁之詩，如《烝民》、《懿戒》諸作，不異其為「二雅」之正；如《感興》、《述懷》諸詩，不害其為《國風》之餘。……今之學者，且先明《三百篇》及漢魏盛唐以上諸詩，日夕沉潛諷詠，熟其詞，究其旨，則訪詣善詩者，以講明之。若今人治經，日就月將，自然有得，則取諸左右逢其源也。苟為不然，吾見其能者鮮矣！

（《詩學權輿》）

【《詩評》】

宋中興詩評：自隆興以來以詩名，林謙之、范至能、陸務觀、尤延之、蕭東夫。近時後進，有張鎡功父、趙蕃昌父、劉翰武子、黃景

說嚴老、徐似道淵子，項安世平甫、鞏豐仲至、姜夔堯章、徐賀恭仲、江經仲權。前五人皆有詩集傳世。……

（《詩學權輿》）

葉盛

【《錄諸子論詩序文》】

《七言集句詩序》：序嘗欲以唐人七言絕句分爲十類，如王建《宮詞》：「金殿當頭紫閣重，仙人掌上玉芙蓉。太平天子朝元日，五色雲中駕六龍」，「繡幰珠簾窣地垂，微風吹動萬年枝。金籠鸚鵡耽春睡，忘卻新教御製詩。」凡此類謂之臺閣。王建《林亭》：「綠樹重陰蓋四鄰，青苔日厚自無塵。科頭箕踞長松下，白眼看他世上人。」杜牧《漢江》：「溶溶漾漾白鷗飛，綠淨春深好染衣。南去北來人自老，夕陽長送釣船歸。」凡此類謂之山林。司空圖《歸山》：「水闊風驚去路危，孤舟欲上更遲遲。鶴群長繞三珠樹，不借人間一隻騎。」杜牧《贈鄭璀》：「廣文遺韻留樗散，雞犬圖書共一船。自說江湖不歸去，阻風中酒過年年。」此類謂之江湖。岑參《送封大夫》：「漢將承恩西破戎，捷書先奏未央宮。天子預開麟閣待，秖今誰數貳師功。」「官軍西出過樓蘭，營幰傍臨月窟寒，蒲海曉霜凝馬尾，蔥山夜雪撲旌竿。」此類謂之邊塞。杜牧《宮詞》：「監宮引出暫開門，隨例雖朝不是恩。銀鑰卻收金鎖合，月明花落又黃昏。」張籍《秋思》：「洛陽城裏見秋風，欲作家書意萬重。復恐匆匆說不盡，行人臨發又開封。」此類謂之閨閣。韓翃《送齊山人》：「舊事仙人白兔公，掉頭歸去又乘風。柴門流水依然在，一路寒山萬木中。」許渾《送道士》：「賣藥修琴歸去遲，山風吹盡桂花。枝世間甲子須臾事，逢著仙人莫看棋。」此類謂之神仙。李涉《開聖寺》：「宿雨初收草木濃，群鴉飛散下堂鍾。長廊無事僧歸院，盡日門前獨看松。」秦系《明惠山房》：「簷前朝暮雨添花，八十胡僧飯熟麻。入定幾時還去定，不知巢燕污袈裟。」此類謂之僧釋。趙嘏《靈巖》：「館娃宮畔千年寺，水闊雲多客到稀。聞說春來倍

惆悵，百花深處一僧歸。」杜牧《秦坑》：「竹帛煙消帝業虛，關河空
鎖祖龍居。坑灰未冷山東亂，劉項元來不讀書。」此類謂之懷古。王
建《玉蕊花》：「一樹蘢蔥玉刻成，飄廊點地色輕輕。女冠夜覓香來處，
惟見階前碎月明。」錢起《歸雁》：「瀟湘何事等閒回？水碧沙明兩岸
苔。二十五弦彈夜月，不勝清怨卻飛來。」此類謂之體物。凡此十類。
引而伸之，詩之格律概不越乎此矣。諸體之詩，以此求之，無有出於
範圍之外者矣。唐詩世有冗本，學者按此成例，自加編校可也。七言
律詩篇帙尤繁，今擇其精粹明白、人所傳誦者，亦以十類，括爲集句，
凡若干首，其未完者，則以同類他詩足之，期於成章而已。予居秘府
時，見唐人八百家詩，洪容齋編《唐人七言絕句》，且一萬首，撐樑
柱棟，不暇遍覽，間嘗信手抽閱，其音響節奏亦與今行世者無異，則
窮鄉晚進，固不必以未見爲多恨也。又有晏窩先生者《梅花集句》，
凡五百首，《宋人早朝集句》三十餘首，文丞相天祥集杜句亦百餘首。
雖其玩物喪志，不爲醇儒壯士所稱，然其獵涉弘博，亦可謂至矣。予
之此編，非不欲誇多而鬥靡也，鉤玄索隱，已爲古人所先，孤陋蹇拙，
倦於蒐羅，姑存簡約，冀示久遠，聊以致遠恐泥，藉口掩其不敏之愧，
而於初學詩者亦不爲無補云。洪武庚申十月既望，翰林典籍迪功佐郎
五羊孫蕡仲衍書於西菴。

　　《律詩類編序》：近代言詩者，率喜唐律五七言，而唐律之名家
者，毋慮數十人。以予觀之，大都有四變：其始也，以稍變古體而就
聲病，宜立於辭焉爾；其次也，則風氣漸完，而音響亦以之盛，其於
辭焉弗論也固宜；又其次也，作者踵繼之，音響寢微，然猶以其出之
興致者，成之寄寓也，雖不皆如向之所謂盛者，而猶不專於其辭也；
又其次也，則辭日趨工，而音響日益以下也又宜。況於宋氏徒以學識
而聲律之，元人徒以意氣而韻調之，則失其變愈宜其末已也。然則善
言詩者，必於其辭其音而觀之焉，而古今之變，不其可論也歟？四明
王瑩宗器，喜言律詩者，自唐初以及今人之作，皆博搜而深味之，乃
以十四類爲綱，彙編類次，凡若干卷，而五言不與焉。其志良亦勤矣，

而於其辭其音，殆必有取乎爾也，是豈不足以傳焉。吾友玉融黃儒亨固爲之徵予序其編端，余弗獲讓而爲書之，蓋以質之知音者觀焉。永樂十三年仲春下澣史官林誌序。

《和唐詩正音序》：襄城楊士集《唐音》行於世，其論次以初唐爲始音，盛唐爲正音，晚唐爲遺響。然初唐尙有六朝氣習，體制未純；盛唐則辭氣渾厚，不求奇巧，自然難及；晚唐則有意於奇，語雖艱深，意實短淺。就唐音中此三等之異，就三等中人人自爲異，大抵盛名之下無虛士，名之盛者其言工，自余互有得失。永樂初，嘗見朱中書季寧先生手抄五百家唐詩，凡語意精良者，已傳於世，其不傳者，可略也。今人學唐者，多以三體爲法。律詩貴乎敦厚渾融，過巧則失之流麗，絕句則貴乎字少意多，淺近則失之忽略。誦之皆能使人歆動，有風人之體，特所感有淺深邪正之不同耳。吾方致思於其間，將求其善者爲之師，而未能窺其奧。監察御史張楷式之學優德贍，心平氣和，將託聲詩以觀己志，摘《唐音》中律詩絕句盡和之。里生錢昌錄以示余，三復之餘，得其詞意，即予所謂辭氣渾厚，不求奇巧，自然難及者也。上無六朝氣習，下無晚唐流麗，得正音之體制者也。凡予致思而未得者，皆能洞發其奧，蓋以己之志意酬酢盛唐諸名公，雖不能一一模範之，要之自然一家之言，可尙也已。若欲刻意求勝，則不出於自得也。然弄珪玉者必有溫潤之氣，佩椒蘭者必有酷然之氣，曾謂和唐詩者無唐人之氣習乎？有以予言爲不然，更請質之思庵公云。正統二年秋九月九日致行在翰林院修撰同修國史事承務東吳張洪序。

我朝詩道之昌，追復古昔，而閩、浙、吳中尤爲極盛。若孫西庵，嶺南才子，國初著大名，而林尙默、張宗海，皆近時名士，已上序文三首，亦不可謂爲無見。他如蘇平仲以《唐音》編選未精；王止仲以元遺山《鼓吹》偏駁之甚，而尤罪趙子昂；若劉子高不取宋詩，而浦陽黃容極非之，容又並楊廉夫、高季迪而疵議之。又有錢塘瞿宗吉則爲《鼓吹續音》，蓋以宋、金、元律詩並稱，至以舉世宗唐，恐未公

為言。數子者之言皆行世，必有知詩者明辨而去取之。黃容之文傳者恐不多，茲亦錄之於左。

《江雨軒詩序》：理之所在，倚形寓物，必有天機，遇感而動，則氣血者尤焉。鳥之春音，蛩之秋韻，誰使之耶？匹夫匹婦羈臣賤妾之悲欣喜怒，勞逸慘舒，發於歌謠雜詠，皆有感於天機不能已者，而泄其鳴。由於天理自然之公平易和，正無穿鑿詭怪偏曲之私，足以形是理之妙。先王採聖賢之格言，《雅》、《頌》並列，為感善懲惡之具。故詩之作，無不本諸此。然世降末流之異，昔人論虞夏之下，魏晉以上，氣格未相遠也；晉宋顏謝至唐初，高下雖殊，古法未大變。律詩出後，至於大盛，參以仝、賀、郊、島、元、白之譎怪寒瘦，鄙俚之風興，沿流鬥靡，勁晚唐之論，此何也？蓋諸子才氣豪放，窮思遠索，務求人所未道，以快其高，不知由其豪放窮思遠索穿鑿之私，遂與古法平易遐矣。至宋蘇文忠公與先文節公，獨宗少陵、謫仙二家之妙，雖不拘拘其似，而其意遠義該，是有蘇黃並李杜之稱。當時如臨川、後山諸公，皆傑然無讓古者。至朱子則洞然諸家之短長，其《感興》等作，日光玉潔，未易論也。何者？一本於理爾。聖人一言以蔽之論，豈非所謂平易和正，足以形是理而已，任高任奇，能外是乎？嗚呼！好惡不同之害。歐陽子不喜杜詩，李泰伯不喜孟子，二子人豪，發言若斯，而評詩者往往以片言隻字斷其一生，以盡棄其所長，是啓效方之弊甚矣。近世有劉崧者，以一言斷絕宋代，曰宋絕無詩。他姑置之，詩至《三百篇》，至矣，何子夏、毛萇之倫，尚遺所昧，寥寥千五百餘年，至朱子而始明，寧無一見以及崧者？人不短則己不長，言不大則人不駭，欲眩區區之才，無忌憚若是，詬天吠月，固不足與辨。然關於類，至於賊道，不容己者。崧之時，會稽楊維楨、吳中高季迪，皆鳴於詩，其過高者凌厲險怪，痛快者巧中物性，讀之如入寶藏之中，綺羅之筵，駭目適口，視古作概淡如也，亦其邁逸豪放爾。後之膚學務異之徒，視其佶屈冶媚，激其險淫之心，咀得粃味之一二，廣誦長吟，以誇座客，直欲由之以盡革古法，乃以嫫姆蹙西施之頻，童稚攘

馮婦之臂，句雕字鎪，叫噪聱牙，神頭鬼面，以爲新奇，良可歎也。
崑山偶武孟翁以詩一帙示予，曰：「平昔遇有所感，一寓於此，凡若
干卷。雖無望於流遠，有孫數輩在故里，願序其端遺之，俾以知吾趨
向之勤也。」余閱其命題造語，悲樂不至於傷淫，慨歎不深於怨懟，
狀物達理，質而不俚，無雕鎪譎怪之病，一本於天機不能自己者而發，
不期合古而自合古矣，是則豈惟可遺其諸孫，他日采詩者能棄乎？且
爲學詩者楷模，何愧也？噫！所謂好惡者，予言若是，持以當崧與慕
楊，高之儕，未知其以爲何如云也。予恐孩提之習，莫先嫫姆之口，
使崧之說行，後生少年，不勝望洋凌躐之患矣；慕楊、高之風競，則
古法漸矣。予惛二家之久，幸翁之託，故發其端爲序而歸之，以少省
人焉。翁曰桓，家居婁江，以江雨名軒，所作故題曰《江雨軒槁》。
近客京都，老病無爲，一得於酒，凡所題詠，別見《醉吟錄》云。歲
癸巳浦陽黃容述。

（《水東日記》卷二十六）

張寧

【《學詩齋卷跋》】

孔子謂伯魚：「不學詩，無以言。」所謂「學」與「言」，通達志
意，體切事理，而自有以善於言。非欲誦習其文，以資辯說也。自觀、
興、群、怨之教衰，而《三百篇》勸誡大義盡湮於聲律文詞之末。雖
盛唐諸家，亦不出此。但視漢、魏以降，稍能和平雅澹，庶幾溫柔敦
厚之遺意猶有存者耳。先輩謂刪後無詩，蓋自有見。或者遂洞視近古，
至謂宋儒之詩爲無物，幾欲一掃而空焉者，棄本逐末，弊一至此。夫
文章固各有體，聲韻亦自不同，然未有外理趣、捨經典，而可以言詩
者。詩有清新者，亦有優逸者，有沉著者，有痛快流麗者，有豪宏放
蕩、不可拘者，有摸擬想像、捕風捉影、奇怪百變者，有淺薄掇拾、
隨口滑稽、不經蹈履者，偏長彼善，自昔有之。使不切理達情、不根
藝實，則淫哇巧豔，荒唐汗漫之言，過耳輒了，無復遺意，於宋詩也

－187－

遠甚，況《三百篇》乎？故善詩者，必有定志高識，周知博覽，本始
於聖賢之言，師意變文，涵融渾化，寓理趣於聲律之內，託著述於比
興之餘。如八音協樂，五味和羹，充然有成，不見其跡。斯能兼總百
家，超絕群作。古之人有如此者，杜子美是也。余嘗記前輩有《恕齋
詩》一聯云：「庭前生意留芳草，林下歸心放白鷳。」道德經典之文，
於詩何礙？而薄之至此。是故欲學詩，非有得於學問之力，雖近古疏
節，猶不可及，況六義之大要哉？余適與人論詩，其言以《金針集》
所載大病宋作，語方往復。適武林劉生景清以《學詩卷》求題，因舉
切要為生告，且以質諸尊君竹東。俟生他日過我，徐與之極論。

（《方洲集》卷二十一）

陳獻章
【《認真子詩集序》】

詩之工，詩之衰也。言，心之聲也。形交乎物，動乎中，喜怒生
焉，於是乎形之聲，或疾或徐，或洪或微，或為雲飛，或為川馳。聲
之不一，情之變也。率吾情盎然出之，無適不可。有意乎人之贊毀，
則《子虛》、《長楊》，飾巧誇富，媚人耳目，若俳優然，非詩之教也。
甚矣，詩之難言也。李伯藥見王通而論詩，上陳應、劉，下述沈、謝，
四聲八病，剛柔清濁，靡不畢究，而王通不答。薛收曰：「吾嘗聞夫
子之論《詩》矣，上明三綱，下達五常，於是徵存亡，辨得失，小人
歌之以貢其俗，君子賦之以見其志，聖人採之以觀其變。今子之言詩，
是夫子之所痛也。」南朝姑置勿論，自唐以下幾千年於茲，唐莫若李、
杜，宋莫若黃、陳，其餘作者固多，率不是過。烏虖，工則工矣，其
皆《三百篇》之遺意歟？率吾情盎然出之，不以贊毀歟；發乎天和，
不求合於世歟；明三綱，達五常，徵存亡，辨得失，不為河汾子所痛
者，殆希矣。故曰詩之工，詩之衰。夫道以天為至，言詣乎天曰至言，
人詣乎天曰至人。必有至人，能立至言。堯舜周孔至矣，下此其顏、
孟大儒歟。宋儒之大者，曰周、曰程、曰張、曰朱，其言具存，其發

之而爲詩亦多矣。世之能詩者，近則黃、陳，遠則李、杜，未聞舍彼而取此也。學者非歟，將其所謂大儒者工於道不工於詩歟？將未至於詣乎天，其言固有不至歟？將其所謂聲口勿類歟？言而至者，固不必其類於世。或者又謂：「詩有別材，非關書也；詩有別趣，非關理也。」則古之可與言詩者果誰歟？夫詩，小用之則小，大用之則大。可以動天地，可以感鬼神；可以和上下，可以格鳥獸；四時行焉，百物生焉；皇王帝霸之褒貶，雪月風花之品題，一而已矣。小技云乎哉？都憲朱公以其所爲詩編次成帙，題曰《認眞子集》。授簡於白沙陳獻章曰：「爲我序之。」公昔語我於蒼梧曰：「詩非吾所長。」公豪於辭矣，而未始以爲足。「認眞子」名集，公意有所屬，顧覽者未必知，而吾以是觀公之晚節也。詩雖工，不足以盡詩，而況於盡人乎？謂吾不能於詩而好爲大言，不知言者也。公名英，字時傑，郴陽人，由進士歷官中外，節用而愛人。

（《陳獻章集》卷一）

周瑛

【《跋〈陳可軒詩集〉》】

古者之詩大要以養性情爲本。自後世觀之，唐詩尚聲律，宋詩尚理趣，元詩則務爲綺麗以悅人。然而今之學詩者喜自元入手，豈綺麗之語易於移人，而澹白之辭難以造意耶？予爲兒時聞吾鄉陳可軒先生能詩，今其子會稽教諭華玉刻之學宮，雖未辨其聲律理趣，出入於唐宋間何如？要之，去元聲遠矣。欲養性情者宜於此求之。

（《翠渠摘稿》卷二）

羅倫

【《蕭冰厓詩集序》】

詩非爲傳世作也，本乎情性，止乎禮義，詩不能以不傳也，若三百五篇是已。當周之盛，《國風》之詩多出於田夫閨婦之口，而其辭義之奧，音節之正，皆可以被扵歌而爲法於天下，夫豈學而能哉？蓋

先王仁義禮樂之教，自閨門而達於邦國，由朝廷而下於閭巷，所以漸其心志而形諸四體，和其聲音而發於文章，有不自知其如此之盛也。王跡既熄，風雅道喪，宏材碩士，句攻字琢，用意非不精，用力非不勤，無異空花眩目，好音過耳，夫豈才之相遠哉？所以教而化之者無其本也。然太極之運不息，則人心之天不喪，是故豪傑之士，間生其中，亦無愧於古者。若靈均之憂憤，杜陵之忠悃，陶彭澤之沖澹，皆本乎性情之眞，庶乎禮義之正，關於民彝物則之大，視風雅不知何如，惡可以後世之詩例視之哉？宋氏有國三百餘年，治教之美，遠過漢唐，道德之懿，上承孔孟，南渡以後，國土日蹙，文氣日卑，而道德忠義之士，接踵於東南，其間以詩詞鳴者，格律之工雖未及唐，而周規折矩，不越乎禮義之大閑，又非流連光景者可同日語也。若冰厓蕭公，亦其一人矣。公諱立之，寧都蕭田人，登進士科，仕至通守，遭世搶攘未及上，乃自放於詩。當其意到，若觀岳馬，矯若凌雲鶴，媚若春園之桃李，蒼若多嶺之松筠。視三君子者不知何如，亦南渡以後之高品也。公詩宗江西泒澗泉趙公、章泉韓公，雅愛澗谷羅公。公爲澗谷所知，則其詩可知矣。同時以道德鳴者草廬吳公，以忠義著者迭山謝公，公納交於草廬，又見知於迭山，則其人可知矣。公子士贇注李太白詩，今行於世。公集舊板毀於兵，嗣孫儀鳳繼顯前聞，欲重壽諸梓，屬其序於予，予嘗病科舉之業詞賦之工害天下之學術，欲變之而未能，乃爲公序而傳之。何也？喜其近於本，不爲無益之空言也。

（《一峰文集》卷二）

游潛

【《夢蕉詩話》】

宋詩不及於唐，固也；或者矮觀聲吠，並謂不及於元，是可笑歟！方正學論之，詩云：「前宋文章配兩周，盛時詩律亦無儔。今人未識崑崙派，欲笑黃河是濁流。」「天曆諸公制作新，力排舊習祖唐人。粗豪未脫風沙氣，難詆豐熙作後塵。」祖字上便正學立論尺寸若劉後

村，顧謂宋詩豈惟無愧於唐，概過之，斯言不免固爲溢矣。近又見胡
纘宗氏作《重刻杜詩後序》，乃直謂「唐有詩，宋、元無詩」，「無」
之一字，是何視蘇、黃之小也！知量者將謂之何。

（《夢蕉詩話》卷上）

【《夢蕉詩話》】

　　或問：「謂元詩似唐，當代之詩似宋，然歟？」曰：「元有唐之氣，
當代得宋之味。氣主外，概謂情之趣；味主內，概謂理之趣。要之，
皆爲似而已矣。」又問：「以元詩與當代詩較，如何？」曰：「元浮而
麗，當代沈而正，此其大約也。若以元之虞、楊、范、揭諸大家，當
與當代以來諸名世宗匠較之，則固各有所就，非予所可知也。先正詩
云：『讀書未到康成地，安敢高聲議漢儒。』須俟執權度，立堂上者
語之。」

（《夢蕉詩話》卷上）

李東陽

【《麓堂詩話》】

　　唐人不言詩法，詩法多出宋，而宋人於詩無所得。所謂法者，不
過一字一句，對偶雕琢之工，而天眞興致，則未可與道。其高者失之
捕風捉影，而卑者坐於黏皮帶骨，至於江西詩派極矣。惟嚴滄浪所論
超離塵俗，眞若有所自得，反覆譬說，未嘗有失。顧其所自爲作，徒
得唐人體面，而亦少超拔警策之處。予嘗謂識得十分，只做得八九分，
其一二分乃拘於才力，其滄浪之謂乎？若是者往往而然。然未有識分
數少而作分數多者，故識先而力後。

（《麓堂詩話》）

【《麓堂詩話》】

　　宋詩深，卻去唐遠；元詩淺，去唐卻近。顧元不可爲法，所謂「取
法乎中，僅得其下」耳。極元之選，惟劉靜修、虞伯生二人，皆能名
家，莫可軒輊。世恒爲劉左祖，雖陸靜逸鼎儀亦然。予獨謂高牙大纛，

堂堂正正，攻堅而折銳，則劉有一日之長。若藏鋒斂鍔，出奇制勝，如珠之走盤，馬之行空，始若不見其妙。而探之愈深，引之愈長，則於虞有取焉，然此非謂道學名節論，乃爲詩論也。與予論合者，惟張滄洲亨父、謝方石鳴治。亨父已矣，方石亦歸老數千里外。知我罪我，世固有君子存焉，當何如哉？

（《麓堂詩話》）

【《麓堂詩話》】

漢魏六朝唐宋元詩，各自爲體，譬之方言，秦晉吳越閩楚之類，分疆畫地，音殊調別，彼此不相入。此可見天地間氣機所動，發爲音聲，隨時與地，無俟區別，而不相侵奪。然則人囿於氣化之中，而欲超乎時代土這外，不亦難乎？

（《麓堂詩話》）

【《麓堂詩話》】

六朝宋元詩，就其佳者，亦各有興致，但非本色，只是禪家所謂「小乘」，道家所謂「尸解」仙耳。

（《麓堂詩話》）

王鏊

【《題元人書》】

予嘗評古今詩，唐以格高，宋以學勝，至元乃頗出入二者之間，其實似宋，其韻似唐，而世變之高下則有不可強者矣。唯書亦然。

（《震澤集》卷三十五）

林俊

【《嚴滄浪集序》】

詩寫物窮情，噉時而繫事，寄曠達，託幽憤，三經三緯備矣。降而《離騷》一變也；而古詩樂府蘇、李、張、酈一變也；曹、劉、張、陸，又一變也；若宋、若齊、若梁，氣格漸異，而盡變於神龍之

近體；至開元、天寶而盛極矣，而又變於元和、於開成。迨宋以文爲詩，氣格愈異，而唐響幾絕。山谷詞旨刻深，又一大變者也。最後吾閩邵陽嚴丹滄浪，力祖盛唐，追逸蹤而還風響，借禪宗以立詩辯，別詩體、詩法、詩評、詩證而折衷之，決擇精嚴。新寧高漫士《唐詩品彙》引爲斷案，以詔進來哲。夫滄浪之見獨定，故詩究指歸，音節停勻，詞調清遠，與族人少魯、次山，號「三嚴」。同時臺人戴石屏，深加獎重。其子姓鳳山、子野半山，邑人上官閬風、吳潛夫、朱力庵、吳半山、黃則山，盛傳宗派，殆與山谷之江右詩派爲近，要亦唐之赤幟，有摧堅扼險，號召鼓翊之功者矣。宋季避地江楚，詩散逸爲多。吾閩憲伯淮陽胡君重器，購存稿僅百三十有餘篇，與詩辯等作並鋟之梓。至寶終出，知寶要未誠乏爲兆爾矣。憲伯雋特有英概，寓懷寄興，清麗悲惋，與滄浪意氣相感發二百五七十年之上下，是集行世，爲滄浪賀，亦爲得滄浪賀也。

（《見素文集》卷六）

都穆

【《南濠詩話》】

昔人謂「詩盛於唐，壞於宋」，近亦有謂元詩過宋詩者，陋哉見也。劉後村云：「宋詩豈惟不愧於唐，蓋過之矣。」予觀歐、梅、蘇、黃二陳至石湖、放翁諸公，其詩視唐未可便謂之過，然真無愧色者也。元詩稱大家，必曰虞、楊、范、揭。以四子而視宋，特太山之卷石耳。方正學詩云：「前宋文章配兩周，盛時詩律亦無儔。今人未識崑崙派，卻笑黃河是濁流。」又云：「天曆諸公制作新，力排舊習祖唐人。粗豪未脫風沙氣，難詆熙豐作後塵。」非具正法眼者，烏能道此。

（《南濠詩話》）

祝允明

【《刻沈石田詩序》】

唐人以詩爲學、爲仕，風聲大同，情性略近。其間李、杜數子傑

出，然而格有高下，音非遼絕，猶十五國各爲一風，可按辭而知地，唐亦然爾，斯其美也。宋劣於唐，居然已其有傑出若楊、劉、歐、梅，錢惟演、王元之、林君復、魏仲先、蘇子美、晏同叔、王介甫、惠崇之流，猶唐聲也。無已刻志少陵，蘇、黃亦爾，雖門行若別，而堂室暗符，故能豪擅自任，然使孔子復生，則有若瞠乎避席矣。流及國南，曾、戴、去非數子，猶師道也，洎至能、務觀、廷秀，又自蘇、黃而變，然轉奧宛而趨暢愜，或傷率易而鄰訟辨矣。或以宋可與唐同科，至有謂過之者，吾不知其何謂也，猶不能服區區之一得，何以服天下後世哉。國朝詩人其始如劉崧、林鴻輩，以至四傑、十才而來，班班然可知也，有不以宗唐而勝與！沈公獨釃涓流，橫放四海，一時風騷，讓以右席，嘗試觀之，唐與！宋與！眾或未知，我獨知之。蓋其家法，固主放翁，而神度所寄，唯浣花耳。是以興觀群怨，君父動植，已發之而自愜，人推之而莫辭，號爲我朝詩人，謂其音異唐，而猶挾其骨也。不然，徒以其語將不足以望前輩諸子，況其上者乎。公始愛子深，其子雲鴻，又余表姊之家也。辱公置年而友，昔命雲鴻持詩八編，倩爲簡次，皆公壯歲之作，純唐格也。後更自不足卒老於宋，悉索舊編毀去，後學者皆不知，此余猶爲惜之不已。今人重公詩，亦多震於聲爾。公學練左氏傳，平生語言義理，皆左與杜也。其集稿甚富，稍有華氏、沈氏二刻本，淮陰王揮使廷瑞又以所得百數篇成刻，請序，聊爲一言之。廷瑞好作義惠事，觀沈集中贈其詩，可以得其人。

（《懷星堂集》卷二十四）

張琦

【《論詩》】

作詩難，知詩又難也。……若宋元詩則又當別看。蘇全使學問，不妙於情志；黃乖傑不屑爲平語，皆非正體。至陸放翁發纖濃，雖太過，人皆自學唐來。……

（《白齋竹里文略》）

陳沂

【《拘虛詩談》】

宋人詩如藏經中律、論，厭唐人多涉於景而無情致。不知詩人所賦皆隱然於不言之表，若吐露盡，更復何說？宋人無知詩者，惟嚴滄浪之論極是，但滄浪所自作者，殊不類其所談。

（《拘虛詩談》）

【《拘虛詩談》】

詩有古有近，古可以言情，此其格也。宋人以道學之談如律，故失之矣。

（《拘虛詩談》）

【《拘虛詩談》】

詩中之理雖觙俎，等覽之中自有在也，宋人便以太極、鳶魚字面為道，豈知道者乎？

（《拘虛詩談》）

李夢陽

【《潛虯山人記》】

潛虯山人者，歟潛虯山人也。山人少商宋梁間，然商非劇鬻不售也，非交豪官勢人即售，受侮壓，夫售未有不賒者也。非豪勢人力賒，鮮有還也，山人寓劇廛則治靜屋，日閉關苦誦吟，弗豪勢人交。及終歲息盈縮，則顧與他商埒，他商怪問之，山人曰：「商亦有道焉，夫價之昂卑豈一人容力哉？君既靡力，吾隨其昂昂卑卑焉。已是以吾身處劇廛，而心恒閒也。夫爭起於上人，吾既隨其昂昂卑卑。息與諸埒也，侮壓又胡從至矣。吾是以弗勢豪交，而息罔獨縮。故曰：商亦有道焉。」此爾乃後山人有子矣，於是始棄商而歸潛虯山雲。山人既歸山，則於山間構潛虯書院，以館四方交遊暨來學者，而收訓其族子弟於中，又構屋數十以居，其族無屋者云厥費不貲矣。或謂山人曰：「夫商，出入風波盜賊中，遠父母兄弟之親而生尺寸於千萬里之外，亦難

矣，宜若是費乎？」山人笑而不答，退謂其族子弟曰：「夫散者，聖賢之懿；而聚者，嗇夫之行也。若以為金帛，果足使子孫守哉？」山人在山則又日閉關誦吟，更苦嘗夜吟獨繞庭行，侵旦不休。或又病之曰：「山人年五十餘耳，髮鬢皤盡矣，山人曰朝聞道夕死可矣，予誠不能以百歲之劬而易一日苟生。」山人商宋梁時，猶學宋人詩。會李子客梁，謂之曰：「宋無詩。」山人於是遂棄宋而學唐已。問唐所無，曰：「唐無賦哉」；問漢，曰：「無騷哉」。山人於是則又究心賦騷於唐漢之上。山人嘗以其詩視李子，李子曰：「夫詩有七難：格古，調逸，氣舒，句渾，音圓，思沖，情以發之。七者備而後詩昌也。然非色弗神，宋人遺茲矣，故曰無詩。」山人曰：「僕不佞，然竊嘗聞君子緒言矣。三百篇，色商彝周，敦乎苔漬古潤矣；漢魏，佩玉冠冕乎？六朝，落花豐草乎？初唐，色如朱甍而繡闥；盛者，蒼然野眺乎？中，微陽古松乎？晚，幽岩積雪乎？」李子曰：「夫周道如砥，其直如矢，誰能出不由戶，何莫由斯道也？山人之詩，其昌矣！」夫山人，名育，字養浩，號鄰菊居士，其父存修者亦詩人，也有《缶音》刻行矣。

（《空同集》卷四十八）

【《缶音序》】

詩至唐，古調亡矣。然自有唐調可歌詠，高者猶足被管絃。宋人主理不主調，於是唐調亦亡。黃、陳師法杜甫，號大家，今其詞艱澀，不香色流動，如入神廟坐，土木骸即冠服與人等，謂之人可乎？夫詩，比興錯雜，假物以神變者也。難言不測之妙，感觸突發，流動情思，故其氣柔厚，其聲悠揚，其言切而不迫，故歌之心暢，而聞之者動也。宋人主理，作理語，於是薄風雲月露，一切鏟去不為。又作詩話教人，人不復知詩矣。詩何嘗無理，若專作理語，何不作文而詩為邪？今人有作性氣詩，輒自賢於「穿花蛺蝶，點水蜻蜓」等句，此何異癡人前說夢也！即以理言，則所謂深深欵欵者何物邪？詩云：「鳶飛戾天，魚躍于淵」，又何說也？孔子曰：「禮失而求之野。」予觀江海山澤之民，顧往往知詩，不作秀才語，如《缶音》是已。《缶音》，歙處士余

存修作。處士商宋梁間，故其詩多爲宋梁人作。予遊大梁不及見處士，見其子育。處士有文行。育嗜學文，雅亦善詩，《傳》曰「是父是子」，此之謂邪？育以疾不遊，反其鄉，今數年矣，以書抵予曰：「育恒懼先人之作泯沒不見於世也，幸子表之。」予於是作《缶音序》。處士行詳見志表，予故不述，第述作詩本旨焉。

（《空同集》卷五十二）

安磐

【《頤山詩話》】

造化人事，有有則有無，有全則有偏，有盛則有衰。一時風聲氣習，例足以振起，亦足以頹墮。漢以文盛，唐以詩盛，宋以道學盛。以聲律論之，則不能兼焉。漢無騷，唐無選，宋無律。所謂無者，非眞無也，或有矣；而不純或純矣；而不多雖謂之無亦可也。

（《頤山詩話》）

顧璘

【《與陳鶴論詩》】

與足下一見即出郊居，野人歲計牽繫，不能不然，無足爲高明道者念。所論詩說，衷臆耿耿未盡，略爲一談。國朝自弘治間詩學始盛，其間名家，可指而數。今亡去有集傳世者三人：李獻吉、何仲默、徐昌穀。三人各有所長。李氣雄，何才逸，徐情深；皆準則古人，鍛琢成體，純駁優劣，可略而言。大抵皆作家也。今雖後賢翹起，孰不同聲歸許哉？然三賢皆余友，嘗共講習而商訂之者，知其淵源所自，未嘗不擇法於古人。李主杜，何主李，徐主盛唐王岑諸公，皆因質就長，各勤陶鑄，是以立體成家，咸歸偉麗，夫豈苟然而已哉？詩之爲道，貴於文質得中。過質則野，過文則靡，無氣弗壯，無才弗華，無情弗蘊。杜宗《雅》、《頌》而實其實，其蔽也樸，韓昌黎以及陳後山諸君是也；李尙《國風》而虛其虛，其蔽也浮，溫庭筠以及馬子才諸君是也；王岑諸公依稀《風》、《雅》而以魏晉爲歸，沖夷有餘韻矣，其蔽

也易而俚，王建、白樂天以及梅聖俞諸君是也。嗚呼！諸君並名世之才，而學詩之蔽猶至於此，詩可易言乎哉！余又有說，今世論詩者言《風》、《雅》則妄耳，上漢魏，次李杜王岑諸賢，今賢雖眾，儻能訾議，則詞林之規矩在是的矣。舉六朝則曰靡弱，舉唐初則曰變體未純，雖承先生之常談，其實確論乎，外是謬矣！奈何臨楮灑翰，率就其所非而棄其所是？綴疊雙聲，比合五色，雖呈燦爛，實昧性情，豈中道難從而偏長易勉乎？抑新奇易以驚世乃違心以騰名乎？杜子曰：「文章千古事，得失寸心知。」此當要諸後世，不可苟悅於目前也。或者謂楊雄《太玄》，可覆醬瓿，桓譚以爲必傳。顧吾與子，不及見耳，斯所謂良工獨苦者乎？余老衰不能復振，幸皇運之休明，慨英賢之太過，抑遏莫語，安得不盡於足下哉？載觀前代之文，弊萌於所勝，變生於所窮，盛衰相因，關係非細。漢承亡秦縱橫之餘，建武一變，文章爾雅，其季乃至委靡不振。唐變六朝，開元之音，幾復正聲。宋變五代，元祐諸賢，遂倡道學。及其季也，各有纖瑣繁蕪之陋。文盛則運盛，文衰則運衰。莊生曰：「世喪道也，道喪世也，世與道交相喪也。」可謂洞見幾微者矣。國家今日之文，不知一變而盛乎？再變而衰乎？不可不深長慮也。足下示教新編，雅志高邈，將以揚風雅之墜緒，故辭旨氣格，直追李杜而上之，展讀再三，終夜忘寢，特其間六朝唐初之語，時亦有之，余竊疑焉。豈風俗之變，賢者不免，或眾耳難偕，苟爲同聲與？是二者，皆非足下所宜有也。間稟獨見，必有定說，千萬開教，以袪茅塞。幸甚！幸甚！

（《息園存稿文》卷九）

陸深

【《溪山餘話》】

宋詩自道學諸公又一變，多主於義理，而興寄體裁則鄙之爲末事。如明道詩極有佳者，合作處何下唐人。龜山詩筆自好，大篇如《岳陽書事》，開合轉換，妙得蹊徑，如「湖光上下天水融，中以日月分

西東」之句，尤爲奇偉，具見筆力；小詩如「隔雨樓臺半有無」，興致藹藹，描寫甚工。

（《儼山外集》卷十四）

崔銑

【《胡氏集序》】

國家以科舉登士，以法律理官，爲業易能，求仕易就，故邃學工文之儒，遜於往代。洪武文臣，皆元材也，永樂而後，乃可得而稱數云。方天台辭若蘇氏，言必道周、孔，大哉志乎！東里少師入閣司文，既專且久，詩法唐，文法歐，依之者傚之。弘治中，南城羅玘思振頹靡，獨師韓子，其艱思奇句，偉哉！武功康海好馬遷之《史》，入對大廷，文制古辯，元老宿儒，見而驚服，其時北郡李夢陽、申陽何景明，協表詩法，曰：「漢無騷，唐無賦，宋無詩。」二子抗節遐舉，故能成章，李之雄厚，何之逸爽，學者尊如李、杜焉。宣德中，河東文清公出學曰：「復性旨曰宗朱，直道進退，足冠一時，不屑議文矣。」今日古書漸見，士操筆必期周漢，而昌黎亦見輕也。正德戊辰，天水胡子世甫入翰林，及銑參對國史同戶館。胡子方盛年，己聰達能文，已銑出入仕隱，胡子升沉州府。嘉靖初，銑起長南雍，得讀胡子詩。因語知友曰：「此於何、李奚遜！」胡子在南，考功寧藩作亂，胡子畫截防大司馬用之保國。兩守劇郡，敕事宜民，發中機宜，探義酬言。沛沛乎若居膠庠。是故宦成而名立，厚蘊而富乃作。其詩清以健，其文典以暢，矩古而不襲，詞婉而意躍如也。慈谿孫公德夫，長我，汴省而宋世甫。愛其詩，協其賢，而梓是集。孫公剗奸，杜請恤民省費，乃倡茲工也。其以範我人歟，而於文苑矣乎。胡子嘗採文清要言，且慕且贊。汲汲然如欲追而弗及者，其德業不既邈哉。

（《洹詞》卷十）

張含

【《白泉先生集後序》】

嘉靖丁酉，含返自京師，謁崇陽公於滇臺。……含載惟古人於詩文，王體調、性情；迄宋人，主道理、議論。古人謂氣清濁有體，不可力致。宋人用力於氣，虛而不實，並體不振，詩文之弊，極矣。……含之序，今之梓，皆可考而知也。

（《張愈光詩文選》）

敖英

【《東谷贅言》】

唐詩亦有極拙者，宋元詩亦有極佳者，不可以時代概論也。

（《東谷贅言》卷上）

何景明

【《與李空同論詩書》】

敬奉華牘。省誦連日，初憮然若遺，既渙渙然若有釋也。發迷徹蔽，愛助激成。空同子功德我者厚矣。僕自念，離析以來，單處寡類。格人逖德程缺元龜去道符爽，是故述作靡式，而進退失步也。空同子曰：子必有諤諤之評。夫空同子，何有於僕諤諤也。然僕所自志者，何可弗一質之。追昔為詩，空同子刻意古範，鑄形宿鎮，而獨守尺寸。僕則欲富於材積，領會神情，臨景構結，不仿形跡。詩曰：「惟其有之，是以似之。」以有求似，僕之愚也。近詩以盛唐為尚，宋人似蒼老而實疏鹵，元人似秀峻而實淺俗。今僕詩不免元習，而空同近作，間入於宋。僕固蹇拙薄劣，何敢自列於古人？空同方雄視數代，立振古之作，乃亦至此，何也？凡物有則弗及者，及而退者，與過焉者，均謂之不至。譬之為詩，僕則可謂弗及者，若空同，求之則過矣。夫意象應曰合，意象乖曰離，是故乾坤之卦，體天地之撰，意象盡矣。空同丙寅間詩為合，江西以後詩為離。譬之樂，眾響赴會，條理乃貫；一音獨奏，成章則難。故絲竹之音要眇，木革之音殺直。若獨取殺直，

而並棄要眇之聲，何以窮極至妙，感情飾德也？試取丙寅間作，叩其音，尚中金石；而江西以後之作，辭艱者意反近，意苦者辭反常，色澹黯而中理披慢，讀之若搖鞭鐸耳。空同貶清俊響亮，而明柔澹、沉著、含蓄、典厚之義，此詩家要旨大體也。然究之作者命意敷辭，兼於諸義，不設自具。若閒緩寂寞以爲柔澹，重濁剜切以爲沉著，艱詰晦塞以爲含蓄，野俚輇積以爲典厚，豈惟繆於諸義，亦並其俊語亮節，悉失之矣？鴻荒邈矣。書契以來，人文漸朗，孔子斯爲折中之聖；自餘諸子，悉成一家之言。體物雜撰，言辭各殊，君子不例而同之也，取其善焉已爾。故曹、劉、阮、陸，下及李、杜，異曲同工，各擅其時，並稱能言，何也？辭有高下，皆能擬議以成其變化也。若必例其同曲，夫然後取，則既主曹、劉、阮、陸矣，李、杜即不得更登詩壇，何以謂千載獨步也？僕嘗謂詩文有不可易之法者，辭斷而意屬，聯類而比物也。上考古聖立言，中徵秦、漢緒論，下採魏、晉聲詩，莫之有易也。夫文靡於隋，韓力振之，然古文之法亡於韓；詩弱於陶，謝力振之，然古詩之法亦亡於謝。比空同嘗稱陸、謝，僕參詳其作：陸詩語俳，體不俳也；謝則體語俱俳矣；未可以其語似，遂得並例也。故法同則語不必同矣。僕觀堯、舜、周、孔、子思、孟氏之書，皆不相沿襲，而相發明，是故德日新而道廣，此實聖聖傳授之心也。後世俗儒，專守訓詁，執其一說，終身弗解，相傳之意背矣。今爲詩不推類極變，開其未發，泯其擬議之跡，以成神聖之功，徒敘其己陳，修飾成文，稍離舊本，便自杌隉，如小兒倚物能行，獨趨顛僕。雖由此即曹、劉，即阮、陸，即李、杜，且何以益於道化也？佛有筏喻，言捨筏則達岸矣；達岸則捨筏矣。今空同之才，足以命世，其志金石可斷，又有超代軼俗之見。自僕遊從，復觀作述，今且十餘年來矣。其高者不能外前人也，下焉者已踐近代矣。自創一堂室，開一戶牖，成一家之言，以傳不朽者，非空同撰焉，誰也？《易‧大傳》曰：「神而明之」，「存乎德行」，「成性存存，道義之門。」是故可以通古今，可以攝象妙，可以出萬有；是故殊途百慮，而一致同歸。夫聲以竅生，

色以質麗，虛其竅，不假聲矣，實其質，不假色矣。苟實其，虛其質，而求之聲色之末，則終於無有矣。北風便冀，反覆鄙說。幸甚。

（《大復集》卷三十二）

【《漢魏詩集序》】

夫周末文盛，王跡息而詩亡，孔子、孟軻氏蓋嘗慨歎之。漢興，不尚文，而詩有古風，豈非風氣規模猶有樸略宏遠者哉！繼漢作者，於魏為盛，然其風斯衰矣。晉逮六朝，作者益盛，而風益衰。其志流，其政傾，其俗放，靡靡乎不可止也。唐詩工詞，宋詩談理，雖代有作者，而漢魏之風蔑如也。國初詩人尚承元習，累朝之所開，漸格而上，至宏治正德之間，盛矣！學者一二，或談漢魏，然非心知其意，不能無疑異其間。故信而好者，少有及之。侍御劉君，博學於詩，而好古不厭，乃輯漢魏之作，訪羅遺失，匯為此編。夫文之興於盛世也，上倡之；其興於衰世也，下倡之。倡於上，則尚一而道行；倡於下，合者宗，疑者沮，而卒莫之齊也。故志之所向，勢之所至，時之所趨，變化響應，其機神哉！於戲！侍御此編，不獨誦說者德其功，而其意遠矣。

（《大復集》卷三十四）

【《雜言十首》其五】

經亡而騷作，騷亡而賦作，賦亡而詩作。秦無經，漢無騷，唐無賦，宋無詩。

（《大復集》卷三八）

俞弁

【《山樵暇語》】

李西崖《麓堂詩話》云：「詩用實字易，用虛字難。盛唐人善用虛字，其開合呼喚，悠揚委曲，皆在於此。用之不善，則柔弱緩散，不復可振，亦當深戒。」予閱梅純《備忘錄》云：「詩最忌用虛字，蓋虛字多則涉議論，非所以吟詠性情也。宋人所以不逮唐者，正為主

於議論爾。間有矯其習者，又多刻削太甚，不復有渾然之氣。智巧日滋，太樸日散，雖有作者，亦莫如之何也已。」二公之論不同如此，識之以俟太博聞者質焉。

（《山樵暇語》卷第一）

【《山樵暇語》】

大復何景明云：「經亡而騷作，騷亡而賦作，賦亡而詩作。秦無經，漢無騷，唐無賦，宋無詩。」近世作詩者，以盛唐為尚。宋人似蒼老而實疏鹵，元人似秀俊而實淺俗。景明詩不脫元習，李獻吉詩間入於宋，巨眼必能識之。

（《山樵暇語》卷第一）

【《山樵暇語》】

王文恪公云：唐以格高，宋以學勝，至元乃頗出入二者之間，其實似宋，其韻似唐。而世變之高下，則有不可強者矣。

（《山樵暇語》卷第一）

【《山樵暇語》】

祝希哲曰：或以宋可並唐，至有謂過唐者。如劉因、方回、元好問輩不一及，後來暗陋吠聲附和之徒，皆村學嬰童，肆恣狂語，無足深究。余嘗見希哲有詩死於宋論，極有理。

（《山樵暇語》卷第一）

【《山樵暇語》】

宋詩深，去唐遠；元詩淺，去唐近。元人張易仲《疇送許魯齋歸山》詩云：「衰衰諸公入省闈，先生承詔獨南歸。道逢時否貧何病，老得身閒古亦稀。行色一杯燕市酒，春風二月故山薇。到家已及蠶生日，布穀催耕隴麥肥。」予謂不減唐人。

（《山樵暇語》卷第二）

【《逸老堂詩話》】

古今詩人措語工拙不同，豈可以唐宋輕重論之。余訝世人但知宗

－203－

唐，於宋則棄不收。如唐張林《池上》云：「鞭葉乍翻人採後，荇花初沒舸行時。」宋張子野《溪上》云：「浮萍斷處見山影，小艇移時聞草聲。」巨眼必自識之，誰謂詩盛於唐而壞於宋哉？瞿宗吉有「舉世宗唐恐未公」之句，信然！

（《逸老堂詩話》）

楊慎

【《唐詩主情》】

唐人詩主情，去《三百篇》近；宋人詩主理，去《三百篇》卻遠矣。匪惟作詩也，其解詩亦然。且舉唐人閨情詩云：「嫋嫋庭前柳，青青陌上桑。提籠忘採葉，昨夜夢漁陽。」即《卷耳》詩首章之意也。又曰：「鶯啼綠樹深，燕語雕梁晚。不省出門行，沙場知近遠。」又曰：「漁陽千里道，近於中門限。中門逾有時，漁陽常在眼。」又云：「夢裏分明見關塞，不知何路向金微。」又云：「妾夢不離江上水，人傳郎在鳳凰山。」即《卷耳》詩後章之意也。若如今詩傳解為託言，而不以為寄望之詞，則《卷耳》之詩，乃不若唐人作閨情詩之正矣。若知其為思望之詞，則詩之寄興深，而唐人淺矣。若使詩人九原可作，必蒙印可此說耳。

（《升菴詩話》卷四）

【《宋人論詩》】

宋人論詩云：「今人論詩，往往要出處，『關關雎鳩』出在何處？」此語似高而實卑也。何以言之？聖人之心如化工，然後矢口成文，吐辭為經，自聖人以下，必須則古昔，稱先王矣。若以無出處之語皆可為詩，則凡道聽途說，街談巷語，酗徒之罵坐，里嫗之詈雞，皆詩也。亦何必讀書哉？此論既立，而村學究從而演之曰：「尋常言語口頭話，便是詩家絕妙辭。」噫！《三百篇》中，如《國風》之微婉，二《雅》之委蛇，三《頌》之簡奧，豈建黨語口頭話哉？或舉宋人語問予曰：「『關關雎鳩』，出在何處？」予答曰：「『在河之洲』，便是出處。」

此言雖戲，亦自有理。蓋詩之爲教，多識於鳥獸草木之名。關關，狀鳥之聲；雎鳩，舉鳥之名。河洲指鳥之地，即是出處也。豈必祖述前言，而後爲出處乎？然古詩祖述前言者，亦多矣。如云「先民有言」，又云「人亦有言」，或稱「先民有作」，或稱「我思古人」。《五子之歌》述皇祖有訓，《禮》引逸計稱：「昔吾有先正，其言明且清。」《小旻》刺厲王而錯舉《洪範》之五事，《大東》傷賦斂，而歷陳保章之諸星，此即古詩述前言援引典故之實也，豈可謂無出處哉？必以無出處之言爲詩，是杜子美所謂僞體也。

（《升菴詩話》卷四）

【《詩史》】

宋人以杜子美能以韻語紀時事，謂之「詩史」。鄙哉宋人之見，不足以論詩也。夫六經各有體，《易》以道陰陽，《書》以道政事，《詩》以道性情，《春秋》以道名分。後世之所謂史者，左記言，右記事，古之《尚書春秋》也。若詩者，其體其旨，與《易書春秋》判然矣。《三百篇》皆約情合性而歸之道德也，然未嘗有道德字也，未嘗有道德性情句也。二南者，修身齊家其旨也，然其言琴瑟鐘鼓，荇菜芣苢，夭桃穠李，雀角鼠牙，何嘗有修身齊家字耶？皆意在言外，使人自悟。至於變風變雅，尤其含蓄，言之者無罪，聞之者足以戒。如刺淫亂，則曰「雝雝鳴雁，旭日始旦」，不必曰「愼莫近前丞相嗔」也；憫流民，則曰「鴻雁于飛，哀鳴嗷嗷」，不必曰「千家今有百家存」也；傷暴斂，則曰「維南有箕，載翕其舌」，不必曰「哀哀寡婦誅求盡」也；敘饑荒，則曰「牂羊羵首，三星在罶」，不必曰「但有牙齒存，可堪皮骨乾」也。杜詩之含蓄蘊藉者，蓋亦多矣，宋人不能學之。至於直陳時事，類於訕訐，乃其下乘末腳，而宋人拾以爲己寶，又撰出「詩史」二字以誤後人。如詩可兼史，則《尚書春秋》可以並省。又如今俗卦氣歌、納甲歌，兼陰陽而道之，謂之「詩《易》」可乎？胡應麟曰：「按『詩史』，其說出孟棨《本事》。」

（《升菴詩話》卷四）

【《宋人絕句》】

宋詩信不及唐，然其中豈無可匹體者，在選者之眼力耳。如蘇舜欽《吳江》詩：「月從洞庭來，光映寒湖凸。四顧無纖塵，魚躍明鏡裂。」王半山《雨》詩云：「山中十日雨，雨晴門始開。坐看蒼苔紋，欲上人衣來。」孔文仲《早行》云：「客行謂已旦，出視見落月。瘦馬入荒陂，霜花重如雪。」崔鷗《春日》云：「落日不可盡，丹林紫谷開。明明遠色裏，歷歷暝鴉回。」寇平仲《南浦》云：「春風入垂楊，煙波漲南浦。落日動離魂，江花泣微雨。」郭功甫《水車嶺》云：「千丈水車嶺，懸空九疊屏。北風來不斷，六月亦生冰。」蘇子由《中秋夕》云：「巧轉上人衣，徐行度樓角。河漢冷無雲，冥冥獨飛鵲。」《旅行》云：「猿狖號枯木，魚龍泣夜潭。行人已天北，思婦隔江南。」砾文公《雨》詩云：「孤燈耿寒焰，照此一窗幽。臥聽簷前雨，浪浪殊未休。」張南軒《題南城》云：「坡頭望西山，秋意已如許。雲影渡江來，霏霏半空雨。」《東渚》云：「團團陵風桂，宛在水之東。月色穿林影，都下碧波中。」《麗澤》云：「長吟《伐木詩》，停立以望子。日暮飛鳥歸，門前長春水。」《西嶼》云：「繫舟西岸邊，幅巾自來去。島嶼花木深，蟬鳴不知處。」《採菱舟》云：「散策下舸亭，水清魚可數。都上採菱舟，乘風過南浦。」五詩有王維輞川遺意，誰謂宋無詩乎？

（《升菴詩話》卷五）

【《蓮花詩》】

張文潛《蓮花》詩：「平池碧玉秋波瑩，綠雲擁扇青搖柄。水宮仙子鬥紅妝，輕步凌波踏明鏡。」杜衍《雨中荷花》詩：「翠蓋佳人臨水立，檀粉不勻香汗濕。一陣風來碧浪翻，真珠零落難收拾。」此二詩絕妙。又劉美中《夜度娘歌》：「菱花炯炯垂鸞結，爛學宮妝勻膩雪。風吹涼鬢影蕭蕭，一抹疏雲對斜月。」寇平仲《江南曲》：「煙波渺渺一千里，白蘋香散東風起。惆悵汀州日暮時，柔情不斷如春水。」亡友何仲默嘗言宋人書不必收，宋人詩不必觀，余一日書此四詩訊之

曰：「此何人詩？」答曰：「唐詩也。」余笑曰：「此乃吾子所不觀宋人之詩也。」仲默沉吟久之，曰：「細看亦不佳。」可謂倔強矣。

（《升菴詩話》卷十二）

【《劉原父喜雨詩》】

劉原父《喜雨》詩云：「涼風響高樹，清露墜明河。雖復夏夜短，已覺秋氣多。豔膚麗華燭，皓齒揚清歌。臨觴不肯醉，奈此粲者何。」此詩無愧唐人，不可云宋無詩也。

（《升菴詩話》卷十二）

【《洛春謠》】

劉須溪所選《古今詩統》，亡其辛集一冊，諸藏書家皆然。予於滇南偶得其全集，然其所選，多不愜人意，可傳者止十之一耳。辛集中皆宋人詩，無足採取，獨司馬才仲《洛春謠》，曹元寵《夜歸曲》，尙有長吉義山之遺意，今錄於此。《洛春謠》云：「洛陽碧水揚春風，銅駝陌上桃花紅。商樓疊柳綠相向，綃帳金鸞香霧濃。龍裘公了五陵家，拳毛赤兔雙蹄白。金鈎寶玦逐飛香，醉人花叢惱花魄。青蛾皓齒別吳倡，梅粉妝成半額黃。羅屛繡幕圍寒玉，帳裏吹笙學鳳凰。細綠團。紅曉煙涇，車馬騑騑雲櫛櫛。瓊蕊杯深琥珀濃，鴛鴦枕鏤珊瑚澀。吹龍笛，歌白紵，蘭席淋漓日將暮。君不見灞陵岸上楊柳枝，青青送別傷南浦。」《夜歸曲》云：「饑烏啞啞啼暮寒，回風急雪飄硃闌。鎖窗鄉閣豔紅獸，畫幕金泥搖彩鸞。吳妝秀色攢眉綠，能唱襄陽《大堤曲》。酒酣橫管咽孤吹，吹裂柯亭傲霜竹。遠空寒雲渾不動，老狐應渡黃河凍。暗回微暖入江梅，何處荒榛掛麼鳳。歸來穩跨青連錢，貂茸擁鼻行翩翩。籠紗蜜炬照飛霰，十二玉樓人未眠。」

（《升菴詩話》卷十二）

【《答周木涇論詩書》】

日承手書，論近代詩人，而猥以不肖廁之空同、大復、迪功之間。刻畫無鹽，唐突西子，豈敢當、豈敢當，惟論宋元詩，以禪宗與聖學

—207—

為喻，又謂學唐少差，即入於元，非高明懿識，何以及此。垂諸文苑，不刊之論也。敬服敬服。走嘗謂漢魏初唐詩，如麗人官妝，倩盼之質既如此，服飾之華又如彼；至於宋人則村姑而洗妝，元人則倡優而後飾，皆不近也。……近日刻孫太白、鄭少谷兩家詩，以走觀之，二子詩亦多雜宋人，而鑒者莫悟也。

（《升菴遺文錄》卷中書牘類）

【《〈宛陵詩選〉序》】

宋元祐、慶曆間，詩人稱歐、梅。歐以著述之餘，兼窮比興，而獨推梅為不可及。評其詩，謂如深山道人，草衣木食，王公大人見之，不覺屈膝。序其集，謂二百年來無此作，惜其不得用於朝廷，作為雅頌，薦之清廟，而追商周魯《頌》之作者，其尊之也至矣！聖俞嘗言：「詩人寫難狀之景於目前，含不盡之意於言外。蓋以自況，而實無愧者。」方萬里評梅詩，學唐人淡處；元遺山評宋詩曰：「諱學金陵猶有說，更將何罪廢歐梅。」凡皆名流之論如此。愚嘗取而觀之詠之，久而識其味，概得於陶、韋者為多。脫楊、劉之組織，陳、黃之激亢，書籍得中和之氣，而近於性情者，益信諸君子之非溢美也。近之談者，輒多異論，好奇矜高者則曰：「宋人詩不必留目。」又不然，則剿舊說曰：「歐公嘔欲為韓愈，公同時作者如林，豈無他人，必於聖俞借譽，如此寧無所試，而昧其識者乎？何好談者之不察也。若謂其全集有令人不滿意，則盛唐名家自李杜外已然，人不數篇，理固爾耳。

（《宛陵詩選》序）

王廷表

【《長短句跋》】

宋人無詩而有詞。論比興，則月下秦淮海，花前晏小山，較筋節，則妥帖坡老，排奡稼軒，所以擅場絕代也。至元人曲盛，而詞又亡，本朝諸公於聲律不到心，故於詞曲未數數然也。高季迪之扣弦，劉伯溫之寫情，號為錚錚矣。吾友升菴楊子，乃至音神解，奇藻天發，率

意口占，警絕莫及，嘗語表曰：「李冠、張安國《六州歌頭》聲調雄遠，哀而不傷；於長短句中，殊爲雅麗。恨少有繼者。乃援筆爲弔諸葛詞。其妥帖，排奡，可並蘇辛、而軼張李矣。表嘗評：楊子詞爲本朝第一，而《六州歌頭》在升菴長短句中第一。楊子笑曰：子豈欲爲稼軒之岳珂乎？因跋茲集，並附其語。

（《桃川剩集》）

胡纘宗

【《杜詩批註後序》】

敘曰：漢、魏有詩，梁、陳、隋無詩。唐有詩，宋、元無詩。梁、陳、隋非無詩，有詩不及漢、魏耳。宋、元非無詩，有詩不及唐耳。不及唐，不可與言漢、魏矣。不及漢、魏，不可與言風雅矣。孔子云：「不學詩，無以言。」嗚呼！詩豈易學哉。漢、魏而下，唐人無慮數十，其詩無慮數百，而世獨稱李、杜。元微之謂杜子美氣吞曹、劉，則駕乎魏也；言奪蘇、李，則凌乎漢也；下該沈、宋，則盡乎唐矣。宏辭奧義，殆上薄乎《三百篇》，而況於《騷》哉！夫杜感乎時，觸乎事，發乎情。一代之盛衰治亂，考之史，未爲有餘；考之杜，未爲不足。而君臣兄弟朋友之間，大義炳炳，千載而下，讀之無不感慨，無愧於風雅。予三復之，未嘗不以微之之言爲然。當其時與之齊名者，惟白耳。故世之人學《三百篇》者，不能捨漢與魏；學漢與魏者，不能捨唐；學唐者，又安能捨杜與李哉！若梁、陳、隋，若宋、元，代豈無人，未見其能李、杜也。古今批註杜詩者眾矣，其最著者，曰劉會孟，曰單元陽，曰董養性，曰虞伯生，曰趙子常。劉、趙其庶乎，單、董、虞亦不可誣也。其他吾無取焉。諸集盛行，而會孟本獨少傳。金生鸞學杜者也，若有得於會孟，故獨刻云。鸞，予隴西人。

（《鳥鼠山人小集》卷十一）

謝榛

【《四溟詩話》】

唐人歌詩，如唱曲子，可以協絲簧，諧音節。晚唐格卑，聲調猶在。及宋柳耆卿、周美成輩出，能爲一代新聲，詩與詞爲二物，是以宋詩不入絃歌也。

（《四溟詩話》卷一）

【《四溟詩話》】

宋人謂作詩貴先立意。李白斗酒百篇，豈先立許多意思而後措詞哉？蓋意隨筆生，不假布置。

（《四溟詩話》卷一）

【《四溟詩話》】

唐人詩法六格，宋人廣爲十三，曰：「一字血脈，二字貫串，三字棟樑，數字連序，中斷，鉤鎖連環，順流直下，單拋，雙拋，內剝，外剝，前散，後散，謂之層龍絕藝。」作者泥此，何以成一代詩豪邪？

（《四溟詩話》卷一）

【《四溟詩話》】

子美詩：「仰蜂黏落絮，行蟻上枯梨。」「芹泥隨燕觜，花蕊上蜂鬚。」「悲翠鳴衣桁，蜻蜓立釣絲。」「魚吹細浪搖歌扇，燕蹴飛花落舞筵。」諸聯綺麗，頗宗陳隋。然句工氣渾，不失爲大家。譬如上官公服，而有黼黻絺繡，其文采照人，乃朝端之偉觀也。晚唐此類尤多。又如五色羅穀，織花盈匹，裁爲少姬之襦宜矣。宋人亦有巧句，宛如村婦盛塗脂粉，學徐步以自媚，不免爲傍觀者一笑耳。

（《四溟詩話》卷四）

孫鑛

【《與陳山人論詩書》】

故人尺書訊我，又佳什惠我。調逸詞工，知刻意爲詩也。乃諸所獎與僕，僕皆末有，愧之，愧之。夫詩之道難言也。僕與足下談者，

有懷輒吐，略不隱避。學詩之法，不如是不盡耳。主張風雅，深入堂奧，宜屬作者，僕非謂已能也。足下乃欲盡捨所習而從我，我與足下豈異習哉？古今論詩，主格調高古、宛亮，嚴滄浪諸人發明殆悉，足下所知也。僕向云：先結構而後修詞，蓋主最上乘說也。今海內詩人，摹擬唐之聲調，皆足成名。老杜最尚格，亦云：「語不驚人死不休。」試觀杜律，沖澹而有氣骨者甚多，不皆入選。而入選者，詞率清麗。可見風容色澤，亦詩家之所崇尚也。李空同氏者，振古雄才，今之老杜，僕何敢望！足下擬之過矣。若所與何大復辯論，詆其好詞乖法之失，信有之。然何氏亦嘗詆李，謂其作疏鹵，間涉於宋。然乎，否乎？總之，負氣求勝，各不相下之言，未足憑也。李氏穠厚而不重濁，蒼老而不枯寂，含蓄而不窒晦，即所譏評宋人數語，可概識也。曰宋人主理不主調，而唐調亡於宋。黃、陳二家學杜，而其詞艱澀不香，流動若入神廟，土水而冠服然者。語在李集中，足下何不取而觀之？何氏亦今代人豪，嘗刊定《王右丞詩》。王詩尚調，何近之。歷數古今名家大方，宗杜者不廢王右丞，李不貶何，此又可以觀也。詩如盡意興所到，形神畢具，稱善盡。詩又如樂，羽幹在列，節奏比和，稱備樂。故詩不得捨聲調而專氣骨，不得遣色相而事模臨；樂不得廢音響而尋條理。詩本難言，然可意求；格由深造，亦從調入。足下所為聲調，可當宛亮，繼近脫去淺近，進之高古，開合照應，倒插頓挫，變化不窮，則固從此其入門也。僕非知詩者，然亦豈專氣骨，而不事聲調者哉？

（《孫文恪公集》卷十四）

李開先

【《田間四時行樂詩後序》】

古來詩人有唱酬，無疊和，其風俗始盛於唐之元和間，之宋則炫奇鬥博，而坡門尤甚，然多亦不過八九和耳，積而至百，雖為古人之所不屑，而亦古人之所甚難，今人勿論矣。予是詩注腳字死而實，獨一青字雖虛，然亦有非圓活者，所以雖於次押，句意因而活失照應，

才限之、韻拘之也。聊以適一時之興,非敢有奇傅之心。客有愛而刻之者,知之晚,不及停其工,印冊殆遍佈邑中矣。乃殆之以書,願焚其刻而不滅其跡。客言:「工不足惜,詩能一韻百詠,雖古人亦難之者。至於棄而不傳,爲可惜耳。焚而滅之,事不由君矣。嗚呼!予觀《經籍考》及《崇文總目》所載詩集,至少者人各不下數卷,今存於世者能有幾何?以予百詠詩較之,奚啻鄧林一木,九牛一毛哉。存亡無足深惜,只恐見是刻者,以予有好名之累,乃述與客往復之言以爲後序,而特著前意云。十二月朔日中麓再書。

(《李開先集・閒居集》卷三)

姜南

【《唐宋詩》】

唐人詩主於性情聲律,宋人詩主語義理用事,故唐人詩雖不至於用事,而卒未嘗不用事也;宋人詩汲汲於用事以爲工,其於聲律遠矣。

(《蓉塘詩話》卷七)

何良俊

【《詩二》】

黃山谷云:元祐初,與秦少游、張文潛論詩,二公初不謂然。久之,東坡以爲一代之詩當推魯直,二公遂捨其舊而圖新。方其改轅易轍,如柘弦弊軫,雖能成聲。而疏闊迭宕不滿人耳;少焉,遂能使師曠忘味、鍾期改容也。

(《四友齋叢說》卷之二十四)

【《詩二》】

宋初之詩,劉子儀、楊大年諸人皆學李義山,謂之西崑體,然義山蓋本之少陵也。當時猶具體而微,至神宗朝,蘇東坡、黃山谷、王半山、陳後山諸公出,而詩道大備。東坡、山谷專宗少陵,半山稍出入盛唐,後山則規模中唐,簡質可尚。

(《四友齋叢說》卷之二十四)

【《詩二》】

南宋陳簡齋、陸放翁、楊萬里、周必大、范石湖諸人之詩，雖則尖新太露圭角，乏渾厚之氣，然能鋪寫情景，不專事綺繢，其與但爲風雲月露之形者，大相徑庭，終在元人上。世謂元人詩過宋人，此非知言者也。

（《四友齋叢説》卷之二十四）

方弘靜

【《客談》】

宋功烈之卑，以議論多，而詩格之卑，亦以議論。雖然議論何可廢也！不曰好謀而成，執兩端而用其中乎？杜子美詩集之大成，即議論何損風韻！余謂宋詩所不能爲唐者，非專以議論故也，自其風韻不稱耳。

（《客談》）

譚濬

【《宋朝》】

元祐體，蘇、黃、陳、劉、戴、王爲首。江西宗派，呂居仁譜列黃山谷一下二十五人。《苕溪漁隱》辨其選擇不精，謂當世所稱，數人而已，餘無聞焉。及劉氏、晁氏序說可知矣。（見《通考》，餘見卷末。）

（《説詩》一）

【《宋》】

李空同云：「詩至唐，古調亡矣。自由唐韻可歌詠也。宋人言理不主調，於是唐調亦亡矣。如黃山谷、陳後山，詩法杜甫，稱爲大家。如土木骸冠服，與人同而謂之人可乎？何嘗無理，若專作理語，何不作文而詩爲耶？」其言大家詩派若此（《江西詩派序》說得失，見《通考》及《宋文集》），則大儒周、程、張、朱、邵、陸固不屑於詩。其文士歐、曾、蘇、王又豈在於說詩乎？夫載道莫大於《經》，詩之六

藝，何非理也？學理莫盛於宋，諸儒文士何非詩也？此之謂風也、氣也、教也、習也。君子察之，其尚以復振古乎哉！

（《說詩》三）

王世貞

【《藝苑卮言》】

宋詩如林和靖《梅花》詩，一時傳誦。「暗香」「疏影」，景態雖佳，已落異境，是許渾至語，非開元、大曆人語。至「霜禽」「粉蝶」，直五尺童耳。老杜云：「幸不折來傷歲暮，若為看去亂鄉愁。」風骨蒼然。其次則李君玉云：「玉鱗寂寂飛斜月，素手亭亭對夕陽。」大有神采，足為梅花吐氣。

（《藝苑卮言》卷四）

【《藝苑卮言》】

詩格變自蘇黃，固也。黃意不滿蘇，直欲凌其上，然故不如蘇也。何者？愈巧愈拙，愈新愈陳，愈近愈遠。

（《藝苑卮言》卷四）

【《藝苑卮言》】

歐陽公自言《廬山高》、《明妃曲》，李杜所不能作。余謂此非公言也，果爾，公是一夜郎王耳。《廬山高》僅玉川之淺近者，無論其他。只「半壁見海日，空中聞天雞」，太白率爾語，公能道否耶？二歌警句，如「紅顏勝人多薄命莫怨春風強自嗟」，建黨閨閣，不足形容明妃也？「耳目所及尚如此，萬里安能制夷狄」，論學繩尺，公從何處削去之乎拾來？

（《藝苑卮言》卷四）

【《藝苑卮言》】

永叔不識佛理，強闢佛；不識書，強評書；不識詩，自標譽能詩。子瞻雖復墮落，就彼趣中，亦自一時雄快。

（《藝苑卮言》卷四）

【《藝苑卮言》】

魯直不足小乘，直是外道耳，已墮傍生趣中。南渡以後，陸務觀頗近蘇氏而粗，楊萬里、劉改之俱弗如也。謝皋羽微見翹楚，《鴻門行》諸篇，大有唐人之致。

（《藝苑卮言》卷四）

【《藝苑卮言》】

讀子瞻文，見才矣，然似不讀書者。讀子瞻詩，見學矣，然似絕無才者。懶倦欲睡時，誦子瞻小文及小詞，亦覺神王。

（《藝苑卮言》卷四）

【《藝苑卮言》】

詩自正宗之外，如昔人所稱「廣大教化主」者，於長慶得一人，曰白樂天；於元豐得一人焉，曰蘇子瞻；於南渡後得一人，曰陸務觀；為其情事景物之悉備也。然蘇之與白，塵矣；陸之與蘇，亦劫也。

（《藝苑卮言》卷四）

【《藝苑卮言》】

子瞻多用事實，從老杜五言古排律中來。魯直用生拗句法，或拙或巧，從老杜歌行中來。介甫用生重字力於七言絕句及頷聯內，亦從老杜律中來。但所謂差之毫釐，謬以千里耳。骨格既定，宋詩亦不妨看。

（《藝苑卮言》卷四）

【《宋詩選序》】

自楊、劉作，而有「西崑體」，永叔、聖俞思以淡易裁之；魯直出，而又有「江西派」；眉山氏睥睨其間，最號為雄豪，而不能無利鈍；南渡而後，務觀、萬里輩，亦逐彬彬矣。去宋而為元，稍以輕俊易之。明興而諸先大夫之作，不能無兼採二季之業。而自北地、信陽顯弘、正間，古體樂府非東京而下至三謝，近體非顯慶而下至大曆，

俱亡論也。二季絲是屈矣。吳興愼侍御子正，顧獨取《宋詩選》而梓之，以序屬余。余故嘗從二三君子後抑宋者也。子正何以梓之？余何以從子正之請而序之？余所以抑宋者，爲惜格也。然而代不能廢人，人不能廢篇，篇不能廢句！蓋不止前數公而已。此語於格之外者也。今夫取食色之重者，與禮之輕者，比之奚啻食色重夫。醫師不以參苓而捐溲勃，大官不以八珍而捐胡祿，障泥爲能善用之也。雖然以彼爲我則可，以我爲彼則不可。子正非求爲伸宋者也，將善用宋者也。然則何以不梓元，子正將有待耶！抑以其輕俊饒聲澤，不能當宋實故耶！乃信陽之評的然矣，曰「宋人似蒼老而實疎鹵，元人似秀峻而實淺俗」之二語也，其二季之定裁乎？後之覽者，將以子正用宋、元，抑以信陽不爲宋、元人，斯可耳。

（《弇州續稿》卷四十一）

鄧元錫

【《近雅》】

詩者，人之性情也。雅，正也，正言之也。詩之爲教，敦厚溫柔言切，義無直指，近託遠諷，譬之風然，俾颯颯乎，足惑乎人心。然蒸民物則緝熙，彌新不正，言之乎。而雅之道歸爲耳。唐音既闕，宋風不兢，五緯集奎，聿啓文命。周開洪源，程備元氣，邵窺天倪。風經雅緯，俾播諸風庶幾哉，內聖外王之緒矣。明會之元，爰有江門，握機弄丸，排闔崑崙，溢爲會稽，大明楊暉以覺，覺迷振鐸後先於億萬年，爲《近雅》篇。

（《潛學編》卷一）

孫鑛

【《與余君房論詩文書》】

今擒辭家詩文兩大派別矣。……歐、蘇詩信不及文，然歐甚執規矩，蘇時有獨得。足下謂嘉則可勝于鱗，則起二公於九京，未必肯爲屈完之來盟也。作者各以時起，原不必細較，因見今人貶唐宋達過，

是用質成於鉅子耳。……然弇州晚年諸作，實已透漏道端倪，蓋氣數人情至此，不得不然，亦非二三人之過也。

（《姚江孫月峰先生全集》卷九）

【《與余君房論〈今文選〉書》】

諺云：「漢文、唐詩、宋表、元詞」，豈不然哉？……宋詩亦未易可輕，惟七言律堪嘔噦耳。其古體及五言律亦間有可觀，意味尚眞於今也。……若杜，則乃眞建安者也。

（《姚江孫月峰先生全集》卷九）

李袞

【《儀唐集自序》】

《儀唐集》者，黃谷生所自遴也。儀者何？蘄其詩之若唐者也。本朝詩本宗唐，而迄今未有唐者。

（《李于田集》卷一）

【《宋藝圃集序》】

余往請告林居，嘗與弟子餘選宋諸家詩後披翻，旋多參附。今既十三年所矣。隆慶改元，量移池陽，山城雨暇，更加刪定，名曰《宋藝圃集》。爲之敘，敘曰：世恒言「宋無詩」，談何易哉！蓋嘗遡風望氣，約略其世，概有三變焉，顧論者未之逮也。夫建隆、乾德之間，國祚初開，淳龐再合，一時作者尚祖五季，五季固唐餘也。故林逋、潘閬、胡宿、王珪、兩宋、九僧之徒，皆摛藻熒熒，以清羸相貴；而楊大年、錢思公、劉筠輩又死擬西崑尺度，總之遺矩雖存，而雄思尚爵矣。天聖、明道而下，則大變焉。蓋於時世際熙昌，人文迅發，人主之求日殷，聚奎之兆斯應。故歐、蘇、曾、王之流，黃、陳、梅、張之侶，皆以曠絕不世之才，厲卓犖俊拔之志，博綜墳典，旁測幽微，海內顒顒，咸所傾仰。啓西江宗派之名，創紐唐進杜之說。竭思憤神，日曆窮險。當其興情所寄，則徵事有不必解；意趣所極，則古賢所不必法。辟之舊家公子，恢張其先人堂構，至於甲第飛雲，雕鏤彩繪，

遠而望之，絢爛奪目；負其意氣，遽大掩前人矣。光、寧以還，國步
浸衰，文情隨易。學士大夫遞祖清逸，無稱雄概。故陸游之流便，嚴
羽之婉腴，紫陽之沖容，謝翱之詭誕，其他若「四靈」、戴式之、文
天祥、林德暘輩，咸遵正軌，足引同方。然究而言之，凌遲之形見矣。
斯國事之將季乎？夫詩者，人之聲也，樂之章也。發於情不溺於情，
範於禮不著於禮者也。宋人惟理是求，而神髓索焉。其遺議於後也，
奚怪哉？故滄浪之譏評，紫陽之論說，皆所謂致喻於眉睫者也。考其
大都，不俱可覩哉！自世俗宗唐擯宋，群然向風。而凡家有宋詩，悉
束高閣。間有單帙小選，僅拈一二。而未闡厥美，終屬闕如。忘其譾
蕪，聊爲編次，得詩若干首。以見一代之文獻，而爲稽古之一助也。
順陽李蓘序。

（《宋藝圃集》）

【《元藝圃集序》】

　　余既選宋詩已。人有以元詩爲問者，余應之曰：宋詩深刻而痼於
理，元詩膚俚而鄰於詞，是二者其弊均也。而學人之辨於理也爲尤難。
詩有至理，而理不可以爲詩。而宋人之謂理也，固文字之辨也，箋解
之流也，是非褒貶之義也。茲其於風雅也遠矣。詞固詩餘也，雖膚俚，
猶有故也。達於此，可與言詩矣。因間鈔元詩得六百二十五首，曰《元
藝圃集》，以嗣宋後。恨地僻少書籍，無以盡括一代之所長。世有博
雅君子，幸廣其所未備也。萬曆十年壬午五月八日。

（《元藝圃集》）

王錫爵

【《唐詩會選序》】

　　詩之爲教，非小技也；其感人，非小用也。……王某曰：予於是
帙而有感於時代循環之故、士君子際遇之機也。夫大雅不作，浸淫千
載。唐興僅三百年，而善鳴其間者，亦三變焉，文章氣運大致相關矣。
初唐必盛，盛唐不能不晚，則變始之力與沿下之趨異耶？抑有使之者

不盡在聲詩間邪？蓋譚者稱宋元無詩，詩教之興，盛於我朝而尤莫盛於今日。鶩人黑士卑大曆以後弗取，亦往往矯屬太過，失其中行，此侍御所爲優也。楊榷風雅、助流教化，則是編也，直《詩》云乎哉！

（《王文肅公文草》卷一）

王世懋

【《藝圃擷餘》】

今人作詩，必入故事。有持清虛之說者，謂盛唐詩即景造意，何嘗有此？是則然矣。然以一家言，未盡古今之變也古詩，兩漢以來，曹子建出而始爲宏肆，多生情態，此一變也。自此作者多入史語，然不能入經語。謝靈運出而《易》辭、《莊》語，無所不爲用矣。剪裁之妙，千古爲宗，又一變也。中間何、庾加工，沈、宋增麗，而變態未極。七言猶以閒雅爲致，杜子美出而百家稗官，都作雅音，馬浡牛溲，咸成鬱致，於是詩之變極矣。子美之後，而欲令人毀靚妝，張空拳，以當市肆萬人之觀，必不能也。其援引不得不日加而繁。然病不在故事，顧所以用之何如耳？善使故事者，勿爲故事所使。如禪家云：「轉《法華》，勿爲《法華》轉。」使事之妙，在有而若無，實而若虛，可意悟不可言傳，可力學得不可倉卒得也。宋人使事最多，而最不善使，故詩道衰。我朝越宋繼唐，正以有豪傑數輩，得使事三昧耳。第恐數十年後，必有厭而掃除者，則其濫觴末弩爲之也。

（《藝圃擷餘》）

【《藝圃擷餘》】

詩有古人所不忌，而今人以爲病者。摘瑕者因而酷病之，將並古人無所容，非也。然今古寬嚴不同，作詩者既知是瑕，不妨並去。如太史公蔓詞累句常多，班孟堅洗削殆盡，非謂班勝於司馬，顧在班分量宜爾。今以古人詩病，後人宜避者，略具數條，以見其餘。如有重韻者，若任彥升《哭范僕射》一詩，三壓「情」字；老杜排律，亦時有誤重韻、有重字者；若沈雲卿「天長地闊」之三「何」，至王摩詰

－219－

尤多，若「暮雲空磧」、「玉把角弓」，二「馬」俱壓在下，「一從歸白社，不復到青門」、「青菰臨水映，白鳥向山翻」，「青」、「白」重出，此皆是失檢點處，必不可藉以自文也。又如風雲雷雨，有二聯中接用者，一二三四，有八句中六見者，今可以爲法邪！此等病，盛唐常有之，獨老杜最少，蓋其詩即景後必下意也。又其最隱者，如雲卿《嵩山石淙》，前聯云「行漏」、「香爐」，次聯云「神鼎」、「帝壺」，俱壓末字，岑嘉州「雲隨馬」、「雨洗兵」、「花迎蓋」、「柳拂旌」，四言一法；摩詰「獨坐悲雙鬢」、「白髮終難變」，語意異重；《九成宮避暑》，三四「衣上」、「鏡中」，五六「林下」、「岩前」，在彼正自不覺，今用之能無受人揶揄。至於失黏之句，摩詰、嘉州特多，殊不妨其美。然就至美中亦覺有微缺陷，如我人不能運，便自誦不流暢，不爲可也。至於首句出韻，晚唐作俑，宋人濫觴，尤不可學。

（《藝圃擷餘》）

焦竑

【《題詞林人物考》】

論人之著作，如相家觀人，得其神而後形色。氣骨可得知也。故之摛詞者，不在形體結構，在未有形體之先，其見於言者託耳。若索諸裁文匠筆，聲應律合，即盡頁於古，皆法之跡也，安知其所以法哉！友人王赤岡氏，耽玩藝文，錯綜今古，乃取昭代詞家，人爲之傳。以爲不得其神，未可論其法；不知其人，未有能得其神者也。其誦詩讀書，而論其世之意與！王僧虔論書，或其人可想，或其法可存，皆所不廢，赤岡之多所捃摭，殆亦類此。宋人好爲核論，然三體詩至以杜常爲唐人。洪容齋博雅名家，所進《萬首絕句》，宋詩攙入者，什居二三，彼其世不知，而何以論於神形離合之際！然則是編也，亦通今學古之津筏，微獨修詞者所當知而已。

（《澹園集》卷二十二）

【《三秀亭詩草序》】

滇南唐君廷俊，以詩名一時，篇什出，人爭傳之。是歲長公郡丞懋德過金陵，持其三秀亭草問序於余。夫詩出於樂，一以聲為主，孔子論《關雎》無淫於傷，而於鄭聲直斥之，故曰：「《關雎》之亂，洋洋盈耳也。」後世不得其聲，而獨辭之知。毛、韓諸家，於蟲魚鳥獸之細，竭力以爭，而至其音節未嘗過而問焉。逮宋人競以意見相高，古之審聲以知治者，幾於絕矣。余嘗論宋詩主義於性離，唐詩主調於性近，蓋以此也。君為詩，取材效法非選則唐，雖春容寂寥，賦詠不一，於古之聲調，悉與懸合。譬之型範既正，金錫不耗，一脫於砷，輒與干將肖也，豈不宜哉！觀其意，在溟濛之表，天機開合，自我而得者，蓋多有之。若夫置塗立木，幸其或至，縮縮而求循者，非君志也。蓋君積好在心，久而能化，見萬象之橫於前者，累累而出，直託之詩以寄焉耳。殆所進於技者非邪？長公言近世孝廉稱詩者，孫宜、黃省曾及君三人最著。君語性命如勉之，譚經濟如仲可，差可相上下。然勉之一見文成，幡然有少作之悔，與仲可皆壯而自廢，不難與世絕。以彼離文字求解脫，視岩廊為桎梏，猶邊見也。君自舉首以來，文學新新不窮，其潤色國猷，黼黻大業之意，方進而未已，豈其味道餐風，精思出要，羊鹿小機，有不得而錮之然乎？余蓋杓之人也，而惡足以明之？

（《澹園集續集》卷一）

【《竹浪齋詩集序》】

詩也者，率其自道所欲言而已。以彼體物指事，發乎自然，悼逝傷離，本之襟度，蓋悲喜在內，嘯歌以宣，非強而自鳴也。以故二南無分音，列國無辨體，兩雅可大小，而不可上下，三頌可今古，而不可選擇。異調同聲，異聲同趣，邈哉旨矣！豈可謂瑟愈於琴，琴愈於磬，磬愈於抍圉，而輒等差之哉？古豪賢者流，隱顯殊致，必欲洩千年之靈氣，勒一家之奧言，錯綜雅頌，出入古今，光不減之名，揚末顯之蘊，乃其志也。倘如世論，於唐則推初盛而薄中晚，於宋又執李、

杜而繩蘇、黃，植木索途，縮縮焉而無敢失，此兒童之見，何以伏元
和、慶曆之強魄也。金陵故文獻之淵藪，以詩名者，代不乏人，即文
學茂才，在所有之。以余所知，如金子有之高古，盛仲交之淵博，以
及子坤、伯年，世擅其長，近日周吉甫、陳延之、顧孝直、陳蓋卿。
葉循甫諸人，彬彬盛矣。李君象光最晚出，而相爲方駕大都，如李之
鬱，桃之夭，蘭之芳，菊之秀，人有其美，咸自名家，余謂能道所欲
言，則一而已。頃象先衰先後詩草，名《竹浪齋集》以示余，象先質
雋而功深，詞義茂美，所交皆一時名士，凡棲霞、燕磯、西湖、虎丘
諸名勝初，湍流噴薄，陽崖回抱，綠莎盈尺，群花盛開，輒藉草而坐，
嘯詠彌日，油油然不能捨去，故所得之多，至於如此。象先年方甚盛，
詩已可傳，極他日之所至，窮高詣微，當於古人中求之，豈獨與流輩
相雄長而已哉！詩若干卷，余得而敘之，藏於其家。

（《澹園集續集》卷一）

屠隆

【《文論》】

詩自《三百篇》而下有漢魏古樂府，漢魏而下有六朝選詩，選詩
而下有唐音。唐音去《三百篇》最遠，然山林晏遊之篇，則寄興清遠；
宮闈應制之什，則體存富麗，述邊塞征戍之情，則凄婉悲壯；暢離別
羈旅之懷，則沉痛感慨。即非古詩之流，其於詩人之興趣則未失
也。……古詩多在興趣，微辭隱義，有足感人，而宋人多好以詩議論。
夫以詩議論，即奚不爲文而爲詩哉？《詩》三百篇多出於忠臣孝子之
什，及閭閻匹夫匹婦童子之歌謠，大意主吟詠、抒性情以風也，固非
博綜詮吹以爲篇章者也。是詩之教也。唐人詩雖非《三百篇》之音，
其爲主吟詠、抒性情則均焉而已。宋人好用故實組織成詩，夫《三百
篇》亦何故實之有？用故實組織成詩，即奚不爲文而爲詩哉？甚而叫
嘯怒張以爲高屬，俚俗猥下以爲自然之數者，蘇王諸君子皆不免焉，
而又往往自謂能入詩人之室，命令當世，則吾不知其何說也。明興，

北地李獻吉、信陽何仲默、姑蘇徐昌穀始力興周漢之文，詩自《三百篇》而下，則主初唐。厥後諸公繼起，氣昌而才雄，徒眾而力倍，古道遂以大興，可謂盛矣。

（《由拳集》卷二十三）

【《論詩文》】

詩，漢魏爲古，至曹子建而麗，至六朝而葩，至康樂而俊，至陳隋而靡，至唐而近，至李杜而大，至晚唐而衰，至宋而俗，至元而淺，至國朝雅而襲。

（《鴻苞節錄》卷六上）

于慎行

【《谷山筆麈》】

宋文之淺易，韓文之兆也；宋詩之蕪拙，杜詩啓之也。韓之文大顯於宋，而宋文因韓以衰；杜之詩盛行於宋，而宋詩因杜以壞。雖然宋文衰於韓而韓不爲之損，未得其所以文也；宋詩壞於杜而杜不爲之損，未得其所以詩也。嗟夫，此豈可爲世人道哉！韓杜有知，當爲點頭耳。

（《谷山筆麈》卷八《詩文》類）

胡應麟

【《詩藪》】

世多訾宋人律詩，然律詩猶知有老杜。至古詩第沾沾靖節，蘇、李、曹、劉，邈不介意。若《十九首》、《三百篇》，殆於高閣束之。如蘇長公謂《河梁》出自六朝，又謂陶詩愈於子建，餘可類推。黃、陳、曾、呂，名師老杜，實越前規。歐、王、梅、蘇，間學唐人，靡關正始。南渡尤、楊、范、陸輩，近體愈繁，古風愈下。新安論鑒洞達，諸所制作，頗溯根源，然非詩人本色；其所宗法，又子昂也。宋末嚴儀卿識最高卓，而才不足稱；謝皋羽才頗縱橫，而識無足取。

（《詩藪內編》卷二）

【《詩藪》】

禪家戒事理二障，余戲謂宋人詩，病政坐此。蘇、黃好用事，而為事使事障也；程、邵好談理，而為理縛理障也。

（《詩藪內編》卷二）

【《詩藪》】

元名家稱趙子昂、虞伯生、楊仲弘、范德機、揭曼碩外，如元好問、馬伯庸、陳剛中、李孝光、楊廉夫、薩天錫、傅若金、余廷心、張仲舉輩，不下十數家。視宋人材力不如，而篇什差盛，步驟稍端。然高者不過王、孟、高、岑，最上李供奉、陳、杜二拾遺耳。六代風流，無復染指。況漢、魏乎！國初季迪勃興衰運，乃有《擬古樂府》諸篇，雖格調未遒，而意象時近。弘正迭興，大振風雅，天所以開一代，信不虛也。

（《詩藪內編》卷二）

【《詩藪》】

宋主格，元主調。宋多骨，元多肉。宋人蒼勁，元人柔靡。宋人粗疏，元人整密。宋人學杜，於唐遠；元人學杜，於唐近。國朝下襲元風，上監宋轍，故虞、楊、范、趙體法時參，歐、蘇、黃、陳軌躅永絕。

（《詩藪內編》卷二）

【《詩藪》】

初唐七言古以才藻勝，盛唐以風神勝，李、杜以氣概勝，而才藻風神稱之；加以變化靈異，遂為大家。宋人非無氣概，元人非無才藻，而變化風神，邈不復觀，固時代之盛衰，亦人之事工拙耶？

（《詩藪內編》卷三）

【《詩藪》】

余嘗評宋人近體勝歌行，歌行勝古詩，至風雅樂謠，二百年間幾於中絕。今詩家往往訾宋近體，不知源流既乏，何所自來？

（《詩藪內編》卷三）

【《詩藪》】

楊用修詩話所載《洛春謠》、《夜歸曲》，皆宋人七言古可觀者。

（《詩藪內編》卷三）

【《詩藪》】

宋初諸子多祖樂天，元末諸人競師長吉。

（《詩藪內編》卷三）

【《詩藪》】

蘇子瞻《定慧寺海棠》，郭功父《金山行》等篇，亦尚有佳處，而不能盡脫宋氣。歐學韓，黃學杜，用力愈多，去道愈遠。

（《詩藪內編》卷三）

【《詩藪》】

宋人學杜得其骨，不得其肉；得其氣，不得其韻；得其意，不得其象；至聲色並亡之矣。如無己《哭司馬相公》三首，其瘦勁精深，亦得之百鍊，而神韻遂無毫釐。他可例見。

（《詩藪內編》卷四）

【《詩藪》】

詩之肋骨，猶木之根幹也；肌肉，猶枝葉也；色澤神韻，猶花蕊也。肋骨立於中，肌肉榮於外，色澤神韻充溢其間，而後詩之美善備，猶木之根幹蒼然，枝葉蔚然，花蕊燦然，而後木之生意完。斯義也，盛唐諸子庶幾近之。宋人專用意而廢詞，若枯卉槁梧，雖根幹屈盤，而絕無暢茂之象。元人專務華而離實，若落花墮蕊，雖紅紫嬌爛，而大都衰謝之風。故觀古詩於六代李唐，而知古之無出漢也。觀律體於五季宋元，而知律之無出唐也。

（《詩藪外編》卷五）

【《詩藪》】

宋室諸君雖皆留意翰墨，而篇什佳者殊寡。藝祖：「未離海底千山黑，才到天中萬國明。」俚語偶中律耳。彈壓徐鼎臣，自是貴勢，

非以詩也。獨神宗挽秦國五言律，精深婉麗，字字唐人，宋世無能及者。今錄全首於後：「曉發城西道，靈車望更遙。春風寒魯館，明月斷秦簫。塵入羅衣暗，香隨玉篆消。芳魂無北渚，那復可爲招！」又二首亦工：「明月留歌扇，殘霞散舞衣。」「蕭條會稽市，無復戲珠人。」皆有唐味。

（《詩藪外編》卷五）

【《詩藪》】

宋人用史語，如山谷：「平生幾兩屐，身後五車書。」源流亦本少陵。用經語如後山：「呪功先服猛，戒力得扶顚。」剪裁亦法康樂。然工拙頓自千里者，有斧鑿之功，無鎔煉之妙。矜持於句格，則面目可憎；架疊於篇章，則神韻都絕。

（《詩藪外編》卷五）

【《詩藪》】

子瞻雖體格創變，而筆力縱橫，天眞爛漫。集中如《虢國夜遊》、《江天疊嶂》、《周昉美人》、《郭熙山水》、《定惠海棠》等篇，往往俊逸豪麗，自是宋歌行第一手。其他全篇，涉議論滑稽者，存而不可論也。

（《詩藪外編》卷五）

【《詩藪》】

六一併稱聖俞、子美。梅詩和平簡遠，淡而不枯，麗而有則，實爲宋人之冠。舜欽雖尚骨力，篇什寥寥，一二偶合，豈可並論。

（《詩藪外編》卷五）

【《詩藪》】

宋之學杜者，無出二陳。師道得杜骨，與義得杜肉。無己得瘦而勁，去非贍而雄。後山多用杜虛字，簡齋多用杜實字。

（《詩藪外編》卷五）

【《詩藪》】

蘇、黃初亦學唐，但失之耳。眉山學劉、白得其輕淺，而不得其流暢，又時雜以論宗，填以故實。修水學老杜，得其拗澀，而不得其沉雄，又時參以名理，發以詼諧。宋、唐體制，遂爾懸絕。

（《詩藪外編》卷五）

【《詩藪》】

宋之爲律者，吾得二人：「梅堯臣之五言，淡而濃，平而遠；陳去非之七言，渾而麗，壯而和，梅多得右丞意，陳多得工部句。」

（《詩藪外編》卷五）

【《詩藪》】

宋初諸人九僧輩，尙多唐韻。惠崇《詠鷺》云：「曝翎沙日煖，引步島風清。照水千尋迴，棲煙一點明。」置之盛唐，那可復辨？然是一時偶合，寇萊公：「野水無人渡，孤舟盡日橫」，乃詞中語。

（《詩藪外編》卷五）

【《詩藪》】

南渡諸人詩，尙有可觀者，如尤、楊、范、陸，時近元和；永嘉四靈，不失晚季。至陳去非宏壯，在杜陵廊廡，謝皋羽奇奧，得長吉風流，尤足稱賞，以其才則遠不如王、蘇、黃、陳。

（《詩藪外編》卷五）

【《詩藪》】

宋之學陳子昂者，朱元晦，學杜者，王介甫、蘇子美、黃魯直、陳無己、陳去非、楊廷秀，學太白者，郭功父，學韓退之者，歐陽永叔，學劉禹錫者，蘇子瞻，學王右丞者，梅聖俞，學白樂天者，王元之、陸放翁，學李商隱者，楊大年、劉子儀、錢思公、晏元獻，學李長吉者，謝皋羽，學王建者，王禹玉，學晚唐者，九僧。林和靖、趙天樂、徐照、翁卷、戴石屏、劉克莊諸人，亦自有近者，總之不離宋人面目。

（《詩藪外編》卷五）

【《詩藪》】

諸家外，又有魏仲先、宋子京、王平父、張文潛、呂居仁、韓子蒼、唐子西、尤延之等；大概非崑體，則晚唐、江西耳。

（《詩藪外編》卷五）

【《詩藪》】

宋五言律近杜者：「地盤三楚大，天入五湖低。」「萬國車中書，中天象魏雄。」「夜雨黃牛峽，秋風白帝城。」「關河先壟遠，天地小臣孤。」「獨乘金殿馬，遙領鐵林兵。」「地鄰夔子國，天近穆陵關。」「峽長深束渭，路險曲通秦。」此得杜之正，盛唐所同者也。

（《詩藪外編》卷五）

【《詩藪》】

「相逢楚天晚，卻看蜀江流。」「乾坤德盛大，盜賊爾獨存。」「燭傾新釀酒，飽載下江船。」「宵徵江夏縣，睡起漢陽城。」「末路驚風雨，窮邊飽雪霜。」「輟耕扶日月，起發極吹噓。」此得杜之偏，宋人酷尚也。

（《詩藪外編》卷五）

【《詩藪》】

宋人語，如「雪消池館初晴後，人倚闌干欲暮時。」「寒食園林三日近，落花風雨五更寒。」「小樓一夜聽春雨，深巷明朝賣杏花。」之類，時咸膾炙不知已落詩餘矣。

（《詩藪外編》卷五）

【《詩藪》】

宋人作拗體者，若永叔：「滄江萬古流不盡，白鳥雙飛意自閒。」文潛：「白頭青髮有存歿，落日斷霞無古今。」尚覺近之。

（《詩藪外編》卷五）

【《詩藪》】

宋人五言古，「雨砌風軒」外，可入六朝者無幾，而近體顧時時有之。摘列於左，掩姓名讀之，未必皆別其爲宋也。

（《詩藪外編》卷五）

【《詩藪》】

宋初九僧：一希晝、二保暹、三文兆、四行肇、五簡長、六惟鳳、七惠崇、八字昭、九懷古。五言律固皆晚唐調，然無一字宋人也。盛宋若梅聖俞，雖學王、岑；晚宋若趙師秀，雖學姚、許；然不無宋調雜之。今摘錄諸人佳句於左，希晝、惠崇，尤傑出也。

（《詩藪外編》卷五）

【《詩藪》】

宋初諸人學晚唐者，寇平仲：「江樓千里月，雪屋一籠燈。」許渾語也。林君復：「片月通蘿徑，幽雲在石床。」姚合語也。潘逍遙：「深洞懸泉脈，懸崖露樹根。」賈島語也。魏仲先：「妻喜裁花活，兒誇鬥草贏。」王建語也。又五代末皮光業句云：「燒平樵路出，潮落海山高。」晚唐調甚工。

（《詩藪外編》卷五）

【《詩藪》】

宋末諸人學晚唐者：趙師秀：「野水多於地，春山半是雲。」徐道暉：「流來天際水，裁斷世間塵。」張功父：「斷橋斜取路，古寺半關門。」翁靈舒：「嵐蒸空寺壞，雪壓小庵清。」世亦稱之。然率淺近，不若惠崇輩之精深也。至戴式之、劉克莊輩，又自作一等晚宋，體益下矣。謝翱五言律亦然。

（《詩藪外編》卷五）

【《詩藪》】

宋人用事，雖種種魔說，然中有絕工者。如梅昌言：「亞夫金鼓從天落，韓信旌旗背水陳。」冠裳偉麗，字字天然，此用事第一法門

－229－

也。惜其語與開元不類，蓋盛唐法稍寬耳。若元和諸子，劉中山伎倆最高，亦未見精嚴若此。而梅絕不以用事名，宋道所以弗競也。

（《詩藪外編》卷五）

【《詩藪》】

黃、陳律詩法杜，可也，至絕句亦用杜體，七言小詩，遂成突梯試浪之質。唐人風韻，毫不復觀，又在近體下矣。

（《詩藪外編》卷五）

【《詩藪》】

介甫七言絕，當代共推，特以工致勝耳，於唐自遠。六言「水冷冷而北出」四語，超然玄詣，獨出宋體之上，然殊不多見。五言「南浦隨花去，回舟路已迷。暗香無處覓，日落畫橋西。」頗近六朝。至七言諸絕，宋調壘出，實蘇、黃前導也。

（《詩藪外編》卷五）

【《詩藪》】

宋絕句共稱者，子美：「春陰垂野草青青」，介甫：「金爐香爐漏聲殘」，子瞻：「臥看溪南十畝蔭」，平甫：「萬傾波濤木葉飛。」諸作雖稍有天趣，終自宋人聲口。

（《詩藪外編》卷五）

【《詩藪》】

宋人調甚駁，而材具縱橫，浩瀚過於元；元人調頗純，而材具局促，卑陬劣於宋。然宋之遠於詩者，材累之；元之近於詩，亦材使之也。故蹈元之轍，不失為小乘；入宋之門，多流於外道矣。

（《詩藪外編》卷六）

【《詩藪》】

元五言古，率祖唐人。趙子昂規陳伯玉，黃晉卿仿孟浩然，楊仲弘、滕玉霄、薩天錫誦法青蓮，范德機、傅與礪、張仲舉步趨工部。虞文靖學杜，間及六朝；揭曼碩師李，旁參三謝。元選體源流，略盡

於此。然藩籬稍窺，閫域殊遠，碎金時獲，完璧甚稀。蓋宋之失，過於創撰，創撰之內，又失之太深；元之失，過於臨模，臨模之中，又失之太淺。

（《詩藪外編》卷六）

【《詩藪》】

宋近體人以代殊，格以人創，鉅細精粗，千岐萬軌。元則不然，體制音響，大都如一。其詞太綺縟而乏老蒼，其調過勻整而寡變幻，要以監戒前車，不得不爾。至於肉盛骨衰，形浮味淺，是其通病。國初諸子尙然。

（《詩藪外編》卷六）

【《詩藪》】

宋五言律勝元，元七言律勝宋。歌行絕句，皆元人勝。至五言古，俱不足言矣。

（《詩藪外編》卷六）

【《詩藪》】

唐人詩如初發芙蓉，自然可愛。宋人詩如披沙揀金，力多功少。元人詩如縷金錯彩，雕繢滿前。三語本六朝評顏、謝詩，以分隸唐、宋、元人，亦不甚誣枉也。

（《詩藪外編》卷六）

【《詩藪》】

宋人詩，最善入人，而最善誤人。故習之士，目中無得容易著宋人一字，此不易之論也。然博物君子，一物不知，以爲已醜。矧引二百年間聲名文物，其人才往往有瑰瑋絕特者，錯列其中。今以習詩故，概捐高閣，則詩又學之大病也。矧引諸人制作，亦往往有可參六代三唐者，博觀而愼取之，合者足以法，而悖者足以懲，即習詩之士，詎容盡廢乎！今蒐諸詩話，考列姓名，並銓擇其篇句之可觀者於後，度南而後，世所厭薄，此特詳焉。要以爲考見古今助。而不顓備詩家也。

（《詩藪雜編》卷五）

－231－

【《蓮花詩》】

張文潛《蓮花》詩:「平池碧玉秋波瑩,綠雲擁扇青搖柄。水宮仙子鬥紅妝,輕步凌波踏明鏡。」杜衍《雨中荷花》詩:「翠蓋佳人臨水立,檀粉不勻香汗濕。一陣風來碧浪翻,眞珠零落難收拾。」此二詩絕妙。又劉美中《夜度娘歌》:「菱花炯炯垂鸞結,爛學宮妝勻膩雪。風吹涼鬢影蕭蕭,一抹疏雲對斜月。」寇平仲《江南曲》:「煙波渺渺一千里,白蘋香散東風起。惆悵汀州日暮時,柔情不斷如春水。」亡友何仲默嘗言宋人書不必收,宋人詩不必觀,余一日書此四詩訊之曰:「此何人詩?」答曰:「唐詩也。」余笑曰:「此乃吾子所不觀宋人之詩也。」仲默沉吟久之,曰:「細看亦不佳。」可謂倔強矣。

杜祁公以厚德稱,而絕句精工乃爾。《詩藪》雜編,搜輯殆無餘力,復遺此,因錄之。仲默故匪讀書者,迺其人溫然長者,以爲倔強,冤矣。「細看不佳」,乃老顛述王晉卿語,楊以事相類,強移附之,吾不可不爲雪。

(《藝林學山》)

江盈科

【《敝篋集引》】

世之稱詩者,必曰唐。稱唐詩者,必曰初曰盛。惟中郎不然。曰:詩何必唐,何必初與盛,要以出自性靈者,爲眞詩爾。夫性靈竅於心,寓於境,境所偶觸,心能攝之,心所欲吐,腕能運之,心能攝境,即螻屹蜂蠆皆足寄興,不必睢鳩驪虞矣。腕能運心,即諧詞謔語皆足觀惑,不必法言莊什矣。以心攝境,以腕運心,則性靈無不畢達。是之謂眞詩,而何必唐,有何必初與盛之爲沾沾。蓋中郎嘗與余方舟濟蠡澤,適案上有唐詩一帙,指謂余曰:唐人之語,無論工不工,第取而讀之,其色鮮妍,如旦晚脫筆硯者,今人之詩即工乎,然句句字字,拾人餖飣,才離筆硯,已似舊詩矣。夫唐人千歲而新,今人脫手而舊,豈非流自性靈與出自模擬者所從來異乎?夫茄瓜梨棗之初登於市,一

錢一顆，人爭食焉，而可於口；越歲之薰豚臘兔，十錢一簋，坐客投
箸而不肯下。蓋新者見嗜，舊者見厭，物之恒理，惟詩亦然。新則人
爭嗜之，舊則人爭厭之。流自性靈者，不期新而新，出自模擬者，力
求脫舊而轉得舊。由斯以觀，詩期於自性靈出爾，又何必唐，何必初
與盛之爲沾沾哉？中即論詩之概若此。君總角時已能詩，下筆數百
言，無不肖唐，君乃自強，曰奈何不自爲詩、而唐之爲？故諸所題詠，
輒廢置不錄。及其令吳二年，移病乞歸，友人方子公爲檢其圖書，付
行李，從敝篋中得君詩一編，讀而旨於味。曰：異哉！有物若是，而
以供蠹魚！其不盡充蠹魚腹也，其猶有物護之與？余氏稍稍衺次付諸
梓，題曰《敝篋集》。夫爨下之桐，至音出焉，則中郎茲集之謂矣。

（《雪濤閣集》卷之八）

郝敬

【《藝圃傖談》】

宋人詩大抵多險僻，尚雕巧。蓋濫觴於唐中晚諸家。中唐家有險
僻者，晚加雕琢。盛唐絕無此矣。律詩求氣格骨力不難，初、盛、中、
晚之分不在此。惟開元以來，渾厚正大，體質自然。大曆以後，漸覺
清儇妝綴，所以異耳。

（《藝圃傖談》卷之三）

許學夷

【《詩源辯體》】

學者於詩，或欲爲六朝、晚唐，其失爲卑；爲錦囊、西崑，其失
爲偏；又有爭一字之巧、一句之奇，以新耳目，初不知有六朝、晚唐，
亦不知有錦囊、西崑也，則其失爲野矣。或曰：「漢、魏、初、盛自
不必學，六朝、晚唐、錦囊、西崑，亦已有之，不若因時趨變，足快
一時耳。」予曰：子不見器用與冠服乎？三歲而更新，十歲而易制，
而新者復故矣。大曆諸公，而律始變焉，元和、開成、唐末，而又變
焉，至宋，而又再變焉，再變之後，而神奇復化爲臭腐矣。然後之論

律詩者，宗初、盛唐耶？宗大曆、元和、開成、唐末耶？宗宋人耶？故作者但能神情融洽，出自胸臆，觀者自能鼓舞，固不必創新立異以爲高耳。譬之於人，鬚眉口鼻皆同，而豐神意態不一，豈必鬚眉變相，口鼻異生，始爲絕類乎？試以予說求之，其惑自袪矣。

（《詩源辯體》卷三十四）

【《詩源辯體》】

傅與礪《詩法正論》，述范德機之意而作。首言《詩》權輿於《擊壤》、《康衢》，演迤與《卿雲》、《南風》，制作於《國風》、《雅》、《頌》；次言《國風》、《雅》、《頌》、歌行引吟謠曲之體；又次言蘇、李五言及魏、晉以來之詩，而並引德機之語，庶得其大體矣。其言唐人以詩爲詩，主達情性，於《三百篇》爲近；宋人以文爲詩，主立議論，於《三百篇》爲遠，甚當。又言達情性者，國風之餘，立理論者，雅、頌之變。未易優劣，則正變不分，烏在其爲正論乎？又言作詩成法有起承轉合，起處要平直，承處要春容，謂李、杜歌行皆然，則謬戾甚矣。

（《詩源辯體》卷三十五）

【《詩源辯體》】

胡元瑞云：「詩之觔骨，猶木之根幹也。肌肉，猶枝葉也。色澤、神韻，猶花蕊也。觔骨立於中，肌肉、色澤榮於外，神韻充溢其間，而後詩之美善備。猶木之根幹蒼然，枝葉蔚然，花蕊燦然，而後木之生意完。斯義也，盛唐諸子庶幾近之。宋人專用意而廢詞，若枯卉槁梧，雖根幹屈盤，而絕無暢茂之象。元人專務華而離實，若落花墮蕊，雖紅紫嫣燼，而大都衰謝之風。」又云：「宋人調甚駁，而材具縱橫，浩瀚過於元；元人調頗純，而材具局促，卑陋劣於宋。然宋之遠於詩者，材累之；元之近於詩，亦材使之也。故蹈元之轍，不失爲小乘；入宋之門，多流於外道矣。」愚按：元瑞此論甚妙，但言宋人用意，當言宋人尚格爲妥。宋人雖用意，而意不可言觔骨也。又元人律詩，

亦多出於中、晚正派，今言元人專務華而離實云云，或未見諸家全集，姑以理勢斷之耳。俟諸公全集出，更爲定論。

（《詩源辯體・後集纂要》卷一）

【《詩源辯體》】

宋人五、七言古，出於退之、樂天者爲多。其構設奇巧，快心露骨，實爲大變，而高才之士每多好之者，蓋以其縱恣變幻，機趣靈活，得以肆意自騁耳。七言律，若梅聖俞、王介甫、黃魯直、陳無己諸人所錄而外，多生澀怪僻，實出晚唐惡道。後世中才之士，於宋人諸體，讀其律，知其爲惡，讀其古，又茫無所得，往往謂宋人皆不足觀，宜矣。嚴滄浪云：「近代諸公作奇特解會，遂以文字爲詩，以才學爲詩，以議論爲詩，夫豈不工？終非古人之詩也」。此論最爲公平，庶幾有兼識者。

（《詩源辯體・後集纂要》卷一）

【《詩源辯體》】

胡元瑞云：「宋人近體歌行，歌行勝古詩，至風雅樂謠，庶幾中絕。」又云：「律詩猶有如杜。」愚按：謂「風雅樂謠，庶幾中絕」，甚當。謂「近體勝歌行，歌行勝古詩」，則謬甚矣！宋人古詩、歌行，多出於退之、樂天，體雖大變，而功力恒有過之。律詩雖多出子美，然得其粗而遺其精，明於變而味於正，故非枯槁拙澀，則鄙樸淺稚，如杜之沉雄含蓄、渾厚悲壯者，有一語乎？徒原其所自出，而不究其所從歸，則岑樓寸木矣。張文石云：「衰周無頌，漢無雅，晉無四言，唐無選，宋無律。」斯並得之。

（《詩源辯體・後集纂要》卷一）

【《詩源辯體》】

宋主變不主正，古詩、歌行滑稽議論，是其所長。其變幻無窮，凌跨一代，正在於此。或欲以論唐詩者論宋，正猶求中庸之言於釋、老，未可與語釋、老也。

（《詩源辯體・後集纂要》卷一）

【《詩源辯體》】

宋初，譚用之、胡宿、林逋及九僧之徒，五、七言律絕尙多唐調，而楊大年、錢希聖等又學李義山，號「西崑體」，人多訾其僻澀。然自林逋而外，俱無全集，至梅聖俞才力稍強，始欲自立門戶，故多創爲奇變，宋人好奇者大都出此，劉後村云：「本朝詩惟宛陵爲開山祖師」是也。

（《詩源辯體‧後集纂要》卷一）

【《詩源辯體》】

元美、元瑞論詩，於正者雖有所得，於變者則不能知；袁中郎於正者雖不能知，於變者實有所得。中郎云：至李、杜而詩道始大。韓、柳、元、白、歐，詩之聖也。蘇，詩之神也。以李、杜、柳與四家並言，固不識正變之體；以韓、、白、歐爲聖，蘇爲神，則得變體之實矣。試以五言古論之，韓、白、歐、蘇雖各極其至，而才質不同：韓才質本勝歐，但以全集觀，則韓太蒼莽；歐入錄較多，而警覺稍遜，然不免步武退之；白雖能自立門戶，然視其全集，則體多冗漫，而氣亦屢弱矣；至於蘇，則才質備美，造詣兼至，故奔放處有收斂，傾倒處有含蓄，蓋三子本無造詣，而蘇則實有造詣也。總四家而論，蘇爲上，韓次之，白次之，歐又次之，而元不足取。宋人首稱蘇、黃。黃諸體恣意怪僻，遂爲變中之變，元美謂其「愈巧愈拙，愈新愈陳，愈近愈遠。」又云：「魯直不足小乘，直是外道，已墮傍生趣中」是也。然黃竟爲江西詩派之祖，流毒終於宋世。中郎直舉歐、黃而置黃勿論，可爲宋代功臣。

（《詩源辯體‧後集纂要》卷一）

【《詩源辯體》】

宋人七言律雖著意盛唐，然亦有自得之趣。爲介甫大多晚唐僻調，而惡句復多，又用事無虛句，可謂事障，以全集觀乃見。陳後山謂荊公暮年詩益工，正是愈趨愈遠耳。唐子西謂荊公得子美句法，正未識子美也。

（《詩源辯體‧後集纂要》卷一）

【《詩源辯體》】

　　黃魯直諸體生澀拗僻，深晦底滯者悉出聖俞。宋人謂歐公以文爲詩，坡公罕逢醞藉，此論誠當。然於魯直則反稱美之，豈以歐、蘇爲變，魯直爲正邪？甚矣宋人之愈惑也！陳無己謂魯直過於用奇，不若杜之遇物而奇。愚謂太白之窈冥恍惚，子美之突兀崢嶸，乃古今之奇。魯直不能彷彿一二，徒欲以一字一句取異於人，即使果爲奇句，亦是小道，況若是乎？

（《詩源辯體・後集纂要》卷一）

【《詩源辯體》】

　　方虛谷云：「乾、淳間，詩巨擘稱尤、楊、范、陸。」陸文圭云：「渡江初，誠齋、放翁、後村號三大家。」虛谷又云：「乾、淳以來，尤、楊、范、陸爲四大家，自是始降而爲江湖之詩。葉水心以文爲一時宗，永嘉四靈從其說，改學晚唐，宗賈島、姚合，凡島、合同時漸染者，皆陰撏取摘，用驟名於時，而學之者不能有所加，日益下矣。名曰厭傍江西籬落，而盛唐一步不能進。天下皆知四靈之爲晚唐，而鉅公亦或學之。四人或字或號，皆有「靈」字，故曰「四靈」。或問四靈較江西諸子何如？曰：四靈、江西俱未見全集，然四靈宗島、合，雖晚唐，猶有可觀；江西宗山谷，山谷字子美，所謂正變兩失，選宋者亦然，皆挾天子以令諸侯也。時又有戴石屏，亦江湖詩人，聞武進庠生項永貞有宋詩一百本，意諸家皆全，求借不與，後集不成始此。

（《詩源辯體・後集纂要》卷一）

【《詩源辯體》】

　　朱元晦五言最工。宋人五言古，歐、蘇門戶雖大，然悉成大變；國朝諸公則《選》體稍近，而唐體實疏。元晦五言古初年嘗擬《十九首》，既而悉學應物，又既而學子昂，又既而學子美，音節步驟，十不失一，實在我明諸家之上，元瑞稱其「制作頗溯根源」是也。元晦嘗言：「其後生見人做得好詩，銳意要學，遂將淵明詩平仄用字一一

－237－

依他做到，一月方得作詩之法。」蓋元晦本學淵明，然未易彷彿，故其沖淡者遂爲應物，宏大者即成子美也。人知陶、韋爲一源，不知子美音調實與陶爲一源也。

（《詩源辯體・後集纂要》卷一）

【《詩源辯體》】

宋人之詩，大都出於元和，非但初、盛唐之音絕響，即中、晚之調亦不多得，惟嚴儀卿諸體悉出騷、選、盛唐，但未能自然耳。楚辭《雲山操》最佳，樂府歌行多出太白。

（《詩源辯體・後集纂要》卷一）

王嗣奭

【《文學》】

今無論能詩不能詩，開口譏薄宋人。宋人安可輕也？宋有步趨唐人者，可以分路揚鑣，有自操杼軸者，可以開山作祖。于鱗刪詩，屏去宋元，吾不能不爲稱屈。蓋局於所見而不圓也。

（《管天筆記外編》卷下）

謝肇淛

【《小草齋詩話》】

宋人詩遠不及唐，而必自以爲唐者杜撰之也。本朝詩遠過於宋，而常有墮入於宋者，蘇誤之也。

（《小草齋詩話》卷二外篇上）

【《小草齋詩話》】

宋人能詩者，如林和靖、寇忠愍、楊大年、梅聖俞、王元之、蘇子美、蔡君謨、賀方回、張文潛輩，其得意合作之語未必遽遜於唐，而一時未必遽推服之也。但今日介甫，明日歐公，今日東坡，明日山谷，議論繁多，遂成不可救藥之症，悲夫！

（《小草齋詩話》卷二外篇上）

【《小草齋詩話》】

作詩第一對病是道學，何者？酒色放蕩，禮法所禁，一也；意象空虛，不踏實地，二也；顛倒議論，非聖非法，三也；議論杳渺，半不可解，四也；觸景偶發，非有指譬，五也。宋時道學諸公詩無一佳者，至於黃勉齋登臨時，開口便云：「登山如學道，可止不可已。」此正是「闕如爲山」注疏耳。晦翁詩卻有不著相處，然便欲以《感遇》擬子昂，終覺不侔。王荊公云：「詩家病使事太多，蓋皆取其與題合者類之，如此，乃是編事，雖工何益？」至哉言也，可謂中宋人膏肓之病矣。蘇黃雖筆底縱橫，未免坐此，即荊公亦徒能言之耳，時時墮入窠中也，韓杜誤之也。

（《小草齋詩話》卷二外篇上）

【《小草齋詩話》】

宋詩五百餘家，而傳世者及藏書所有者不及其半，內府秘閣之藏，尚有百餘家，但人跡罕到，翻閱不時，恐易代之後終成烏有耳。一代文獻不三百年而零落乃耳，後死者獨無責哉！

（《小草齋詩話》卷二外篇上）

【《小草齋詩話》】

宋人不善詩而喜談詩，詩話至三十餘家，其中如竹坡老人者，毫無見解，口尚乳臭，而妄意雌雄，多見其不知量也。

（《小草齋詩話》卷二外篇上）

【《小草齋詩話》】

自元而後，道學之語革矣。元人之才情音調自過宋人，而濃鬱富厚終覺未逮。虞、楊、范、揭、趙、薩諸公自成一家言可矣，欲其淹貫百代，包涵萬里，未能比肩臨川，而況盧陵、眉山乎！本朝僅數名家力追上古，然刻畫模擬已不勝其費力矣。其他作者雖復如林，上乘雋語，人不數篇，要其究竟，尚不及宋，何也？宋人有實學，而本朝人多剽竊故也。

（《小草齋詩話》卷二外篇上）

【《小草齋詩話》】

宋人一生之學韓、杜兩家，本朝功令不一，趨向多岐，亦有學杜者，學長吉、玉川者，學錢、劉者，學元、白者，學許渾、李商隱者，學六朝者，近來常有學坡、谷者，然到底未得盛唐門徑。

（《小草齋詩話》卷二外篇上）

【《小草齋詩話》】

唐以詩為詩，宋以理學為詩，元以詞曲為詩，本朝好以議論、時政為詩。

（《小草齋詩話》卷二外篇上）

【《小草齋詩話》】

宋詩雖墮惡道，然其意亦欲自立門戶，不肯學唐人口吻耳，此等見解非本朝人可到。本朝惟北地、歷下二公有成佛作祖之意，而力量稍不逮。其他諸名家雖復昇青蓮之堂，入輞川之室，不過佐命之才，非扶餘國王手也。此旨寥寥，難以語人。

（《小草齋詩話》卷二外篇上）

【《小草齋詩話》】

詩自有法，何必抵死學杜？宋三百年，正坐此病。而今人往往未能脫去口吻，至謂獻吉得杜之變，于鱗得杜之正。夫北地規杜者無論，濟南與杜原不干涉，況其立意正欲矯獻吉之弊者，安得強而合之？至謂王太常得其骨幹，汪司馬得其氣格，吳參知得其體裁，附會糊塗，益堪捧腹。即使諸君子各得杜一節，亦何足為推尊之？至弇州幹局似之，而終不類也。何也？杜精沉深著，而王粗心浮氣多也。

（《小草齋詩話》卷二外篇上）

【《小草齋詩話》】

宋初詩如王元之、楊大年皆守唐人法度，然黃州新奇，時有出入武夷，篇篇渾雄穩重。如《南源院》云：「路入藤蘿十里餘，松叢瀟灑竹房虛。燕巢新舊金人殿，蟲網縱橫貝葉書。當晝風雷生洞穴，欲

齋猿鳥下庭除，昔年曾此題詩住，細拂流塵認魯魚。」《送樂司農知洪州》云：「司農搜粟漢名鄉，千里江西擁旆旌。腰下金龜三品綬，手中銅虎八州兵。屬鞭牧伯趨庭見，騎竹兒童塞路迎。洪昇主人今重士，肯教懸榻有塵生。」他皆此類，難以句摘，至於表啓儷語，尤極溫贍。

（《小草齋詩話》卷三外篇下）

【《小草齋詩話》】

李虛已與曾致堯切磋爲詩，致堯謂：「子之辭工矣，而其音猶啞。」虛已惘然，退而精思，再綴數篇示曾，曾驚歎曰：「得之矣。」聲響固詩之一端，而未足當上乘也。宋人之詩病政坐此然，虛已詩如「苔破閒堦幽鳥立，草荒深院老僧眠」，雖曰佳句，已覺費力，至「探珠宮裏驪龍睡，織錦機中彩鳳盤」，已入至寶丹道中矣。烏乎！

（《小草齋詩話》卷二外篇上）

【《小草齋詩話》】

宋初九僧尚有唐響，如希晝「禽聲沈遠木，花影動日廊。樹勢分孤磊，河流出遠荒」，「帆影迷寒雁，經聲隱暮潮」；寶暹「野禪依樹遠，中飯傍泉清。深院無人語，長松滴雨聲」；文兆「一徑杉松老，三更雨雪深。草堂僧話息，雲閣磬聲沈」；行肇「徑寒杉影轉，窗晚雪聲過」，「春通三徑晚，家別九江遙」；簡長：「吳山全接漢，江樹半藏雲。振錫林煙斷，添瓶澗月分」；惟鳳「磬斷危杉月，燈殘古塔霜」，「秋聲落晚木，夜魄透寒衣」；惠崇「注瓶沙井遠，鳴磬雪房涼」；宇昭「客髭生白早，叢木落青遲。餘花留暮蝶，幽草戀殘陽」；懷古「杖履苔痕上，香燈樹影間」。其得意之語往往凌駕錢、劉，其他如智圓、遵式、契嵩、道潛、祕演、清順、惠洪、善權、元肇、菩珍、自南，皆有佳語。方氏《瀛奎律髓》所選略備。

（《小草齋詩話》卷二外篇上）

婁堅

【《錢密緯寒玉齋詩序》】

昨歲予遊京口，於友人陳仲醇舟中與密緯相識。因得覽其文，意深而緒密，非敏且勤弗能也。明日，獲共若沖先生登眺從容，夜深乃別。雖心質行非造次，可盡知其超然脫去世俗而遊於埃之表也。為賦長句四韻五言古三十韻，以寄其慨慕焉。自後密緯數過從，未嘗不言詩。出其詩數篇驟讀之，如風雨過而晴日在軒庭開霽人也。予為言，今之經義與詞賦，迥然分途，即才能兼之，有得於此必有妨於彼。吾見其兩乖矣，未見其並詣也。頗疑經義屢變而彌淺是可贋售也。非若詞賦似靡，而源遠不可襲取也。蓋先為可售，而徐及於深造，庶幾終有合乎。蓋予嘗折臂於斯矣，密緯不以余言為迂，而低回首肯者久之。別一年，所聞其復不售於有司，方為悵然，而寒玉齋一編至矣。夫遇不遇，固非人之所得為也，然彼是各一途，而吾欲迫而強合之亦非力之所能及也。以密緯之勤敏，而求合有司之尺度，又三年希有不中程矣。則吾願與子終言。詩必也博綜以濬其源，深思以極其趣，毋眩於俗以需中之自得，毋急於名以俟眾之自歸，持論則毋狃於時代，而但諦觀其所就，取裁則毋矜於華靡而務力遡其所從。苟能是，即漢魏晉唐之遺音將亦時見。於宋之作者而喋喋焉，沿襲口耳以輕肆訧訾者，或實未有窺也。密緯以為然耶，不耶？吾觀昔賢之論，譬文章於懸衡，今子之詩固已，使予服膺而俯。他日功益，專增益重吾首之至地，夫何疑顧。如余駑鈍，既拙於爭時又惡於虛名，終身窮初不自悔，終身學老而無成，又以是薦之密緯何也。

(《學古緒言》卷二)

【《答吳興王君書》】

僕鈍且衰，已絕意當世之名，兼酷信釋氏，每恨知聞之晚，漸益泊然。乃蒙不鄙，惠書鄭重且拜珠玉大貺，若翹首雲霞而傾耳韶濩也。慚感何已，何已。憶自少壯至今，凡讀書為文，皆不能與時俯仰，以

遂成其名。雖小夫豎子之能捷得者,猶愧不若,況於名公才士之未必果合者乎。顧竊有聞於宿學,其言雖迂俗而頗與古人合。聊一爲陳之。僕嘗舉東漢文勝六朝,六朝勝唐人以問,又問古文之法何以曰亡於韓,唐人之詩何以曰無五言古,語未卒而其人啞然笑曰:子爲疑我而問乎,抑果有不釋然者乎,此殆囈語耳。試多取古人之文與近代文雜而讀之,其若飲醇若食蜜者,必古之卓然者也,其若餔糟若嚼蠟者,必古之靡靡者也,不然則今也且非獨文也。夫宋人以議論爲詩,誠不盡合於古,至其高者,意趣超妙,筆力雄秀,要自迥絕未可輕議,今乃欲以贋漢唐而訾眞唐宋,容足憑乎!僕自聞此快論,中頗了了,然才既不逮人,又不蚤自力於學,迄於無所成立,比者百念灰冷,不恨無成,且願學之,思亦都廢矣,衰年邁閔,病復乘之,何心及此。姑述所聞,以爲報耳。苦雨十首,田野樸拙之音,聊用發笑而已。至於字畫,非曰能之,但以嗜好既久,庶幾識眞蘇長公《論書寄子由》五言殆盡其理。此在高明,可以頓悟漸入也。目眚不辦,作小字又方伏枕,聞有風便強起口占,想蒙垂亮。

(《學古緒言》卷二十二)

【《草書東坡五七言各一首因題其後》】

世之論古文者,謂法亡於韓,而予以爲賈、馬之後獨韓最高雅,如《進學解》、《敦答客難》解嘲而爲之,然皆不擬其詞格,而命意尤醇雅,眞儒者之文也。至其詩,尤不宜於俗。讀《調張籍》一篇,雖盲聾可幾於聰明矣。宋人之詩,高者固多有如蘇長公,發妙趣於橫逸謔浪,蓋不拘拘爲漢魏晉唐,而卒與之合,乃曰此直宋詩耳。詩何以議論,爲此與兒童之見何異!予喜字畫多寫唐宋人詩文以應來索者,蓋數以此語告之。

(《學古緒言》卷二十三)

袁宏道

【《敘小修詩》】

弟小修詩，散逸者多矣，存者僅此耳。余懼其復逸也，故刻之。弟少也慧，十歲餘即著《黃山》、《雪》二賦，幾五千餘言，雖不大佳，然刻畫釘餖，傅以相如、太沖之法，視今之文士矜重以垂不朽者，無以異也。然弟自厭薄之，棄去。顧獨喜讀老子、莊周、列禦寇諸家言，皆自作注疏，多言外趣，旁及西方之書、教外之語備極研究。既長，膽量愈廓，識見愈朗，的然以豪傑自命，而欲與一世之豪傑爲友。其視妻子之相聚，如鹿豕之與群而不相屬也；其視鄉里小兒，如牛馬之尾行而不可與一日居也。泛舟西陵，走馬塞上，窮覽燕、趙、齊、魯、吳、越之地，足跡所至，幾半天下，而詩文亦因之以日進。大都獨抒性靈，不拘格套，非從自己胸臆流出，不肯下筆。有時情與境會，頃刻千言，如水東注，令人奪魂。其間有佳處，亦有疵處，佳處自不必言，即疵處亦多本色獨造語。然予則極喜其疵處；而所謂佳者，尙不能不以粉飾蹈襲爲恨，以爲未能盡脫近代文人氣習故也。蓋詩文至近代而卑極矣，文欲準於秦、漢，詩則必欲準於盛唐，剿襲模擬，影響步趨，見人有一語不相肖者，則共指以爲野狐外道。曾不知文準秦、漢矣，秦、漢人曷嘗字字學《六經》歟？詩準盛唐矣，盛唐人曷嘗字字學漢、魏歟？秦、漢而學《六經》，豈復有秦、漢之文？盛唐而學漢、魏，豈復有盛唐之詩？唯夫代有升降，而法不相沿，各極其變，各窮其趣，所以可貴，原不可以優劣論也。且夫天下之物，孤行則必不可無，必不可無，雖欲廢焉而不能；雷同則可以不有，可以不有，則雖欲存焉而不能。故吾謂今之詩文不傳矣。其萬一傳者，或今閭閻婦人孺子所唱《擘破玉》、《打草竿》之類，猶是無聞無識眞人所作，故多眞聲，不效顰於漢、魏，不學步於盛唐，任性發展，尙能通於人之喜怒哀樂嗜好情慾，是可喜也。蓋弟既不得志於時，多感慨；又性喜豪華，不安貧窶；愛念光景，不受寂寞。百金到手，頃刻都盡，故嘗貧；而沉湎嬉戲，不知樽節，故嘗病；貧復不任貧，病復不任病，

故多愁。愁極則吟，故嘗以貧病無聊之苦，發之於詩，每每若哭若罵，不勝其哀生失路之感。予讀而悲之。大概情至之語，自能感人，是謂眞詩，可傳也。而或者猶以太露病之，曾不知情隨境變，字逐情生，但恐不達，何露之有？且《離騷》一經，忿懟之極，黨人偷樂，眾女謠諑，不揆中情，信讒齎怒，皆明示唾罵，安在所謂怨而傷者乎？窮愁之時，痛哭流涕，顛倒反覆，不暇擇音，怨矣，寧有不傷者？且燥濕異地，剛柔異性，若夫勁質而多懟，峭急而多露，是之謂楚風，又何疑焉？

（《袁宏道集箋校》卷四）

【《丘長孺》】

讀來詩，無一字不佳，五七言及諸絕句，古質蒼莽，氣韻沉雄，眞是作者。當爲詩中第一，見在未來第一。五言律不浮次之，七言律又次之。大抵物眞則貴，眞則我面不能同君面，而況古人之面貌乎？唐自有詩也，不必《選》體也；初、盛、中、晚自有詩也，不必初、盛也。李、杜、王、岑、錢、劉，下逮元、白、盧、鄭，各自有詩也，不必李、杜也。趙宋亦然。陳、歐、蘇、黃諸人，有一字襲唐者乎？又有一字相襲者乎？至其不能爲唐，殆是氣運使然，猶唐之不能爲《選》，《選》之不能爲漢、魏耳。今之君子，乃欲概天下而唐之，又且以不唐病宋。夫既以不唐病宋矣，何不以不《選》病唐，不漢、魏病《選》，不《三百篇》病漢，不結繩鳥跡病《三百篇》耶？果爾，反不如一張白紙，詩燈一派，掃土而盡矣。夫詩之氣，一代減一代，故古也厚今也薄。詩之奇之妙之工無所不極，一代盛一代，故古有不盡之情，今無不寫之景。然則古何必高，今何必卑哉？不知此者，決不可觀丘郎詩，丘郎亦不須與觀之。

（《袁宏道集箋校》卷六）

【《張幼于》】

至於詩，則不肖聊戲筆耳。信心而出，信口而談。世人喜唐，僕

則曰唐無詩；世人喜秦、漢，僕則曰秦、漢無文，世人卑宋黜元，僕則曰詩文在宋、元諸大家。昔者老子欲死聖人，莊生譏毀孔子，然至今其書不廢；荀卿言性惡，亦得與孟子同傳。何者？見從己出，不曾依傍半個古人，所以他頂天立地。今人雖譏訕得，卻是廢他不得。不然，糞裏嚼查，順口接屁，倚勢欺良，如今蘇州投靠家人一般。記得幾個爛熟故事，便曰博識；用得幾個見成字眼，亦曰騷人。計騙杜工部。囤紮李空同，一個八寸三分帽子，人人戴得。以是言詩，安在而不詩哉？不肖惡之深，所以立言亦自有矯枉之過。公謂僕詩亦似唐人，此言極是。然要之幼于所取者，皆僕似唐之詩，非僕得意詩也。夫其似唐者見取，則其不取者斷斷乎非唐詩可知。既非唐詩，安得不謂中郎自有之詩，又安得以幼于之不取，保中郎之不自得意耶？僕求自得而已，他則何敢知。近日湖上諸作，尤覺穢雜，去唐愈遠，然愈自得意。昨已爲長洲公覓去發刊。然僕逆知幼于之一抹到底，絕無一句入眼也。何也？眞不似唐也。不似唐，是干唐律，是大罪人也，安可復謂之詩哉？

（《袁宏道集箋校》卷十一）

【《雪濤閣集序》】

文之不能不古而今也，時使之也。妍孅之質，不逐目而逐時。是故草木之無情也，而輕紅鶴翎，不能不改觀於左紫溪緋。唯識時之士，爲能堤其潰而通其所必變。夫古有古之時，今有今之時，襲古人語言之跡而冒以爲古，是處嚴多而襲夏之葛者也。《騷》之不襲《雅》也，《雅》之體窮於怨，不《騷》不足以寄。後之人有擬而爲之者，終不肖也，何也？彼直求《騷》於《騷》之中也。至蘇、李述別及《十九》等篇，《騷》之音節體致皆變矣，然不謂之眞《騷》不可也。古之爲詩者，有泛寄至情，無直書之事；而其爲文也，有直書之事，無泛寄之情，故詩虛而文實。晉、唐以後，爲詩者有贈別，有敘事；爲文者有辨說，有論敘。架空而言，不必有其事與其人，是詩之體已虛，而文之體已不能實矣。古人之法，顧安可概哉！夫法因於敝而成於過

者也。矯六朝駢麗飣餖之習者，以流麗勝，飣餖者固流麗之音也，然其過載輕纖。盛唐諸人，以闊大矯之。已闊矣，又因闊而生莽。是故續盛唐者，以情實矯之。已實矣，又因實而生俚。是故續中唐者，以奇僻矯之。然奇則其境必狹，而僻則務爲不根以相勝，故詩之道，至晚唐而益小。有宋歐、蘇輩出，大變晚習，於物無所不收，於法無所不有，於情無所不暢，於境無所不取，滔滔莽莽，有若江河。今之人徒見宋之不唐法，而不知宋因唐而有法者也。如淡非濃，而濃實因於淡。然其敝至以文爲詩，流而爲理學，流而爲歌訣，流而爲偈誦，詩之弊又有不可勝言者矣。近代文人，始爲復古之說以勝之。夫復古是已，然至以剽襲爲復古，句比字擬，務爲牽合，棄目前之景，摭腐濫之辭，有才者屈於法，而不敢自伸其才；無之者拾一二浮泛之語，幫湊成詩。智者牽於習，而愚者樂其易，一唱億和，優人騶子，共談雅道。吁，詩至此，抑可羞哉！夫即詩而文之爲弊，蓋可知矣。余與進之遊吳以來，每會必以詩文相勵，務矯今代蹈襲之風。進之才高識遠，信腕信口，皆成律度，其言今人之所不能言，與其所不敢言者。或曰：「進之文超逸爽朗，言切而旨遠，其爲一代才人無疑。詩窮新極變，物無遁情，然中或有一二語近平近俚近俳，何也？」余曰：「此進之矯枉之作，以爲不如是不足矯浮泛之弊，而闊時人之目也。」然在古亦有之，有以平而傳者，如「睫在眼前人不見」之類是也；有以俚而傳者，如「一百饒一下，打汝九十九」之類是也；有以俳而傳者，如「迫窘詰曲几窮哉」之類是也。古今文人，爲詩所困，故逸士輩出，爲脫其黏而釋其縛。不然，古之才人，何所不足，何至取一二淺易之語，不能自捨，以取世嗤哉？執是以觀，進之詩其爲大家無疑矣。詩凡若干卷，文凡若干卷，編成，進之自題曰《雪濤閣集》，而石公袁子爲之敘。

（《袁宏道集箋校》卷十八）

【《答梅客生開府》】

邸中無事，日與永叔、坡公作對。坡公詩文卓絕無論，即歐公詩，亦當與高、岑分昭穆，錢、劉而下，斷斷乎所不屑。宏甫選蘇公文甚

妥，至於詩，百未得一。蘇公詩無一字不佳者。青蓮能虛，工部能實；青蓮唯一於虛，故目前每有遺景，工部唯一於實，故其詩能人而不能天，能大能化而不能神。蘇公之詩，出世入世，粗言細語，總歸玄奧，怳惚變怪，無非情實。蓋其才力既高，而學問識見，又迥出二公之上，故宜卓絕千古。至其遒不如杜，逸不如李，此其氣運使然，非才之過也。今代知詩者，徐渭稍不愧古人，空同才雖高，然未免爲工部奴僕，北地而後，皆重儓也。公然侈爲大言，一倡百和，恬不知醜。噫，何可靈有宋諸君子見哉！

（《袁宏道集箋校》卷二十一）

【《答陶石簣》】

寄來詩文並佳，古勝律，律勝文，至扇頭七言律尤爲奇絕。昔白樂天謂元微之「近日格律大進，當是熟讀吾詩」，兄或者亦讀僕詩邪？徐文長老年詩文，幸爲索出，恐一旦入醋婦酒嫗之手，二百年雲山，便覺冷落，此非細事也。弟近日始遍閱宋人詩文。宋人詩，長於格而短於韻，而其爲文，密於持論而疏於用裁。然其中實有超秦、漢而絕盛唐者，此語非兄不以爲決然也。夫詩文之道，至晚唐而益小，歐、蘇矯之，不得不爲巨濤大海。至其不爲漢、唐人，蓋有能之而不爲者，未可以妾婦之恒態責丈夫也。

（《袁宏道集箋校》卷二十一）

【《與李龍湖》】

近日最得意，無如批點歐、蘇二公文集。歐公文之佳無論，其詩如傾江倒海，直欲伯仲少陵，宇宙間自有此一種奇觀，但恨今人爲先入惡詩所障難，不能虛心盡讀耳。蘇公詩高古不如老杜，而超脫變怪過之，有天地來，一人而已。僕嘗謂六朝無詩，陶公有詩趣，謝公有詩料，餘子碌碌，無足觀者。至李、杜而詩道始大。韓、柳、元、白、歐，詩之聖也；蘇，詩之神也。彼謂宋不如唐者，觀場之見耳，豈直真知詩何物哉？

（《袁宏道集箋校》卷二十一）

【《答張東阿》】

讀佳集，清新雄麗，無一語入近代蹊徑，知兄非隨人腳跟者，而刑少卿詩序中，亦謂兄直法李唐，不從王、李入，此語甚是。僕竊謂王、李固不足法，法李唐，猶王、李也。唐人妙處，正在無法耳。如六朝、漢、魏者，唐人既以爲不必法，沈、宋、李、杜者，唐人雖慕之，亦決不肯法，此李唐所以度越千古也。兄丈冥識玄解，正以無法法唐者，此又少卿序中未發之意，故不肖爲補足之。……細讀諸作，真是唐人風格。方之錢、劉，未知孰爲優劣。近時學士大夫頗諱言詩，有言詩者，又不肯細玩唐、宋人詩，強爲大聲壯語，千篇一律。須一二賢者極力挽回，始能翻此巢窟。拙稿存笥者，今以付木，尚未卒業。一窮廣文，騎款段長安道上，雖極落寞，差不廢吟詠耳。

（《袁宏道集箋校》卷二十一）

【《答陶石簣》】

放翁詩，第所甚愛，但闊大處不如歐、蘇耳。近讀陳同甫集，氣魄豪蕩，明允之亞。周美成詩文亦可人。世間騷人泉不讀書，隨聲妄詆，欺侮前輩。前有詩客謁弟，偶見案上所抄歐公詩，駭愕久之，自悔從前未曾識字。弟笑謂其真不識字，非漫語也。

（《袁宏道集箋校》卷二十三）

【《馮琢庵師》】

數日前，於黃中允處見師論詩手牘，杜之躍然。格外之論，非大宗匠，誰能先發？末季陋習，當從此一變矣。宏近日始讀李唐及趙宋諸大家詩文，如元、白、歐、蘇與李、杜、班、馬，真足雁行，坡公尤不可及，宏謬謂前無作者。而學語之士，乃以詩不唐文不漢病之，何異責南威以脂粉，而唾西施之不能效顰乎？宏胸中有懷，不敢不吐，自以爲世道隘矣，余師不言，更有誰可言者？故敢不避荒謬，直陳膚見，爲師矜其愚而教之。

（《袁宏道集箋校》卷二十三）

徐㶿

【《西園詩塵》】

張維誠《西園詩塵》云：「易象幽微，法鄰比興。書辭夐暢，式用賦物。春秋借儆，義本風刺。三禮莊鴻，體類雅頌。匪謂六籍，同歸於詩。祇緣六義，觸處皆是。不先窮經，而以別才別趣之說自蓋者，究竟與此道何涉？」又云：「五言古，莫工於漢魏，莫盛於晉。七言古，莫工於初唐，莫盛於盛唐。五言律，莫工於盛唐，亦莫盛於盛唐。絕句莫工於盛唐，莫盛於晚唐。獨七言律自唐而工，至我明而始盛。」又云：「世謂作詩勿入唐以後事。自五代入明，事物人群之變，不知幾許，而謂盡不堪入詩料，此詞家習談，實藝林之積蠹。又云：「宋三百年間，名卿碩儒高士踔絕，諸代制作累累，豈無篇句可追蹤？往昔流佈來茲者，一稱宋詩，竟從抹殺，既未目觀，且不耳聆，相率唾棄，真可涕可怪。」右數段皆發前哲之所未發，實論詩之金針也。今人乍占四聲，即自負曰：「詩有別才。」不窺四部而欲橫行藝苑，試取維誠《詩塵》讀之。

（《徐氏筆精》卷三）

馮復京

【《說詩補遺》】

詩有賦比興三義。賦者，布也。興者，感也。布義感懷，情理一揆。比者，喻也。託物見志，淺深殊趣。故四言之比深微悠夐，五七言之比，指切顯明。漢詩「新裂齊紈素」，一篇之比也。「枯桑知天風」二句之比也。入唐，則賦興多而比少，如宋人之解杜詩，穿鑿附會，狂囈不休，詩道之蟊賊矣。

（《說詩補遺》卷一）

【《說詩補遺》】

《文心》云：「詩言峻則嵩高極天，論狹則河不容舠，說多則子孫千億，稱少則民靡孑遺。鴞音以泮林變好，茶味以周原成飴。」聖

經垂懸，誇飾若斯，況詞人意興所至，亦何拘拘於徵實哉。宋之陋儒，方反唇聚訟，詰滁澗之潮雨，爭寒山之夜鍾，此鷦雕雕高翔，而藪澤下視者也。予嘗謂談詩者若胸中留一宋人見解，則是膏肓之疾，和緩莫救，殆謂此耳。

（《說詩補遺》卷一）

【《說詩補遺》】

徐孝穆以《飲馬長城窟行》為蔡伯喈作。此詩不出百言，而兼該比興，展轉入情，味之則深長，擬之則無跡。讀伯喈文入選者，俱平平耳。《翠鳥》五言，亦少警策，何有此精神結構耶？其女文姬失機落節，摧辱可哀，《悲憤》二詩，激切沉痛，令人淒絕。雖乏溫玉之質，恐非後世所能偽也。蘇子瞻乃謂伯喈女必突過建安，不宜發露如是。然則世傳中即集具在，又豈勝陳思耶？宋人盲語誕囈，往往如是。惟《胡笳十八拍》庸腐穢惡，實下俚所為，應焚棄之或投溷廁中，庶幾得所。

（《說詩補遺》卷二）

【《說詩補遺》】

蕭德施序《陶集》云：「文章不群，詞采精拔，跌宕昭彰，抑揚爽朗，橫素波而傍流，干青雲而直上。」其推尊之，可謂至矣。而《選》儉於八首，蓋序致美一人，可極賞譽，選兼詮眾藝，緒精簡別也。自宋人劇上多以理趣求之，至抗之《十九首》之上。又云「見性成佛之宗「。又云：「作詩須從陶柳門中來」。詩道至宋一世，病熱醉夢中無煩具述。陽休之評云：「放逸之致」，棲託乃高。宋則大蘇云：「外枯中膏，似淡實美。」敖器之云：「絳雲在霄，舒卷自如。」亦似知淵明者。予謂此老胸中，真是一塵不染，千仞獨翔，絕不經意，而翛然自遠，欲平躁釋，後人無此真趣，強擬其格，則不類詩人，浸成田叟。

（《說詩補遺》卷三）

【《說詩補遺》】

宋人沾沾李杜，實不識李杜。魯直所謂眞太白者，「請君試問東
流水，別意與之誰短長」也。永叔所謂豪放驚動千古者「清風明月不
用一錢買，玉山自倒非人推」。嗚呼，末哉！

（《說詩補遺》卷六）

【《說詩補遺》】

宋人談詩，一代誕謾，固爲可笑。有楊天惠者，謂太白少時嘗爲
縣小吏，撰造諸俚俗句。惡口誣衊，當永墮拔舌報。若《懷素草書歌》，
及《文苑英華》逸篇，宋人亦已識其僞矣。

（《說詩補遺》卷六）

【《說詩補遺》】

杜詩佳處，有雄壯語，痛快語，秀麗語，蒼老語，忠厚語，平典
語。累處有粗豪語，村俗語，險瘦語，庸腐語，鬼怪戲劇語，強造生
澀語。蓋此老胸中壁力，無一體不自運天矩，「語不驚人死不休，恐
與齊梁作後塵」，是其一生本領。然竊攀屈宋，熟精《文選》，亦自明
言其所得，如何潤千里，必本星宿之源，所以利鈍雜陳，涇渭並泛，
終不失爲大家。古今不可無一，不可有二。其詩不可不讀，亦最不易
讀，非具天眼者，未有不墮霧隨場者也。然予得一杜詩捷法，但看宋
人詩話，所甚口贊者，非老杜極佳之詩，即係其極惡之詩，以此參之，
十不失一。劉須溪旁門小乘，間或窺斑，然終溺宋人見解，閱者大須
甄擇，勿誤祈向。

（《說詩補遺》卷六）

【《說詩補遺》】

宋人不解詩，尤不解古詩，以其數典忘祖。子昂李杜之上，更不
知漢魏六朝也。以兩漢引繩杜詩，則杜乃村僕傖童，壞家法者者耳。
如劉須溪「始知眾星乾」，云：「窮而不澀。」評「齊魯青未了」，云：
「雄蓋一世。」「心清聞妙香」，云：「便爾超悟。」梅聖俞評「少人

多虎句」，云：「含蓄不可模仿。」杜之所以尚遜陶謝者，弊正坐此。宋人所贊仰，以爲不可及者，亦正在此。嗚呼，宋人誤認子美乎？子美誤導宋人乎？如「蕩胸生層雲」、「決眥入歸鳥」之奇險，「羲和鞭白日」、「巨顙折老拳」之怪俗，昌黎一生險句譁句不出此境。嗚呼，子美又誤昌黎矣。

（《説詩補遺》卷六）

【《說詩補遺》】

韓文公驅駕風霆之氣，抉剔萬象之才，但可爲文，不可爲詩。詩道性情，無取奇怪，若嘔延艱澀，險譎叫噪，徒自棄於高聽，無涉於詩流矣。讀《城南鬥雞》諸聯句，《南山詩》如暗夜選鬼魅犥角血胏，蓬頭突鬢，令人怖畏欲死。《秋懷》之拙塞，與孟郊《感興》之俗淺，俱詩家污流，以欺劉辰翁可也。乃亦可欺胡元瑞？予謂元瑞論詩只到得七分，三分尚未勘破，正爲宋人惡識所纏，未能擺落。「暮行河堤上」篇中云：「謀計竟何就，嗟嗟世與身。」宋人所謂學建安者，「如此孤臣昔放逐」，是學杜，非學建安。宋人原未夢見建安也。「河之水醉留東野，聽穎師彈琴嗟哉。」《董生行》但可付之弄蛇乞丐，唱叫惱耳。《石鼓》造句似盧仝，亦可怖畏。《琴操》，本不勞擬，擬亦不肖，徒爲腐儒談資。「青青水中蒲」，非唐絕句，非六朝樂府，讀者誤認佳也。閱全集得古詩二句云：「人隨鴻雁少，江共蒹葭遠。」《晉公拜臺司》起句云：「南伐太華東，天書也到冊元切。」猶近詩話。

（《説詩補遺》卷八）

馮夢龍

【《太霞曲語》】

文之善達性情者無如詩。《三百篇》之可以興人者，唯其發人中情，自然而然故也。自唐人用以取士，而詩入於套。六朝用於見才，而詩入於艱。宋人用於講學，而詩入於腐。而從來性情之鬱，不得不變而之詞曲。……詞膚調亂，而不足以達人之性情，勢必再變而

－253－

之《紛紅蓮》、《打草竿》矣，不亦傷乎！余扼攬此道，間取近日名家散曲，擇其嫻於詞，而復不詭於律者如干。題曰「新奏」，而冠以「太霞」。

（《太霞曲語》）

馬欻

【《小草齋詩話序》】

談詩者謂詩亡於宋，宋非詩王，詩雜也。推其雜，往以臆出，而弗軌於正。諸所爲詩話最多。我明揚抑風雅，無如盧昌谷、王元美、胡元瑞三家，海內視爲候鵠，余友謝在杭《詩話》一帙，分內、外、雜三篇，大都獨抒心得，發所未發，而歸宗於盛唐，以扶翼正始之音。余又捃摭宋元以來近人佳句遺事，皆海內所未聞見者。眞可與三家雁行，聲施不朽，卑卑乎宋人無足論矣！閩三山詩，自林子羽、高棟、二玄，吾家詩後，作者不乏，雖瑕瑜相半，要皆共得唐宗。萬曆之季，漸入惡道。語以唐音，則欠伸魚睨，語以袁、鍾新調，則拊髀雀躍，在杭是功固不淺。昔鄧汝高氏之言曰：「昌谷之爲《談》也，奧而奇；元美之爲《厄》也，辯而核；元瑞之爲《藪》也，博而嚴。」余亦曰：「在杭之爲《話》也，閎而正。」波靡日甚，是刻一出，誠詞林之砥柱，浴耳之針砭也。因爲弁其首。天啓甲子暮春社友弟馬欻書。

（《小草齋詩話》）

譚元春

【《東坡詩選序》】

選東坡文者，更十餘家而始定焉。獨其詩無選，非無選也，人之言曰：「東坡詩不如文：文通而詩窒，文空而詩積，文淨而詩蕪，文千變不窮，而詩固一法，足以泥人。」夫如是，是其詩豈特不如其文而已也？雖然，有東坡之文，亦可以不爲詩，然有東坡之文而不得不見於詩者，勢也。詩或以文爲委，文或以詩爲委，問其原何

如耳。東坡之詩，則其文之委也。吾嘗思之：使東坡之文而一人之文，則東坡而古今之全力也。雖欲執人從來之言，與信己一時之目，而將有所不敢。則其重東坡之文，而不敢不求之於詩者，亦勢也。故渝其窒而通自見，芟其積而空自生，約其蕪而淨自出。日出沒於千變之中，而後窮者乃我之目，固者乃人之言，而東坡不存焉。惟求其東坡之所存，爲古今之所共存者而已。然則不自知其窒，與不自知其積與蕪歟？曰：奚不知也？六經成而《詩》爲一體，《詩》之處經中也，大地山嶽之有水也。水以妙大地山嶽，而搖大地山嶽。碎之以爲水，吾知其不能。有古文於此，截其字句，變其音節，而謂之詩可乎？然以此而冀其詩、文之爲二事，工詩、文之爲兩人，又不可。江海之內，冰水之間，嗚呼！難言之矣。唯東坡知詩文之所以異，爲東坡知其異而異之，而幾於累其同。則文中所不用者，詩有時乎或用：文中有餘於味者，或有時不足於詩。亦似東坡之欲其如是，而後之人不必深求者也。蓋嘗爲之說，曰：「文如萬斛泉，不擇地而出。」詩如泉源焉，出擇地矣。「文行乎不得不行，止乎不得不止。」詩則行之時即止，雖止矣，其行未已也。「文了然於心，又了然於手口」。詩則了然於心，猶不敢了然於口；了然於口，猶不敢了然於手者也。請以是而求東坡之詩文，庶幾焉。斯選也，袁中郎先生有閱本存於家，予得之其子述之，而合諸夙昔之所見增減焉。述之奇士，吾友也，知不罪我矣。

（《鵠灣文草》）

張次仲

【《學詩小箋總論》】

宋人有詩話而詩不振，信乎木涇公之言也！升菴謂有宋諸家之箋杜詩，句必有所指，篇必有所屬，如商度隱語，豈復有詩哉，謂之不振亦宜。愚繹詩之爲經，至實而虛，最正而奇，其微妙須人自會，一涉口耳手筆，便成筌蹄。若泥文略意，則買櫝之見也，憑臆牽辭，則

鍥舟之求也。然古人歌詠必非無因，後人瀏覽亦期有合；則循章按句貴乎證發明，令其字字消釋，篇篇安頓，始可無憾，不得概謂無所指，無所屬也。多聞闕疑，聖賢不免，若一切泛視，含糊儱侗，自非學人所宜耳。

（《待軒詩紀》卷首）

費經虞

【《時代》】

費經虞曰：「風雅雖出乎性情，通乎政教。和美風俗，所繇淳也；乖戾紀綱，所繇亂也。故吟詠《二南》，則寬厚藹然，人歡物逐，化國舒長，元氣磅礴，溢於言表；一歌變雅，而憂勞困怨，暌離煩亂，如在目前。聖人刪詩以爲後世法，豈不深且遠哉！……宋初變爲西崑體，用事措辭，欲別開堂奧，蹇澀晦拙，無復唐人風味。蘇、黃以降，喜豪用壯。至江西宗派，粗疏放蕩，蘊藉不迫，遂稱絕響。爲宋一派。……經虞常謂，詩至唐，傳自六朝，更新機杼。初者如春，其氣方來，溫然而遲，故多幽秀而隱。至盛則夏，草木暢茂，故多博大而昌。中其秋乎！風涼木落，故多清肅峻潔。冬則類晚，陽削陰用。昌盛之氣、偉博之辭、雍容之度，半已磨滅。邊幅窘小，大局如此。而其實夏中未嘗無淒風苦雨之時，冬亦非盡絕和風暖日。故初、盛、中、晚，雖不相同，而亦未可強爲一定，固執以論也。論盛唐獨以李、杜光焰當之，此宋人之論，嘉隆以來之尚。非古人通旨也。又大都尊唐而卑宋、元。殊不曉晚唐亦有如許不佳處，宋、元亦有如許合作處。宋粗、元俗，約略之辭。高篇妙什，非盡絕也。但當持擇耳。所謂不佳，字陋句鄙，俚索鋪陳，言無餘味，聲無餘韻。讀之不能爽人神思，是也。所謂合作，秀潤溫厚，蘊藉高潔，閒雅不涉議論，使人悠然自適是也。

（《雅倫》卷十四）

張溥

【《宋九青詩序》】

「二九」者，徐子九一、宋子九青也。二子作詩，於古人不少推讓，獨心許少陵。於是世稱二子詩皆以少陵目之。嗟乎，使唐無少陵，二子於今豈遂不得獨行乎！……以予觀之，《三百篇》之後，作詩不愚者獨屈大夫原耳。下此拘音病者愚於法，工體貌者愚於理，唐人之失愚而野，宋人之失愚而諛。愚而野，才士所或累也；愚而諛，雖儒者不免焉。夫諛可以為詩，則天下非無詩人矣，是以詩道大窮，以至於今。

（《七錄齋詩文合集》卷四）

陶望齡

【《與袁六休二首》之二】

初讀蘇詩，以為少陵之後一人而已；再讀，更謂過之。初言之亦覺駭人，及見子由已有此論，兄言又暗合，益知非謬。永叔詩雖好，終不如子瞻。蓋子瞻如海，永叔如三山，雖仙靈所都，終是大海中物。南宋有陸放翁者，山陰人，其詩在高、岑之間，雖不及蘇、歐，自餘宋人，舉無其敵。平生作萬首詩，今所傳《渭南集》不過十一，雋永遒拔，七言尤為勝絕。蕞爾之地，前有務觀，後有文長，亦云盛矣。然今人尚不知有陸，況於徐耶？宋集弟略有數家，惟陳無己、張文潛、蘇子美集不可得，京中書坊，或偶值，求為買之。時賢未曾讀書，讀亦不識，乃大言宋無詩，何異夢語？劉須溪嘗言：詩文至《文選》為一厄，弟殊伏之，而楊用修大以為笑。用修詩亦有佳者，而論詩則謬，大抵類此也。兄近作又何似？寫寄數十篇為望。小價入都請恤，初時覺忙甚，故寓意於伯修書中；後更大閒空，復作此紙。惟勤寄，祝祝！

（《歇庵集》卷十五）

賀貽孫

【《詩筏》】

宋人詩佳者，殊不媿唐人，多看可助波瀾，但須熟看唐人詩，方能辨宋詩窠臼。蓋宋之名手，皆從唐詩出，雖面目不甚似，而神情近之，如人耳孫十傳以後，猶肖其鼻祖。昔蕭穎士絕肖其遠祖鄱陽忠烈王，非發冢破棺，親見鄱陽王者，不能識也。但不可從宋入手，一從宋入手，便爲習氣所蔽，不能見鼻祖矣。

（《詩筏》）

【《詩筏》】

謂宋詩不如唐，宋末詩又不如宋，似矣。然宋之歐、蘇，其詩別成一派，在盛唐中亦可名家。而宋末詩人，當革命之際，一腔悲憤，盡泄於詩。如家鉉翁《憶故人》詩云：「曾向錢塘住，聞鵑憶蜀鄉。不知今夜夢，到蜀到錢塘？」王曼之《幽窗》詩云：「西窗枕寒池，池邊老松樹。渴猿下偷泉，見影忽驚去。」謝皐羽詠《商人婦》云：「抱兒來拜月，去日爾初生。已自滿三載，無人問五行。孤燈寒杵石，殘夢遠鐘聲。夜夜鄰家女，吹簫到二更。」又《過杭州故宮》詩二首云：「禾黍何人爲守闇，落花臺殿暗銷魂。朝元閣下歸來燕，不見前頭鸚鵡言。」「紫雲樓閣讕流霞，今日淒涼佛子家。殘照下山花霧散，萬年枝上掛袈裟。」皆宋、元間人也，情眞語切，意在言外，何遽減唐人耶？

（《詩筏》）

【《詩筏》】

忠孝之詩，不必問工拙也。如陸放翁晚年作詩與兒云：「死去元知萬事空，但悲不見九州同，王師北定中原日，家祭毋忘告乃翁。」蓋傷南宋不能復汴也。及宋亡後，林景熙等收宋帝遺骨埋之，樹以冬青。景熙乃題一絕於放翁詩後云：「青山一髮愁濛濛，干戈況滿天南東。來孫卻見九州同，家祭如何苦乃翁？」二詩率意直書，悲壯沉痛，孤忠至性，可泣鬼神。何得以宋、元減價耶？以此推之，宋人學問精

妙，才情秀逸，不讓三唐，自歐、蘇、黃、梅、秦、陳諸公外，作者林立，即無名之人，亦有一二佳詩，散見他集。倘有明眼選手，為之存其精華，汰其繁冗，使彼精神長存人間，何至後人詆訶之甚耶！明代弘、正、嘉、隆間諸詩人，非無佳詩可傳，但其議論太刻，謂後人目中不可有宋人一字。不思唐人詩集，汗牛充棟，今所稱不朽名篇，僅得爾許，不獨精靈之氣，神物護持，亦賴歷代明眼，棄瑕錄瑜，排沙簡金，得有今日，豈真上天生才，唐、宋懸殊乎？果爾，則何以有今日也。宋詩惟談理談學者，當如禪家偈頌，另為一書。彼原不欲以詩名家，不必選入詩中耳，亦勿以此遂貶宋詩也。

（《詩筏》）

【《水田居詩存序》】

自古有詩人之詩，有文人之詩，其工於詩一也。然有專所學而得之者，抑有兼所學而得之者。專而得之，其力全；兼而得之，其力分。此其間有殊途焉，未可以一概論也。唐以詩取士，士子殫力攻詩，而李、杜、王、孟、高、岑諸君子以詩名家。是時，詩人輩出，如玄圃積玉、鄧林取材，學以專而工，固其宜也。至宋以策論為制科，士子殫力攻策論，故眉山三蘇、歐、曾諸君子以文詞踞勝場，及其為詩，非不卓絕，然共初唐人角技爭席，庶幾難之。之近日而古文詞，則尤難矣。束髮受書，窮年矻矻，以八股為揣摩，尚有白首不得一售者。惟王、唐、歸、湯、胡諸先輩，以制藝稱不祧之祖，苟能觀摩先正馳騁風雲六足樹幟藝壇矣。若為詩、古文、詞，求其詩如李、杜、王、孟，文如韓、柳、歐、蘇，一代中指不多屈。然得知兼所學之，不如專分其才力以兼古人之長，譬如強弩之末不及魯縞，而況於穿紮乎？吾友子翼，才高學博，少壯為舉業，開合變化，奇正互生，居然大家。關門章江，社刻《雲集》，傳其一藝，洛陽紙貴。年方強壯，遭時坎壈，棄席帽而遁跡巖阿，焚舉子業，肆力於詩、古文、詞，風馳雨驟，雲興霞蔚共制藝，並稱三絕。其天縱之才兼所學而得之歟！抑亦專所學而志不分，故其力厚、其神全也。今讀其詩，想其杜門山居幽鬱矣。

聊興會所觸，濡墨揮毫時，前不見古人，後不見來者，自笑自歌，自怨自愁，一吐生平之憤懣侘傺，呃暢所欲言而後已。傳與不傳，曾不足介其胸中。嗚呼，此其所以呃傳也歟！

（《水田居文集》）

陳子龍

【《三子詩餘序》】

詩與樂府同源，而其既也，每迭為盛衰。豔辭麗曲，莫盛於梁陳之季，而古詩遂亡。詩餘始於唐末，而婉暢穠逸，極於北宋。然斯時也，並律詩亦亡。是則詩餘者，匪獨莊士之所當疾，抑亦風人之所宜戒也。然亦有不可廢者。夫風騷之旨，皆本言情，言情之作，必託於閨襜之際。代有新聲而想窮擬議。於是以溫厚之篇，含蓄之旨，未足以寫哀而宣志也。思極於追琢而纖刻之辭來，情深於柔靡而婉變之趣合，志溺於燕婧而妍綺之境出，態趨於蕩逸而流暢之調生，是以鏤裁至巧而若出自然，警露已深而意含未盡，雖曰小道，工之實難。不然，何以世之才人，每濡首而不辭也？同郡徐子麗沖、計子子山、王子匯升，年並韶茂，有斐然著作之志。每當春日駘宕，秋氣明瑟，則寄情於思士怨女，以陶詠物色，袪遣伊鬱。示予詞一編，婉弱倩豔，俊辭絡繹，纏綿猗娜，逸態橫生，真宋人之流亞也。或曰：「是無傷於大雅乎？」予曰：「不然。夫『並刀』、『吳鹽』，美成所以被貶；『瓊樓玉宇』，子瞻遂稱愛君。端人麗而不淫，荒才刺而實諛，其旨殊也。三子者，託貞心於妍貌，隱摯念於佻言，則元亮閒情，不能與總持，虞和於臨春、結綺之間矣。」

（《安雅堂稿》卷二）

【《王介人詩餘序》】

宋人不知詩而強作詩，其為詩也，言理而不言情，故終宋之世無詩焉。然宋人亦不可免於有情也，故凡其歡愉愁怨之致，動於中而不能抑者，類發於詩餘，故其所造獨工，非後世可及。蓋以沉至之思而

出之必淺近，使讀之者驟遇如在耳目之表，久誦而得沉永之趣，則用意難也。以嬛利之詞而制之實工練，使篇無累句，句無累字，圓潤明密，言如貫珠，則鑄詞難也。其爲體也纖弱，所謂明珠翠羽，尚嫌其重，何況龍鸞？必有鮮妍之姿而不藉粉澤，則設色難也。其爲境也婉媚，雖以警露取妍，實貴含蓄有餘不盡，時在低回唱歎之際，則命篇難也。惟宋人專力事之，篇什既多，觸景皆會，天機所啓，若出自然，雖高談大雅而亦覺其不可廢。何則？物有獨至，小道可觀也。本朝以詞名者，如劉伯溫，楊用修、王元美，各有短長，大都不能及宋人。禾中王子介人，示予所著詞，不下千餘首，自前世李、晏、周、秦之徒，未有多於茲者也。其小令、長調，動皆擅長，莫不有俊逸之韻，深刻之思，流暢之調，穠麗之態，於前所稱四難者，多有合焉。進而與升元父子、汴京諸公連鑣競逐，即何得有下駟耶？王子眞詞人也。已而王子示予以詩，則又澹宕莊雅，規摹古人，遠非宋代可望，而後知王子深遠矣。王子非詞人也。

（《安雅堂稿》卷二）

趙士喆

【《總論二十四條》第九條】

吾所論晚唐之陋，大抵就世俗所傳，至鍾譚之選出，則一洗空矣。伯敬有云：「晚唐有妙絕，而與盛唐人遠者；有不必妙，而與盛唐人近者。不必妙三字甚難到，亦甚難言。」在伯敬獨推馬戴吾，以爲吳融鄭谷皆有近者，然獨五言爲然，至七言則不能，古體更不能矣。古體之妙，莫如曹鄴，雖於盛唐不甚似，然於漢魏樂府，反有似者。元美論五言古，斷以爲貞元以下皆足覆瓿，未免成心未化。如司馬公之更新法，果能曠觀於時代之外，而求其眞詩，豈惟中晚，即宋諸巨公，未嘗無可採者。伯敬有言：「詩雖隨氣運爲升降，無一世趨下之理。」蓋淳厚一脈，不盡絕於天地之間也。

（《石室談詩》卷上）

【《總論二十四條》第十六條】

古所謂和詩者，答其意不步其韻。今所傳唐人早朝詩也。自宋人始為步韻，東坡又自步至三四章。辛稼軒作詩餘，亦自步其韻，奇思迭出，咄咄逼人。此種偏長，前人所未有。自是以來，凡和詩無不步韻，或為韻所縛，不免依傍前詩，有依樣葫蘆之誚。必欲出脫，則支離牽強，面目可憎，何如不步之為愈乎。善乎元美之論曰：「和韻聯句皆易，為詩害而無大益，偶一為之未始不可。然和韻在押字渾成，聯句在才力均敵，於聲華清實之中，絕不露本等面目，乃可貴耳。」

（《石室談詩》卷上）

【《論各體二十一條》第二十條】

七律詩，斷斷以盛唐為法。七言絕，則不拘時代矣。盛唐有盛唐之妙者，中晚有中晚之妙者，宋元有宋元之妙者。中晚以來，不及盛唐者其雄麗耳。至若述物外之奇蹤，令人神遠；寫當前之苦境，令人酸鼻，種種不同，安可以一格拘乎。後之選者，必能窮此體之變，單主盛唐，必求之於雄麗。已為不廣，至於以「秦時明月」四字之奇，遂已為全唐壓卷。固矣，夫于鱗之為詩也。

（《石室談詩》卷下）

【《論諸家二十二條》第九條】

有宋諸公，其氣骨在長慶貞元之上，其學識即老杜無以過之。所以漸遠於唐者，正以其抗之使高，鑒之使深，離於風人之雅致，又以其膽粗手滑，破壞前人之成法，而開後人之惡習為可憾耳。王、李諸公一概以為無足齒，似覺太過。近見袁中郎與李卓吾云，歐陽詩傾江倒海，直欲伯仲少陵，宇宙間自有此一種奇觀，但恨今人為先如惡習所瘴，蘇詩高古不及老杜，而超脫變化過之。予嘗謂六朝無詩，謝公有詩料，陶公有詩趣，至李杜而詩道始昌。元、白、歐、韓，詩之聖也；蘇，詩之神也；其敢於狂誕如此，而於黃金白雪等詩，則大笑不肯置案頭。嘻，其甚矣。近日詩流有宗王、李者，有宗鍾、譚者，見

予為持平之論，反以為首鼠兩端，安得起諸公相晤一堂，肆其雄辯，各盡所懷遇不能相下之處，吾得從中一分剖之。

（《石室談詩》卷下）

【《論諸家二十二條》第十二條】

宋詩乃不及其詞，元詩乃不及其曲。宋之詩乾燥支離，不如其詞之溫秀。元之詩矜持拘促，不如其曲之縱橫。非獨其才之有偏至也，聲音之道，在殷周則為雅頌，東遷以後則為風，楚則為騷，漢魏則為樂府、五言古，唐則為律，宋則為詞，元則為曲。蓋隨氣運升降，而作者不知精氣為物，遊魂為變，雖改頭換面，而性靈猶存。彼漢之騷，齊梁陳之五言古，唐之樂府，宋之詩，元之詞，則精華已竭，褰裳去之，正如丹青之妙，在古惟士女、馬牛、佛道、鬼神，至唐乃始有金碧山水，宋始有花草、禽蟲，元始有潑墨山水，極文人之雅。致士女鬼神及禽蟲設色之精工者，不復留神，皆付俗工之塗抹，顧、陸、張、吳之遺跡，轉轉摹擬，而神理之亡久矣。有欲取《西廂》繼楚詞，而不取《九思》、《七諫》，以《水滸傳》繼《史記》，而不取陳壽《志》與范曄《書》，語雖不經，而有深旨，皮相者何足知之。

（《石室談詩》卷下）

張懋修

【《唐香宋氣》】

本朝自正嘉以來，近體詩非唐人無談也。豈不人人唐矣哉？雖然，唐人無論初、盛、中、晚，自有一種唐人香，不必莊嚴如初，流麗如盛，刻削如中、晚，而開卷香同也；宋人詩今所不道，然不必奇富如子瞻，宏肆如荊公，雅雋如六一，而開卷氣同也：此固天氣、時景、國情、物態自然所產之竅也。如品泉水者清涼一而種別，嘗淄澠者甘冽一而味殊，各自神解。本朝諸名家，詩固矣非唐無談。吾未暇提三代品優劣，但見出宋人上未必上宋人，入唐人中而未必中唐人，未見其氣，亦未聞其香也。自本朝詩可也。或謂余香唐氣宋，亦隨俗

－263－

低昂。余曰：不然。吞若雲夢，雖大亦自爲氣，強唐人爲之不能；抽心春草，雖細亦自爲香，強宋人爲之不能。餘無優劣之也，亦天氣、時景、國情、物態自然之竅所產耳。通乎此，可以悟吳札之辨國樂，難言難言！

（《墨卿談乘》卷七）

張蔚然

【《唐宋偏》】

唐詩偏近風，故動人易；宋詩偏近雅，故入人難。唐人之於風也，即雅頌體亦以風焉，所以偏也；宋人之於雅頌也，即風體亦以雅頌焉，所以偏也。

（《西園詩塵》）

【《習氣》】

在六朝無六朝習氣者，左太沖、陶彭澤也；在唐無唐習氣者，初唐陳拾遺，盛唐孟襄陽，中唐韋蘇州、韓昌黎，晚唐司空圖也；在宋無宋習氣者，謝皋羽也。此亦無關於其人，蓋六朝之習靡，唐之習囂，宋之習萎，非其人有超焉者，曷以洗此！

（《西園詩塵》）

引用書目

1. 《宋學士全集》，宋濂，《金華叢書》本。
2. 《誠意伯劉文成公文集》，劉基，《四部叢刊》上海涵芬樓刊本。
3. 《王忠文公集》，王禕，《叢書集成初編》本。
4. 《滄螺集》，孫作，影印文淵閣《四庫全書》本。
5. 《歸田詩話》，瞿佑，《歷代詩話續編》本。
6. 《遜志齋集》，方孝孺，《四部叢刊》影印明嘉靖刊本。
7. 《文毅集》，解縉，影印文淵閣《四庫全書》本。
8. 《性理大全》，胡廣，影印文淵閣《四庫全書》本。
9. 《西江詩法》，朱權，寧波天一閣藏明嘉靖十一年重刻本。

10.《草木子》，葉子奇，中華書局 1959 年版。

11.《霏雪錄》，劉績，影印文淵閣《四庫全書》本。

12.《詩學梯航》，周敘，天一閣藏明抄本，《明詩話全編》本。

13.《詩學權輿》，黃溥，《四庫全書存目》本，《明詩話全編》本。

14.《水東日記》，葉盛，中華書局 1980 年校點本。

15.《方洲集》，張寧，影印文淵閣《四庫全書》本。

16.《陳獻章集》，陳獻章，中華書局《理學叢書》本 1987 年版。

17.《翠渠摘稿》，周瑛，影印文淵閣《四庫全書》本。

18.《一峰文集》，羅倫，影印文淵閣《四庫全書》本。

19.《夢蕉詩話》，游潛，《四庫全書存目》本，《明詩話全編》本。

20.《麓堂詩話》，李東陽，《歷代詩話續編》本。

21.《震澤集》，王鏊，影印文淵閣《四庫全書》本。

22.《見素文集》，林俊，影印文淵閣《四庫全書》本。

23.《南濠詩話》，都穆，《歷代詩話續編》本。

24.《白齋竹里文略》，張琦，《四明叢書》本。

25.《拘盧詩談》，陳沂，《四明叢書》本。

26.《頤山詩話》，安磐，影印文淵閣《四庫全書》本。

27.《息園存稿文》，顧璘，影印文淵閣《四庫全書》本。

28.《儼山外集》，陸深，影印文淵閣《四庫全書》本。

29.《洹詞》，崔銑，影印文淵閣《四庫全書》本。

30.《張愈光詩文選》，張含，《雲南叢書初編》本。

31.《東谷贅言》，敖英，《叢書集成》本。

32.《大復集》，何景明，影印文淵閣《四庫全書》本。

33.《山樵暇語》，俞弁，《四庫存目叢書》本。

34.《逸老堂詩話》，俞弁，《歷代詩話續編》本。

35.《升菴詩話》，楊慎，上海古籍出版社箋證《函海》本。

36.《升菴遺文錄》，楊慎，雪鴻印社本。

37.《桃川剩集》，王廷表，《雲南叢書二編》本。

38.《鳥鼠山人小集》，胡纘宗，《四庫存目叢書》本。

39.《四溟詩話》，謝榛，《歷代詩話續編》本。

40.《孫文恪公集》，孫陞，八千卷樓珍藏明嘉靖刻本。

41.《李開先集》，李開先，中華書局 1959 年版。

42.《蓉塘詩話》，姜南，《續修四庫全書》本。

43.《四友齋叢說》，何良俊，《續修四庫全書》本。

44.《客談》，方弘靜，明萬曆刻《廣快書》本。

45.《說詩》，譚濬，明萬曆刻《譚氏集》本。

46.《藝苑卮言》，王世貞，《歷代詩話續編》本。

47.《弇州續稿》，王世貞，影印文淵閣《四庫全書》本。

48.《潛學編》，鄧元錫，《四庫存目叢書》本。

49.《姚江孫月峰先生全集》，孫鑛，清嘉靖靜遠軒刊本，《明詩話全編本》。

50.《李于田集》，李蓘，《三怡堂叢書》本。

51.《宋藝圃集》，李蓘，影印文淵閣《四庫全書》本。

52.《元藝圃集》，李蓘，影印文淵閣《四庫全書》本。

53.《王文肅公文草》，王錫爵，乾隆三十八年重刊本。

54.《藝圃擷餘》，王世懋，《叢書集成初編》本。

55.《澹園集》，焦竑，《金陵叢書》本。

56.《澹園集續集》，焦竑，《金陵叢書》本。

57.《由拳集》，屠隆，明秀水朱仁刻本，《明詩話全編》本。

58.《鴻苞節錄》，屠隆，明萬曆刊本，《明詩話全編》本。

59.《谷山筆麈》，于慎行，《四庫存目叢書》本。

60.《詩藪》，胡應麟，中華書局上海編輯所 1962 年校點本。

61.《藝林學山》，胡應麟，中華書局上海編輯所 1958 年校點《少室山房筆叢》本。

62.《山草堂集》，郝敬，明萬曆崇禎間郝洪範刊本。

63.《詩源辯體》，許學夷，人民文學出版社 1987 年版。

64.《管天筆記外編》，王嗣奭，《四明叢書》本。

65.《小草齋詩話》，謝肇淛，張健輯校《珍本明詩話五種》本，北京大學出版社 2008 年。

66.《學古緒言》，婁堅，影印文淵閣《四庫全書》本。

67.《袁宏道集箋校》，袁宏道，上海古籍出版社 1981 年版。

68.《徐氏筆精》，徐𤊹，影印文淵閣《四庫全書》本。

69.《說詩補遺》，馮復京，復旦大學圖書館藏手抄本，《明詩話全編本》。

70.《太霞曲語》，馮夢龍，中華書局《新曲苑》本。

71.《小草齋詩話》，謝肇淛，張健輯校《珍本明詩話五種》本，北京大學出版社 2008 年。

72.《鵠灣文草》，譚元春，嶽麓書社 1988 年版。

73.《待軒詩紀》，張次仲，影印文淵閣《四庫全書》本。

74.《雅倫》，費經虞，清康熙庚寅刻本。

75.《七錄齋詩文合集》，張溥，《續修四庫全書》本。

76.《歇庵集》，陶望齡，《續修四庫全書》本。

77.《詩筏》，賀貽孫，《清詩話續編》本。

78.《水田居文集》，賀貽孫，《四庫存目叢書》本。

79.《安雅堂稿》，陳子龍，《續修四庫全書》本。

80.《石室談詩》，趙士喆，《東萊趙氏楹書叢刊》本。

81.《墨卿談乘》，張懋修，1980 年上海書店影印本。

82《西園詩塵》，張蔚然，上海古籍出版社影印《說郛續編》本。

後　記

　　三月的江南，雜花生樹，群鶯亂飛，桂子山上處處呈現出蓬勃的春意。熟悉這裡的一草一木。2004 年 9 月 1 日第一天來華師報到的情景猶在昨日，那時自己還是一個懵懂的少年，懷抱著大學生活的憧憬和對於古典文學近乎偏執的熱愛。桂子山上的桂花開了又落，玉蘭園中的小樹也已枝繁葉茂。在這裡，我完成了本科到碩士、博士的學習，再從南京大學博士後出站回來母校工作，自己在華師已經度過十多年的時光了。

　　對於宋詩的研究興趣，源自三夕師的指導。早年三夕師跟隨程千帆先生讀書，即以《宋詩宋注纂例》完成研究生學位論文，贏得當時諸多名家稱賞。因此，三夕師常以宋詩點撥弟子們對於中國古典詩歌的理解。具體到明代宋詩接受的思考，則更多來自與三夕師合注《史通》過程中培養的理論批判意識。以往的文學史和詩學史總是以一種模式化敘述給明代詩學貼上「崇唐抑宋」的標籤，層累承襲下來，似乎已成定論。而自己在明代詩學文獻閱讀過程中的體會和收穫，則是對此一問題的複雜性和豐富性進一步探究的展開。這是選擇這項研究的最初緣起。師門一直有重視文獻的傳統，自己首先用了一年多的時間，大量搜集和閱讀明代詩話專著、詩文集、書牘、筆記、史書、類

書等原始文獻資料，手抄筆錄，整理出了本書附錄部分的「明代宋詩評論資料彙編」，明代宋詩接受的專題論述即是在此基礎上展開。這項研究完成後，自己也在一直關注學術界的相關討論，迄今尚未有更為全面深入的研究，因此，將此文稿整理出版，或可為宋詩學和明代詩學批評的研究提供更多的思考。

2014 年 8 月在南京初見宏生師，向老師彙報所學，此項研究即得到老師的肯定，同時老師也給出了很具體的研究建議。此後，宏生師又在學術研究的多個方面對我悉心指導。現在想來，在南京大學仙林校區讀書的日子是那樣的愉快。

何其有幸，在學術研究的成長中有兩位恩師一直給予無微不至的關心和教導。同時，生活中的親情、愛情、友情讓我們相信「人生自有詩意」。自己取得的每一點微不足道的進步，都會給他們帶來很長時間的喜悅。這都是我努力前行的動力。

李程
2019 年 3 月記於華中師範大學文學院